HEYNE
BÜCHER

SCIENCE FICTION

Ein vollständiges Verzeichnis aller
im HEYNE VERLAG erschienenen STAR TREK-Romane
finden Sie am Schluß des Bandes.

STAR TREK

DEEP SPACE NINE

K. W. JETER

# DAS BÖSE

*Roman*

**Star Trek®**
**Deep Space Nine™**
**Band 10**

Deutsche Erstausgabe

WILHELM HEYNE VERLAG
MÜNCHEN

HEYNE SCIENCE FICTION & FANTASY
Band 06/5433

Titel der amerikanischen Originalausgabe
WARPED
Deutsche Übersetzung von Andreas Brandhorst

*Umwelthinweis:*
Dieses Buch wurde auf chlor- und säurefreiem Papier gedruckt.

Redaktion: Rainer-Michael Rahn

Erstausgabe by Pocket Books/Simon & Schuster Inc., New York

Vorabdruck unter gleichem Titel als gebundene Ausgabe
bei vgs verlagsgesellschaft, Köln
http://www.heyne.de
Printed in Germany 2001
Umschlagbild: Pocket Books/Simon & Schuster, New York
Umschlaggestaltung: Nele Schütz Design, München
Technische Betreuung: M. Spinola
Satz: Schaber Satz- und Datentechnik, Wels
Druck und Bindung: Ebner Ulm

ISBN 3-453-15669-2

*Für Sam Ward,*
*Joyce Reynolds-Ward und*
*Lew Ward*

## Historische Anmerkung

Dieses Abenteuer findet statt, kurz nachdem Kai Opaka dem Ruf der Propheten folgte. Die Handlung ist angesiedelt zwischen den Fernsehfolgen »Die Heimkehr« und »Der Kreis«.

# WYOSS

# 1

»Sieh mal . . .«

Eine Hand tauchte ins Wasser, vorbei an grünen Algensträngen, die in der Strömung sanft hin und her schwangen. Sie tastete in die Finsternis zwischen dunklen, perlenglatten Steinen. Kurz darauf kam eine Faust zum Vorschein, und in ihr zuckte ein silbrig glänzender Schuppenleib. Klares Wasser tropfte von einem Ellenbogen.

Jake Sisko betrachtete den Fisch in der Hand des anderen Jungen. Wie zuvor – wie seit dem ersten Mal – bewunderte er dessen Schnelligkeit und Geschick. Gleichzeitig regte sich Unbehagen in ihm. *Er ist zu schnell*, dachte Jake. Vor seinem inneren Auge sah er ein Messer, das ins Wasser schnitt, ohne dabei einen Laut zu verursachen. *So etwas kann nicht normal sein*.

Die beiden Jungen hockten auf einem Felsen in der Mitte des Baches. Das warme Licht der über ihnen strahlenden gelben Sonne tilgte alle Feuchtigkeitsspuren, die ihre nackten Füße auf dem Stein hinterließen. Nur wenige Zentimeter entfernt gurgelte und plätscherte das Wasser. Jake blinzelte und sah zum Ufer. Hohes Gras wuchs dort zwischen Bäumen, die als Windschutz auf der Hügelkuppe dienten. *Eukalyptus* – so hatte sein Vater die Pflanzen genannt, als er einige sichelförmige Blätter zerrieb. Ganz deutlich erinnerte sich Jake an ihren durchdringenden Geruch. Anschließend hatte sein Vater einen Borkenstreifen vom Stamm gelöst. Dem Baum schadete das nicht – bei dieser Art erneuerte sich die Rinde ständig. Jetzt hing das Stück Borke in Jakes Zimmer an der Wand.

»Sieh mal«, wiederholte der andere Junge und hob den Fisch vor Jakes Gesicht. Panik glitzerte in den Augen des stummen Wesens, und die Kiemen pumpten vergeblich. Das Maul formte ein anklagend wirkendes O, als der Daumen des Jungen über den Bauch strich.

Jake wollte seinen Begleiter auffordern, den Fisch wieder ins Wasser zu werfen, ihm zu erlauben, in sein Element zurückzukehren und dort irgendwo in den Schatten zu verschwinden. Doch etwas hielt ihn davon ab. Furcht? Jake erzitterte innerlich bei diesem verräterischen Gedanken. Nein, er *fürchtete* sich nicht, zumindest nicht im eigentlichen Sinne. Aber er fühlte sich im Gespinst einer dunklen Faszination gefangen, so als stünde er am langsam abbröckelnden Rand einer tiefen Schlucht.

Er wußte nicht einmal den Namen des Jungen. Und das spielte auch gar keine Rolle.

»Ach, wir haben schon einmal einen Fisch gefangen. Fische sind nichts Besonderes.« Nachdenklich starrte der andere Junge auf das Geschöpf hinab und gelangte zu dem Schluß, daß es seine Aufmerksamkeit nicht verdiente. Achtlos warf er es fort, ohne festzustellen, wo es ins Wasser fiel. Dann beugte er sich vor, beschattete die Augen und hielt nach interessanteren Dingen Ausschau.

Jake spürte, wie die Unruhe in ihm ein wenig nachließ. In der Ferne, auf der anderen Seite des Baches, neigten sich die hohen Grashalme hin und her. Die Bewegungen gingen nicht etwa auf den Wind zurück. Jake kannte den Grund: Dort schlich eine orangefarbene Katze umher, auf der Suche nach Nahrung. Sie lebte hauptsächlich von den Mäusen in der Scheune, die jenseits des Hügels stand. Besser gesagt: die dort gestanden hatte. Der schiefe Schuppen mit dem Schindeldach, morschen Brettern, modrig riechen Heuhaufen und altem Pferdekot . . . Allmählich war er immer mehr in den Hintergrund gerückt, um den Fokus dieser kleinen Welt einer neuen Präsenz zu überlassen. Vermutlich unternahm die Katze deshalb weitere Streifzüge. Vieles hatte sich hier verändert. Und Jake wußte, daß noch weitere Veränderungen bevorstanden.

Der andere Junge beugte sich tiefer, dem Schatten auf der Wasseroberfläche entgegen. Jake beobachtete ihn und hielt unwillkürlich den Atem an. Er wollte unbedingt vermeiden, daß sein Begleiter die Katze bemerkte. Sonst hätten dem Tier Dinge zustoßen können, bei deren Vorstellung Jake erschauerte.

»Ich habe da etwas gesehen . . .«, murmelte der andere Junge und strich behutsam die langen Blätter einiger Wasserpflanzen beiseite. Eine Strähne fiel ihm in die Stirn, so dunkel wie seine Augen. Seltsam: Sommersprossen zeigten sich auf den Schultern, ebenso an den Armen, was Jake aus irgendeinem Grund nicht *richtig* erschien. Nur diese Teile schienen von dem Knaben übriggeblieben zu sein, der einst hier gelebt hatte, von einem Jungen mit dunkelrotem Haar, Stupsnase und offenem Lächeln. Das Lächeln des Neuankömmlings bestand nur aus einem kurzen Zucken in den Ecken des dünnlippigen Mundes; in seinem Gesicht zeigte sich Erheiterung über das, was er in Jakes Herzen sah.

Neugier verdrängte die Beklommenheit, und Jake beugte sich ebenfalls vor. Sein Schatten verschmolz mit dem des anderen Jungen, und dadurch wurde das Wasser noch dunkler. »Was hast du entdeckt?«

Der Namenlose streckte sich auf dem Felsen aus, und sein Arm reichte bis zur Achsel in den Bach. Es dauerte nicht lange, bis sich die Muskeln spannten, und ein triumphierendes Funkeln in den Augen wies Jake darauf hin, daß er etwas gefangen hatte.

Der andere Junge richtete sich halb auf und zeigte seine Trophäe. Einige Sekunden lang hielt Jake den feucht glänzenden Gegenstand für einen Stein, etwa so groß wie die Hand seines Begleiters. Dann sah er stummelförmige Beine an den Kanten. Unter dem Panzer kam ein haarloser Kopf zum Vorschein, dessen Miene Jake an die eines verdrießlichen Alten erinnerte. Der kleine Schädel verschwand wieder unter dem Schutz gewährenden Horn, und schuppige Lider senkten sich – dadurch wies das »Gesicht« gewisse Ähnlichkeit mit dem von Nogs Onkel auf, der als Barkeeper an Bord der Raumstation Deep Space Nine arbeitete.

»Nicht übel . . .« Der andere Junge drehte die Schildkröte so hin und her, als sähe er jetzt zum ersten Mal ein solches Geschöpf. Das überraschte Jake, denn immerhin wimmelte es im Fluß von ihnen: Sie schwammen in der Nähe des Grundes oder sonnten sich auf Steinen an den seichten Uferbereichen. »Dies könnte . . . *interessant* werden.«

Entsetzen keimte in Jake, als er den Blick der dunklen Augen spürte, die ihn über den Schildkrötenpanzer hinweg anstarrten. Was auch immer jetzt geschehen mochte: Er würde Teil davon sein, so wie er auch Teil der anderen Ereignisse gewesen war. Er sah sich selbst: seine Hände neben denen des anderen Jungen. Und wenn er durfte . . . Er wäre sogar bereit, jenes kleine Messer zu halten, dessen Klinge hervorsprang, wenn man eine Taste drückte.

Im hohen Gras auf der anderen Seite des Baches fand die jagende Katze unachtsame Beute und zerriß sie hungrig. Der Schweiß an Jakes Schultern schien sich in Eis zu verwandeln. Wenn er konzentriert genug Ausschau hielt, hatte er am Rande seines Blickfelds immer den Übergang sehen können, wo diese kleinere Welt in eine viel größere überging. Jetzt sammelten sich dort die Schatten einer anderen Realität.

Zwei kleinere dunkle Flecken beanspruchten seine Aufmerksamkeit, und erneut begegnete er dem Blick des mysteriösen Jungen.

»Es macht bestimmt Spaß«, sagte der Namenlose und lächelte verschwörerisch. Er griff in die Hosentasche und holte das Messer hervor. »Das weißt du.«

Jake kniff die Augen zu, um seinem Spiegelbild im Wasser zu entkommen. Er zuckte zusammen, als er ein metallisches Klicken hörte. Es nützte nichts, sich zu sagen, daß dies alles nicht wirklich passierte.

Trotzdem flüsterte er entsprechende Worte.

Ein Teil der gewölbten Wand zwischen dem Gitterboden und den Leuchtplatten an der Decke überlegte, was es zu unternehmen galt. *Eigentlich hat dies keinen Sinn*, dachte sie. Wenn das Wandsegment über Stimmbänder und Mund verfügt hätte, wäre es vielleicht bereit gewesen, die Worte laut auszusprechen, wenn auch nur deshalb, um ihr Echo im Korridor zu hören. Entsprechendes Wahrnehmungspotential gehörte zu seiner Ausstattung: Ein Teil der Struktur erfüllte die Funktion eines Trommelfells und lieferte der getarnten Intelligenz akustische Informationen. *Wahrscheinlich ist er bereits fort*, dachte die Wand. Von einem Augenblick zum anderen *zerfloß* sie und verdichtete sich dann zu einem schimmernden Etwas, aus dem der Sicherheitsoffizier von Deep Space Nine hervorging.

Odo blickte um die nächste Ecke und sah dorthin, wo sich der Gang teilte. Die Besatzungsmitglieder von Deep Space Nine kannten ihn vor allem als Humanoiden, und in dieser Gestalt war er imstande, visuelle Eindrücke von seiner Umgebung zu gewinnen. Als »Wand« durfte er sich keinen optischen Sensor wachsen lassen – dadurch hätte er sich sofort verraten.

Es gab keine Spur von dem Individuum, dem das Interesse des Sicherheitsoffiziers galt. Odos Gedächtnis enthielt ein komplettes Dossier über einen gewissen Ahrmant Wyoss, der als Frachtarbeiter gelegentliche Aushilfsdienste im Andockmast leistete. Zwar gab es in jener Abteilung alles – von computergesteuerten Gabelstaplern, die einen ganzen Reaktorkern befördern konnten, bis hin zu pinzettenartigen Präzisionszangen, mit denen sich einzelne Zellen monoklonierter Samenmasse aus strahlungsresistenter Transportgelatine herausziehen ließen. Aber manchmal brauchte man trotzdem reine Muskelkraft, zum Beispiel um Kisten zu öffnen, die von einer Low-Tech-Welt stammten. Nun, an Muskeln mangelte es Wyoss nicht. Hinzu kam bei ihm ein nachdenklicher, grüblerischer Gesichtsausdruck – das Ergebnis eines exzessiven Konsums von Sedativen, die auf das Zentralnervensystem wirkten, vermutete Odo. Es erstaunte ihn, daß sich Wyoss genug rudimentäre Intelligenz bewahrt hatte, um einen Überwachungssensor zu überlisten. Dieser Umstand paßte nicht ins psychologische Profil des Verdächtigen.

Hinter dem Sicherheitsoffizier ertönte ein charakteristisches Geräusch: Es stammte von einem kleinen Objekt, das auf den Boden fiel. Odo erschrak nicht, befand sich jedoch in einem Zustand erhöhter Wachsamkeit. Deshalb reagierte er sofort und drehte sich ruckartig um. Eine halbe Sekunde später sah er den Gegenstand, der das Geräusch verursacht hatte: eine kleine Kunststoffschachtel mit digitalem Display. Zwei Drähte ragten an einer Seite daraus hervor. Odo erinnerte sich erst jetzt wieder daran – ein Hinweis darauf, wie sehr ihn Ahrmant Wyoss beschäftigte. Er hatte das Gerät in einem Hohlraum der Decke versteckt, bevor er sich als Wandsegment tarnte.

Er hob es auf und betrachtete die Anzeige. Die Zahlen stimmten mit dem Zugangscode des Verdächtigen überein. O'Brien, Leiter der technischen Abteilung, hatte dieses Instrument für den Sicherheitsoffizier zusammengebastelt. Zwischen Miles O'Brien und Odo herrschte eine besondere Beziehung, die bestimmt war durch das Motto: »Eine Hand wäscht die andere.« Odo hatte ausgiebigen (und vielleicht ein wenig übertriebenen) Gebrauch von seiner Autorität gemacht, um einigen Dieben das Handwerk zu legen, die immer wieder Ersatzteile aus einem Lager verschwinden ließen. O'Brien erwiderte den Gefallen, indem er dieses kleine Gerät konstruierte. Und darüber Stillschweigen bewahrte.

Odo strich mit dem Daumen über die Drähte. Eigentlich verboten die Vorschriften von Deep Space Nine solche Apparate. Ohne eine schriftliche Anweisung des Kommandanten – hier das Äquivalent einer richterlichen Entscheidung – durfte niemand auf die finanziellen Daten anderer Personen zugreifen. Odos Aufgabe bestand darin, das Gesetz zu schützen. Doch in diesem Fall hielten sich seine moralischen Bedenken in Grenzen. Eigentlich stellte das Gerät kaum mehr dar als ein spezielles Interface: Es versetzte Odo in die Lage, alle Datenbanken der Holo-Kammern in DS9 anzuzapfen, um die Namen der Benutzer zu den betreffenden Zeiten in Erfahrung zu bringen. Die Informationen boten wichtige Anhaltspunkte in Hinsicht auf das allgemeine Verhaltensmuster von Wyoss. Der Verdächtige hatte außergewöhnlich viel Zeit in den künstlichen Welten verbracht, die zum Angebot der holographischen Kammern dieses Korridors gehörten.

Dabei handelte es sich um eine sonderbare Eigenart von Ahrmant Wyoss. Diese Holo-Kammern waren ein ganzes Stück von der Promenade entfernt, was bedeutete: Wenn der Verdächtige die Pseudorealität verließ, so mußte er ein ganzes Stück zu Fuß gehen, um Quarks Spielkasino zu erreichen und dort das eine oder andere Synthobier zu kippen. Odo dachte darüber nach, während er damit fortfuhr, das kleine Gerät hin und her zu drehen.

Ein an Besessenheit grenzender Wunsch, allein und ungestört zu sein? Der Sicherheitsoffizier zog diese Möglichkeit in Betracht, hielt sie jedoch für wenig wahrscheinlich. Ein Typ wie Ahrmant Wyoss scherte sich nicht darum, wie andere Leute seine Vorlieben beurteilten. Außerdem bot das Innere einer Holo-Kammer das Maximum an technisch zu bewerkstelligender Privatsphäre. Noch privater ging es nur im Innern des eigenen Kopfes zu. Dieser Punkt trug ganz erheblich zur Attraktivität der holographischen Projektionsräume bei. Auf Odo übte so etwas keinen nennenswerten Reiz aus. In seinem Leben gab es kaum einen Augenblick, in dem er sich nicht allein fühlte: Als Gestaltwandler, der nichts vom eigenen Ursprung wußte, blieb er von allen anderen getrennt.

Er verdrängte diese Gedanken, was ihm nicht schwerer fiel als das Schließen eines Kartons, der alte Fotos und familiäre Andenken enthält. Odo hatte es sich schon vor einer ganzen Weile angewöhnt, den mentalen Fokus immer auf die aktuellen Aufgaben zu richten. Vermutlich sah es im geistigen Kosmos von anderen Personen ähnlich aus. Der Umstand, daß in einem fernen Winkel seiner psychischen Welt ein Karton ruhte, der Fragen ohne Antworten enthielt, spielte dabei keine Rolle.

Ahrmant Wyoss befand sich irgendwo in der Raumstation und mußte so schnell wie möglich lokalisiert werden. Drei Tote lagen im Leichenraum der Krankenstation, von der Kehle bis zum Schritt aufgeschlitzt. Als Tatwaffe kam nur einer jener scharfen Schneider in Frage, die Frachtarbeiter verwendeten, um dicke Kabel zu durchtrennen oder klemmende Containersiegel aufzubrechen. Odo hatte beobachtet, wie jemand aus der Andockmastcrew seinen Schneider hervorholte und zur vollen Länge auseinander klappte – es ging blitzschnell. Zwei Leichen waren das Ergebnis eines Wutanfalls, den einer von Wyoss' Kollegen erlitten hatte. Unglücklicherweise schnitt sich der Mann die eigene Kehle durch, bevor Odo Gelegenheit bekam, ihn festzunehmen. Der dritte Mord geschah unter diskreteren Umständen, ohne daß konkrete Spuren zurückblieben. Dieses letzte Verbrechen stimulierte den ohnehin sehr sensiblen Instinkt des Sicherheitsoffiziers. Argwohn erwachte immer dann in ihm, wenn er Wyoss durch einen Korridor stapfen sah. Etwas in seinen Augen erinnerte ihn an einen Wurm, der sich langsam durch den Kern einer Frucht fraß ... Hinzu kam der Umstand, daß Wyoss' Schneider aus dem Spind verschwunden war, der das Werkzeug des Arbeiters enthielt.

*Vergeude keine Zeit mehr*, ermahnte sich Odo. Etwas hatte ihn veranlaßt, in diesem Gang zu verweilen, obgleich er inzwischen wußte, daß sich Wyoss nicht in der Nähe aufhielt. Ein anderer Verdacht, geweckt von Sinnen, die nichts mit Sehen oder Hören zu tun hatten, ließ einen Teil seines Selbst die Nähe eines anderen Verbrechens ahnen.

Die nächste Holo-Kammer gehörte zu den neuen Installationen auf Deep Space Nine. Mit grimmiger Zufriedenheit dachte Odo daran, daß Quark ausgerechnet bei der obszönen Unterhaltung Konkurrenz bekommen hatte und dadurch sicher eine Menge Geld verlor. Vermutlich kochte der Ferengi innerlich und hielt das alles für ungerecht. Die Genugtuung angesichts von Quarks mißlicher Lage tröstete Odo fast über die unangenehme Notwendigkeit hinweg, Ermittlungen anzustellen und die Eigentümer der neuen Holo-Kammern im Auge zu behalten.

Eine dieser Projektionskammern wurde derzeit benutzt. Mit Hilfe von O'Briens kleinem Apparat hatte Odo bereits herausgefunden, daß es nicht Wyoss war, der sich in dem Raum aufhielt. Behutsam schob er nun die Sensordrähte unter die Schalttafel der Tür, um den genauen Zugangscode in Erfahrung zu bringen.

Auf dem digitalen Display erschienen Zahlen, und wenige Sekunden später verwandelten sie sich in Buchstaben. Ein S bildete sich, gefolgt von einem I, bis schließlich der Name SISKO entstand.

*Seltsam*, dachte der Sicherheitsoffizier. Warum sollte der Stationskommandant einen so weiten Weg zurücklegen, um sich in einer holographischen Scheinrealität zu entspannen? Nichts hinderte ihn daran, eine der Holo-Kammern in Quarks Kasino für sich zu reservieren.

Das kleine Anzeigefeld präsentierte einen weiteren Buchstaben, ein J. Der Zugangscode betraf also nicht Benjamin Sisko, sondern seinen Sohn Jake.

Odo starrte verwundert auf das Display hinab, schaltete das Gerät dann aus und verstaute es in der Uniformtasche. Die Besorgnis wich nicht aus ihm, aber er hatte jetzt keine Zeit, darüber nachzudenken. Er drehte sich um und kehrte mit langen Schritten in Richtung Stationsmitte zurück.

Für ein oder zwei Sekunden glaubte Jake, daß ihm eine andere Präsenz Gesellschaft leistete, eine Person, die menschlicher war als der andere Junge, der diese kleine Welt mit ihm teilte. Er sah über die Schulter und erwartete – oder hoffte –, am Horizont eine offene Tür zu sehen. Er stellte sich vor, wie sein Vater über glatte Steine trat, die sich unter ihm in graues Metall verwandelten, wie er ihm die Hand entgegenstreckte, während der Bach verschwand und einer anderen künstlichen Welt wich – der von Deep Space Nine.

Doch er sah niemanden. Das seltsame Gefühl wich dem Empfinden profunder Einsamkeit. Es basierte auf der bitteren Erkenntnis, niemand sonst zu haben als den anderen Jungen. Einen Jungen, den es nur hier gab.

Widerstrebend wandte sich Jake seinem Begleiter zu. Dunkles, glattes Haar fiel dem Jungen in die Stirn, als er die Schildkröte in seiner Hand betrachtete. Die Spitze der Taschenmesserklinge strich über den Rand des Panzers, wie auf der Suche nach einem verborgenen Verschluß. In Jakes Magengrube krampfte sich etwas zusammen, und er spürte eine vage Übelkeit in sich aufsteigen.

Es hatte einmal eine Zeit gegeben, als der Junge noch keinen Bestandteil dieser Welt bildete. Manchmal wünschte sich Jake, in jene Vergangenheit zurückkehren zu können, um wieder ganz allein zu sein. Doch gelegentlich nahmen Verwirrung und Übelkeit solche Ausnahme an, daß er sich unmittelbar bedroht fühlte, daß er glaubte, davon verschlungen zu werden. Wenn das geschah, erfüllte ihn die Anwesenheit des anderen Jungen mit einer Freude, die an Ekstase grenzte. Dann wußte er: Die Worte seines Begleiters stellten nur Echos von Gedanken dar, die schon einmal ausgesprochen worden waren, in einem dunklen Winkel des eigenen Herzens.

»Möchtest du?« Der Junge schien Jakes Gedanken zu erraten und bot ihm das Messer an.

Jake schüttelte den Kopf. »Diesmal sehe ich nur zu.«

Das wissende Lächeln des Namenlosen verschwand – und erschien erneut, als er seine Aufmerksamkeit auf die Schildkröte richtete. Das Tier trat mit den Beinen, in dem vergeblichen Bemühen, sich zu befreien.

Jake hatte begonnen, sich zu erinnern, und jetzt konnte er die Reminiszenzen nicht mehr fernhalten. Er dachte an den Zeitpunkt, als er die Präsenz des anderen Jungen zum ersten Mal gespürt hatte. Jake sah ihn nicht, fand jedoch gewisse Spuren. Weiter unten am Bach standen die Bäume näher beieinander; dort formten ihre Äste und Zweige eine Art Dach, das einem natürlichen Filter für das Sonnenlicht gleichkam. Im modrig riechenden Schatten bemerkte Siskos Sohn eine Mulde zwischen Wurzeln und welkem Laub. An jener Stelle lag etwas, verborgen unter einem Mantel aus Fliegen, deren Summen wie das von elektrischen Strömen klang. Jake stieß das Objekt mit dem Fuß an, woraufhin die Fliegen kurz aufstiegen. Zum Vorschein kam ein kleines Tier, aufgeschlitzt von der Kehle bis zu den Hinterbeinen. Eine Katze. Einige graue Fellreste wiesen darauf hin, daß es sich nicht um den orangefarbenen Streuner aus der Scheune handelte. Voller Ekel wich er zurück und stolperte dabei fast über eine fransige Schnur, die ihm erst im letzten Augenblick auffiel. Als er genauer hinsah, fand er weitere Schnüre um die Stämme der nächsten Bäume geschlungen. Sie zerrten die Gliedmaßen des getöteten Tieres auseinander.

Der Kadaver war das erste Zeichen gewesen und markierte die Ankunft des anderen Jungen in dieser Welt. Später sah Jake noch weitere, und immer ging Abscheu damit einher. Deshalb lehnte er ab, als ihm der andere Junge das Messer anbot.

Er kniff die Augen zu und bedauerte es, nicht auch die Ohren schließen zu können. Viel zu deutlich hörte er ein leises Geräusch – es stammte von einer scharfen Klinge, die durch etwas Weiches schnitt. Einmal mehr wünschte sich Jake, daß alles um ihn herum ein Traum war, ein echter Traum, aus dem er erwachen konnte, wenn das Entsetzen zu groß wurde.

Major Kira Nerys drehte sich auf der schmalen Koje um und wußte, daß sie sich nicht mehr Schlaf erhoffen durfte. Eigentlich brauchte sie mehr Ruhe, um sich von der Erschöpfung in den Knochen und der geistigen Müdigkeit zu befreien, die sich wie Schlick hinter den Augen ansammelte.

Es gab auch noch einen anderen Grund dafür, warum sie die Lider geschlossen hielt und das Klicken und Klacken im Frachtshuttle ebenso ignorierte wie die Stimmen der Besatzungsmitglieder. Sie versuchte, die letzten Reste des verblassenden Traums festzuhalten, der ihr ebensolchen Trost gespendet hatte wie ein Kuß des längst verstorbenen Vaters. Sie sah . . . eine weite, grüne Landschaft, die bis zu einer aus Kuppeln und Türmen bestehenden Stadt am Horizont reichte. Über jener Welt flog sie, getragen vom sanften Wind, streckte die Hand aus, um die Oberfläche von Bajor zu berühren – als sei ihre Heimatwelt das Gesicht eines Geliebten, dessen Schlaf sie während ihres eigenen beobachtete . . .

»Major Kira . . .« Eine Stimme rief sie in die Realität zurück, und eine Hand berührte sie an der Schulter. »Es tut mir leid, Sie stören zu müssen . . .«

*Und wie Ihnen das leid tut*, dachte sie. Inzwischen war sie wach genug, um diesen Gedanken nicht laut auszusprechen. Außerdem widerstand sie der Versuchung, die Faust zu ballen und sie dem Mann ins Gesicht zu rammen, dessen Stimme sie gehört hatte. Der Traum löste sich endgültig auf und verschwand in der Welt des Irrealen. *Dorthin gehört er auch*, dachte Kira, atmete die schale Shuttleluft tief ein und bereitete sich darauf vor, die Benommenheit des Schlafs endgültig abzustreifen. Die Ursache des Traums kannte sie natürlich: Es waren die Erlebnisse und Beobachtungen der letzten fünf Tage. Die Bajoranerin hatte eine ganz bestimmte Region des Planeten besucht und dort eine Landschaft gesehen, die viele von Cardassianern angerichtete Wunden aufwies: Gruben, aufgegebene

Bergwerke, gewaltige Abraumhalden, Schutt und Ruinen. Kiras Heimat trug noch immer die gleichen Narben wie damals, als sie zum ersten Mal zur Raumstation Deep Space Nine flog. Das Grün der Natur breitete sich nur ganz langsam aus. Der Boden war von den cardassianischen Aggressoren so sehr ausgelaugt worden, daß er selbst anspruchslosen Pflanzen kaum genug Nährstoffe bot.

»Wir docken bald an . . .«

»Ja.« Kira nickte und versuchte, den schlechten Geschmack im Mund hinunterzuschlucken. Sie sah zu dem Besatzungsmitglied auf, das neben der Liege stand. Ein junger Mann, kaum mehr als ein Heranwachsender. Er war ihren Ärger nicht wert, obgleich er ihn verdiente. »Danke.« Sie schwang die Beine über den Rand der Koje und setzte sich auf. »Ich komme gleich nach vorn.«

Der junge Mann ging und ließ sie allein in der Frachtkammer des Shuttles zurück – allein mit einer Holzkiste, die fast so groß war wie sie selbst. Erneut streckte sie aus einem Reflex heraus den Arm und zog an der Kette. Die alten, rostigen Vorhängeschlösser daran trugen nicht nur das Symbol der provisorischen Regierung von Bajor, sondern auch das in Wachs gepreßte Zeichen des ranghöchsten Vedeks aus dem einflußreichsten religiösen Orden des Planeten. Eine Formalität, keine Maßnahme, die Sicherheit gewährleistete: Jeder Dieb hätte die Kette mit einem Mikroschneidbrenner durchtrennen können, um den Inhalt der Kiste zu durchstöbern und anschließend wieder alles zu versiegeln – ohne daß mehr als nur einige haarfeine Schweißspuren zurückblieben. Wenn die Gegenstände in der Kiste geschützt werden mußten (was keineswegs feststand; immerhin handelte es sich um Objekte, die hauptsächlich historischen Wert hatten), so kam diese Aufgabe Kira zu. In gewisser Weise gewährte sie »Geleitschutz«. Nachdem der Container an Bord des Frachtshuttles gebracht worden war, hatte Kira die Gelegenheit genützt, um versäumten Schlaf nachzuholen. Gewissensbisse plagten sie deshalb nicht. Schließlich hatte sie eine recht anstrengende geheime Mission auf dem Planeten hinter sich.

Mit der Kiste war soweit alles in Ordnung, was Kira kaum überraschte. Die Professionalität der Besatzungsmitglieder des Shuttles stand ihrer eigenen in nichts nach: Solange von der Fracht keine Gefahr ausging, beschränkte sich die Mannschaft darauf, sie zum Bestimmungsort zu bringen.

Kira drückte die Kragenschnalle ihrer Uniform zu, stand auf und strich sich das Haar aus der Stirn.

»In einer Viertelstunde docken wir an.« Der Navigator des Shuttles sah über die Schulter hinweg zu der Bajoranerin, die hinter ihm stehenblieb. »Wir könnten Sie an Bord beamen, wenn Sie's eilig haben.« Er zuckte mit den Schultern. »Anschließend geben wir Ihnen Bescheid, sobald die Fracht zum Dock transferiert worden ist.«

Kira blickte am Navigator und dem Piloten neben ihm vorbei, beobachtete Deep Space Nine. Die Raumstation schwebte jenseits der Backbordfenster in der Schwärze des Alls, neigte ihre gewölbten Andockmasten den Sternen entgegen. Kira spürte ein vages, imaginäres Zerren – ein Teil von ihr sehnte sich in den Habitatring der Station zurück, in eine Welt aus Metall, die zumindest das Unterbewußtsein als Heimat erachtete. Dieser Umstand erfüllte das Bewußtsein mit der gleichen Niedergeschlagenheit wie der Missionsbeginn: Nach fast einem Jahr hatte Kira wieder bajoranischen Boden betreten – und sich auf dem Planeten absolut fremd gefühlt.

Sie schüttelte den Kopf. »Nein, das ist nicht nötig.« Sie hatte alle Einzelheiten des Auftrags beachtet und würde auch den Rest hinter sich bringen. »Öffnen Sie einen Kom-Kanal und unterrichten Sie Commander Sisko von meiner Ankunft. Treffen Sie darüber hinaus Vorbereitungen für einen stationsinternen Transport. Die Kiste soll zum privaten Büro des Commanders auf dem OPS-Deck gebracht werden.«

Kira drehte sich um und kehrte in die Frachtkammer zurück. Dort berührte sie die Kiste, so als gingen geheimnisvolle Emanationen von ihr aus, die vielleicht ihre Seele erreichten. Der Container enthielt Teile von Bajor: die Reste einer Person, die einst Zentrum oder Essenz des Planeten gewesen sein mochte – so als gingen die Gezeiten der Ozeane auf den Herzschlag eines einzelnen Wesens zurück . . .

Sie spürte nichts. Mit geschlossenen Augen ließ Kira den Kopf hängen, bis sie genug Kraft gesammelt hatte, um sich von der Kiste abzuwenden. *Es gehört nicht zu deiner Mission, sentimental zu werden.* Wenn der Kisteninhalt so tot war, wie sich ihre Verbindung zur Heimatwelt in besonders schlimmen Momenten anfühlte . . . Nun, dann mußte sie irgendwie damit fertig werden, so oder so.

Wie dem auch sei: Das alles konnte zunächst warten. Major Kira Nerys nahm auf der Koje Platz und dachte über den Bericht nach, den sie Commander Sisko erstatten mußte.

Ganz plötzlich (normale Humanoiden hätten in diesem Zusammenhang vielleicht den Ausdruck »von einem Augenblick zum anderen« benutzt) sah Odo den Verdächtigen. Erneut erwachte Argwohn in ihm – er schien über ein spezielles olfaktorisches System zu verfügen, das es ihm ermöglichte, die Pheromone von bevorstehendem Mord wahrzunehmen. Auf der anderen Seite der Promenade – jenseits des Durcheinanders aus Passanten, Neugierigen, Besatzungsmitgliedern, Prostituierten, Freiern und Halunken – sah er Ahrmant Wyoss.

Der Sicherheitsoffizier wich in den Schatten eines Stützpfeilers zurück, um nicht gesehen zu werden. Er hätte sich ganz und gar unsichtbar machen können, indem er sein physisches Selbst mit der Wand verschmelzen ließ oder sich als eins der dicken Kabelbündel an der Decke tarnte. Doch es befanden sich zu viele Personen in der Nähe, und Odo wollte vermeiden, bei einem Gestaltwandel beobachtet zu werden; dadurch wäre genau die Aufmerksamkeit erregt worden, die er vermeiden wollte.

Für seine Entscheidung, das gegenwärtige Erscheinungsbild beizubehalten, gab es auch noch einen anderen Grund. Bei der Verwandlung in ein unbelebtes Etwas dauerte es einige Sekunden, bis seine Atome zu einem neuen Gleichgewicht fanden. Selbst wenige Sekunden waren jedoch ein zu langer Zeitraum, wenn dieser ihn daran hinderte, ein Verbrechen zu verhüten. Odos humanoide Gestalt bot den besten Kompromiß zwischen Schnelligkeit und Kraft, während sie ihm gleichzeitig erlaubte, auf viele andere Geschöpfe einigermaßen vertraut zu wirken. Kaum jemand ahnte, wie gut sein Reaktionsvermögen war und welche Kraft die Muskeln entwickeln konnten. Diese Fähigkeit, den Gegner zu täuschen, gehörte eher zum Repertoire eines Schauspielers, nicht zu den Werkzeugen eines Polizisten.

»Oh, *da* sind Sie, mein lieber Odo!« Eine vertraute Stimme ertönte in der Nähe. »Ich habe überall nach Ihnen gesucht.«

Aus den Augenwinkeln blickte der Sicherheitsoffizier zur Seite und nach unten, sah das piranhaartige Grinsen eines Ferengi. »Wenn man die Art Ihrer Geschäfte bedenkt, Quark . . .« Er reckte den Hals, um auch weiterhin die gegenüberliegenden Bereiche der Promenade zu beobachten. »Sie brauchen nie lange zu warten, bis ich bei Ihnen erscheine.«

»Wieder höre ich Sarkasmus in Ihrer Stimme.« Quark seufzte wie ein Märtyrer. »Das ist der Fluch, der heutzutage auf allen kleinen Geschäftsleuten dieses Universums lastet. Immer begegnet man uns mit Mißtrauen, weil wir einige der unnötigen bürokratischen Kurven schneiden, die den freien Handel behindern.«

»Interessant.« Odo schenkte dem Ferengi gerade genug Beachtung, um das Gespräch mit ihm fortzusetzen. Er hatte ohnehin die Angewohnheit, das Geschehen auf der Promenade zu beobachten, was bedeutete: Er erregte keinen Verdacht, wenn er sie einem permanenten visuellen Scan unterzog. »Welche Kurven haben Sie in letzter Zeit geschnitten? Verkaufen Sie wieder mit Wasser verdünntes Synthobier?«

»So etwas käme *mir* nie in den Sinn.« Quark richtete sich zu seiner vollen Größe auf und reichte dem Sicherheitsoffizier dadurch fast bis zur Schulter. »Ich habe über den Handel allgemein gesprochen. Und was die Sache mit dem Synthobier betrifft ... Dabei handelte es sich um ein Experiment, bei dem es nur um das Wohl meiner Kunden ging. Ich wollte ihnen ein Getränk anbieten, das den Metabolismus nicht so stark belastet.«

»Der Preis blieb natürlich unverändert.«

Quark zuckte mit den Achseln. »Kreativität muß bezahlt werden.« Ein Schatten fiel auf die Züge des Ferengi. »Ihre Vorwürfe sind sehr ungerecht. Vor allem dann, wenn man die unerfreulichen Aktivitäten gewisser anderer Personen bedenkt.«

Odo nahm diese Bemerkung zum Anlaß, dem Inhaber des Spielkasinos etwas mehr Aufmerksamkeit zu schenken. »Wen meinen Sie?«

»Schon gut. Vielleicht ergibt sich später eine Gelegenheit, darüber zu sprechen. Ich glaube, derzeit hören Sie mir nicht einmal richtig zu.« Neugierig folgte Quark Odos Blick. »Was finden Sie da drüben so interessant?«

»Es hat nichts mit Ihnen zu tun.« Auf der anderen Seite der Promenade war noch immer das schwitzende Gesicht von Ahrmant Wyoss zu sehen. Kleine Augen funkelten unter einer nachdenklich gerunzelten Stirn. Odo sah, wie sich die Hände des Mannes zu Fäusten ballten, als andere Personen an ihm vorbeigingen. Trotz der noch immer recht großen Entfernung spürte Odo die mordlüsterne Aura des Verdächtigen.

Er warf Quark einen kurzen Blick zu. »Sie sollten jetzt hinter die Theke Ihres Kasinos zurückkehren.«

»Ach?« Der Ferengi hörte nicht zum ersten Mal eine diskrete Warnung, und er hatte gelernt, sie zu beachten. Besorgt wich er einen Schritt zurück. »Ich würde es sehr zu schätzen wissen, wenn Sie nichts unternehmen, das die Gäste erschreckt. Einen solchen Gefallen kann ich von Ihnen erwarten. Immerhin haben Sie die Absicht, mein Lokal für Ihre Besprechung mit Commander Sisko zu verwenden.«

»Ich weiß nicht, wovon Sie reden.« Für Odo wurde die Stimme des Ferengi allmählich zu dem Summen eines lästigen Insekts. Er wünschte sich, ihn ebenso leicht verscheuchen zu können. »Ich habe keine ›Besprechung‹ mit dem Commander geplant. Weder in Ihrem Etablissement noch sonst irgendwo.«

»Aber . . . ein Mitarbeiter des Stationskommandanten hat mich gebeten, ein privates Zimmer für zwei Personen zu reservieren. Natürlich mit allen erforderlichen Sicherheitsmaßnahmen. Angesichts der sehr *ungewöhnlichen* Vorgänge in letzter Zeit nahm ich an, daß Sie die zweite Person sind.«

Odo spürte, wie vertrauter Ärger in ihm keimte. Quark wurde nur selten konkret, liebte es statt dessen, sich in Andeutungen und Anspielungen zu ergehen. Damit hatte er den Sicherheitsoffizier schon mehrmals bis zum Siedepunkt gereizt.

Gerade unter den gegenwärtigen Umständen wollte Odo keine Zeit verlieren.

»Hören Sie mir gut zu, Quark.« Er versuchte, ganz ruhig zu sprechen, während er noch immer über die Promenade hinweg den Verdächtigen beobachtete. »Ich verspreche Ihnen, daß wir ein sehr ausführliches Gespräch führen, und zwar bald. Wenn sich dabei herausstellt, daß Sie wichtige Informationen zurückgehalten haben . . . In dem Fall packe ich Sie an den Füßen und schüttelte Sie, bis ich alles von Ihnen erfahre. Verstanden? Kehren Sie jetzt in Ihre Spelunke zurück und wischen Sie dort die Tische ab. Commander Sisko hat zweifellos Besseres zu tun, als sich um irgendwelche Taschendiebe Gedanken zu machen, die bei Ihnen ihr Unwesen treiben.«

Der Sarkasmus prallte wirkungslos an Quark ab. »Wenn es nur darum ginge . . .« Erneut verdunkelte sich seine Miene, und in der Stimme des Ferengi erklang ein erstaunliches Maß an Bitterkeit. »Nun gut. Offenbar gehört es nicht zu Ihren Pflichten, das Prinzip des freien Unternehmertums vor unredlicher Konkurrenz zu schützen.« Er drehte sich um und ging in Richtung der Rampe, die zur Promenade hinunterführte.

Als Quark fort war, richtete Odo wieder seine volle Aufmerksamkeit auf Ahrmant Wyoss. Langsam näherte er sich, setzte immer dann einen Fuß vor den anderen, wenn der brennende Blick des Verdächtigen ihn nicht berührte.

Kira beobachtete, wie Commander Sisko mit der Hand über die Kiste strich. Er nickte langsam, und in seinem Gesicht zeigte sich eine Mischung aus Nachdenklichkeit und Melancholie.

»Hier sind die Schlüssel, Sir.« Kira hielt einige primitive Metallobjekte in der Hand. »Für die Schlösser.«

»Wie bitte?« Sisko wandte sich ihr zu. »Oh . . . natürlich.« Er nahm die Schlüssel entgegen und schloß die Finger um sie. »Wenn wir die Siegel lösen . . . Ist dabei eine Art Zeremonie erforderlich? Ich habe in allen unseren Datenbanken über die bajoranischen religiösen Praktiken nach Hinweisen gesucht – ohne etwas zu finden, das unsere Situation betrifft.«

»Ich glaube nicht, daß ein besonderes Ritual notwendig ist, Commander.« Erneut mußte Kira zugeben, daß in ihrem Wissen über Bajor Lücken existierten – Lücken, die immer größer wurden, je länger sie der Heimat fernblieb. »Die Siegel sind eigentlich nur eine Formalität. Die Ältesten wollten uns damit mitteilen, daß der Inhalt dieses Containers authentisch ist.«

»Ich fürchte, daran kann kaum ein Zweifel bestehen.« Erneut berührte Sisko das Holz. »Ich wünschte, es wäre anders. Wenn ich irgendwie dafür sorgen könnte, daß die Dinge hier drin *nicht* echt sind . . .« Er schüttelte den Kopf. »Sie haben gute Arbeit geleistet, Major. Ich bedauere sehr, daß die Mission nötig war.«

Kira schwieg. Die letzten Worte des Commanders beschrieben auch ihre eigenen Empfindungen.

Die Kiste enthielt verschiedene Gegenstände: Fragmente der Vergangenheit und Andenken, die an Kai Opaka erinnerten, die Seele von Bajor. Eine Seele, die aus dieser Welt verschwunden war, um im Jenseits ein ewiges Leben zu führen.

Es spielte jetzt keine Rolle mehr, welchen Standpunkt Kai in dieser Hinsicht vertreten hatte. Der Umstand, daß sie nicht mehr auf Bajor weilte, ließ eine seltsame Leere in Kira entstehen. Offenbar empfand Commander Sisko ähnlich, denn seine Stimme war leise und klang bedrückt.

Sisko wandte sich von der Kiste ab. »Ich brauche einen ausführlichen Bericht von Ihnen, insbesondere hinsichtlich der jüngsten politischen Entwicklungen auf Bajor. Wenn ich Sie jetzt gleich um entsprechende Auskünfte bitten dürfte . . .«

»Natürlich, Commander.« Diese Angelegenheit stellte einen weiteren Aspekt ihres Auftrags dar. »Ich könnte Ihnen jetzt sofort einen allgemeinen Überblick geben und in zwei Lieferungen einen ausführlichen schriftlichen Bericht vorlegen.«

»Einverstanden. Ich habe ein abgeschirmtes Zimmer bei Quark reserviert. Dort haben wir es bestimmt gemütlicher als hier im Büro.«

Kira atmete tief durch. »Wenn Sie erlauben, Sir . . . Derzeit bin ich nicht in der richtigen Stimmung, um vielen Leuten zu begegnen. Der Einsatz hat mich ziemlich erschöpft.«

»Kann ich mir denken, Major. Allerdings sollten wir auch berücksichtigen, wie leicht in Deep Space Nine Gerüchte entstehen. Offiziell diente Ihr Abstecher nach Bajor allein dem Zweck, diese Relikte hierherzuholen. Wenn wir uns jetzt die Zeit nehmen, über Ihre politische Analyse zu reden . . . Dann könnte es geschehen, daß gewisse Personen Verdacht schöpfen. Ein Besuch bei Quark hingegen bedeutet nur, daß Sie sich nach der Mission auf dem Planeten ein wenig entspannen wollen.«

Eigentlich sehnte sich Kira nur danach, auf das Bett in ihrem Quartier zu sinken und zu schlafen, tief und traumlos. Die kurzen Nickerchen auf Bajor und an Bord des Frachtshuttles hatten nicht ausgereicht, um ihre Kräfte zu erneuern.

»Na schön«, sagte sie und nickte. In Gedanken begann sie bereits damit, die wesentlichen Punkte für den mündlichen Bericht zusammenzufassen.

Die wichtigsten Einzelheiten warteten nur noch darauf, in Worte gefaßt zu werden, als sie zusammen mit Sisko den Turbolift auf dem Promenadendeck verließ. Eine Sekunde später sah Kira das Aufblitzen von Metall.

Jake öffnete die Augen, obwohl er es eigentlich gar nicht wollte. Irgend etwas zwang ihn dazu; er mußte *sehen*, was geschah.

»Hier.« Der andere Junge beendete die Stille, mit der sich Jake zu schützen versuchte. »Jetzt bist du dran.«

Metall glänzte, eine Klinge in der Hand des Namenlosen . . . Er streckte ihm das Messer entgegen. Ein dünnes Lächeln umspielte seine Lippen, und in den dunklen Augen leuchtete verschwörerische Freude.

Jake sah noch etwas: das Objekt auf dem Stein, neben dem der andere Junge hockte. Ein Objekt, das lebendig und ganz gewesen war, als er die Augen geschlossen hatte. Jetzt stellte es eine halb zerfetzte Masse dar, in der aber noch immer Leben steckte. Ein blutverschmiertes Stück des Panzers lag am Ufer des Baches.

»Na los!« drängte der andere Junge. »Du willst es doch, oder?«

Ekel und Zorn erfüllten Jake. Ganz plötzlich holte er aus und stieß die Hand des Namenlosen beiseite. Das Messer flog fort, wie ein silbriger Vogel aus Metall, und verschwand jenseits des Baches im Gras.

Siskos Sohn stand auf, schnappte nach Luft und lief los. Der andere Junge lachte hinter ihm, und der Spott schien vom Himmel widerzuhallen. Jake streckte die Hand aus, tastete nach dem Horizont und einer Tür, hinter der sich die sonnenlosen Korridore seiner Heimat erstreckten.

Das Aufblitzen von Metall sprang dem Sicherheitsoffizier entgegen, und Odo begriff sofort, daß es von einem Schneider stammte. Eine zweite Erkenntnis folgte der ersten: Er hatte zu lange gewartet und seine Pflicht vernachlässigt, indem er sich mit der Rolle des Beobachters begnügte. Ahrmant Wyoss hob die Waffe über den Kopf, und seine Hand schloß sich krampfhaft fest um den Griff. In den weit aufgerissenen Augen loderte es – der Wahnsinn zwischen den Schläfen schien nun die letzten Barrieren zu überwinden.

Jemand schrie: ein schriller Laut, der Angst verriet. Die Menge wich fort von Wyoss. Der freie Bereich um ihn herum dehnte sich immer mehr aus, als die Besucher der Promenade vor der langen Klinge flohen. Die humanoiden Gestalten vor Odo wuchsen zu einer lebendigen Mauer zusammen. Er zerrte zwei Schultern auseinander, zwängte sich in die Lücke zwischen den beiden Personen und versuchte, weiter nach vorn zu gelangen. Die von Panik erschütterte Menge verwehrte ihm den Blick auf Wyoss. Der Sicherheitsoffizier schob mehrere Personen beiseite, setzte sein Bemühen fort, die Distanz zu verringern.

Kurz darauf stellte er fest, worauf es Wyoss abgesehen hatte. Odos Aufmerksamkeit war so sehr auf den Mann fokussiert gewesen, daß er es versäumt hatte, auf die übrigen Dinge in der Promenade zu achten. Nur am Rande nahm er zur Kenntnis, daß sich einige Meter entfernt die Tür des Turbolifts öffnete.

*Darauf hat er gewartet*, fuhr es dem Gestaltwandler nun durch den Sinn. *Das ist sein Ziel . . .*

Zwei Individuen traten aus dem Lift. Sie sprachen miteinander und merkten zu spät, was sich unmittelbar vor ihnen ereignete.

Odo erkannte die beiden Personen, die eben gerade das Promenadendeck betreten hatten: Major Kira und Commander Sisko. In einem fernen Winkel seines Gedächtnisses flüsterte Quarks Stimme und erwähnte ein Zimmer, das angeblich für eine Besprechung reserviert war.

Dann gab es keine Zeit mehr für Erinnerungen. Odo erreichte den Rand des freien Bereichs genau in dem Augenblick, als Sisko den Schneider bemerkte und die Hand hob, um den tödlichen Hieb abzuwehren.

# 2

Ein oder zwei Sekunden lang sah Odo überhaupt nichts. Einer der Promenadengäste stolperte rückwärts. Offenbar befürchtete der Betreffende, von dem Schneider getroffen zu werden. Odo verlor das Gleichgewicht, fiel, rollte sich herum und sprang wieder auf. Funken stieben, als der Schneider gegen die Tür des Turbolifts knallte.

Major Kira hatte rechtzeitig reagiert, sich geduckt und das eigene Bewegungsmoment genutzt, um Commander Sisko zur Seite zu stoßen. Die Waffe schlug mit solcher Wucht gegen die Turbolifttür, daß Wyoss am ganzen Leib erbebte. Odo glaubte sogar, das Klappern seiner Zähne zu hören.

Bevor der Sicherheitsoffizier Gelegenheit bekam, in das Geschehen einzugreifen, war die Gefahr bereits überstanden. Der am Boden liegende Sisko trat zu, und Wyoss taumelte an die Wand. Instinktiv suchte er nach Halt, und dadurch rutschte ihm die Waffe aus der Faust. Der Stationskommandant sprang auf, schlug zu, traf seinen Gegner am Kinn und rammte ihm dann den Ellenbogen in die Magengrube. Wyoss ächzte und sank auf die Knie.

»Ich habe ihn.« Odo drehte dem Mann die Arme auf den Rücken und legte ihm Handschellen an. Anschließend zog er Ahrmant Wyoss hoch. »Ist alles in Ordnung mit Ihnen, Commander?«

Sisko strich seine Uniform glatt, nickte und blickte über die Schulter hinweg zu Kira. »Derzeit leide ich nur an einer Überdosis Adrenalin, Constable. Und Sie, Major?«

»Seien Sie unbesorgt.« Kira musterte den Mann, der sich in Odos Griff hin und her wand. »Wer ist der Kerl?«

Der Sicherheitsoffizier hörte einen vorwurfsvollen Unterton in Kiras Stimme. Glaubte sie vielleicht, es sei seine Schuld, daß die Klinge so nahe an ihren Kopf herangekommen war?

»Die Identität der Person ist bereits bekannt«, sagte Odo steif. »In bezug auf Motive und den persönlichen Hintergrund finden weitere Ermittlungen statt.«

Sisko beugte sich zu Wyoss vor und sah in Augen, die nun einen großen Teil ihres Glanzes verloren hatten. »Hat diese Angelegenheit mit den, äh, *Zwischenfällen* zu tun, von denen Sie mir erzählt haben?«

»Ich fürchte, das ist der Fall, Commander.«

»Verstehe.« Sisko richtete sich auf. »Ich schätze, in diesem Zusammenhang gibt es noch einiges zu besprechen. Bis zum Ende der Schicht erwarte ich einen detaillierten Bericht von Ihnen.«

Odo nickte knapp. »Kommen Sie . . .« Wyoss' Kopf baumelte hin und her, als der Sicherheitsoffizier seinen Gefangenen mit sich zog. »Gehen Sie weiter«, wandte er sich an die vielen Schaulustigen. »Die Show ist zu Ende.« Er bückte sich und griff nach dem Schneider. »Haben Sie nicht gehört? Sie sollen weitergehen.«

Eine Gasse bildete sich in der Menge, und Odo führte Ahrmant Wyoss in Richtung des Sicherheitsbüros am anderen Ende der Promenade.

»Jetzt brauche ich einen Drink.« Sisko saß am Tisch in der Mitte des Zimmers und lächelte schief. »Jenes unerfreuliche Ereignis hat uns mehr abgelenkt, als mir lieb sein kann.«

Kira nickte und rieb sich die Augen. »Ich bin dadurch wieder wach geworden.« Sie neigte den Kopf nach hinten und versuchte, die erneut schwerer werdende Last der Erschöpfung abzustreifen. »Ist es während meiner Abwesenheit an Bord von Deep Space Nine zu Entwicklungen gekommen, über die ich Bescheid wissen sollte?«

»Nun, da bin ich mir noch nicht ganz sicher.« Die Falten fraßen sich tiefer in Siskos Stirn. »Ich nenne Ihnen Einzelheiten, sobald ich mehr von Odo erfahren habe. Im Augenblick möchte ich nur folgendes dazu sagen: Die Begegnung dort draußen war nicht die erste ihrer Art. Allerdings deutet alles darauf hin, daß man es diesmal auf mich abgesehen hatte.«

Eine besorgniserregende Bemerkung. Kira beschloß, gründlich darüber nachzudenken, sobald sich der Müdigkeitsnebel in ihrem Bewußtsein gelichtet hatte. Es war alles andere als leicht, die Irren und Wahnsinnigen in der Galaxis von Deep Space Nine fernzuhalten – immerhin diente die Raumstation als ein interstellarer Verkehrsknotenpunkt. Rein theoretisch konnte jeder abgewiesen werden, der eine Gefahr für DS9 oder ihre Crew darstellte, aber in der Praxis sah die Sache anders aus: In den meisten Fällen reichte die Zeit nur für sehr oberflächliche Untersuchungen und Kontrollen. Es handelte sich um das alte Problem der Bewegungsfreiheit in einer offenen Gesellschaft – daraus ergaben sich nicht nur Vorteile, sondern auch Nachteile. Kira und Odo hatten mehrmals darüber gesprochen. Um die Sicherheit in der Station zu *garantieren*, mußten ebenso strenge Maßnahmen ergriffen werden wie unter dem Regime der Cardassianer. Und damit wäre all das in Frage gestellt worden, was die Föderation in diesem Raumsektor zu erreichen hoffte.

Es hatte Kira nicht unerhebliche Mühe gekostet herauszufinden, welchen Standpunkt Odo in dieser Hinsicht vertrat. Seine Loyalität galt vor allem DS9, der einzigen ihm vertrauten Welt. Der Raumstation gegenüber hatte er ebensoviel Patriotismus entwickelt wie Kira in bezug auf Bajor. Alles andere kam für ihn an zweiter Stelle. *Das gilt auch für mich*, mußte sich Kira eingestehen. Dies führte unter anderem zu einer gewissen Kühle und Berechnung allen anderen Personen gegenüber, die ihre Einstellung nicht teilten – zum Beispiel Commander Sisko und andere Repräsentanten der Föderation. Das mochte der Grund dafür sein, warum viele Besatzungsmitglieder Parallelen zwischen ihr und Odo sahen. Sie galten als gleichermaßen steif, zugeknöpft und stur wie Granit. Der zuletzt genannte Vergleich wirkte gerade bei Odo seltsam, der sich in regelmäßigen Abständen verflüssigte, um seine psychisch-physische Struktur zu regenerieren.

Gleichzeitig wußte Kira: Odo, Sisko und sie mußten eine gemeinsame Front gegen alle Personen, Gruppen und Organisationen außerhalb von Deep Space Nine bilden – von den Föderationsbehörden, die jederzeit ihre Unterstützung einstellen konnten, bis hin zu den Cardassianern, die nur auf eine günstige Gelegenheit warteten, um die Raumstation wieder unter ihre Kontrolle zu bringen. Wenn man es mit solchen potentiellen Gegnern zu tun hatte, mußte man stark sein und durfte sich nicht durch Streit in den eigenen Reihen schwächen.

Kira rieb sich die Schläfen, um den dumpfen Schmerz zu vertreiben, der dort pochte. Sie hatte sich vorgenommen, nicht über diese Dinge nachzudenken, zumindest nicht jetzt. Doch die Gedanken entzogen sich ihrer Kontrolle.

Früher einmal war es einfacher gewesen, sich über gewisse Dinge klarzuwerden und den Feind zu identifizieren. Kira erinnerte sich an ihre Zeit bei der bajoranischen Widerstandsbewegung. Damals hatte es ganz einfache Regeln gegeben: Wenn es ein Cardassianer ist, so verdient er einen Phaserschuß in den Kopf. Jetzt wies ihr moralisches Raster nicht mehr nur schwarze und weiße Töne auf; Grauschattierungen dominierten – das Ergebnis der Politik. Sie war bereits Bajoranern begegnet, die sich über ihren Tod gefreut hätten. Wie lange dauerte es noch, bis sie ähnlich empfand, bis sie schon durch einen kleinen Streit um Zukunft und Schicksal der Heimat zu hassen begann?

*Wie lange es noch dauert?* Kira gestattete sich ein bitteres mentales Lachen. Die bajoranische Politik hatte dieses Stadium schon erreicht. Und genau darüber mußte sie mit Commander Sisko reden.

»Mit den besten Empfehlungen des Hauses . . .«

Eine Stimme unterbrach Kiras Grübeleien. Sie drehte sich um und sah ein vertraut grinsendes Gesicht, als sich der Vorhang im Zugang des Zimmers teilte.

Quark stellte ein Tablett mit zwei Krügen Synthobier auf den Tisch und verbeugte sich. »In Anerkennung Ihrer guten Vorstellung auf der Promenade, Commander.«

Sisko wölbte eine Braue. »Es ging mir nicht darum, Sie und Ihre Gäste zu unterhalten.« Er griff nach den beiden Krügen, reichte einen Kira.

»Schade.« Quark hob das Tablett und drückte es sich wie einen Schild an seine Brust. »Wenn wir so etwas regelmäßig stattfinden lassen könnten . . . Dadurch gelänge es uns vielleicht, neue Kunden anzulocken.«

Sisko sah in Richtung Theke. »Ihre Geschäfte scheinen nicht gerade schlecht zu gehen.«

Das Grinsen verschwand aus Quarks Gesicht, und seine Züge verdunkelten sich. »Nun, von jemandem wie Ihnen kann man wohl kaum erwarten, daß er ökonomische Situationen richtig einschätzt, Commander. Lassen Sie es mich folgendermaßen ausdrücken: Seit einer Weile ziehen die Leute *andere* Arten der Unterhaltung vor.«

»Bitte.« Sisko hob die Hand. »Major Kira und ich müssen einige Dinge besprechen. Wenn Ihnen die Dabo-Tische nicht so viel einbringen wie sonst, so finden Sie bestimmt eine Möglichkeit, den Einkommensverlust an anderer Stelle auszugleichen. In der Zwischenzeit . . .«

Quark verbeugte sich erneut, noch etwas tiefer als vorher. Es wirkte ein ganzes Stück unterwürfiger. »Sie sind hier völlig ungestört und brauchen kein Blatt vor den Mund zu nehmen, Commander. Der allseits geschätzte Sicherheitsoffizier hat dieses Zimmer vor nur drei Schichten untersucht und festgestellt, daß alles in bester Ordnung ist.« Quark trat zurück. »Geben Sie mir Bescheid, wenn Sie etwas brauchen.«

Die Aktivierung des transparenten Schilds hielt alle Geräusche vom Zimmer fern. Kira trank einen Schluck und schob den Krug beiseite. »Es ist schlimmer geworden, Commander.« Sie legte die Hände flach auf den Tisch und betrachtete sie einige Sekunden lang, bevor sie den Kopf hob. »Viel schlimmer als wir glaubten.«

Sisko nickte langsam. »Die Separationsfront?«

»Wer sonst? Allerdings hätte ich nicht gedacht, daß diese Leute so schnell eine so leistungsfähige Organisation aufbauen können.« Einzelne Bilder erschienen im geistigen Nebel ihrer Benommenheit. »Offenbar haben wir die Intensität der gegen die Föderation gerichteten Gefühle auf Bajor weit unterschätzt. Anders ausgedrückt: Wir waren uns nicht bewußt, was von ihr unternommen worden war, um die Separatisten zu neutralisieren.«

Kira brauchte den Namen nicht auszusprechen. Ein Blick zu Sisko genügte: Die Schultern neigten sich wie unter einer schweren Last nach unten, und der Ernst in seinem Gesicht vermittelte eine deutliche Botschaft – er wußte, wen die Bajoranerin meinte.

»Hier zeigt sich einmal mehr die Weisheit einer terranischen Redensart.« Commander Sisko tippte mit einem Fingernagel an den Krug vor ihm. »›Man vermißt das Wasser erst, wenn der Brunnen trocken ist.‹ Ich fürchte, Kai Opakas Abwesenheit wird dafür sorgen, daß wir noch mehr trockene Brunnen sehen, sowohl hier als auch auf Bajor.«

*Abwesenheit*, nicht *Tod*. Kira war dankbar dafür, daß sich der Stationskommandant auf diese Weise ausgedrückt hatte. Sisko und sie selbst gehörten zu den wenigen Personen, die das Schicksal der Kai in allen Details kannten. Ein Schicksal, das dem Tod gleichkam, soweit es andere Bajoraner betraf. Schon vor ihrer Mission hatte Kira von einer lebhaften theologischen Debatte erfahren, die sich um folgende Frage drehte: Deutete der Umstand, daß Kai Opaka »dem Ruf der Propheten« gefolgt war, auf einen körperlichen Tod hin, oder sollte man sich darunter den Wechsel einer Existenzebene vorstellen? Die Diskussion wurde mit einer solchen Leidenschaft geführt, daß Kira bezweifelte, ob jemand an der Wahrheit interessiert war: Kai Opaka lebte noch, auf einem viele tausend Lichtjahre entfernten, von Krieg und Elend heimgesuchten Mond.

Ganz gleich, was es mit der »Abwesenheit« der Kai auf sich hatte – in praktischer Hinsicht bedeutete sie viel für Bajor. *Jetzt geht uns tatsächlich das Wasser aus*, dachte Kira. Sie und der Commander ahnten schon seit einer ganzen Weile, daß sich Kai Opakas Einfluß im Schmelztiegel der bajoranischen Politik nicht nur auf eine vermittelnde, versöhnliche Präsenz beschränkte. Kiras gerade beendete Mission bestätigte, daß Opaka die ganze Zeit über hinter den Kulissen gewirkt hatte. Sie hatte eine Fraktion gegen die andere ausgespielt und an Fäden gezogen, die teilweise so dünn waren wie Spinnweben. Hier ein geflüstertes Wort, dort ein segnendes Lächeln ... So etwas verschob ausschlaggebende Stimmen hierher oder dorthin. Welch ein Glück für Starfleet, daß diese List vor allem dem Zweck galt, Bajor in Richtung einer Vollmitgliedschaft in der Föderation zu steuern. In Kai Opakas Zukunftsvision gehörte Bajor zu einer großen Gemeinschaft von Welten und zog sich nicht in die Isolation zurück.

Jene Weisheit und die klugen Schachzüge der Kai hatten den Föderationssympathisanten eine knappe Mehrheit in der bajoranischen Regierung gegeben. Bei ihren Gegnern spielte die Vernunft keine so große Rolle wie die Leidenschaft – gerade deshalb barg die derzeitige Debatte ein hohes Gefahrenpotential.

»Wie schätzen Sie die Situation ein?« Der Commander stellte den nur noch halb vollen Krug auf den Tisch. »Nach all dem, was Sie auf Bajor gesehen und gehört haben . . . Wie beurteilen Sie die Chancen der Separationsfront?«

Kira schüttelte den Kopf. »Ich weiß es nicht.« Nach dem Verschwinden der Kai Opaka von Bajor hatten die vielen Gegner der Föderation ihre Differenzen überwunden und sich unter einem Banner zusammengeschlossen. »Nein, das stimmt nicht. Ich weiß es *doch*. Die Chancen der Front sind sehr gut. Wie ich vorhin schon sagte: Wir haben die Größe der Opposition unterschätzt. Das ist der Nachteil von Kai Opakas Aktivitäten: Angesichts ihrer Erfolge glaubten wir, daß die Gegner des interstellaren Völkerbunds immer mehr an Einfluß verlieren. Jetzt hält sie niemand mehr zurück, und daraufhin wird ihre breite Basis deutlich.«

»Mir ist das alles nach wie vor ein Rätsel.« Sisko klopfte verärgert auf den Tisch. »Wieso wollen sich so viele Bajoraner einer Entwicklung widersetzen, die ihrer Welt nur Vorteile bringt?«

»Commander . . .« Kira spürte eine andere Art von Müdigkeit, die noch tiefer in ihr wurzelte. »Diesen Punkt haben wir schon mehrmals erörtert. Die einfache Wahrheit lautet: Von den versprochenen Verbesserungen auf Bajor fehlt bisher jede Spur. Was eine Sorge bestätigt, die mich vom ersten Tag an belastete. Um die provisorische Regierung von Bajor zu bewegen, die Kontrolle über Deep Space Nine an Starfleet abzutreten, mußten ihr die Vorzüge einer Mitgliedschaft in der Föderation auf eine besonders . . . reizvolle und verlockende Weise dargelegt werden. Jetzt folgt dem anfänglichen Enthusiasmus Ernüchterung, denn der Völkerbund hat seine vielen Versprechen noch nicht eingelöst.«

»So etwas braucht Zeit, Major. Früher oder später kommt es in diesem Sektor zu enormen finanziellen und technischen Investitionen . . .«

»Oh, natürlich. Darauf weist man uns immer wieder hin.« Kira versuchte nicht, den Ärger zurückzuhalten. Sie verwendete nun ähnliche Worte wie die Isolationisten. »Um Himmels willen, Commander . . . Selbst die Cardassianer versprachen uns so etwas, als sie Bajor ausplünderten. Diese Raumstation und ihr Zugang zum stabilen Wurmloch sind alles, was meiner Heimat noch geblieben ist. Kann man es der Separationsfront da verdenken, daß sie fürchtet, auch darum betrogen zu werden?«

»Major . . . Zu Anfang dachte ich, daß es sich dabei um eine Eigenart Ihres Charakters handelt, um ein individuelles Merkmal, an das ich mich gewöhnen muß.« Sisko sprach in einem kühlen, förmlichen Tonfall. »Aber wenn ich jetzt darüber nachdenke, so gelange ich zu folgendem Schluß: Kai Opaka war in mehr als nur einer Hinsicht einzigartig. Abgesehen von ihr kenne ich keine anderen Bajoraner, die mit der Tugend der Geduld ausgestattet sind.«

»Geduld . . .« Kira mußte sich sehr beherrschen, um nicht zu explodieren. »Für Geduld braucht man Zeit, und die steht uns nicht zur Verfügung, Commander. Wir haben genug gelitten.«

Sisko straffte die Schultern. »Wenn das stimmt . . . Dann haben wir uns vielleicht geirrt, als wir annahmen, Ihre Welt sei für eine Mitgliedschaft in der Föderation bereit. Die bajoranische Regierung muß lernen, daß es Grenzen gibt, selbst für den Völkerbund. Der Föderationsrat kann sich nicht nur mit Bajor befassen; er muß seine Aufmerksamkeit auch anderen Welten und anderen Völkern widmen. Die interstellaren Entwicklungsressourcen können nicht allein zum Nutzen der Bajoraner eingesetzt werden; anderenorts werden sie ebenfalls gebraucht, vielleicht sogar noch dringender. Außerdem: Die provisorische Regierung von Bajor hat kein sehr großes Verhandlungsgeschick bewiesen. Es genügt nicht, immer nur zu fordern. Bei solchen Dingen ist Geduld nicht nur eine Tugend, sondern auch die einzige erfolgversprechende Strategie.«

Kira hörte das alles nicht zum ersten Mal. Trotz ihrer Erschöpfung fühlte sie, wie sich etwas in ihr versteifte. »Wenn Prioritäten neu bewertet werden . . . Das könnte auch der Föderation zum Nachteil gereichen, Commander. Wenn Bajor für den Völkerbund so unwichtig ist, dann werden sich die Bajoraner vielleicht überlegen, ob es Sinn hat, ihre Beziehungen zur Föderation in der gegenwärtigen Form beizubehalten.«

»Ich verstehe.« Sisko seufzte leise. »Was möchten *Sie*, Major? Halten Sie es für richtig, daß Bajor einen eigenen Weg beschreitet?«

In ihrem Herzen gab es zwei Kräfte, die Kira in unterschiedliche Richtungen zogen. Die eine Loyalität galt der Geburtswelt, die andere einer neuen Heimat. »Nein . . .« Sie schüttelte den Kopf. »Ich wäre nicht hier an Bord von Deep Space Nine, wenn es mir darum ginge.«

»Gut.« Sisko trank den Rest Synthobier und stellte den Krug ab. »Sie haben schon mehrmals bewiesen, daß Sie vor allem ans Wohl von DS9 denken – es gibt also keinen Grund für mich, Ihre Zuverlässigkeit in Frage zu stellen. Wenn Sie mir eine persönliche Bemerkung gestatten: Sie sind hier nicht die einzige Person, die sich immer wieder zwischen diesem und jenem Weg entscheiden muß.«

Der Stationskommandant stand auf und trat zum Schirmfeld. »Ich benötige einen vollständigen Bericht von Ihnen. Mit *allen* Einzelheiten: Namen, Verbindungen, Feindschaften, Einflüsse und so weiter. Die Frage lautet: Wie können wir unsere Interessen bei den einzelnen Fraktionen und Personen der provisorischen Regierung zur Geltung bringen? Von jetzt an müssen wir mehr politische Arbeit leisten.«

Sisko verließ den Raum. Kira sah ihm nach und beobachtete, wie er an den Tischen vorbeischritt, dem Ausgang des Spielkasinos entgegen.

Die Bajoranerin griff nach ihrem immer noch gut gefüllten Krug und trank einen Schluck. Das Synthobier schmeckte plötzlich noch bitterer als vorher.

Es brannte kein Licht im Quartier, aber Sisko wußte, daß jemand zugegen war. Er spürte es, vielleicht durch eine vage Bewegung der Luftmoleküle, oder aufgrund kaum hörbarer Atemzüge. Sein schlafender Sohn.

Hinter ihm glitt die Tür zu, und das vom Korridor hereinströmende Licht verblaßte allmählich. Die Dunkelheit verschlang Siskos Schatten. Er setzte sich wieder in Bewegung, trat an niedrigen Tischen, Sesseln und anderen vertrauten Einrichtungsgegenständen dieser kleinen, privaten Welt vorbei.

Nach wenigen Sekunden stieß er mit dem Knie an einen großen, schweren und völlig unerwarteten Gegenstand.

»Was zum . . .« Rasch schloß er den Mund wieder, um Jake nicht zu wecken – das dumpfe Pochen der Kollision hatte den Jungen nicht aus dem Schlaf gerissen. Sisko humpelte zum nächsten Schaltfeld und berührte dort einen Sensor. Ein Teil der Finsternis wich fort, als gerade genug Licht glomm, um eine visuelle Orientierung zu ermöglichen.

Das Objekt in der Mitte des Zimmers erwies sich als die Holzkiste, die Kira von Bajor mitgebracht hatte.

Sisko nahm auf dem Sofa Platz und rieb sich das Knie. Jemand aus der Zentrale mußte angeordnet haben, den Container vom Büro hierher zu transferieren. Oder vielleicht stammte die Order sogar von ihm selbst – Sisko wußte nicht mehr, ob er eine solche Anweisung erteilt hatte.

Er stellte sich vor, wie gespenstische Bewegung in die Kiste geriet, wie sie von ganz allein den Weg vom Büro zum privaten Quartier des Kommandanten zurücklegte. Sein Herz fühlte sich so schwer an wie Blei, als er den hölzernen Behälter betrachtete.

Dieses Gefühl stellte sich schon jetzt ein, obwohl er die Kiste noch gar nicht geöffnet hatte. Er ahnte, was sie enthielt. *Dies und jenes* ... Auf der Erde und auch auf anderen Welten hatte man die Gebeine von Heiligen verehrt. Nun, so etwas brauchte Sisko hier nicht zu befürchten. Immerhin lebte die Kai noch und trug alle Knochen in ihrem Leib, wenn auch auf der anderen Seite der Galaxis.

Die bajoranischen Priester – gewissermaßen Kollegen der Kai – hatten den Inhalt des Behälters beschrieben. Eine kleine Truhe aus kostbarem Holz, dunkler als die Nacht, darin ein halbes Dutzend Schriftrollen: religiöse Texte, per Hand von der Kai kopiert, als sie noch eine einfache Novizin gewesen war, vor mehr als fünfzig Jahren. Die mit großer Sorgfalt aufs Pergament geschriebenen Symbole hatten eigentlich nur für Sie selbst einen Wert. Hinzu kamen einige andere Dinge, stumm und leer ohne die vitalisierende Seele der Kai: ein handgeschnitzter Tisch, der in einer Ecke von Opakas Schlafgemach gestanden hatte; die Öllampe aus der kleinen Wandnische; ein Ohrschmuck-Sortiment, jedes Teil in Seidenpapier gehüllt, jedes Teil kunstvoller gearbeitet und mit mehr Edelsteinen ausgestattet als das vorhergehende – sie symbolisierten den Aufstieg der Kai durch die religiöse Hierarchie.

Dumme Anbeterei wurde von den bajoranischen Priestern nicht gefördert. Die Religion auf Bajor war weise genug, um zu lehren, daß nur Lebendiges heilig sein konnte. Früher einmal hätte man die Hinterlassenschaften der Kai beseitigt. Doch einer von Opakas Glaubensbrüdern hatte aus Anteilnahme – oder Grausamkeit? – beschlossen, diese Dinge zur Raumstation zu schicken, so als sei Deep Space Nine die Abstellkammer des Planeten. Damit teilte man Sisko mit: *Kümmern Sie sich darum*. Nun, es war nicht völlig unangebracht. Schließlich hatte er dazu beigetragen, daß sich Kai Opakas Schicksal erfüllte.

Es wäre besser gewesen, die ungeöffnete Kiste einfach auszuschleusen, sie dem Weltraum zu überlassen. Doch Sisko brachte nicht die Kraft auf, eine solche Entscheidung zu treffen.

Er fühlte sich jetzt müde und allein, umgeben von zwei sich überlappenden hohlen Hüllen: hier die von Deep Space Nine, und dort die des Alls. Die einzige Person, die wußte, welche Bürde das Kommando über die Raumstation für ihn bedeutete, war fort und hätte ebensogut tot sein können. Die Galaxis – beziehungsweise der kleine Teil davon, den er in sich trug – erschien ihm leer ohne die Kai.

Schuldgefühle regten sich in Sisko. Begriffe wie *Abwesenheit* und *Verlust* erinnerten ihn daran, daß er während der letzten Dienstschichten fast ohne Kontakte zu seinem Sohn geblieben war. Dauernd hatte irgend etwas anderes seine Aufmerksamkeit und Zeit beansprucht.

*Wann bekomme ich Gelegenheit, mich um Jake zu kümmern?* dachte Sisko.

Eine imaginäre Stimme antwortete ihm, die von Kai Opaka: *Sie wissen, wann Sie eine solche Gelegenheit bekommen, Benjamin – hier und jetzt.*

Das Knie schmerzte nicht mehr. Sisko stand auf und ging zur Tür des Zimmers, in dem sein Sohn schlief. Das matte Licht der Leuchtkörper in der Decke warf seinen Schatten aufs Bett.

Jake lag mit angezogenen Beinen da. Die Augen waren zusammengekniffen, eine Hand zur Faust geballt und ans Gesicht gepreßt. Auf diese Weise wirkte Jake wie ein viel kleineres Kind, das versuchte, einen Alptraum fernzuhalten. Schweiß glänzte auf der dunklen Haut des Jungen. Sisko trat näher und berührte die Stirn seines Sohns, spürte jedoch kein Fieber.

Er wich vom Bett zurück, noch besorgter als vorher. Es gab soviel, das er nicht kontrollieren konnte, sowohl in diesem Zimmer als auch in allen anderen Räumen von Deep Space Nine. Wo auch immer Jake in seinen Träumen weilte ... Er war dort ebenso allein wie sein Vater in dieser Welt.

Sisko ließ den Jungen schlafen und schloß die Tür. Wenn er zur Stelle sein konnte, sobald Jake erwachte ... Vielleicht bot das Trost genug.

Für sie beide.

# 3

Gute Vorsätze pflasterten den Weg zu einem schlechten Gewissen – wobei es sich um eine der harmloseren Höllen handelte, wie sich Benjamin Sisko eingestand. Er versuchte, seine Schuldgefühle zu unterdrücken, als er sich mit dem Sicherheitsoffizier von Deep Space Nine traf.

»Belastet Sie etwas, Commander?« Odo sah über den Schreibtisch hinweg und musterte Sisko. »Sie wirken ... besorgt. Wenn Sie möchten, verschieben wir die Besprechung auf einen späteren Zeitpunkt ...«

»Nein, schon gut, Constable.« Er schüttelte den Kopf. »Es ist nicht weiter wichtig. Ich hatte mir vorgenommen, zu Beginn dieser Schicht etwas Zeit mit meinem Sohn zu verbringen, vor seinem Unterricht.« Die von Keiko O'Brien gegründete Schule hatte inzwischen das Flair des Improvisierten verloren und war zu einer neuen Institution geworden. Die Frau des Leiters der technischen Abteilung unterrichtete nicht nur die Kinder der Besatzungsmitglieder, sondern auch die Söhne und Töchter von kurz- und langfristigen Gästen. »Als ich aufstand, war Jake bereits fort.«

»Oh, Familienangelegenheiten.« In Odos maskenhaftem Gesicht zeigte sich eine flüchtige emotionale Reaktion. »Vermutlich kann ich mich glücklich schätzen, weil ich nur eine Pflicht erfüllen muß.«

Von dieser Bemerkung ließ sich Sisko nicht täuschen. Er wußte um den Waisenstatus des Sicherheitsoffiziers, und er wußte auch, daß Odo doppelte Einsamkeit ertragen mußte: Weit und breit gab es keine anderen Angehörigen seiner Spezies. Dadurch entstand ein emotionales Vakuum, das immer wieder an seinen Gedanken zerrte. Sisko mochte Probleme damit haben, Jake in der künstlichen Welt von Deep Space Nine zu erziehen, aber bestimmt beneidete ihn Odo, weil er einen Blutsverwandten hatte.

»Vielleicht, Constable. Nun, wir sollten jetzt zur Sache kommen.« Er wandte sich der Computerkonsole auf dem Tisch zu. Der Bildschirm zeigte noch die letzte Seite von Odos Bericht. Sisko beugte sich vor und berührte eine Taste, woraufhin die Worte aus dem kleinen Projektionsfeld verschwanden. »An Bord dieser Raumstation ist eine sehr beunruhigende Situation entstanden.«

»Sie ist nicht nur beunruhigend, sondern einfach unerträglich, Commander.« Die Augen des Gestaltwandlers brachten es mühelos fertig, Ärger und Zorn zum Ausdruck zu bringen. Jetzt schienen sie sich in zwei glühende Kohlen zu verwandeln. »So etwas lasse ich an Bord meiner Station nicht zu.«

Odos besitzergreifende Haltung in bezug auf Deep Space Nine bildete vermutlich eine Art Ersatzbefriedigung für die unterdrückten familiären Instinkte. Wenn die Raumstation bedroht wurde, oder wenn jemand gegen ihre Regeln verstieß . . . Dann reagierte der Sicherheitsoffizier wie jemand, dessen Sohn oder Tochter in Gefahr geriet. Diese Einstellung machte einen erstklassigen und sehr zuverlässigen Ordnungshüter aus ihm. Andererseits riskierte er auch, gelegentlich die Grenzen der ihm verliehenen Autorität zu überschreiten. In einer so weit von den zentralen Welten der Föderation entfernten Raumstation war es leicht, Rechte zu verletzen, um der allgemeinen Sicherheit willen.

Man mußte Odo zugute halten, daß er nie den Buchstaben des Gesetzes vergaß. Wenn er ihn mißachtete – und Sisko wußte, daß so etwas geschah; an einem Ort wie diesem ließ sich das gar nicht vermeiden, wenn der Sicherheitsoffizier wirklich seine Pflichten erfüllen wollte –, so achtete er dabei den *Geist* der Gesetze.

Zumindest war das bisher der Fall gewesen.

»Es hat schon mehrmals Morde in Deep Space Nine gegeben.« Odos Stimme unterbrach Siskos Überlegungen. »Wenn man die Geschichte dieser Raumstation bedenkt, außerdem auch die Bedingungen, unter denen wir hier tätig sind, wenn wir außerdem berücksichtigen, daß ständig viele Personen kommen und gehen . . . Angesichts solcher Umstände herrscht eine große Wahrscheinlichkeit dafür, daß es zu Konflikten zwischen Individuen sowie illegalen Geschäften kommt. Ein zusätzlicher kritischer Faktor ist die Position von DS9: Sie lockt gewisse *zügellose* Personen an, die Deep Space Nine für einen idealen Schauplatz halten, um ihren Streit auszutragen oder wegen irgendwelcher Angelegenheiten Rache zu nehmen.« Odo atmete tief durch – eine von Humanoiden abgeschaute Maniriertheit –, um sich zu beruhigen. Er blickte aus dem Fenster ins All und senkte die Stimme, als er fortfuhr: »Manchmal frage ich mich, ob so etwas wie eine psychische Zentrifugalkraft existiert, die alle labilen Elemente in diesem Quadranten zu uns an den Rand treibt.« Er sah wieder zu Sisko. »Es kann wohl kaum ein Zufall sein, daß so viele davon bei uns erscheinen.«

Sisko hatte diese düsteren Kommentare schon des öfteren von Odo gehört, meistens am Ende einer schwierigen Schicht. »Vielleicht sind Sie in dieser Hinsicht befangen, Constable. Ihre Pflichten zwingen Sie dazu, sich auf die unangenehmeren Aspekte des Geschehens an Bord zu konzentrieren.«

»Die Bezeichnung ›unangenehm‹ erscheint mir weit untertrieben. Erst recht in bezug auf die jüngsten Ereignisse. Vielleicht sollte man in diesem Zusammenhang besser von ›psychopathisch‹ sprechen.«

Da mußte Sisko dem Sicherheitsoffizier recht geben. Odos Bericht über die Mordserie an Bord von Deep Space Nine enthielt sehr beunruhigende Details.

»Jener Ahrmant Wyoss, den Sie verhaftet haben ... Er ist der dritte Mörder, nicht wahr? Besser gesagt: Er wäre zum dritten Mörder geworden, wenn er mich umgebracht hätte.«

»Der vierte«, sagte Odo. »Es gibt einen weiteren Fall, wenn auch außerhalb unseres Zuständigkeitsbereichs. Wir müssen bei dieser Sache auch die Zwischenfälle berücksichtigen, zu denen es in dem denebianischen Frachter kam, der vor zwanzig Zyklen von unserem Hauptandockmast ablegte. Das Schiff befand sich noch in primärer Kommunikationsdistanz, als es zu Gewalttätigkeiten an Bord kam. Drei Personen starben, unter ihnen auch der Verantwortliche. Offenbar gehört es zum allgemeinen Gebarensmuster, daß sich der Mörder nach einem Amoklauf selbst das Leben nimmt.«

»Dadurch wird Wyoss um so wichtiger für uns.« Sisko drückte eine Taste, holte damit Odos Bericht auf den Bildschirm zurück. Nachdenklich scrollte er durch den Text. »Immerhin ist er der einzige lebende Täter. Gibt es Verbindungen zwischen ihm und den anderen?«

Odo hob und senkte die Schultern. »Keine direkten. Es existieren Gemeinsamkeiten, zum Beispiel der Umstand, daß sie sich während überlappender Zeitspannen hier in Deep Space Nine aufhielten. Ich bin noch mit einer Analyse der Daten beschäftigt. Vielleicht finde ich dabei ein Element, das in allen Fällen vorkommt und uns einen konkreten Anhaltspunkt bietet.«

»Wobei wir natürlich von der Annahme ausgehen, daß Ahrmant Wyoss tatsächlich Teil der Mordserie ist.« Siskos Blick wanderte vom Bildschirm zu Odo. »Glücklicherweise hat er niemanden umgebracht.«

»Was seine Vergangenheit betrifft, ist Wyoss kein unbeschriebenes Blatt für uns: Wir wissen, wo und für wen er während der vergangenen zwanzig Jahre tätig war. Er hat sich mehreren psychologischen Tests unterzogen, und nie stellte sich dabei irgend etwas Ungewöhnliches heraus. Alles deutet auf folgendes hin: Ahrmant Wyoss ist ein ganz gewöhnlicher Arbeiter, nicht besonders begabt und durchschnittlich intelligent. Millionen solcher Leute pendeln zwischen Hunderten von Planeten.«

Sisko deutete auf den Bildschirm. »Und Sie glauben, einen so gewöhnlichen Mann mit der kleinen Gruppe toter Mörder in Verbindung bringen zu können?«

»Commander, Wyoss *hat* versucht, Ihnen mit einem Schneider den Schädel zu zertrümmern . . .«

Sisko hob die Hand. »Ja, natürlich. Ich meine, abgesehen von jener kleinen Nebensächlichkeit.« Er lächelte schief. »Im Lauf der Jahre hat es mehrere Anschläge auf mein Leben gegeben, und ich habe nie angenommen, daß so etwas wie eine einheitliche Strategie dahintersteckt. Meiner Ansicht nach handelt es sich dabei um ein Phänomen, das nicht in erster Linie mich selbst betrifft, sondern vielmehr das, was ich repräsentiere.«

»Nun, in diesem Fall haben wir zwar keine schlüssigen Beweise, aber die vorliegenden Informationen reichen trotzdem aus, um einen Eindruck von der Situation zu vermitteln. Einer von Ahrmant Wyoss' Vorgesetzten machte mich auf ihn aufmerksam. Der Grund: Veränderungen in der Persönlichkeit, begleitet von zusammenhanglosen und teilweise sehr aggressiven Bemerkungen. Man unterzog ihn einem neuerlichen Psychotest, und ich bekam das Ergebnis. Sofort fielen mir die Parallelen zwischen Wyoss' Gefasel und den aufgezeichneten Bemerkungen der Mörder auf. Um nur ein Beispiel zu nennen: Der Kom-Kanal zum denebianischen Frachter blieb offen, was es uns über einen Zeitraum von fünfzehn Minuten hinweg ermöglichte, den Kommentaren des Amokläufers zu lauschen. In allen Fällen - auch und gerade bei Wyoss - scheint das Denken und Empfinden der Betroffenen in einer imaginären Welt gefangen gewesen zu sein. Die Morde erscheinen in diesem Kontext als Resultate einer autistischen Perspektive: Die Komponenten der normalen Umgebung - zum Beispiel andere Personen - werden als Teil einer anderen, völlig in sich geschlossenen Welt gesehen. Die Reaktionen der Mörder deuten darauf hin, daß jene Welt nicht als sehr angenehm wahrgenommen wird.«

Odo wiederholte nur Dinge, die auch in seinem Bericht standen. Sisko sah auf den Bildschirm, der ihm fast die gleichen Worte anbot. Aber sie direkt vom Sicherheitsoffizier zu hören, bot ihm die Gelegenheit, gründlicher darüber nachzudenken.

Leider genügten diese Daten nicht, um auf ihrer Grundlage Entscheidungen zu treffen.

Sisko sah zur gewölbten Decke des Büros hoch. »Wir sollten sowohl dieses Material als auch die Informationen, die wir noch von Ahrmant Wyoss bekommen werden, sorgfältig auswerten. Vielleicht finden wir dann etwas, das wir bisher übersehen haben.«

»Da pflichte ich Ihnen bei, Commander. Aus diesem Grund habe ich Lieutenant Dax gebeten, eine eigene Analyse durchzuführen. Inzwischen liegen ihr Kopien aller Aufzeichnungen vor, und außerdem hat sie unbeschränkten Zugang zu dem Gefangenen. Sie versteht die Bedeutung dieser Angelegenheit und hat bereits mit der Arbeit begonnen.«

»Dax?« Sisko senkte den Blick wieder. »Wieso nicht Dr. Bashir? Für medizinische und psychologische Dinge ist in erster Linie er zuständig.«

Odos Miene wurde abweisend. »Ich habe mein Anliegen zunächst an den Medo-Offizier von Deep Space Nine herangetragen. Unglücklicherweise erwies sich Dr. Bashir als nicht sehr kooperativ.«

Etwas in der Art hatte Sisko befürchtet. Bashir war jung und beharrte auf seinen Prinzipien. Ihm fehlten noch die Jahre der Erfahrung, die zu Kompromissen befähigten.

»Ich rede mit ihm.« Mit einigen Tastendrucken schickte Sisko den Bericht ins abgesicherte Computerarchiv zurück. »In der Zwischenzeit, Constable . . . Geben Sie dieser Sache die höchste Priorität. Benachrichtigen Sie mich sofort, wenn sich etwas Neues ergibt.«

»Ja, Commander.«

Als Odo das Büro verlassen hatte, schob Sisko den Stuhl zurück und stand auf. Er zweifelte kaum daran, daß der Erste Medo-Offizier von Deep Space Nine bereits auf ihn wartete.

»Weil es sich vor allem um ein medizinisches Problem handelt. Das ist der Grund, Commander.«

Wissenschaftsoffizier Jadzia Dax hörte die Anspannung in Bashirs Stimme. Der Arzt kannte Benjamin Sisko nur als Kommandanten von Deep Space Nine; ihm fehlte der viel breitere Blickwinkel des Trill in Dax. Bevor der Symbiont in den Körper der jungen Frau wechselte, hatte er am Leben eines anderen Humanoiden teilgenommen und dadurch Gelegenheit gehabt, Siskos Werdegang zu verfolgen. Für einen Trill war es leicht, auch bei vielen, von Emotionen aller Art geprägten Jahrzehnten den Überblick zu behalten, die bei den unmittelbar davon Betroffenen manchmal dazu führten, daß sie den Wald vor lauter Bäumen nicht sahen.

In dem von Dax geleiteten Forschungszentrum der Raumstation war es zu einem Streit zwischen drei Personen gekommen. Zumindest betraf der Konflikt zwei der drei beteiligten Individuen. Commander Siskos Besuch diente dazu, die ethischen Fragen in Hinsicht auf Ahrmant Wyoss mit dem wissenschaftlichen Offizier und Dr. Bashir zu erörtern.

Dax sah ganz deutlich, daß sich Benjamins Vorrat an Geduld langsam erschöpfte. Er sprach nun in jenem warnend ruhigen Tonfall, der viele Besatzungsmitglieder von DS9 einschüchterte. Die Halsstarrigkeit des Arztes ging ihm gegen den Strich. Bashir war nicht der unsichere, leicht zu beeinflussende Grünschnabel, für den man ihn halten konnte; er klammerte sich an seinen Grundsätzen fest, selbst dann, wenn sie in einer bestimmten Situation ihren Sinn verloren.

»Commander . . .« Dax achtete die Starfleet-Etikette und sprach Sisko mit dem Rang an, obgleich ihre lange Freundschaft eigentlich nach dem Vornamen verlangte. »Ich glaube, hier gibt es Platz für beide Standpunkte. Wenn ich Odo bei seinen Ermittlungen helfe, so brauchen die therapeutischen Erfordernisse des Patienten nicht darunter zu leiden.«

»Wir sprechen hier nicht nur über einen ›Patienten‹.« Die Schärfe in Siskos Stimme ließ nur ein wenig nach, als er Dax antwortete. »Dem Mann wird versuchter Mord zur Last gelegt. Wyoss hatte es auf mich abgesehen, auf den ranghöchsten Offizier von Deep Space Nine. Wenn sein Plan nicht vereitelt worden wäre, so hätte er vielleicht auch Major Kira umgebracht. Dadurch wird die ganze Sache *noch* ernster. Wir haben es mit einem Anschlag auf die Funktionsfähigkeit von DS9 sowie unsere Mission zu tun.«

Bashir legte die Hände auf den Rücken und stützte sich am hinter ihm stehenden Tisch ab. Dadurch erweckte er den Eindruck, sich auf einen Sturm vorzubereiten. »Ich möchte respektvoll darauf hinweisen, daß Sie es bei der Situationsbewertung an Objektivität mangeln lassen, und zwar aus offensichtlichen Gründen. Jeder halbwegs kompetente Psychologe müßte zu dem Schluß gelangen, daß die bedauerlichen Aktionen des Verhafteten negative Gefühle in Ihnen weckten. Denkbar wäre unter anderem das Verlangen nach Rache.«

*Diese rhetorische Taktik funktioniert nicht*, dachte Dax. Man mußte nicht Jahrhunderte alt sein und über einen entsprechend großen Erfahrungsschatz verfügen, um gewisse Reaktionen vorherzusehen.

»Es kann wohl kaum mit dem Verlangen nach Rache verwechselt werden, wenn man sich bezüglich einer Mordserie an Bord der Raumstation Sorgen macht, Doktor.« Siskos Stimme war nicht mehr nur kühl, sondern frostig. »Meine Sorge wäre ebenso groß, wenn der Schneider fast *Ihren* Kopf getroffen hätte.« Der Commander zögerte kurz und schien sich eine entsprechende Szene vorzustellen. »Bis wir herausgefunden haben, wer und was hinter den jüngsten Ereignissen steckt, muß ich von einer Bedrohung aller Personen an Bord ausgehen. Die

Sicherheit der Raumstation hat Vorrang gegenüber den Interessen einer einzelnen Person.«

Dax beobachtete, wie es in den Wangen des Arztes zuckte. Ein Anzeichen von Nervosität? Vielleicht. Aber Bashir blieb entschlossen, an seinem Standpunkt festzuhalten. »Als Kommandant von Deep Space Nine sind Sie möglicherweise imstande, eine solche Entscheidung zu rechtfertigen, Sir. Doch als Erster Medo-Offizier von DS9 bin ich vor allem an meinen medizinischen Eid gebunden. Die Gefahr, die Ihrer Meinung nach der ganzen Station droht, ist rein mutmaßlicher Natur. Sie sprachen eben von einer Mord*serie*, was eine Verbindung zwischen den einzelnen Verbrechen suggeriert. Doch ohne konkrete Beweise bleiben Ihre Ausführungen hypothetischer Natur. Bitte entschuldigen Sie, Commander – mir liegt nichts daran, hier irgendwelche Vorträge zu halten. Ich möchte nur folgendes betonen: Derzeit deutet nichts darauf hin, daß Wyoss' Aggressivität mit den vorher verübten Verbrechen in Zusammenhang steht und mit weiteren Anschlägen dieser Art gerechnet werden muß.«

»Ich bin nicht geneigt, einfach die Hände in den Schoß zu legen und zu warten, ob weitere Morde geschehen«, erwiderte Sisko. »Bei der Wahrnehmung von Starfleet-Kommandopflichten kommt es nicht nur auf die Anwendung rein wissenschaftlicher Maßstäbe an. Sobald das Leben von Unschuldigen auf dem Spiel steht, müssen wir vom schlimmsten aller denkbaren Fälle ausgehen. Wenn sich eindeutig herausstellt, daß es *keine* Mordserie ist, daß weder den Besatzungsmitgliedern und Besuchern Gefahr droht *noch* der Funktion und Mission von Deep Space Nine, *dann* bekommt Ahrmant Wyoss' Therapie Priorität, aber nicht vorher.«

Die Kontroverse dauerte nun schon einige Minuten, und Dax beschloß, ihre Rolle als stumme Beobachterin aufzugeben. »Denken Sie daran, daß ich mir bei meinen Forschungen eine offene Einstellung bewahre«, sagte sie zu Bashir. »Odos Schlußfolgerungen bleiben ohne jeden Einfluß auf meine Analysen. Vielleicht komme ich zu dem Ergebnis, daß Wyoss' Aktivitäten und sein geistiger Zustand nichts mit den anderen Morden zu tun haben.«

Bashir schien Dax gar nicht zu hören. Er straffte die Schultern, und sein Blick klebte an Sisko fest. »Commander, ich erhebe noch einmal Einwände gegen Ihre Entscheidung. Als Arzt halte ich es für notwendig, Ahrmant Wyoss so rasch wie möglich zur nächsten Starfleet-Klinik zu transferieren, wo er die psychotherapeutische Behandlung bekommen kann, die er braucht.«

»Ihr Protest wird hiermit zur Kenntnis genommen, Doktor«, sagte Sisko förmlich. »Und ich bleibe bei meiner Entscheidung.«

Die Spannung ließ nach, als sich die Tür hinter dem Commander schloß. Das Geräusch seiner Schritte im Korridor klang zornig und verhallte nach einigen Sekunden.

»Julian . . .« Dax wandte sich an den Arzt. »Würden Sie mir bitte erklären, was Sie mit Ihrem Verhalten erreichen wollten? Ein Teil von mir kennt Benjamin Sisko seit vielen, vielen Jahren, und daher weiß ich, daß es überhaupt keinen Sinn hat, ihn so zu behandeln.«

»Ich bitte Sie . . .« Bashir lächelte. »Ihre emotionale Reaktion erstaunt mich. Normalerweise bleiben Sie immer völlig ruhig und gelassen.« Er nickte in Richtung Tür. »Ich glaube, es ist mir gelungen, eine ganze Menge zu erreichen. Wissen Sie, ich habe unseren guten Commander genau dort, wo ich ihn haben wollte.«

Dax musterte den jungen Arzt verblüfft. »Vielleicht braucht nicht nur Ahrmant Wyoss eine psychotherapeutische Behandlung, sondern Sie ebenfalls.«

»Das stimmt möglicherweise. Seit ich hier in Deep Space Nine den Dienst begann, habe ich mehrmals die eventuelle Notwendigkeit einer psychischen Untersuchung in Betracht gezogen. Wie dem auch sei: Mit meinem angeblich so sinnlosen Verhalten konnte ich gewährleisten, daß man Ahrmant Wyoss einigermaßen anständig behandelt. Commander Sisko gibt sich jetzt bestimmt große Mühe zu beweisen, daß er keinen Groll gegen ein geisteskrankes Individuum hegt. Wenn Sie und Odo mit ihm fertig sind, wird man ihn zum besten auf mentale Leiden spezialisierten Hospital bringen, das Sisko für ihn finden kann.« Bashir zuckte mit den Achseln. »Andernfalls hätte der Commander vielleicht darauf bestanden, daß ich mich um Wyoss kümmere. Sie wissen ja, wie großen Wert er darauf legt, daß wir unsere Probleme selbst lösen. Und um ganz ehrlich zu sein, vielleicht wäre ich mit einer solchen Psychose nicht fertig geworden.«

Dax schüttelte den Kopf. »Daß Sie fähig sind, jemanden auf diese Weise zu manipulieren, noch dazu einen guten Freund von mir . . . Ich finde es abscheulich, Julian.«

»Wirklich?« Bashir schien tatsächlich überrascht zu sein. »Aber es diente einem guten Zweck. Und letztendlich kommt es doch nur darauf an, oder?«

Dax drehte sich um und aktivierte das Computerterminal auf der Werkbank des Labors. Tief in ihr vibrierte ein Ärger, der dem naiven

Machiavellismus des Arztes galt. Manchmal wurde die in Jahrhunderten gesammelte Weisheit des Symbionten von der Emotionalität des jüngeren Selbst überlagert. Wenn sie imstande gewesen wäre, sich zu teilen, den Trill vorübergehend vom Humanoiden zu trennen . . . Dann hätte die Frau vermutlich der Versuchung nachgegeben, Bashir eine schallende Ohrfeige zu versetzen. Einige Sekunden lang stellte sich Dax vor, wie Kira Nerys zu agieren: ein Fausthieb zwischen die Augen.

»Zunächst einmal . . .« Sie kehrte Bashir auch weiterhin den Rücken zu. »Es kommt nicht nur *darauf* an. Es ist ein Irrtum zu glauben, daß der Zweck die Mittel heiligt. Auf solche Scheinweisheiten fallen nur Leute herein, die nicht daran gewöhnt sind, bei ihren Überlegungen in die Tiefe zu gehen. Außerdem kann ich Ihnen aufgrund meiner langen Bekanntschaft mit Commander Sisko versichern, daß Sie mit Offenheit ebensoviel erreicht hätten. Aber Sie mußten ja unbedingt den Superschlauen spielen.«

»Oh.« Mit dieser einen Silbe verriet Bashir, daß bei ihm der Stolz auf den erzielten Erfolg plötzlicher Betroffenheit wich. »Ich dachte nur . . .« Er sprach den Satz nicht zu Ende.

Dax blickte über die Schulter und stellte zufrieden fest, daß sie mit ihren scharfen Bemerkungen ins Schwarze getroffen hatte.

»Wenn Sie jetzt gestatten . . .« Die Tasten des Terminals klickten unter ihren Fingern. »Arbeit wartet auf mich.«

Bashir schwieg nun, und Dax hörte nur das leise Zischen der Tür.

Als sie allein war, wich der Ärger fast sofort aus ihr. Die Katecholamine im Gehirn und das Adrenalin im Blut sanken wieder auf einen normalen Pegel. Wenn sie den jungen Arzt »angefahren« hatte, wie sich die Menschen ausdrückten, so konnte sie es in rationaler Hinsicht rechtfertigen.

Eine Zeitlang dachte Dax darüber nach, was es nun zu unternehmen galt. Sie entschied sich dagegen, Sisko von den Einzelheiten des Gesprächs zu berichten. Nein, diese Angelegenheit mußten er und Bashir unter sich regeln.

Eine andere Stimme erklang in ihr. Das alte Selbst trennte sich kurz vom Geist der Frau, die noch ihr erstes Leben lebte.

*Alle Phänomene sind vergänglich*, sagte der Symbiont. Auch dies.

Dax hätte fast laut geantwortet. Im letzten Augenblick beherrschte sie sich und sprach statt dessen im mentalen Kosmos. *Das mag durchaus sein, langfristig gesehen. Aber wir müssen* jetzt *mit den entsprechenden Situationen und Leuten fertig werden.*

Der Symbiont konnte nicht schmunzeln oder lächeln – in dieser Hinsicht war er ganz auf das expressive Potential des Wirtskörpers angewiesen. Aber nicht zum ersten Mal spürte Dax nun eine Erheiterung, die den zeitlichen Dingen galt.

*Was die Leute betrifft . . . Einige von ihnen existieren kaum mehr im Hier und Heute.*

Dax legte sich gerade eine geistige Antwort zurecht, ein Vorgang, der einer gutartigen Schizophrenie glich – immerhin wohnten in ihrem Körper zwei verschiedene Selbstsphären –, doch während sie noch nach den richtigen Worten suchte, verschmolz der Symbiont seine Gedanken wieder mit den ihren. Sie hatte sich bereits an das damit einhergehende Empfinden gewöhnt: Es fühlte sich an, wieder eins und unteilbar zu werden Und es kam noch etwas hinzu. Dax verglich es damit, in einem Wasser zu schwimmen, daß sich ihren Bewegungen anpaßte – das andere Ich, jetzt mit ihrem eigenen synchronisiert, verlieh ihr zusätzliche innere Kraft.

Damit verdrängte sie die Gedanken an den Streit zwischen Bashir und Benjamin. An Bashirs medizinischer Kompetenz konnte kein Zweifel bestehen, ebensowenig an seinen analytischen Fähigkeiten, doch unter den gegebenen Umständen hätte Dax lieber auf Präsenz und Hilfe des Arztes verzichtet. Nicht alle Dinge, die sie inzwischen überwachte, ereigneten sich hinter Ahrmant Wyoss' Stirn. Sie bekam auch Daten aus anderen Quellen, von Sensoren in der leeren Schwärze jenseits der Raumstation. Die empfangenen Werte wiesen Abweichungen auf, manche von ihnen so geringfügig, daß Dax die Sensibilitätsschwelle der Sonden senken mußte, um überhaupt Variationen feststellen zu können. Die neuen Daten formten nur die Andeutung eines Musters. Sie bildeten einige Punkte eines Diagramms, das erst noch wesentlich klarere Konturen gewinnen mußte. Steckte mehr dahinter als nur eine zufällige Verschiebung in der allgemeinen kosmischen Hintergrundstrahlung? Bis Dax eine Antwort auf diese Frage fand, hielt sie es für besser, über die Veränderungen zu schweigen.

Sie wandte ihre Aufmerksamkeit dem Computerschirm zu. Dort wurden dem kleineren Universum namens Ahrmant Wyoss nach und nach die Geheimnisse entrissen. In dem Projektionsfeld bildeten Zahlen lange Kolonnen, sprangen zwischen den Minimal- und Maximalmarken hin und her – eine Echtzeit-Anzeige der physiologischen Prozesse des Gefangenen. Eine graphische Darstellung der Hirnaktivität wies darauf hin, daß er noch unter der Wirkung eines Betäubungsmittels stand und schlief. Allerdings kam es in den Wellenmustern dann und wann zu anomalen Zacken, vor allem bei den thalamokortikalen Bereichen. In den für visuelle Eindrücke zuständigen Hirnsektionen ging etwas vor, das offenbar mit außergewöhnlich stark ausgeprägten REM-Phasen in Verbindung stand – die optischen Sensoren zeigten Dax, wie sich Wyoss' Augen unter den geschlossenen Lidern fast unablässig bewegten.

*Er sieht etwas*, dachte sie. *Aber was*? Gewöhnliche Träume produzierten keine derartigen neuroanatomischen Orkane. Nicht einmal Alpträume entfalteten eine solche Wirkung.

Sie kontrollierte die anderen Zahlen. Atmung: schnell, aber noch akzeptabel. Hormonniveau: angesiedelt zwischen Panik und Zorn. Wie Odo bemerkt hatte, als er Ahrmant Wyoss zu Dax brachte: In welcher Welt auch immer der Mann gefangen war – es konnte keine angenehme sein.

Mit einem Tastendruck schaltete Dax auf die Kamera um, die den Gefangenen von oben in seiner speziell abgesicherten Isolierkammer zeigte. Mit klinischer Distanz beobachtete sie, wie Wyoss die Zähne zusammenbiß. Deutlich zeichneten sich die Sehnen am Hals ab, und fiebriger Schweiß glänzte auf seiner Stirn. Unsichtbare Energiestränge an Händen, Füßen und Bauch verhinderten, daß sich der Patient selbst verletzte.

»Computer, öffne einen Audiokanal.«

Ein dumpfes, kehliges Brummen drang aus dem Lautsprecher.

»Computer, erhöhe die Lautstärke um eins Komma zwei fünf Dezibel.«

Jetzt konnte Dax die Worte verstehen, einen mal wütenden, mal entsetzten Monolog, der sich Wyoss' Kehle entrang. Die Stimme hatte kaum mehr etwas Menschliches: ein schmerzerfülltes Knurren aus den dunkelsten unerforschten Höhlen des Hirnstamms.

»Das genügt – Audiokanal schließen.«

Die Stille kehrte ins Laboratorium zurück. Ein besonders starkes Mittel auf Pentatholbasis hatte dem Mann die Zunge gelöst, doch er sprach von Dingen, die keine normale Person hören wollte. Dax wußte, daß es ihr nicht erspart blieb, sich eingehender mit dem Monolog zu befassen – jede einzelne Silbe wurde von Mikrofonen aufgenommen und in Datenbanken gespeichert.

Sie löschte die Darstellung des Bildschirms. »Computer: Ich möchte, daß die gegenwärtig aufgezeichneten Daten mit den Informationen verglichen werden, die der Sicherheitsoffizier in dem Dateiordner ›Mordserie‹ ablegte. Berichte von allen Wortmustern und metaphorischen Gemeinsamkeiten zwischen den beiden Aufzeichnungsgruppen. Bereite ein Protokoll mit entsprechenden Sprungmarken vor.«

»Bestätigung«, erwiderte die Sprachprozessorstimme des Computers.

Jetzt konnte Dax nur noch warten. Die Auswertung der Daten dauerte sicher nicht länger als einige Minuten. Ein Teil von ihr – der die schrecklichen Worte gehört hatte und sie fürchtete – wünschte sich, daß die Elaborationen viel mehr Zeit in Anspruch nahmen.

»Ich wollte nur zu meinem Vater.« Jake zuckte kurz mit den Achseln, so als sei die Sache eigentlich nicht weiter wichtig. »Das ist alles.«

Für diese Schicht war die Schule zu Ende, und der Junge hatte beschlossen, dem Kontrollraum von Deep Space Nine einen Besuch abzustatten – in der Hoffnung, hier seinen Vater anzutreffen. Vielleicht fanden sie Gelegenheit, zusammen zu essen. Die letzte gemeinsame Mahlzeit in ihrem Quartier lag schon eine ganze Weile zurück. Und wenn der Kommandant nur wenige Minuten erübrigen konnte . . . Jake stellte sich vor, wie sie im Büro der OPS saßen und dort miteinander sprachen. Nicht unbedingt über die Dinge, die ihm am Herzen lagen, sondern einfach über irgend etwas. Dadurch fühlte sich bestimmt auch sein Vater besser.

»Klar . . .« Die Kom-Technikerin – Jake mochte sie sehr – blickte über ihre Schulter hinweg zu Commander Siskos Büro. Die Tür stand offen, und Stimmen drangen aus dem Zimmer. »Ich sehe nach, ob er Zeit für dich hat. Warte hier, in Ordnung?«

Jake blieb im Zugang der OPS stehen und beobachtete, wie die junge Frau den Kontrollraum durchquerte, in dem immer rege Aktivität herrschte. Der Bildschirm schien derzeit deaktiviert zu sein – er zeigte nicht einmal die Sterne. Aber selbst wenn in dem großen Projektionsfeld die Pracht des Weltraums zu sehen gewesen wäre . . . Hier fand kaum jemand Zeit, um den Blick von Anzeigefeldern und Konsolendisplays abzuwenden und das All zu bewundern.

Die Kom-Technikerin hatte inzwischen eine Stelle erreicht, von der aus sie einen verstohlenen Blick ins Büro des Commanders werfen konnte. Sie hielt ein Besatzungsmitglied, das an ihr vorbeigehen wollte, am Arm fest, wechselte einige leise Worte mit ihm.

Anschließend kehrte die junge Frau zu Jake zurück. »Tut mir leid. Im Augenblick sieht's nicht besonders gut aus. Der Terminkalender deines Vaters ist mit Konferenzen und Besprechungen gefüllt. Ich schätze, es dauert Stunden, bis er das alles hinter sich gebracht hat.«

»Schon gut.« Jake versuchte, sich seine Enttäuschung nicht anmerken zu lassen. Warum hoffte er eigentlich noch darauf, dann und wann mit seinem Vater zusammenzusein? Er sollte es besser wissen.

Erneut zuckte er mit den Schultern. »Nun, vielleicht sehe ich ihn später.«

»Bestimmt.« Die Kom-Technikerin lächelte voller Anteilnahme und klopfte ihm auf die Schulter. »Ich richte deinem Vater aus, daß du ihn besuchen wolltest.«

Jake drehte sich wortlos um und ging.

Ziellos wanderte er durch die Raumstation und schenkte den metallenen Wänden um ihn herum kaum Beachtung.

Schließlich erreichte er einen ganz bestimmten Ort – und er wußte, daß ihn ein Teil des eigenen Selbst hierhergeführt hatte.

Der Junge sah nach rechts und links. Dunkelheit und Stille herrschten in dem Korridor; kaum jemand suchte diesen Bereich von Deep Space Nine auf. Jake hatte ihn durch Zufall gefunden, bei seinen Streifzügen durch die Raumstation.

Er vergewisserte sich erneut, daß ihn niemand beobachtete, bevor er die Hand flach an die nächste Tür drückte. Es gab noch drei weitere, eine neben der anderen, und dahinter erstreckten sich Holo-Kammern – die neuen und besonderen. Ganz andere Welten warteten dort, Welten, die nichts mit den langweiligen Holo-Programmen in Quarks Kasino zu tun hatten.

Jake wandte sich dem kleinen Tastenfeld zu und gab seinen Zugangscode ein. Das Schott glitt beiseite, und er betrat den Raum.

Hinter ihm schloß sich die Tür jener Welt, in der sein Vater lebte. Jake blinzelte, sah zur hell strahlenden Sonne empor und setzte sich dann wieder in Bewegung. Vor ihm teilte sich das hohe gelbe Gras.

»Ich wußte, daß du zurückkehrst.« Der andere Junge lächelte, holte aus und ließ einen kleinen Stein übers Wasser des Baches tanzen. Im einen Mundwinkel zuckte es – ein Hinweis darauf, wieviel er wußte. »Wohin solltest du auch sonst gehen?«

Jake wandte den Blick ab und spürte, wie sich an seinem Hals eine imaginäre Schlinge zusammenzog. Das Licht der falschen und doch so echt wirkenden Sonne war warm, aber es lief ihm trotzdem kalt über den Rücken.

# 4

Odo griff nach dem Rand des leeren Tabletts und zog es näher. Dadurch verkürzte sich die Distanz zwischen ihm und dem Ferengi.

»Heraus damit.« Der Blick des Sicherheitsoffiziers bohrte sich in Quarks Schädel. »Und diesmal will ich keine Andeutungen von Ihnen hören.«

Der Inhaber des Spielkasinos löste das Tablett aus Odos Hand, richtete sich zu seiner vollen Größe auf und strich seine Jackenaufschläge glatt. »Ich habe keine Ahnung, wovon Sie reden.« Er blickte über die Schulter und stellte fest, daß einige Gäste auf die Konfrontation zwischen ihm und dem Constable aufmerksam geworden waren. »*Was* wollen Sie von mir hören? Vielleicht haben Sie in letzter Zeit zu hart gearbeitet. Ich will keineswegs behaupten, daß Sie Gespenster sehen, aber . . .«

»Kommen Sie mir nicht auf diese Weise, Quark.« Odo beugte sich über den Drink, mit dem sich der Ferengi bei ihm einschmeicheln wollte. »Während der letzten Schicht haben Sie praktisch an meinem Ellenbogen geklebt und immer wieder darauf hingewiesen, daß Sie in irgendein überaus bedeutungsvolles Geheimnis eingeweiht sind. Und davon wollen Sie jetzt plötzlich nichts mehr wissen? Sie stellen meine Geduld auf eine harte Probe.«

»Könnten Sie bitte etwas leiser sprechen?« Der Ferengi wurde noch nervöser und bestätigte damit eine Vermutung des Sicherheitsoffiziers: Leute wie Quark brachten den Angelegenheiten anderer Personen übermäßiges Interesse entgegen – und reagierten mit Panik, wenn sie glaubten, daß man ihre eigenen Dinge enthüllte. »Ich versichere Ihnen . . .«

»Sie brauchen mir nichts zu *versichern*.« Odo hob die Stimme noch ein wenig. »Es genügt, wenn Sie mir Einzelheiten in bezug auf die Andeutungen nennen, mir denen Sie so großzügig umgegangen sind. Sie haben von ›ungewöhnlichen Vorgängen‹ gesprochen und Besorgnis zum Ausdruck gebracht. Darüber hinaus erwähnten Sie ›unerfreuliche‹ Aktivitäten anderer Personen – die sich offenbar negativ auf Ihre Geschäfte auswirken. Was ich eigentlich gar nicht so unerfreulich finde.«

»Ich weiß Ihren Humor sehr zu schätzen.« Quark lächelte und zeigte spitze Zähne. »Weil ich sicher bin, daß er freundlich gemeint ist. Nun . . .« Er beugte sich vor und flüsterte verschwörerisch. »Ich unterhalte . . . *geschäftliche* Beziehungen mit einigen der hier anwesenden Personen. Natürlich ist alles völlig legal.«

Odo schnaufte abfällig.

»Mehr oder weniger. Sagen wir: Es geht dabei um harmlose Dinge. Wie dem auch sei . . . Die betreffenden Leute zeichnen sich durch einen gewissen Hang zur Paranoia aus. Ihnen fehlt einfach das stabile Fundament des Vertrauens, auf dem wir beide stehen.« Quark drehte den Kopf und blickte zu einem Tisch, an dem mehrere Leute mit finsteren Mienen saßen. Sein Lächeln wuchs in die Breite, und er winkte. »Ich bin gleich bei Ihnen.« Er wandte sich wieder an den Sicherheitsoffizier. »Versuchen Sie bitte, meine Situation zu verstehen«, sagte er in einem fast weinerlichen Tonfall. »Wenn jemand sieht, daß wir beide ein längeres Gespräch miteinander führen . . . Die Folge könnte darin bestehen, daß ich in einer Abfallzerkleinerungsanlage ende.«

»Na schön.« Odo nahm das Tablett und stellte es neben den Krug mit dem Syntho-Bier. Anschließend packte er Quark an der Jacke und zerrte ihn auf den nächsten Stuhl. »Dann rate ich Ihnen, möglichst schnell alles zu erzählen.«

Der Ferengi gab ein panikerfülltes Quieken von sich. »Dic Holo-Kammern . . .«

»Was ist damit? Soweit ich weiß, bringen sie Ihnen ziemlich viel Geld ein.«

Quark gewann einen Teil seiner Fassung zurück. »Ja, einige der Holo-Kammern gehören zu meinem bescheidenen Lokal. Aber ich verdiene kaum genug mit ihnen, um die Kosten zu decken. Sie sind erforderlich, damit ich meine Pflichten als Gastgeber Hunderten von müden Reisenden gegenüber wahrnehmen kann. Ich habe Commander Sisko mehrmals darauf hingewiesen, daß Starfleet mein Geschäft subventionieren sollte, da es einen großen sozialen Wert hat, gerade in bezug auf die interkulturellen Beziehungen mit Gästen aus vielen verschiedenen Völkern. In einer richtig verwalteten Transitstation . . .«

»Ich dachte, Sie hätten es eilig.«

»Ja, natürlich.« Quarks nervöser Blick huschte erneut umher. »Ganz gleich, was Sie von den Holo-Kammern meines Kasinos halten . . . Sie wissen natürlich, daß sie lizensiert und inspiziert sind, von Ihnen selbst, um ganz genau zu sein.«

»Meine Ansichten spielen keine Rolle«, erwiderte Odo mürrisch. »Wenn die Vorschriften von Deep Space Nine derartige Einrichtungen erlauben, so muß ich ihren Betrieb zulassen. Das ist alles.«

»Aber Sie müssen zugeben, daß bei mir alles sauber ist. Einige Programme meiner Holo-Kammern sind . . . nun, ein wenig *pikant*. Zugegeben, vielleicht nicht nur ein wenig. Aber es hält sich alles im üblichen Rahmen von Erwachsenenunterhaltung. Die Simulationen enthalten nichts *Schädliches*, das jemanden verletzen könnte ...«

Odo musterte den Ferengi aufmerksam. »Worauf wollen Sie hinaus?«

»Das Problem, mein lieber Odo, besteht darin, daß ich nicht mehr alle Holo-Kammern auf Deep Space Nine kontrolliere. Ich denke in diesem Zusammenhang an die neu installierten Anlagen. Wenn Sie und der Commander sich zu der klugen Entscheidung durchringen würden, mir ein Exklusivrecht zu gewähren ...« In Quarks Stimme ließ sich ein hoffnungsvoller Unterton vernehmen. »Schon gut, schon gut.« Der Ferengi stand auf. »Ich habe bereits zu lange mit Ihnen gesprochen. Arbeit wartet auf mich.« Er nahm das leere Tablett und preßte es vor seine Brust. »Mit *meinen* Holo-Kammern ist alles in bester Ordnung – sie sind nicht das Problem. Mit diesem Hinweis müssen Sie sich begnügen.«

Odo beobachtete, wie Quark zu den anderen Tischen ging, um jene Gäste zu beschwichtigen, die ihm zuvor finstere Blicke zugeworfen hatten.

Der Sicherheitsoffizier verließ das Spielkasino und schritt durch die Promenade, in der es wie immer recht lebhaft zuging. Es gab noch einen anderen Bereich der Raumstation, den er unter die Lupe nehmen wollte.

»Wie funktioniert das kleine Spielzeug? Sie wissen schon, das Gerät, das ich für Sie zusammengebastelt habe.« O'Brien hockte mit einem altmodischen manuellen Schraubenzieher auf dem Boden und sah zum Constable auf.

»›Spielzeug‹? Oh.« Odo nickte. »Es funktioniert einwandfrei. Ich habe es nicht mitgebracht ...« Er zeigte seine leeren Hände. »Andernfalls wäre ich in der Lage gewesen, Ihnen die Effizienz des Apparats zu zeigen.«

»Das ist nicht nötig.« O'Brien beugte sich vor, um das Duell mit einer besonders sturen Verkleidungsplatte fortzusetzen. »Was die Qualität meiner Arbeit betrifft, bin ich schon jetzt unbescheiden genug.« Er gab dem Sicherheitsoffizier ein Zeichen. »Wenn Sie bitte hierher leuchten würden ... Danke.« Er schloß beide Hände um den Griff des Schraubenziehers, biß die Zähne zusammen und rang mit widerspenstigem Metall.

»Ich brauche erneut Ihre Hilfe.« Odo blickte über die Lampe hinweg. »Ihr ›Spielzeug‹ gibt mir die Möglichkeit, den Zugangscode von jemandem in Erfahrung zu bringen, der eine Holo-Kammer benutzt. Jetzt benötige ich eine Vorrichtung, mit der ich feststellen kann, welche Personen sich in dieser oder jener Projektionskammer aufgehalten haben. Läßt sich so etwas bewerkstelligen?«

»Natürlich, kein Problem.« Die Schraube gab endlich nach, und O'Brien drehte sie heraus. »Die Basiskomponenten der Holo-Technik weisen einen Log-in-Chip auf, der jede Benutzungsphase aufzeichnet. Sie könnten auch Angaben über Zeitpunkt und Datum bekommen, wenn Sie möchten.«

Mit einem leisen *Ping* fiel die Schraube auf den Metallboden. Jahrelange praktische Erfahrung mit technischen Dingen veranlaßte O'Brien, sie aufzuheben und in einer Gürteltasche zu verstauen – auf diese Weise ging nichts verloren.

»Das wäre sehr begrüßenswert«, meinte Odo.

O'Brien rieb sich den verlängerten Rücken und richtete den Blick wieder auf die Verkleidungsplatte. Sechzehn weitere Schrauben mußten gelöst werden. Mit einem automatischen Schraubenzieher wäre alles viel einfacher gewesen, aber Odo und er wollten vermeiden, daß jemand von ihrer Anwesenheit erfuhr. Das Geräusch hätte sie verraten können.

Vor einer knappen halben Stunde war Odo in der technischen Abteilung erschienen, um O'Brien für diesen Ausflug zu rekrutieren. Der Constable sprach von der Notwendigkeit, gewisse Ermittlungen anzustellen. Nun, der Sektor, in dem sie sich jetzt befanden, gehörte zu den abgelegenen Bereichen von Deep Space Nine, in denen weitaus weniger Verkehr herrschte als in den anderen Sektionen. Erstaunlicherweise gab es hier einige neue Holo-Kammern. O'Brien fragte sich, warum man sie ausgerechnet an diesem Ort installiert hatte, obgleich die Promenade viel bessere Voraussetzungen bot.

»Mir erscheint es ebenfalls seltsam«, hatte Odo erwidert, als O'Brien seine Gedanken in Worte faßte. »Und wo man ein Rätsel findet, muß man versuchen, es zu lösen.«

*So spricht ein wahrer Detektiv*, dachte O'Brien. Eine kurze Überprüfung ergab, daß die neuen Holo-Kammern derzeit leer waren. Daraufhin führte der Chief den Constable in den für »normale« Besatzungsmitglieder und Besucher unzugänglichen Wartungsraum hinter den Projektionszimmern – von dort aus ließen sich die technischen Systeme erreichen.

»Allerdings gibt es da ein kleines Problem«, sagte O'Brien jetzt. Die zweite Schraube fiel ihm in die Hand, und er begann mit der dritten. »Es entstand bereits, als Sie mich um den ersten Gefallen baten: Diese Sache entspricht nicht ganz den Vorschriften, oder?« Er wölbte die Brauen und sah zu dem Sicherheitsoffizier auf.

»Haben Sie Gewissensbisse?«

»Ich?« O'Brien schüttelte den Kopf und stand auf. Schrauben klickten in seiner Gürteltasche. Die anderen hatten sich wesentlich schneller gelöst, da nun das Gewicht der Platte an den Verankerungspunkten zerrte. »Sie sind hier der Polizist, erinnern Sie sich?«

Odos Gesichtsausdruck blieb wie immer unverändert, doch er versteifte sich ein wenig – die Worte schienen ihn getroffen zu haben. »Ich übernehme die volle Verantwortung für alle Konsequenzen, die sich eventuell ergeben.«

»Wie Sie meinen.« Der Griff des Schraubenziehers fühlte sich inzwischen warm und feucht an. »Kommen Sie am Ende der nächsten Schicht in mein Büro – wenn Sie wissen, daß ich nicht da bin. Falls dann ein Paket auf dem Schreibtisch liegt, mit der Aufschrift ZS ... Es ist für Sie.«

»›ZS‹?«

»Zweites Spielzeug. Sie finden bestimmt allein heraus, wie es funktioniert. Ah, da haben wir's.« Die letzte Schraube löste sich, und O'Brien schob sie zusammen mit dem Schraubenzieher in die Gürteltasche. Dann griff er nach der Platte und hob sie vorsichtig aus ihrer Einfassung.

»Sehr eindrucksvoll.« Odo leuchtete mit der Taschenlampe durch die Öffnung. »Ich wußte gar nicht, daß so viel Technik da drin steckt.«

»Soll das ein Witz sein?« O'Brien wischte sich die Hände an der Uniformhose ab. »An Bord dieser Raumstation gibt es kaum komplexere technische Systeme als die der Holo-Kammern. Sie müßten die OPS aufsuchen und sich den Subraum-Sender vornehmen, wenn Sie etwas Komplizierteres suchen. Sehen Sie dort ...« Er nahm die Taschenlampe von Odo entgegen und deutete damit in eine bestimmte Richtung. »Das sind die miniaturisierten Traktorstrahl-Einheiten. Sie müssen *genau* aufeinander abgestimmt sein, um auch nur die einfachsten Illusionen für den Tastsinn zu schaffen. Ähnliches gilt für optische und olfaktorische Funktionen sowie alle anderen Dinge, bei denen spezifische Moleküle von den integrierten Replikatoren geschaffen werden müssen.« Der Lichtstrahl streifte verschiedene elektronische Module. »Hinzu kommen Temperaturkontrolle und verschiedene homöostatische Prozesse, die nicht einmal ständig wahrgenommen werden – doch ihr Fehlen würde dem Benutzer sofort auffallen. Das *alles* muß in Echtzeit überwacht und an Veränderungen angepaßt werden, die nicht nur Darstellung und Ablauf des jeweiligen Programms betreffen. Noch weitaus wichtiger sind interaktive Reaktionen auf das Verhalten des Users. Der Kanal für die Datenübertragung muß breit genug sein, um einem kleinen Kreuzer ausreichend Platz zu bieten. Und beim zuständigen Computer sollte es sich um eine völlig unabhängige Elaborationseinheit handeln. Wenn die Holo-Kammern mit dem Zentralrechner von Deep Space Nine verbunden wären, so würde der größte Teil seiner Kapazität von der Verarbeitung holographischer Daten beansprucht. Für die Raumstation bliebe gerade genug übrig, um die Lebenserhaltungssysteme zu kontrollieren.« O'Brien schüttelte bewundernd den Kopf. »Während meiner technischen Ausbildung habe ich einen Holo-Projektor vom Typ Mark Eins auseinandergenommen. Das Ding war nicht annähernd so komplex wie diese Anlagen, aber es kostete mich enorme Mühe, nachher wieder alles richtig zusammenzumontieren.«

Odo wirkte nachdenklich. »Ich finde es bedauerlich, daß soviel Genialität nicht für bessere Zwecke genutzt wird. Es fällt mir schwer zu verstehen, warum die Holo-Kammern so großen Reiz auf viele Leute ausüben.«

O'Brien lächelte und klopfte dem Constable auf die Schulter. »Nicht jeder kann sich einer so ereignisreichen und stimulierenden Realität erfreuen wie Sie.«

»Hm.« Odo betrachtete die technischen Eingeweide des Projektionssystems. »Derzeit scheint die Realität eher enttäuschend zu sein. Wie wollen Sie herausfinden, ob die Holo-Kammer manipuliert wurde?«

Mit dieser Frage hatte Odo die Unterhaltung auf den eigentlichen Grund ihres »Ausfluges« zurückgeführt. Zwar hatte er wie üblich keine Einzelheiten genannt, aber O'Brien wußte genug, um die richtigen Schlüsse daraus zu ziehen. Vermutlich hatte jemand den Sicherheitsoffizier auf die Möglichkeit von Modifikationen oder Manipulationen bei den neuen Holo-Kammern hingewiesen. Von wem mochte der Tip stammen? Wahrscheinlich von Quark. Vielleicht ging es dem Ferengi nur darum, jene Projektionskammern stillegen zu lassen, die nicht unter seiner Kontrolle standen. Quark hielt Konkurrenz für einen primitiven ökonomischen Zustand, dem Monopol weit unterlegen.

»Das ist ganz einfach«, entgegnete O'Brien. »Wenn man weiß, wonach es Ausschau zu halten gilt.« Er zog den Kopf ein und trat durch die Öffnung in der Wand. Jenseits davon mußte er die Ellenbogen an den Körper pressen, um nicht gegen einzelne Module zu stoßen. »Es müßte hier irgendwo sein. Ah, da ist es ja.« Er drehte sich um und streckte Odo den Arm entgegen. »Geben Sie mir bitte die Werkzeugtasche. Danke.«

Er entnahm der Tasche eine kleine Sonde. Zahlen glitten über ihr Display, als er die Sensorspitzen in ein Interface schob. »Als immer mehr

Holo-Kammern konstruiert wurden, dachten viele Leute voller Sorge an mögliche technische Manipulationen. Vorbeugungsmaßnahmen erwiesen sich als recht schwierig, weil der Datenstrom an vielen Stellen beeinflußt werden kann. Deshalb stattet man Installationen dieser Art mit einem sogenannten Netzsiegel aus – mit Mikrofasern, die von dem Kasten hier ausgehen, durch alle Komponenten führen und zur Kontrollbox zurückkehren.« O'Brien zeigte auf den Sensor. »Sehen Sie das hier? Das Datum betrifft die letzte technische Veränderung des Projektionssystems.«

»Bedeutet das, diese Holo-Kammer wurde ebensowenig manipuliert wie die anderen?«

O'Brien hob und senkte die Schultern. »Das *könnte* es bedeuten. Aber derzeit käme so eine Schlußfolgerung noch etwas zu früh.« Er holte ein anderes Gerät aus der Tasche, und ganz offensichtlich handelte es sich dabei um Marke Eigenbau. »Geben Sie mir einige Minuten.«

Vorsichtig drehte er sich um und begann damit, die mikroskopisch dünnen Fasern zu sondieren. Er fühlte Odos Blick auf seinem Rücken, als er tiefer ins Installationslabyrinth vorstieß.

»Verteufelt schlau«, murmelte O'Brien, als er etwas fand, dessen Existenz er bisher nur vermutet hatte. Eine Leuchtdiode seines Geräts glühte rot. Wer auch immer hier gewirkt hatte – er verdiente O'Briens Bewunderung, wenn auch nur auf einer technischen Ebene.

»Was ist los?« fragte Odo.

O'Brien trat mit einem rechteckigen schwarzen Kasten in den Korridor. »Ich weiß nicht, wer dahintersteckt, aber eins steht fest: Die Betreffenden haben ausgezeichnete Arbeit geleistet. Unter normalen Umständen hätte ich das hier nicht gefunden. Den Unbekannten ist es gelungen, eine Mikrofaser zu unterbrechen und dies einzufügen – ohne daß die Netzsiegelsensoren Alarm gaben. Das deutet auf ein hohes Maß an Geschick hin.«

Odo nickte langsam und schien bereits damit beschäftigt zu sein, eine gedankliche Liste von Verdächtigen zu erstellen. »Wie tüchtig müßte der Verantwortliche – beziehungsweise die Verantwortlichen – sein?«

»Mindestens so tüchtig wie ich. Und ehrlich gesagt: Mir macht in dieser Hinsicht kaum jemand etwas vor.« O'Brien drehte den Kasten hin und her. »Ich frage mich, was dieses Ding enthält. Es erweckt keinen improvisierten Eindruck. Ganz im Gegenteil: Es sieht aus, als käme es geradewegs vom Fließband. Ich brauche sicher eine Weile, um die Box zu öffnen.«

»Wie lange?«

»Kommt darauf an. Wenn das Gerät mit einer Selbstzerstörungssequenz ausgestattet ist, muß ich irgendeinen Weg finden, die entsprechende Programmierung zu überlisten. Das dürfte ein oder zwei Schichten dauern. Wenn der Konstrukteur eine eingebaute Bombe nicht für nötig hielt . . . Dann könnte ich Dax den Kasten in zwei oder drei Stunden für eine Analyse zur Verfügung stellen. Genauere Angaben kann ich erst nach einer Untersuchung machen.«

»Nun gut.« Odo deutete auf das geheimnisvolle Etwas. »Sind andere Techniker Ihrer Abteilung fähig, die übrigen Holo-Kammern zu kontrollieren und eventuell vorhandene Kästen dieser Art aus dem Installationskomplex der übrigen Projektionsräume zu entfernen?«

»Ja.« O'Brien nickte. »Ich brauche ihnen nur zu sagen, wonach sie suchen müssen.«

»Sie benötigen eine offizielle Autorisierung von mir – ich lasse diese Sektion sperren.«

»Ich schicke sie zuerst zu Ihnen.«

Als sie durch den Korridor schritten, drehte Odo den Kopf und musterte seinen Begleiter. »Aus irgendeinem Grund wußten Sie, daß jemand die Holo-Kammer manipuliert hat – obgleich die Netzsiegelsensoren keine Veränderungen anzeigten.«

O'Brien lächelte so sanft wie möglich. »Vielleicht sind Sie nicht der einzige gute Detektiv an Bord, Constable. Haben Sie den Staub bemerkt?«

Odo sah zur Wandöffnung zurück, richtete den Blick dann wieder auf O'Brien. »Welchen Staub?«

»Eben – es gab keinen.« Der Chief deutete auf ein Gitter in der Decke. »In diesen Bereichen von Deep Space Nine wird die Luft nicht so oft gefiltert wie in den anderen. Nach einer Weile wird's recht schmutzig. Das ist einer der Gründe, warum die Verkleidungsplatten so fest verschraubt sind. Wer auch immer hier tätig wurde – es müssen echte Profis gewesen sein.« O'Briens Lächeln wuchs in die Breite. »Sie haben anschließend saubergemacht. *Deshalb* wußte ich, daß etwas nicht stimmte.«

»Das ist der Gegenstand?« Das Objekt fühlte sich erstaunlich leicht an, fand Sisko. Mit dem Daumen strich er über die glatte Außenfläche, die reflektierte wie ein Spiegel aus Obsidian.

»Das Gehäuse«, erklärte Dax. »O'Brien hat es ohne größere Schwierigkeiten geöffnet. Allerdings ließ er das erste Loch von einem ferngesteuerten Roboter bohren, in einer bombensicheren Kammer – er wollte kein unnötiges Risiko eingehen.« Sie deutete zur Werkbank auf der gegenüberliegenden Seite des Laboratoriums. »Die internen Komponenten des Geräts befinden sich dort.«

Sisko legte das Gehäuse beiseite und betrachtete die Einzelteile. Glänzendes Metall, integrierte Schaltkreise . . . Einige Sekunden lang gewann er den irrationalen Eindruck, auf die Reste eines vormals lebendigen Geschöpfs hinabzublicken, das wie ein bösartiges Nagetier durchs Innere der Station gekrochen war. Die Vorstellung beunruhigte ihn, und er verdrängte sie rasch.

»Was ist mit der Funktion?« Sisko griff nach einem kleinen, kristallinen Zylinder, drehte ihn zwischen Daumen und Zeigefinger hin und her. »Welche Wirkung entfaltete das Gerät auf die holographische Installation?«

»In dieser Hinsicht weiß ich inzwischen mehr.« Dax trat näher, nahm den Kristall und legte ihn an genau den Platz zurück, den er bis eben inmitten der anderen Einzelteile eingenommen hatte. Die Geste kam sanftem Tadel gleich – die Mißbilligung eines Erwachsenen einem Kind gegenüber. Und in gewisser Weise war das auch der Fall: Im Vergleich zu dem viele Jahrhunderte alten Symbionten in Jadzia Dax war Sisko kaum mehr als ein Knabe. Ein alter Mann – nein, kein *Mann*, sondern ein altes, weises Selbst – im Körper einer jungen Frau . . .

Sisko sah, wie Jadzias Hand von dem kristallinen Zylinder fortglitt. »Ich weiß sogar *zuviel*.«

»Wie meinst du das?« Der Kommandant gestattete sich die persönliche Anrede, da niemand in der Nähe weilte.

»Ich habe keine guten Nachrichten für dich, Benjamin. Aus meinen Entdeckungen ergeben sich einige sehr ernste Konsequenzen.«

»In bezug auf die Mordserie?«

Dax nickte.

»Ich hatte schon so eine Ahnung.« Sisko lehnte sich an die Werkbank. »Gib mir einen allgemeinen Überblick.«

»Im Grunde genommen verhält es sich mit den Holo-Kammern in der betreffenden Sektion so, wie es Quark vermutete – sie sind alle manipuliert. Mehrere Techniker sind damit beschäftigt, die bei den übrigen Einheiten hinzugefügten Module zu entfernen. Ich untersuche sie natürlich, glaube jedoch, daß uns keine weiteren Überraschungen bevorstehen. Mit an Sicherheit grenzender Wahrscheinlichkeit sind die anderen schwarzen Kästen ebenso beschaffen wie dieser hier. Die verwendete Sensor-Technologie ist nicht nur sehr leistungsfähig, sondern auch illegal. Man kennt sie unter der Bezeichnung KI – womit *nicht* ›künstliche Intelligenz‹ gemeint ist.«

»Was dann?«

»Kortikale Induktion. Die Technik stellt nichts Neues dar. Ihre Entwicklung begleitete praktisch das Entstehen der ersten holographischen Programme. Die Mühelosigkeit, mit der diese Zusatzgeräte in den Installationskomplex integriert werden konnten, weist auf folgendes hin: KI war ursprünglich Teil der Holo-Technik; man verbannte sie erst aus ihr, als die schädlichen Nebenwirkungen bekannt wurden. Der Föderationsrat beschloß daraufhin ein Verbot der KI-Technik. Um Forschungen auf diesem Gebiet zu betreiben, braucht man eine Genehmigung, die nur in seltenen Fällen erteilt wird. Voraussetzung ist natürlich, daß man genug von KI weiß, um überhaupt einen Antrag zu stellen.«

»Du gehörst ganz offensichtlich zu den Eingeweihten.« Sisko deutete auf die demontierten Bestandteile des schwarzen Kastens. »Du hast praktisch auf den ersten Blick erkannt, was diese Dinge bedeuten.«

Dax lächelte. »Ein Erinnerungsvermögen, das sich über mehrere Jahrhunderte erstreckt, hat gewisse Vorteile. Zu Anfang waren die Daten der Holo-Technik frei zugänglich. Ich entsinne mich daran, daß man die entsprechenden Dateien zurückrief und mit Zugangsbeschränkungen schützte.«

Sisko wölbte eine Braue. »So etwas geschieht nicht sehr oft. Offenbar haben die Wissenschaftler der Föderation damals sehr beunruhigende Dinge festgestellt.«

»Eine einflußreiche neue Technik weckt immer Besorgnis, Benjamin. Wenn sie außerdem auch noch unkontrollierbar ist . . .« Dax schüttelte den Kopf. »Es war richtig von der Föderation, gegen die Induktionstechnik einzuschreiten. Die jüngsten Morde bei uns beweisen es.« Sie strich mit den Fingerkuppen über die Werkbank, als könnte sie auf diese Weise eine Botschaft empfangen, die den anderen Sinnen verborgen blieb. »Du weißt ja, wie eine nicht modifizierte Holo-Kammer funktioniert. Die Pseudorealität in einem Projektionsraum wird durch eine gezielte Stimulation des Wahrnehmungssystems geschaffen. Der Tastsinn wird dabei mit Hilfe von niederenergetischen Traktorstrahlen gereizt – oder mit Hilfe von Objekten, die aus Replikatoren stammen und tatsächlich berührt werden können.«

»Ja, ich kenne das Funktionsprinzip.« Sisko hatte in der Holo-Kammer einen Baseball in der Hand gehalten und alle Feinheiten gespürt: die Nähte, die rauhe Oberfläche des Leders. Derartige Illusionen ließen sich nicht von der Wirklichkeit unterscheiden.

»Die Technik der kortikalen Induktion ist deshalb so wirkungsvoll und gefährlich, weil sie die Sinnesorgane umgeht und die gewünschten synaptischen Reaktionen direkt in den Nervenzellen im Gehirn auslöst. Das Ergebnis: Die imaginäre Welt erscheint noch weitaus eindrucksvoller. Wenn sich solche Erlebnisse oft wiederholen, besteht die Gefahr, daß davon betroffene Personen die Realität aus den Augen verlieren. Bei gewöhnlichen Holo-Kammern kann so etwas nicht passieren: Sie verfügen über eingebaute Sicherheitsvorrichtungen, die schädliche psychische und physische Gewalt – gegen sich selbst oder andere gerichtet – verhindern. Selbst Quarks auf Erotik ausgerichtete Holo-Kammern bleiben innerhalb dieses Rahmens. Die anderen, manipulierten Projektionsräume . . .« Dax deutete einmal mehr zur Werkbank. »Die Induktionsmodule entfernen alle Barrieren. Und daraus können sich schlimme Folgen ergeben.«

Jadzia sprach in dem ruhigen, gelassenen Tonfall eines wissenschaftlichen Vortrags, doch Sisko wußte, daß sie ihm die Situation nur in groben Zügen geschildert hatte. Sie wäre sicher imstande gewesen, ihm die KI-Technik sowie ihre negativen Auswirkungen auf das Nervensystem von Humanoiden in allen Einzelheiten zu erklären. In diesem Fall verzichtete sie auf detaillierte Schilderungen und nannte nur jene Dinge, die sie für besonders wichtig hielt – auf diese Weise wollte Dax eine Faktenbasis schaffen, die Sisko dazu dienen konnte, Entscheidungen zu treffen, um die Sicherheit von Deep Space Nine zu gewährleisten.

Kühle Rationalität steckte hinter Jadzias Worten. Benjamin Sisko begriff, daß er ihre Einstellung teilen und sich ebenfalls allein auf die Vernunft besinnen mußte. Nur so konnte er eine Lösung für das Problem finden.

»Bist du ganz sicher, daß es eine direkte Verbindung zwischen diesen Induktionsmodulen und der Mordserie auf DS9 gibt?« fragte er. »Vielleicht trifft das alles nur rein zufällig zusammen. Wenn wir auf der Grundlage dieser Theorie handeln, vergeuden wir möglicherweise wertvolle Zeit. Es wäre denkbar, daß die jüngsten Ereignisse ganz andere Ursachen haben.«

Dax nickte bestätigend. »Es ist durchaus richtig, vorsichtig zu sein, Benjamin. Meine Ermittlungen befinden sich noch im Anfangsstadium. Bestimmt ergeben sich neue Informationen, sobald ich die Programmierung der Induktionsmodule mit den aufgezeichneten Bemerkungen von Ahrmant Wyoss korreliere. Außerdem sollten auch Odos Nachforschungen berücksichtigt werden, bevor wir ein endgültiges Urteil abgeben.«

»Gut. Halte mich auf dem laufenden. Ich möchte sofort Bescheid wissen, wenn sich etwas ergibt.«

Siskos Blick kehrte zu den glänzenden und stummen Teilen auf der Werkbank zurück. Jadzias Fingerspitzen hatten bei ihnen nach einer Botschaft gesucht. Wenn tatsächlich eine Mitteilung existierte, so mußte sie erst noch entschlüsselt werden.

Er drehte sich um, winkte Dax zum Abschied zu und verließ das Laboratorium.

# 5

Auf dem Weg zur OPS begegnete Sisko der Bajoranerin Kira. Mit langen Schritten schloß sie zu ihm auf, ging dann neben ihm.

»Commander . . .« Seit ihrer letzten Begegnung schien sie neue Kraft geschöpft zu haben, denn in ihrer Stimme erklang nun wieder vertraute Schärfe. »Ich habe einige Meldungen von unseren Kontaktleuten auf Bajor erhalten. Es geht dabei um die politische Situation auf dem Planeten. Seit meiner Rückkehr hierher kam es zu einigen neuen Entwicklungen.«

»Worin bestehen sie?« Es fiel dem Kommandanten schwer, sich auf Bajor und die schier endlosen bajoranischen Machtkämpfe zu besinnen. Die Mordserie in Deep Space Nine beanspruchte seine ganze Aufmerksamkeit.

»Leider hat sich die Lage weiter verschärft. Der Separationsfront ist es gelungen, die Unterstützung einer wichtigen Persönlichkeit zu gewinnen. Ich meine General Aur.«

»Den Namen habe ich schon einmal gehört.« Nachdenkliche Falten bildeten sich auf Siskos Stirn. »Wer ist er?«

Kira zuckte mit den Achseln. »Ein Held des bajoranischen Widerstands. Daher stammt zumindest der militärische Rang. Seit dem Ende der cardassianischen Besetzung ist er der provisorischen Regierung ein Dorn im Auge. Er hat Charisma, fühlt sich jedoch nicht an eine bestimmte Ideologie gebunden. Ich halte ihn für einen Opportunisten, dem es nicht um irgendwelche Prinzipien geht, sondern vor allem um Macht. Er könnte also recht gefährlich werden.«

»Ich bin noch keinem Bajoraner begegnet, der *nicht* gefährlich werden könnte, Major.« Sie erreichten den Eingang des Kontrollraums. Sisko wandte sich halb um und bedachte Kira mit einem beschwichtigenden Lächeln. »Das gilt auch für Sie.«

Er rieb sich die Schläfe, als wollte er sich auf diese Weise von seinen Sorgen befreien. »Benachrichtigen Sie mich, sobald Sie noch mehr in Erfahrung bringen. Wenn General Aur etwas anstellt . . . Dann besteht unserer oberste Priorität darin, die negativen Folgen in Grenzen zu halten.«

Er ging fort und wußte: Kira hatte ihm noch mehr berichten wollen. Es gab weitere Dinge, um die er sich kümmern mußte; sie hörten nie auf.

Odo wartete im Büro auf ihn. Die Tür schloß sich, und der Blick des

Sicherheitsoffiziers folgte Sisko, als er hinter den Schreibtisch trat und Platz nahm.

»Wie kommen die Ermittlungen voran?«

»Wir haben beträchtliche Fortschritte erzielt«, erwiderte Odo. »Ich konnte inzwischen herausfinden, welche Personen die manipulierten Holo-Kammern benutzt haben ...«

»Ich frage *nicht* danach, auf welche Weise Sie an entsprechende Informationen gelangt sind.« Sisko hatte den Umstand, daß sich Odo gelegentlich jenseits der Vorschriften von Deep Space Nine bewegte, nie offiziell mißbilligt. Manchmal war so etwas notwendig, um die Sicherheit der Raumstation zu gewährleisten. Doch derartige Maßnahmen erforderten in jedem Fall Diskretion.

Odo nahm den Hinweis mit einem knappen Nicken entgegen. »Meine ursprünglichen Annahmen bestätigten sich: Alle Mörder – auch Ahrmant Wyoss – benutzten die Holo-Kammern recht häufig. Darüber hinaus ähneln sich die Benutzungsmuster. Zuerst hielten sich die betreffenden Personen nur dann und wann in den manipulierten Projektionsräumen auf, und es lagen mehrere Schichten zwischen den einzelnen Besuchen. Die Intervalle verkürzten sich immer mehr, bis hin zu mehreren Benutzungsphasen während einer Schicht. Unmittelbar vor den Gewaltausbrüchen waren die Mörder – und Wyoss – bis zu vier Stunden der Scheinrealität ausgesetzt. Aus diesen Indizien ziehe ich folgenden Schluß: Es existiert ein kausaler Zusammenhang zwischen den Holo-Kammern einerseits und den Verbrechen an Bord von DS9 andererseits.«

»Darauf scheint alles hinzudeuten. Nun, gehen wir einmal von einer solchen Vermutung aus. Und sonst?«

»Ich glaube, Lieutenant Dax setzt die Analyse der in den Installationskomplexen gefundenen schwarzen Kästen fort. Sie hat mir einen ersten Bericht übermittelt, der eine sogenannte KI-Technik betrifft. Ich habe vor, mich gegen Ende dieser Schicht oder während der nächsten mit ihr zu treffen. In der Zwischenzeit stelle ich Nachforschungen über den Ursprung der Module an. Wenn ich feststellen kann, woher sie kamen, erfahren wir vielleicht, wer dahintersteckt.«

»Ausgezeichnet, Constable.« Sisko beugte sich vor und schaltete das Computerterminal ein. Die erste Seite einer langen Liste erschien. »Setzen Sie Ihre Ermittlungen fort.«

Einige Sekunden später sah er auf und stellte erstaunt fest, daß Odo noch immer auf der anderen Seite des Schreibtischs saß. »Gibt es noch etwas?«

»Ja . . .« Odo zögerte. »Ich wollte Sie noch auf einen weiteren Punkt aufmerksam machen.«

»Hat er etwas mit der Mordserie zu tun?«

»Vielleicht nicht direkt. Ich bin mir da nicht ganz sicher.« Der Sicherheitsoffizier schüttelte den Kopf. »Es ist eine persönliche Angelegenheit, die Sie betrifft.«

»Dann habe ich leider keine Zeit dafür.« Sisko ahnte, worum es ging. Die anderen Offiziere wiesen in mehr oder weniger regelmäßigen Abständen darauf hin, daß er zuviel arbeitete, was letztendlich nicht ohne Konsequenzen für seine Gesundheit bleiben konnte. »Derzeit gibt es überhaupt nichts Persönliches und Privates mehr für mich.«

»Ich glaube, es ist wichtig, Commander.«

Sisko seufzte. »Hier ist alles wichtig – so lautet eine Erkenntnis, die schon am ersten Tag meines Dienstes an Bord von DS9 in mir heranreifte. Manchmal bin ich nicht mehr imstande, zwischen Wichtigem und Bedeutungslosem zu unterscheiden.« Er starrte zum Bildschirm. Für einen Sekundenbruchteil verschwanden die Worte hinter einem Nebel aus Müdigkeit. »Worum auch immer es sich handelt: Ich verspreche Ihnen meine volle Aufmerksamkeit – sobald ich etwas Zeit erübrigen kann. Und das ist gerade jetzt nicht der Fall.«

»Wie Sie meinen, Commander.« Odo stand auf. »Vielleicht kann ich Ihnen bei unserem nächsten Gespräch mehr Fakten anbieten.«

Der Constable ging, doch jemand anders betrat statt seiner das Büro. Sisko spürte die Präsenz, ohne aufzusehen.

»Ja?« fragte er und hörte die Ungeduld in seiner eigenen Stimme.

»Ich glaube, ich bin Ihnen eine Erklärung schuldig, Commander. Vielleicht sollte ich Sie sogar um Verzeihung bitten.«

Sisko hob den Kopf und musterte Dr. Bashir. »Warum halten Sie das für notwendig?«

»Ich möchte noch einmal darauf hinweisen, Commander, daß meine Einwände hinsichtlich der Ermittlungen auf Prinzipien basieren.«

»Daran habe ich nicht gezweifelt.«

Bashirs Unbehagen schien noch zuzunehmen. »Ich bin auch gekommen, um zu betonen, daß ich Ihnen keine Hindernisse in den Weg legen werde.«

»Ach? Haben sich Ihre Prinzipien geändert?«

»Nein . . .« Der junge Arzt schüttelte den Kopf. »Nein, natürlich nicht. Wenn sich etwas geändert hat, so mein Sinn für Diplomatie.«

Sisko lehnte sich zurück und musterte Bashir erneut. »Sie wollen mir also keine Hindernisse in den Weg legen? Nun, das ist immerhin ein Fortschritt. Und wenn ich Ihnen die Anweisung erteile, dem wissenschaftlichen Offizier Dax bei den Untersuchungen zu helfen?«

Bashir lächelte schief. »Ich glaube, auch das ließe sich mit meinen Prinzipien vereinbaren.«

»Gut. Ich akzeptiere Ihre Erklärung, Doktor – oder wie auch immer Sie es nennen.« Er wandte sich erneut dem Terminal zu. »Hiermit erhalten Sie einen entsprechenden Befehl. Dax kann Ihre Hilfe bestimmt gut gebrauchen.«

Er hörte, wie sich die Tür öffnete und dann wieder schloß. Es folgte eine Stille, die Sisko als sehr wohltuend empfand.

Es gab gewisse Dinge, die Odo dem Commander mitteilen mußte – sie betrafen die manipulierten Holo-Kammern und seine Entdeckungen. Aber das mußte warten. Andere Dinge hatten Vorrang.

Der Sicherheitsoffizier beugte sich über den Tisch. »Sind Sie jetzt bereit, mit mir zu reden?«

Ihm gegenüber saß ein stiernackiger Frachtarbeiter – er schnitt eine mürrische Miene und hatte die Arme verschränkt. Auf den Wangen zeigten sich unübersehbare Bartstoppeln. »Ich habe nichts mit Ihnen zu besprechen.«

Das Fenster des unbenutzten Verwaltungsbüros bot einen guten Blick auf die rege Aktivität an der zentralen Laderampe des Andockmasts. Die weiten Ausleger von Kränen schwangen über den geöffneten Frachtkammern eines proximianischen Transporters hin und her. Gelegentlich hoben sie einen der großen Container, neben denen die Arbeiter zwergenhaft wirkten. Weiter entfernt fraßen sich die Flammen von Plasma-Schweißbrennern durch dicke Bodenplatten.

Odo wandte sich von dem vertrauten Anblick ab und richtete den Fokus seiner Aufmerksamkeit wieder auf die andere Person im Zimmer.

»Ich schlage vor, wir hören mit diesen dummen Spielchen auf. Sie verfügen über von mir benötigte Informationen, und irgendwann *bekomme* ich Auskunft von Ihnen. Sie verschwenden Ihre und meine Zeit, indem Sie sich begriffsstutzig geben.«

Die Augen des Frachtarbeiters wirkten wie von Rasierklingen geschaffene Schlitze in ungebackenem Teig. »Ich habe nicht die geringste Ahnung, was Sie meinen.«

Odo hatte eine kleine Tasche mitgebracht und stellte sie nun auf den Tisch. Er entnahm ihr das leere Gehäuse des Induktionsmoduls, das aus dem Installationskomplex der ersten Holo-Kammer stammte. »Sie wissen, was das ist, nicht wahr?«

Der Arbeiter öffnete die Augen gerade weit genug, um wäßrige, hellblaue Pupillen zu zeigen. Einige Sekunden verstrichen, und dann schüttelte er den Kopf. »Hab das Ding nie zuvor gesehen.«

Das Zögern des Mannes bestätigte Odos Verdacht. Wenn hier eine Reaktion ausgeblieben wäre, hätte er sich einige andere Verdächtige vorgeknöpft.

»Ich mag es nicht besonders, belogen zu werden.« Odo preßte die Spitze seines rechten Zeigefingers an das glänzende schwarze Gehäuse. »Wenn man bedenkt, welche Informationen meine Datenbank über Sie enthält ... Eigentlich sollten Sie inzwischen gelernt haben, daß es besser ist, offen und ehrlich zu sein.«

Schweiß glänzte in den Halsfalten des Mannes. »He, ich habe mir schon seit einer ganzen Weile nichts mehr zuschulden kommen lassen. Ich bin *sauber* ...«

»Darüber entscheide ich, nicht Sie.« Er schob das Gehäuse dem Frachtarbeiter entgegen, zog es dann wieder zurück und verhielt sich damit wie ein Schachspieler, der über den nächsten Zug nachdachte. »Nun, es wäre sicher unmoralisch, einer elektronischen Personalakte etwas hinzuzufügen. Allerdings habe ich schon mehrmals festgestellt, wie nützlich es sein kann, gewisse Dinge nicht aus ihr zu entfernen, sondern einige *interessante* Informationen zurückzulassen. In Ihrem Fall wären das ... Hinweise darauf, daß sie dann und wann gegen die Vorschriften von Deep Space Nine verstoßen haben. Ich meine kleine Zwischenfälle, von denen andere Leute vielleicht gar nichts wissen.« Odo lächelte. »Eigentlich erstaunlich: Mit solchen Daten ist es oft ganz leicht, selbst sehr widerspenstige Leute hilfsbereit zu stimmen.«

Der Frachtarbeiter kniff wieder die Augen zusammen. »Sie bluffen.«

»Tatsächlich? Vielleicht sollten wir mein Büro aufsuchen und feststellen, ob ich recht habe. Aber eins verspreche ich Ihnen ...« Odo beugte sich noch etwas weiter vor und senkte die Stimme ein wenig. »Wenn ich nicht bluffe, verlassen Sie mein Büro mit Ergschellen und wandern direkt vor das nächste Strafgericht der Föderation.«

»Schon gut, schon gut.« Das Gesicht des Arbeiters wirkte jetzt wie in Schweiß gekocht. »Hören Sie ... Ich weiß nicht, was das für ein Ding ist, und ich will es auch gar nicht wissen. Ich habe gar keinen Gefallen daran gefunden, für den Burschen zu arbeiten. War mir unheimlich, der Kerl.«

»Aber offenbar bereitet es Ihnen keine Schwierigkeiten, Geld von ihm zu nehmen, als Sie den Auftrag erledigt hatten, stimmt's? Um ganz ehrlich zu sein: Es ist mir nach wie vor ein Rätsel, wie Sie die Geräte an Bord der Station schmuggeln konnten. Ich achte immer auf das, was von diesen Dockbereichen kommt.«

Ein Hauch Selbstzufriedenheit huschte über die Züge des Mannes. »Es gibt immer eine Möglichkeit.«

»Diesen Punkt würde ich gern ausführlicher mit Ihnen erörtern«, sagte Odo. »Leider fehlt mir im Augenblick die Zeit dazu. Ich brauche vor allem einen Namen. Wer hat Sie bezahlt, um diese Geräte in die Station zu schmuggeln?«

»Ich weiß es nicht.« Die Selbstgefälligkeit verwandelte sich in Furcht. »Hab den Namen vergessen.«

»Leiden Sie öfter an plötzlichem Gedächtnisschwund? Der außerdem auch noch selektiver Natur ist? Sie sollten sich überlegen, vor wem Sie mehr Angst haben – vor jenem Burschen oder vor mir. Wer auch immer Ihnen den Auftrag gab ... Er ist nicht hier. Und er braucht auch nicht zu erfahren, was Sie mir sagen. Was mich betrifft ... Ich *bin* hier und verspreche Ihnen einige sehr unangenehme Konsequenzen, falls Sie weiterhin schweigen.«

Odo betrachtete seine eigene Hand, als er sie hob und über das leere Gehäuse hielt. »Ich benötige nur einen Namen von Ihnen.«

Mit kleinen gelben Zähnen biß sich der Frachtarbeiter auf die Unterlippe. Einige Sekunden lang blieb alles still, und dann ...

»McHogue.«

Odo ließ sich seine Überraschung nicht anmerken – diesen Namen hörte er nun zum ersten Mal.

»Ich verstehe ...« Er nickte langsam. »McHogue, wie?« Er nahm das Gehäuse und verstaute es wieder in der Tasche. »Kehren Sie jetzt zur Arbeit zurück. Verhalten Sie sich so, als hätte unser kleines Gespräch überhaupt nicht stattgefunden. Und machen Sie sich nicht zu rar – ich möchte Sie jederzeit erreichen können.«

Erleichtert verließ der Frachtarbeiter das Büro.

Odo blieb zunächst am Schreibtisch sitzen. Er wollte dem Mann Gelegenheit geben, im Andockmast zu verschwinden, und außerdem brauchte er ein wenig Zeit, um seine Gedanken zu ordnen.

Ein ihm unbekannter Name ... Dadurch wurde alles noch interessanter. Und vielleicht auch gefährlicher.

Er schob den Stuhl zurück und stand auf. Außerhalb des Büros lenkte er seine Schritte in Richtung des nächsten Turbolifts.

Die Stimme schien direkt in seinem Kopf zu erklingen. Bashir hatte sie selbst hören wollen, und nun bereute er diese Entscheidung.

*Es tut weh ja und das ist gut es tut weh und es blutet und es tut mir weh und ich blute und das ist gut. Rot an der Klinge . . . nein . . . es ist zu hell rothell tutwehgut . . . Nein nicht ich verspreche es . . . Es tut mir leid . . . Rot ist hier rot und hell und Schmerzen . . . Es tut mir leid hell an meiner Hand rot und hell und es schmerzt . . . rot und dunkel . . .*

Der junge Arzt nahm den Kopfhörer ab und reichte ihn Jadzia Dax. »Das war . . . *interessant*. Gelinde gesagt.« Er schauderte und lauschte Echos der gräßlichen Stimme, hörte noch immer das Flüstern und Knurren, dem sich manchmal, unter dem Einfluß der Droge, ein schrilles Heulen hinzugesellte.

»Ich habe Sie gewarnt«, sagte Dax. Sie verstaute den nur selten benutzten Kopfhörer in einer Schublade und griff anschließend nach ihrem Datenblock. »Alles ist in einem Protokoll festgehalten. Sie hätten sich damit zufriedengeben sollen, die schriftlichen Aufzeichnungen zu lesen.«

Jadzia Dax behielt so oft recht – in ihrer ruhigen, gelassenen Trill-Art –, daß sich Bashir schon längst nicht mehr darüber ärgerte. Er nahm den Datenblock von ihr entgegen, blickte aufs Display und sah jene Worte, die er gerade gehört hatte. Sie waren selbst dann beunruhigend, wenn sie nicht vom Klang einer vom Wahnsinn heimgesuchten Stimme begleitet wurden.

»Wieviel haben Sie davon?« Bashirs Zeigefinger klopfte auf das kleine Gerät. »Ich meine, wie lang sind die Aufzeichnungen?«

»Sechs Komma vier Stunden.« Bei solchen Angaben verzichtete Dax nie auf mathematische Präzision. »Die Bio-Indikatoren zeigten Ermüdungserscheinungen an, woraufhin ich es für besser hielt, die Behandlung mit dem Stimulans zu beenden und dem Mann eine Erholungspause zu gönnen.«

»Haben Sie ihm ein Beruhigungsmittel gegeben?« Zwar hatte sich Bashir bereit erklärt, Dax zu helfen, aber das Wohlergehen des Patienten kam für ihn noch immer an erster Stelle.

Dax schüttelte den Kopf. »Das hielt ich für falsch – immerhin befinden sich schon viele pharmazeutische Präparate in seinem Blutkreislauf. Darüber hinaus schien das ständige Sprechen eine ausgeprägte kathartische Wirkung zu entfalten. Der Patient kämpfte nicht mehr gegen das Fesselfeld an, und er schnitt auch weniger Grimassen als vorher.«

»Na schön. Ich untersuche ihn gleich, um seinen Zustand zu verifizieren.« Erneut hob Bashir den Datenblock und las die schriftlich fixierten

Worte, die von Ahrmant Wyoss stammten. Dabei meinte er, wieder die beunruhigende Stimme zu hören.

*... rot und dunkel ... hell und tut weh ... gut ...*

Ganz bewußt verdrängte er die Erinnerungen. »Haben Sie die Daten bereits einer Analyse unterzogen?«

Dax nickte. »Ich habe den Computer beauftragt, eine erste Indizierung von Schlüsselbegriffen und wichtigen Metaphern vorzunehmen. Das Ergebnis bestätigte meine Vermutung: Die Bemerkungen formen nicht nur ein chaotisches Durcheinander; es gibt eine verborgene Struktur aus vielen Querverbindungen. Die Konzeptformation mag unangenehm sein, aber es mangelt ihr gewiß nicht an Konsistenz.«

»Ich verstehe.« Bashirs ursprünglicher Abscheu – ausgelöst durch die Aggressivität in Wyoss' Stimme, weniger durch seine Wortwahl; immerhin war er als Arzt an den Anblick von Blut gewöhnt – ließ weiter nach, und dadurch fand er die Kraft, sich wieder dem Text zuzuwenden. »Der Patient scheint tatsächlich seine Erfahrungen in einer anderen Welt zu beschreiben. Natürlich gibt es Parallelen zu unserem Universum, aber in dem anderen Kosmos ist alles verzerrt, und zwar in Richtung ...« Der junge Arzt suchte nach einem passenden Ausdruck. »In Richtung Unheil, Zerstörung und Tod.«

Dax nickte erneut. »Eine angemessene Beschreibung. Die toxische Natur dieser speziellen Besessenheit geht über alles hinaus, was ich bisher in dieser Hinsicht erlebt habe. Die entropische Natur des anderen Universums erscheint hier nicht als blinder, unbewußter Vorgang, sondern als etwas, das mit bewußter Boshaftigkeit geschieht. Die Entropie wird gewissermaßen zu einer intelligenten Entität.«

»Wyoss und die anderen haben Pech. Vielleicht gibt es in unserem Universum einen Gott, vielleicht auch nicht – doch die Mörder entdeckten einen Kosmos, in dem tatsächlich ein göttliches Wesen existiert. Allerdings ist es durch und durch böse.«

Bashir schwieg. Diese theologischen Überlegungen waren nicht nur für Jadzia Dax neu, sondern auch für ihn selbst. Sie boten einen Hinweis auf die Tiefe der Kluft, die sich unter den gespenstischen Worten des Patienten geöffnet hatte.

Der junge Arzt holte tief Luft, so als brauche er Kraft, um vom Rand der Schlucht zurückzuweichen. »Was ist mit dem Angriff auf Commander Sisko? Haben Sie eine Erklärung dafür?«

Dax nickte zum dritten Mal innerhalb weniger Minuten. »Das ist ein gutes Beispiel für die Dynamik des Wahns: Er verwandelt ein Element der Realität in etwas ganz anderes. Offenbar sah Ahrmant Wyoss den Commander als ein Symbol für Autorität, an der Spitze der hierarchischen Pyramide von Deep Space Nine. In den Aufzeichnungen läßt sich die Veränderung verfolgen: Aus dem Autoritätssymbol wird eine Besessenheit, eine Monomanie, die Sisko mit dem ›bösen Gott‹ des anderen Universums gleichsetzt. Wyoss' Bestreben, den Commander umzubringen, kommt dem verzweifelten Versuch einer Selbsttherapie gleich: Er trachtete danach, sich von dem Bösen zu befreien, das seine Psyche kontrollierte.«

Bashir verfügte über genug psychiatrische Erfahrung, um das Muster zu erkennen: eine Spirale, die auf klaustrophobische Weise enger und enger würde – bis das darin gefangene Ich wild um sich schlug. Ohne eine externe Intervention bestand das Ergebnis immer aus Tod. Entweder starb der Patient aufgrund eines geistigen Zusammenbruchs, oder er brachte jemanden um.

»Und Sie sind sicher, daß die Psychose von den Induktionsmodulen ausgelöst wird?« Bashirs Blick glitt zu den rechteckigen schwarzen Kästen auf der Werkbank. »Odo hat zwar festgestellt, daß Wyoss und die anderen zu den Benutzern der neuen Holo-Kammern gehörten, aber vielleicht ist das nur ein Zufall. Oder ihr Interesse an den Scheinrealitäten war eine Folge und nicht die Ursache der geistigen Verirrung.«

»Ein durchaus berechtigter Einwand, Doktor. Meiner Ansicht nach besteht jedoch nur eine sehr geringe Wahrscheinlichkeit dafür, daß es einen anderen auslösenden Faktor für die mentale Anomalie gibt.« Dax drehte den Bildschirm des Computerterminals so, daß Bashir die Darstellungen sehen konnte. »Ich habe die Simulation einer funktionierenden Holo-Kammer programmiert und dann die zusätzlichen Programme aus den Induktionsmodulen hinzugefügt. Mit einer Beschleunigung der Laufzeit um den Faktor zehn läßt sich ein guter Eindruck von den kumulativen Effekten der KI-Technik gewinnen. Selbst die harmlosesten holographischen Programme metamorphieren dadurch zu einem toxischen psychologischen Ambiente. Es handelt sich dabei um eine *konsistente* Wirkung; Art und Struktur des ursprünglichen Programms spielen kaum eine Rolle. Anders ausgedrückt: Die von den Induktionsmodulen herbeigeführten Veränderungen zeichnen sich durch eine klar definierte *Tendenz* aus: Sie ziehen das Selbst des Benutzers in jenes dunkle Universum, das Ahrmant Wyoss' Ich gefangen hat.«

»Die Frage ist: Welchen Schaden hat seine Psyche bereits erlitten?« Bashir hob die Stimme. »Computer, visuelle Darstellung des Patienten.«

Das Bild auf dem Schirm wechselte, zeigte nun die Isolierkammer und den bewußtlosen Mann, der in einem Fesselfeld ruhte. Er schien friedlich zu schlafen.

»Bio-Indikatoren.«

Am unteren Bildschirmrand erschienen Daten, die über Atmung und Hirnaktivität Auskunft gaben.

Ich wünschte, dies wäre unsere einzige Sorge«, sagte Dax. »Leider ist das nicht der Fall. Von Odo habe ich erfahren, daß es noch andere Personen gibt, die den Induktionsmodulen ausgesetzt waren. Es müssen Ermittlungen in Hinsicht auf ihren geistigen Zustand eingeleitet werden. Nach entsprechenden Untersuchungen kann entschieden werden, welche Maßnahmen zu ergreifen sind . . .«

»Hier stimmt was nicht.« Bashir deutete auf den Schirm. »Dieses Hirnwellenmuster . . . erscheint mir seltsam.«

Dax sah ihm über die Schulter. »Die Sensoren sind so programmiert, daß sie einen Alarm auslösen, wenn es zu einer kritischen Situation kommt, zum Beispiel zu einem Schlaganfall oder dergleichen.«

»Das meine ich nicht. Offenbar geschieht etwas unter der physiologischen Schwelle. Sehen Sie nur, wie glatt die Welle geworden ist. Sie weist keine Zacken oder andere Unregelmäßigkeiten mehr auf. Sie zeigt eine völlig lineare Struktur, wie eine Sinuswelle ohne Modulation.« Bashir wandte sich vom Bildschirm ab. »Kommen Sie. Wir sollten uns den Patienten aus der Nähe ansehen.«

Die Isolierkammer war nur wenige Meter vom Laboratorium entfernt. Einige Sekunden später beugte sich der junge Arzt über die Liege und hob Wyoss' Lider. Dax sah zu.

»Mit der Pupillenerweiterung ist soweit alles in Ordnung. Es findet nach wie vor Hirnaktivität statt, aber . . .« Bashir drehte den Kopf. »Geben Sie ihm eine Dosis des Mittels, das ihn zum Sprechen gebracht hat.«

Dax kam der Aufforderung nach, und anschließend warteten sie einige Minuten lang.

Schließlich schüttelte Jadzia den Kopf. »Inzwischen hätten wir die ersten Worte von ihm hören müssen.«

»Ich fürchte, er wird auch weiterhin schweigen.« Bashir trat vor und strich eine Haarsträhne aus der schweißfeuchten Stirn des Patienten. »Ahrmant Wyoss weilt nicht mehr bei uns. Wo auch immer er gefangen war – er hat einen Ausweg gefunden.«

Quark füllte ein Glas, stellte es vor einem Gast ab und verbeugte sich. Eine Sekunde später trat Odo hinter die Theke und packte ihn am Kragen.

»Gehen wir.« Der Sicherheitsoffizier hob Quark hoch, und die Füße des Ferengi verloren den Kontakt zum Boden. »Wir haben eine Menge zu besprechen.«

Odo zerrte den Inhaber des Spielkasinos zu den privaten Kammern weiter hinten.

»He.« Der Kunde deutete auf das Glas, in dem blaue Flüssigkeit schäumte. »Ich habe den Drink noch nicht bezahlt.«

»Er geht auf Rechnung des Hauses«, brummte Odo.

»Nein!« widersprach Quark, als sein natürlicher Instinkt die Panik überwand. »Ich bin gleich wieder da . . .«

Odo stieß den Ferengi in ein Zimmer und aktivierte die Abschirmung. Quark duckte sich unwillkürlich, als sich der Sicherheitsoffizier vor ihm aufbaute.

»Jetzt können Sie mir all das erzählen, worüber Sie bisher geschwiegen haben.«

»Wie bitte?« quiekte der Ferengi verwirrt. »Ich weiß nicht, wovon Sie reden.« Besorgt blickte er durch den transparenten Schild, der keine Geräusche passieren ließ. Einige Gäste steckten die Köpfe zusammen und tuschelten; der Zwischenfall brachte ihnen eine interessante Abwechslung. »Daß Sie mich einfach so hierher verfrachten . . . Was sollen die Leute denken?«

»Ich habe Ihnen einen Gefallen erwiesen.« Odo nahm am Tisch Platz, und sein Blick durchbohrte Quark. »Wenn ich mehr Rücksicht genommen hätte . . . Dann wären Ihre Gäste, zu denen Sie ›geschäftliche Beziehungen‹ unterhalten, mißtrauisch geworden. Jetzt glauben sie sicher, daß Sie – erneut – mit dem Gesetz in Konflikt geraten sind, was meinen Zorn weckte. Ich habe Sie praktisch aufgewertet. In den Augen Ihrer *Freunde* sind Sie jetzt noch vertrauenswürdiger – falls es bei Ihnen überhaupt so etwas wie Vertrauen gibt.«

»Solche Bemerkungen hat ein ehrlicher Geschäftsmann wie ich nicht verdient.« Quark ignorierte das spöttische Schnaufen des Sicherheitsoffiziers, als er die Jacke glattstrich. Seine Miene zeigte verletzten Stolz. »Ich würde mich ganz offiziell über Ihre absurden Anschuldigungen beschweren, wenn das irgendeinen Sinn hätte.«

»Sie können sich über noch viel mehr beschweren, wenn Sie mir nicht sagen, was ich wissen will.«

Quark seufzte. »*Was* wollen Sie wissen?«

»Ich brauche Informationen über einen gewissen McHogue.«

Einige Sekunden lang herrschte Stille. Odo beobachtete, wie sich die Pupillen von Quarks Augen kaum merklich zusammenzogen.

»Eine solche Person kenne ich nicht«, erwiderte der Ferengi schließlich. Er gab sich nachdenklich, ließ den Blick in die Ferne schweifen und dann wieder zum Constable zurückkehren. »Den Namen höre ich jetzt zum ersten Mal.«

»Erstaunlich.« Odos Stimme klang jetzt sanft, doch die nächsten Worte zischte er wieder. »Vor allem deshalb, weil die Kriminaldateien von Starfleet Aufzeichnungen Ihrer ... Transaktionen mit einem Individuum namens McHogue enthalten. Jene *Geschäfte* fanden fünfzehn Jahre vor Ihrer Ankunft auf Deep Space Nine statt.«

»Oh.« Quark rang sich ein einschmeichelndes Lächeln ab. »Oh, *der* McHogue. Nun, mein lieber Odo ...« Er breitete die Arme aus. »In meiner Branche lernt man viele Leute kennen – Ihnen geht es sicher ebenso. Da kann man sich nicht an alle erinnern.«

»Zwischen Ihnen und jener Person gab es also nur eine kurze und eher unwichtige Verbindung?«

»Wer weiß?« Quark zuckte mit den Schultern. »Vielleicht haben wir bei der trilantinischen Lotterie mitgemischt. Oder unsere Zusammenarbeit betraf eine andere kleine Sache. Inzwischen liegt das alles im sprichwörtlichen Dunkel der Vergangenheit.« Er schob sich dem Ausgang der Kammer entgegen. »Wenn Sie erlauben, werde ich mich jetzt wieder um meine Gäste kümmern ...«

Odo stand auf, beugte sich vor und hielt den Ferengi am Kragen fest. Mit der anderen Hand holte er einen Datenblock hervor. Ein Tastendruck ließ Worte und Zahlen im kleinen Display erscheinen. »Aus den Aufzeichnungen geht folgendes hervor: Sie und McHogue waren gleichberechtigte Partner einer arkturanischen Firma, die gegründet wurde, um den Bewohnern mehrerer unterentwickelter Planeten wertlose Aktien zu verkaufen ...«

»Einen Augenblick. Wir haben unsere Kunden ausdrücklich darauf hingewiesen, daß *alle* finanziellen Investitionen Risiken mit sich bringen ...«

»Ein klarer Fall von Aktienbetrug. Man beschlagnahmte die Vermögensmasse der Firma und ließ die Anklage nur deshalb fallen, weil die beiden Beschuldigten versprachen, nie ins Arkturus-System zurückzukehren.«

»Dort hat's mir ohnehin nicht gefallen«, murmelte Quark verdrießlich.

»Mal sehen, was wir sonst noch haben ...« Odo rief andere Daten auf den kleinen Bildschirm. »Quark und McHogue: gemeinsamer Besitz einer Bar in einer Transitstation. Es stellte sich schließlich heraus, daß sie vor allem dem Schmuggel diente. Außerdem warf man Ihnen und McHogue Handel mit verbotener Technik vor. Eine interessante Angelegenheit, gerade in Anbetracht meiner derzeitigen Ermittlungen. Nur aufgrund einer Formsache kam es nicht zur Verurteilung ...«

»Warum sprechen Leute wie Sie immer von einer ›Formsache‹, wenn man Leute wie mich für unschuldig befindet?«

Odo sah nicht vom Datenblock auf. »Weil es nicht nur das Recht gibt, sondern auch Rechtsanwälte. Nun, diese Liste ist ziemlich lang und beeindruckend.« Er schüttelte den Kopf. »Sie sind im Lauf der Jahre recht fleißig gewesen. Eine typische Eigenschaft der Angehörigen Ihres Volkes, nicht wahr? Es überrascht mich, daß Sie sich einen Nichtferengi als Partner zulegten. Wie brachte es McHogue fertig, mit Ihren Aktivitäten Schritt zu halten?«

Der Sicherheitsoffizier steckte den Datenblock ein. »Habe ich mich deutlich genug ausgedrückt? Lassen Sie es mich so formulieren: Wenn Sie vor Gericht behaupten würden, McHogue kaum zu kennen, so müßten Sie mit einer Verurteilung wegen Meineid rechnen.«

Quark schnitt eine Grimasse und setzte sich. Was Odo zum Anlaß nahm, ebenfalls auf einen Stuhl zu sinken.

»Na schön«, sagte der Ferengi. »Ich kenne ihn. *Und* ich hatte geschäftlich mit ihm zu tun. Aber das alles ist *viele Jahre* her!«

»Vermutlich kam es irgendwann zu einer Auseinandersetzung zwischen Ihnen und McHogue. Kein Wunder: Ich kann mir kaum vorstellen, daß jemand imstande ist, Sie über längere Zeit zu ertragen.«

Quark schien in diesen Worten eine Art Rettungsanker zu sehen. »Ja, genau«, entgegnete er schnell. »Es kam zu einer Auseinandersetzung. Zu einem regelrechten Streit. Jetzt verabscheuen wir uns gegenseitig.«

»Tatsächlich?« Odo dachte einige Sekunden lang nach. »Dann sollten Sie eigentlich bereit sein, mir Informationen über jemanden zu geben, der einst Ihr Partner war und nun zu einem Konkurrenten geworden ist.«

»Wie meinen Sie das?«

»Vergeuden Sie nicht meine Zeit, Quark. Sie betreiben hier einige Holo-Kammern, aber es sind nicht die einzigen auf Deep Space Nine. Es gibt weitere, die einem anderen gehören. Und im Vergleich zu jenen

Projektionsräumen sind Ihre holographischen Programme geradezu vorbildlich.«

»Oh.« Quarks Gesicht verfinsterte sich. »Sie wissen davon, wie?«

»Sie haben mir davon erzählt und sich über ›unredliche Konkurrenz‹ beklagt.«

»Habe ich das? Nun, wenn das so ist . . .« Die Miene des Ferengi erhellte sich wieder. »Ich nehme alles zurück. Weil ich gerade zu dem Schluß gelangt bin, daß Konkurrenz das Geschäft belebt. Uneingeschränktes freies Unternehmertum entspricht der Ferengi-Philosophie. Wenn Sie mich jetzt bitte entschuldigen würden . . .« Er wollte aufstehen, um das Zimmer zu verlassen, überlegte es sich jedoch anders, als Odo warnend die Hand hob.

»Diese Sache ist weitaus ernster und wichtiger als Ihre Geschäftsprobleme.« Der Constable legte die Hand flach auf den Tisch. »Sie sollten zwei Dinge berücksichtigen. Erstens: Wir haben hier eine Mordserie, die mit den anderen Holo-Kammern und Ihrem ehemaligen Geschäftspartner McHogue in Zusammenhang steht.«

Quark musterte den Sicherheitsoffizier verwirrt. »Und der zweite Punkt?«

»Er betrifft meinen Vorrat an Geduld, der gerade zur Neige gegangen ist. Reden Sie!«

»Na schön, na schön.« Quark holte tief Luft. »Es treibt sich jemand auf DS9 herum, der behauptet, McHogue zu sein. Er kam hierher, und wir sprachen miteinander.«

»Worüber?«

»Über seinen neuesten Plan. Dabei geht es um Holo-Kammern – er wollte meine benutzen, zu welchem Zweck auch immer. Versprach mir, mich am Gewinn zu beteiligen. Aber ich wollte nichts davon wissen und schickte ihn fort. Der Bursche war mir unheimlich.«

»Warum?«

Quark beugte sich vor. »Weil er nicht McHogue ist. Ich muß es schließlich wissen, oder? Immerhin habe ich ziemlich viel Zeit mit dem echten McHogue verbracht. Wer auch immer der Fremde sein mag – er war nie ein Partner von mir.«

Odo runzelte die Stirn. »Aber er sieht wie McHogue aus, nicht wahr?«

»Und wenn schon. Das äußere Erscheinungsbild läßt sich anpassen und verändern.« Ein dünnes Lächeln umspielte Quarks Lippen. »Mein lieber Odo, Ferengi können in die Seelen anderer Personen schauen beziehungsweise einen Teil ihres Selbst erkennen. Gerade dadurch werden wir zu guten Geschäftsleuten. Nun, als ich einen Blick ins Ich des Pseudo-McHogue warf . . . Dort gab es nichts, das mir vertraut erschien. Oder mit dem ich etwas zu tun haben wollte.«

»Legen Sie bei Ihren geschäftlichen Kontakten plötzlich moralische Maßstäbe an?«

»Ich habe meine Prinzipien.« Quark hob stolz den Kopf. »Die vor allem praktischer Natur sind. Der Fremde teilte mir nicht mit, was er mit den Holo-Kammern vorhat – ich gab ihm gar keine Gelegenheit, mir seine Absichten zu schildern. Jetzt deutet alles darauf hin, daß ich ihn richtig eingeschätzt habe.« Quark schüttelte den Kopf. »Ich meine . . . eine *Mordserie*. Unsere Gäste und Kunden in Mörder zu verwandeln . . . Damit läßt sich doch kein Geld verdienen, oder?«

Odo schwieg und dachte darüber nach, wie Quarks Aussagen ins allgemeine Bild paßten. »Die Starfleet-Dateien enthalten kein visuelles ID von McHogue . . .«

»Ist es nicht bemerkenswert, was sich alles mit einer kleinen Bestechung erreichen läßt?«

Der Constable schenkte dieser Bemerkung keine Beachtung. »Können Sie McHogue beschreiben? Beziehungsweise den Mann, der sich als McHogue ausgibt?«

»Ich bin in der Lage, Ihnen etwas Besseres anzubieten.« Quark griff in die Tasche, holte eine kleine Datenscheibe hervor und legte sie auf den Tisch. »Eine meiner Angewohnheiten besteht darin, Aufzeichnungen von allen Personen anzufertigen, die das Spielkasino betreten – aus Sicherheitsgründen.«

»Und für gelegentliche Erpressungen.«

»Wenn bestimmte Leute ein so unordentliches Leben führen, daß sie bereits in Verlegenheit geraten, wenn man sie in einem harmlosen Etablissement sieht, so ist das ihr Problem. Ich glaube, in diesem besonderen Fall wissen Sie meine Vorsichtsmaßnahme zu schätzen.« Quark schob die Datenscheibe über den Tisch. »Ich habe mich gefragt, ob ich Ihnen das hier überlassen soll. Zum Glück hat sich mein Verantwortungsbewußtsein durchgesetzt; immerhin bin ich einer der wichtigsten Bürger von Deep Space Nine.«

»Ja, zum Glück«, erwiderte Odo trocken. Er nahm die Scheibe und betrachtete sie.

»Da drin sind alle Daten gespeichert, die Sie benötigen. Ich, äh, gehe jetzt, wenn Sie nichts dagegen haben . . .«

Odo war tief in Gedanken versunken und schwieg.

»Ich kehre zur Theke zurück. Äh. Es ist mir immer ein Vergnügen, mit Ihnen zu plaudern ...«

Der Constable hob den Kopf, als Quark durch den energetischen Vorhang der Abschirmung schritt und zur vermeintlichen Sicherheit der Theke floh.

Er blieb am Tisch sitzen, holte den Datenblock hervor und steckte die Scheibe hinein. Der Inhalt bestand aus einer etwa fünfzehn Sekunden langen Videosequenz, aufgenommen von den verborgenen Kameralinsen am Eingang des Spielkasinos. Der Mann war stehengeblieben, hatte zu ihnen aufgesehen und gelächelt – als wüßte er vom Vorhandensein der elektronischen Spione.

Odo kannte ihn nicht. Er musterte ein fuchsartiges, listiges Gesicht, das einem relativ großen, breitschultrigen Mann gehörte, der schlichte schwarze Kleidung trug. Der Sicherheitsoffizier stellte sich eine Partnerschaft zwischen diesem Fremden und dem kleinen Quark vor – der Kontrast hätte kaum größer sein können.

Odo hielt die Videosequenz an einer bestimmten Stelle an und vergrößerte dann den Ausschnitt mit dem rechten Auge.

Die Starfleet-Dateien über McHogue enthielten einen Identifikationsfaktor. »Computer«, sagte der Constable, »Vergleich der Netzhautstruktur: Darstellung im Display meines Datenblocks und Namensindex ›McHogue‹ im Dateibereich der Sicherheitsabteilung.«

Der kleine Bildschirm teilte sich, und beide Hälften zeigten charakteristische Muster. Odo kannte die Antwort auf seine Frage, noch bevor die Sprachprozessorstimme erklang.

»Übereinstimmung der beiden Netzhautmuster«, meldete der Computer. »Die dargestellte Person wird als McHogue identifiziert.«

»Mögliche Fehlerquote?«

»Unterhalb der Berechnungsschwelle. In statistischer Hinsicht nicht relevant.«

Ein Tastendruck verbannte die graphischen Muster aus dem Display. Noch ein interessanter Aspekt: Quark hatte einen Blick in die Seele des angeblichen McHogue geworfen – und ihn nicht erkannt. Seinen alten Geschäftspartner ...

Hier gab es noch viel zu klären. Odo nickte. Zwar mißfiel ihm der Umstand, daß »seiner« Raumstation Gefahr drohte, aber er spürte auch eine angenehme Anspannung – dieses Empfinden regte sich immer dann in ihm, wenn es ein Rätsel zu lösen galt. Noch mehr Zufriedenheit und

Genugtuung erwarteten den Gestaltwandler, wenn er alle Mosaiksteine zu einem einheitlichen Bild zusammengesetzt hatte.

Aber das würde noch eine Weile dauern. Derzeit mußte sich Odo um etwas anderes kümmern, und er bereute, daß er dieser Pflicht nicht schon längst nachgekommen war. Es wäre besser gewesen, den Commander sofort darauf hinzuweisen, ihn regelrecht dazu zu zwingen, der Sache unverzüglich seine Aufmerksamkeit zu schenken ...

Der Gedanke daran hatte ihn nie ganz verlassen, nicht einmal während seines Bemühens, Auskünfte von Quark zu bekommen. Bevor er sich ganz seiner Aufgabe widmen konnte, der Mordserie auf den Grund zu gehen, mußte diese Angelegenheit in Ordnung gebracht werden.

Odo griff nach dem Datenblock, deaktivierte das akustische Schirmfeld und verließ die Kammer. Sein Ziel war das OPS-Deck und Siskos Büro.

Jetzt war er allein.

Der Sicherheitsoffizier hatte ihn vom Kontrollraum zu seinem privaten Quartier begleitet, um ihm dort von gewissen Dingen zu berichten. Sisko saß nun auf der Couch, beugte sich vor und stützte die Ellenbogen auf die Knie. Stille und mattes Licht umgaben ihn, als er über Odos Worte nachdachte.

»Ist es wirklich so wichtig?« Die Erinnerung an diese Frage erfüllte Sisko mit Verlegenheit und Scham. »Ich brauche jetzt etwas Ruhe.«

»Ich denke schon«, erwiderte Odo. Er hatte darauf bestanden, die OPS zu verlassen – um zu vermeiden, daß die anwesenden Offiziere etwas mithörten.

Deshalb fand das Gespräch hier statt, in einer Kabine, die Sisko als Heim und Refugium diente, falls so etwas an Bord von Deep Space Nine überhaupt möglich war. Hier hatte der Constable dem Kommandanten der Raumstation einige andere Ergebnisse seiner Untersuchungen mitgeteilt.

»Es geht um Ihren Sohn Jake.« Odo kam ohne Umschweife zur Sache. »Mir liegt eine Liste von Personen vor, die sich häufig in den manipulierten Holo-Kammern aufgehalten haben. Jake gehört zu ihnen.«

Als er das hörte, schien ein Teil von Siskos Selbst zurückzuweichen, um alles aus sicherer Entfernung zu beobachten. »Besteht nicht der geringste Zweifel?«

Odo schüttelte den Kopf. »O'Brien hat ein Gerät für mich konstruiert, mit dem ich den Zugangscode jedes Benutzers in Erfahrung bringen kann. Der Apparat funktioniert einwandfrei, und die von ihm ermittelten Daten sind zuverlässig.«

»Ich verstehe.«

Sisko erinnerte sich daran, wie er über die Schulter geblickt hatte, zum engen Korridor, an dessen Ende sich die Tür von Jakes Schlafzimmer befand. Dort schlummerte der Junge jetzt. Einmal mehr hatte sein Vater keine Zeit gefunden, mit ihm zu essen oder zu reden.

»Wie schlimm ist es?«

»Bei Ihrem Sohn scheint sich das Benutzungsmuster noch in der Anfangsphase zu befinden: Er hat gerade erst damit begonnen, sich der Scheinrealität regelmäßig auszusetzen. Wir haben die Gefahr rechtzeitig entdeckt.«

*Rechtzeitig*, dachte Sisko, und die Reminiszenzen in bezug auf Odo verblaßten. Rechtzeitig bedeutete, daß es Zeit genug gab. Zeit genug, um ... sich an die wichtigen Dinge zu entsinnen.

Der Rest ... Odo hatte mit einigen knappen Worten seine Anteilnahme zum Ausdruck gebracht, um dann zu gehen und Sisko seinen Gedanken zu überlassen.

Wenn Jakes Mutter noch am Leben wäre ...

Rasch schloß Sisko in seinem Kopf eine Tür, hinter der sich die leeren Zimmer erstreckten, zu denen jene Worte führten. Dort hatte er bereits zu viele einsame Stunden verbracht, und vermutlich würden weitere folgen. Das ließ sich gar nicht vermeiden – Jakes Mutter war die einzige Frau gewesen, die er jemals geliebt hatte. Doch jetzt mußte er vor allem an ihren gemeinsamen Sohn denken.

Sisko sah zur Seite. Die Holzkiste von Bajor stand nun in einer Ecke des Raums, umhüllt von Schatten und noch immer ungeöffnet. Sie repräsentierte eine andere Person, die ihn verlassen hatte, auf deren Rat er nicht mehr zurückgreifen konnte. In solchen Momenten gewann er den Eindruck, daß sich die Zeit gegen ihn gestellt hatte, um ihm all jene Personen zu nehmen, die ihm etwas bedeuteten ...

Vielleicht hatte das nun auch bei Jake begonnen.

Zorn erwachte in Sisko und sorgte dafür, daß er die Fäuste ballte. Einige Sekunden später versuchte er ganz bewußt, sich zu entspannen. Er lehnte sich zurück, klopfte auf seinen Insignienkommunikator und stellte eine Verbindung zum Sicherheitsoffizier her.

»Constable ... Sind alle Induktionsmodule aus den fraglichen Holo-Kammern entfernt worden?«

»Nein, Commander«, antwortete Odo sofort. »Ein Modul haben wir installiert gelassen und mit einem Überwachungssensor ausgestattet – für den Fall, daß wir die Wirkungen direkt und unmittelbar beobachten müssen. Der betreffende Sektor von DS9 ist gesperrt, und deshalb sehe ich in dieser Maßnahme kaum ein Risiko.«

»Danke.« Sisko unterbrach die Verbindung.

Eine Zeitlang stand er vor der Tür von Jakes Zimmer und lauschte den regelmäßigen Atemzügen seines Sohns. Irgendwann drehte er sich um und verließ das Quartier.

Als Kommandant der Raumstation fiel es ihm natürlich nicht schwer, den separierten Bereich zu betreten – es genügte, dem Computer eine Prioritätsorder zu übermitteln. Ein kleines leuchtendes Kontrollfeld auf der Schalttafel wies darauf hin, daß die letzte Holo-Kammer im Korridor nach wie vor funktionierte. Sisko löste Odos Sicherheitssiegel und ließ es auf den Boden fallen. Anschließend berührte er die Öffnungstaste, und sofort glitt das Schott beiseite.

Er betrat . . .

. . . eine Welt voller Sonnenschein. Hinter ihm schloß sich der Zugang wieder, und daraufhin war die Illusion komplett. Warmer Sommerwind strich über eine weite Wiese mit gelbgrünem Gras. Sisko wußte: Weiter hinten, jenseits der Baumgruppe, floß das kühle Wasser eines Baches. Er war schon einmal hier gewesen, zusammen mit Jake; bei jener Gelegenheit hatte er die Holo-Kammer auf ein Ambiente programmiert, das seinem Sohn sehr gefiel. Der lockere Boden des Pfads, einige alte Getreidehalme . . . Alles wirkte ebenso echt wie die Sonne, die warm genug vom Himmel strahlte, um Sisko schwitzen zu lassen.

Bei den Bäumen fand er die erste seltsame Sache: die bleichen Knochen einer Katze. Stricke gingen von den Resten des Tiers aus, reichten zu den nächsten Baumstämmen. Das Blut war längst im Boden versikkert, aber die stickige Luft kündete noch immer von Schmerz und Tod.

Zwischen den aufgeklappten Kiefern des Katzenschädels schien ein letztes, verzweifeltes Heulen zu erklingen.

Dies bestätigte die Hinweise im ersten Bericht von Dax und Bashir. So funktionierten die Induktionsmodule: Sie nahmen das normale, harmlose Holo-Programm und verwandelten es in etwas anderes. Es hatte für Sisko keinen Grund gegeben, an den Auskünften seiner Offiziere zu zweifeln, aber es mit eigenen Augen zu sehen . . . Er fragte sich, welche Dimension das Phänomen hatte, was sich jenseits des wahrnehmbaren Horizonts erstreckte.

Er ging weiter, schritt im Sonnenschein zum Ufer des Baches. Das

Wasser plätscherte über Steine, reflektierte glitzernd das helle Licht. Mit der einen Hand schützte er seine Augen vor der Sonne – und wurde wieder mit dem Tod konfrontiert.

Weniger als einen Meter entfernt lag der Leichnam eines Mannes, die Finger in den Schlamm gebohrt.

Sisko ging in die Hocke, drehte den Toten um ... Und starrte in sein eigenes, lebloses Gesicht.

Jemand beobachtete ihn – er spürte es ganz deutlich. Er hob den Kopf und sah einen Mann, der die Arme verschränkt hatte. Die Augen ... Sie waren so dunkel wie Löcher in einer stockfinsteren Nacht.

Zuerst präsentierte der Fremde ein maskenhaft starres Gesicht, und dann zuckte ein spöttisches Lächeln in seinen Mundwinkeln.

»Wer sind Sie?« Sisko wandte sich von der Leiche ab.

»Wissen Sie es nicht?« Die sanfte Freundlichkeit in der Stimme kam Hohn gleich. »Ich bin McHogue. Ich lebe hier.«

Der Zorn, den der Commander zuvor gefühlt hatte, erblühte plötzlich wie eine rote Blume und blendete ihn. Abrupt sprang er vor und streckte die Hände nach dem Hals des Mannes aus ...

Die Gestalt verschwand. Siskos Finger kratzten über feuchten Boden und Steine am Ufer des Baches.

Er ging in die Hocke, und ganz langsam öffnete er die zu Fäusten geballten Hände. Die Illusion von Wasser, mit seinem Blut vermischt, tropfte in den Bach und wurde von der Strömung fortgetragen.

# McHOGUE

# 6

Kira blickte durch ein offenes Rundbogenfenster des Tempels und sah den Flitzer *Mekong* – jenes kleine Raumschiff hatte sie erneut nach Hause gebracht. Vor Jahrhunderten waren diese Mauern errichtet worden, und kunstvolle Muster, die von einem begabten Bildhauer stammten, schmückten sie. Die glatten, funktionellen Konturen des Flitzers bildeten einen auffallenden Kontrast dazu.

»Wir haben nicht damit gerechnet, Sie so bald nach Ihrem letzten Besuch wiederzusehen.« Eine Akolythin stand neben Kira. Sie hatten den Turm aufgesucht, um zu beobachten, wie die unter den Dachvorsprüngen nistenden Vögel im ersten Licht des Tages aufstiegen. Die letzten von ihnen verschwanden nun am goldenen Himmel. »Möchten Sie weitere Hinterlassenschaften der Kai abholen? Haben wir vergessen, Ihnen etwas mitzugeben?«

»Nein . . .« Kira schüttelte den Kopf und bedachte die Akolythin mit einem traurigen Lächeln. »Wenn wir uns irgend etwas von der Kai wünschen, so ist es ihre Anwesenheit.«

»Sie sprechen mit der Stimme des Herzens. Kai Opaka folgte dem Ruf der Propheten . . . Wir wußten, daß es früher oder später geschehen würde, nicht wahr? So ist die Natur der Zeit beschaffen, selbst für die Weisesten unter uns. Aber wir weinen wie Kinder, wenn es zum Unvermeidlichen kommt.« Die Akolythin blickte über die taufeuchten Felder jenseits des Tempels. »Und wie alle Kinder, die nicht geführt werden, laufen wir Gefahr, uns zu verirren.«

Die letzten Worte berührten etwas in Kira. »Wie meinen Sie das? Der Glaube unseres Volkes . . . Er kann nicht verlorengehen.«

»Vielleicht nicht.« Die Hände der Akolythin blieben in den weiten Ärmeln des Umhangs verborgen. »Zumindest nicht, solange dieser Glaube im Selbst von Personen wie Ihnen einen festen Platz hat. Ein Funke allein enthält genügend Feuer, um ganze Welten zu verbrennen. Nun, was das Volk von Bajor betrifft . . .« Die Frau schwieg einige Sekunden lang. »Dies sind schwere Zeiten.«

»Wir haben noch schwerere Zeiten hinter uns. Die Besatzungsmacht der Cardassianer . . .«

»Oh, jene Jahre lehrten uns viel. Die Unterdrücker konnten uns nicht endgültig besiegen. Mit ihrem Versuch, unseren Widerstand zu brechen, machten sie uns nur stärker und zäher. Denken Sie in diesem Zusammenhang an ein Schwert, dessen Klinge auf einem Amboß gehärtet wird. Sie selbst sind ein Ergebnis eines solchen Vorgangs. Was man Ihnen nahm – Heimat und Familie, all die Dinge, die Ihnen während der finstersten Stunden Trost spenden konnten . . . Sie bekamen es in anderer Form zurück. Damit Sie Bajor und dem Volk dieser Welt dienen.«

*Wenn das stimmt* . . . Ähnliche Worte hatte sie auch von der Kai gehört. Es handelte sich nicht um Erlösung durch Leid, sondern um Apotheose – die Umwandlung in eine andere Existenzform. Wie Kohlenstoff, der zu einem Diamanten wurde. Allerdings gab es hier auch die Möglichkeit des Fehlers, des Versagens. Die im reinigenden Feuer geschmiedete Klinge zerbrach beim ersten Hieb; und der Diamant splitterte wie gewöhnliches Glas.

Niemandem, nicht einmal der Kai, hatte Kira von den Zweifeln erzählt, die sie in schlaflosen Nächten heimsuchten, begleitet von Alpträumen und Erinnerungen. Der Commander und die anderen Offiziere an Bord von Deep Space Nine . . . Sie ahnten nichts, denn Kira trug immer eine Maske.

»Jetzt steht das Volk von Bajor Prüfungen gegenüber, die gefährlicher und weitaus subtiler sind als alle anderen«, fuhr die Akolythin fort. »Als die Cardassianer über uns herrschten, kannten wir den Feind. Wir wußten auch, welche Opfer wir bringen mußten, um die Freiheit zu erlangen. Jetzt sind wir frei, aber . . .« Die Akolythin beobachtete, wie der letzte Vogel davonflog. »Wir müssen nun feststellen, daß unsere erbittertsten Feinde . . . Bajoraner sind – Leute, für die wir noch vor kurzer Zeit unser Leben gegeben hätten.«

»Inzwischen ist nichts mehr leicht.« Mit den Fingerspitzen strich Kira über den rauhen Stein des Fenstersimses. »Wir *alle* wollten, daß die Cardassianer von Bajor verschwanden – oder starben. Ich glaube, selbst die Kai konnte sich bei den cardassianischen Soldaten eine Art . . . Verwandlung vorstellen, die sie auf eine andere Existenzebene hob. Nun, jetzt sind sie fort, und es stellt sich heraus: Wir erhoffen uns verschiedene Dinge von der Zukunft.«

»Eine solche Erkenntnis ist in Ihnen herangereift, Kira? Glauben Sie, daß es zwischen Bajoranern – zwischen Kindern der gleichen Kultur und Vergangenheit – Meinungsverschiedenheiten und sogar gewaltsame Auseinandersetzungen geben kann?« Die Akolythin lächelte sanft. »Wenn das stimmt, wenn bei den Bajoranern, die unterschiedliche Meinungen vertreten, einige recht haben und andere nicht . . . Dann wächst daraus auch die Möglichkeit, daß *Sie* sich irren.«

Kira lachte humorlos. »Darüber habe ich bereits nachgedacht. Ganz gleich, was ich unternehme – ganz gleich, wie sich alle anderen verhalten ... Vielleicht schaffen wir nur ein riesiges Durcheinander.«

»Die Zyniker unter uns behaupten, in der Rückschau betrachtet sei die Zeit der Unterdrückung gar nicht so schlecht gewesen: Bei Opfern kann kein Zweifel daran bestehen, daß sie im Recht sind.«

»Ich weiß nicht ...« Kira schüttelte den Kopf und fühlte, wie vertraute Müdigkeit herankroch. »Vielleicht sollten wir die Cardassianer bitten, hierher zurückzukehren – das würde alle neuen Probleme lösen. Dann könnten wir wieder leiden und uns ganz dem glorreichen Martyrium hingeben. Damit haben wir so viel Zeit verbracht, daß wir kaum mehr etwas anderes kennen.«

»Jetzt sind Sie zynisch«, tadelte die Akolythin. »Und das paßt nicht zu Ihnen. Was soll geschehen, wenn wir Sie auf diese Weise verlieren? Immerhin stellen Sie Bajors Verbindung zu den Welten jenseits des Himmels dar.«

»Niemand weiß, daß ich hier bin. An Bord von Deep Space Nine habe ich nicht auf das Ziel meiner Reise hingewiesen. Und es gibt auch keinen Flugplan. Ich bin einfach losgeflogen.«

Die Akolythin nickte. »Wir wissen, daß Sie aus eigener Initiative zurückgekehrt sind. DS9 benachrichtigt uns vor einem offiziellen Besuch.« Die Akolythin drehte den Kopf und musterte Kira. »Allerdings kennen wir nicht den Grund Ihres Aufenthalts.«

»Er ist mir selbst nicht ganz klar.« Am Horizont zeigte sich nun der Rand der Sonne. Dunst bildete sich über den feuchten Feldern. »An Bord von Deep Space Nine gibt es ernste Probleme, die mit der hiesigen Situation nichts zu tun haben. Sie beanspruchen Commander Siskos volle Aufmerksamkeit. Außerdem kann ich es ihm kaum verdenken, wenn er von der bajoranischen Politik genug hat. Vermutlich kommt er sich manchmal wie ein Kindermädchen vor, das es mit einem ganzen Planeten voller streitsüchtiger Bälger zu tun hat.«

»Deshalb haben Sie beschlossen, sich selbst um diese Sache zu kümmern.«

»Ich denke schon.« Kira zuckte mit den Achseln. »Die Angelegenheit mit der Separationsfront ist zu wichtig. Wir dürfen nicht einfach die Hände in den Schoß legen, mit der Absicht, später aufzuräumen. Vielleicht gibt es gar kein Später, wenn sich Aur und die übrigen Führer der Separationsfront durchsetzen. Für die Beziehungen Bajors zur Föderation sähe es dann ziemlich schlecht aus.«

Die Akolythin wölbte eine Braue. »Glauben Sie, ganz allein etwas daran ändern zu können?«

»Bisher hat es eine Person geschafft, derartige Entwicklungen zu verhindern.«

»Ja, aber Sie sind nicht Kai Opaka.«

Kira seufzte. »Das ist mir durchaus klar. Zum Beispiel fehlt mir ihre bewundernswerte Geduld. Wenn ich mit jenen Leuten rede und sie meinen Standpunkt nicht sofort verstehen ... Dann könnte ich in Versuchung geraten, ihnen mit einem Knüppel Vernunft einzubleuen.«

Die Akolythin schmunzelte. »Ich fürchte, damit würden Sie nicht viel erreichen. Allerdings bin ich ziemlich sicher, daß Sie eine Menge lernen, wenn Sie sich solchen Bemühungen widmen. Bestimmt wurde nicht einmal die Kai mit all jenen Tugenden geboren, die sie besaß, als sie dem Ruf der Propheten folgte.«

Kira schnitt eine Grimasse. »Das Problem ist ... Ich weiß nicht einmal, ob ich mit der *Fähigkeit* zur Geduld geboren bin.« Sie wandte sich vom Fenster ab. Die Morgenvögel waren längst fort, und wo sich eben noch Schatten erstreckt hatten, glänzte jetzt helles Licht. Die Stille des Tempels gab Kiras Seele Kraft, doch sie wußte: Es wurde Zeit, diesen Ort zu verlassen. In der Hauptstadt von Bajor gab es Personen, die sie sprechen mußte, und mit ein wenig Glück folgten ... Verhandlungen.

»Vielleicht nicht.« Die Akolythin näherte sich den ausgetretenen Stufen, die zum zentralen Hof hinabführten. »Aber Sie haben etwas, das Ihnen helfen wird.«

»Was denn?« Kira folgte der anderen Frau die Treppe hinunter.

»Unsere Hoffnungen. Und den Segen jener, die nicht mehr bei uns weilt.«

»Warum sollte der General daran interessiert sein, Sie zu empfangen?«

Der Mann hinter dem hölzernen Schreibtisch gehörte zu den Leuten, die nie Macht besessen hatten – bis jetzt. Nun bekam er Gelegenheit, den Geschmack der Autorität zu kosten, und dadurch verwandelte er sich in einen engstirnigen, herrischen Bürokraten. Er konnte anderen Leuten das Leben schwermachen, indem er sich weigerte, ihnen eine Audienz bei den wahrhaft Mächtigen zu gewähren.

Er fühlte sich wie ein kleiner König – das arrogante Glitzern in seinen Augen war ein untrügliches Zeichen dafür.

Kira wollte keine Zeit mit ihm vergeuden. »Wenn Sie General Aur mitteilen, daß ich hier bin ... Dann ist er bestimmt *sehr* daran interessiert, mich zu empfangen. Immerhin bin ich die stellvertretende Kommandantin der Raumstation Deep Space Nine sowie Bajors wichtigste Verbindung zur Föderation und zu Starfleet.«

»Oh.« Der junge Mann zeigte sich nicht sehr beeindruckt. Ein spöttisches Lächeln kräuselte seine Lippen. »Die *berühmte* Kira. Eine wahre Koryphäe – des *früheren* Regimes. Vermutlich gehört Ihr Besuch zu einer offiziellen Mission in bezug auf die Separationsfront, oder?«

Das Gebäude, in dem sich Kira jetzt aufhielt, war nur hundert Meter vom Sitz der provisorischen Regierung Bajors entfernt. Früher hatten sich hier die Büros einer cardassianischen Marionettenorganisation befunden: ein angebliches Arbeiterkomitee, das automatisch alle von der Besatzungsmacht diktierten Arbeitsbedingungen genehmigte, wie schlimm sie auch sein mochten. Damals herrschte eine düstere Atmosphäre in diesen Fluren und Räumen, geschaffen von Servilität einerseits und Haß auf die Unterdrücker andererseits. Jetzt erwartete den Besucher der Eindruck reger Betriebsamkeit.

Kira sah Gesichter, in denen an blinden Fanatismus grenzende Zuversicht zum Ausdruck kam.

»Nein . . .« Sie schüttelte den Kopf. »Ich bin aus eigener Initiative hier und vertrete derzeit keine Interessen der Föderation. Abgesehen natürlich vom guten Willen, den sie mehrfach dem bajoranischen Volk gegenüber gezeigt hat.«

»Interessant.« Das spöttische Lächeln dehnte sich aus und war auf dem besten Weg, zu einem höhnischen Grinsen zu werden. »Wie *nett* von der Föderation, daß ihr so viel an unserem Wohlergehen liegt. Unsere Vergangenheit beweist natürlich, daß wir uns voll und ganz auf die freundschaftlichen Gefühle von Außenweltlern verlassen können.«

Kira spürte, wie es in ihr zu brodeln begann. Sie hielt den Ärger im Zaum – der aufgeblasene Kerl sollte sich nicht über einen Erfolg seiner Provokationen freuen können. Zwar hätte es ihr großes Vergnügen bereitet, den anmaßenden Beamten an der Kehle zu packen und ihn vom Stuhl zu ziehen, wie eine Sonnenmelone von der Ranke. Aber sie begriff auch, daß sie mit einem derartigen Gebaren nichts erreichte.

*Geduld*, dachte sie. *Nimm dir an weiseren Leuten ein Beispiel*. In der Theorie klang das gut, aber die praktische Umsetzung war alles andere als unproblematisch.

»Hören Sie . . .« Kira beugte sich vor und legte beide Hände auf den Schreibtisch. »Ich weiß, daß General Aur viel zu tun hat. Mein eigener Terminkalender enthält ebenfalls nicht wenige Einträge. Sie erfüllen Ihre

Pflicht, und daran gibt es nichts auszusetzen. Bestimmt kommen zahlreiche Leute mit dem Wunsch hierher, den General zu sprechen, und Sie können natürlich nicht alle zu ihm lassen. Andererseits sollten Sie sich folgendes vor Augen führen: Ich gehöre zu den Senior-Offizieren von Deep Space Nine und bin die Stellvertreterin von Commander Sisko, zuständig für bajoranische Angelegenheiten. Wer sich mit Starfleet und der Föderation in Verbindung setzen möchte, kommt an mir nicht vorbei. Was bedeutet: Früher oder später wird General Aur mit mir reden müssen.« Die Schärfe in ihrer Stimme nahm zu. »Wenn das Gespräch später erfolgt, werde ich darauf hinweisen, daß ein kleiner Beamter mich daran gehindert hat, den General zu besuchen. Wenn Sie glauben, daß sich Aur über diese Nachricht freuen wird, so machen Sie ruhig weiter wie bisher. Wenn nicht . . .« Kira richtete sich auf. »Habe ich mich klar genug ausgedrückt?«

Die Bosheit blieb im Gesicht des Mannes, doch die Mischung aus Selbstgefälligkeit und Erheiterung verschwand. Nach einigen Sekunden des Schweigens wandte sich der Beamte einem alten Computerterminal zu und drückte mehrere Tasten. »Derzeit ist der General nicht im Haus.«

»Wann kommt er wieder?«

Der Mann hob eine Hand zum Kinn und sah auf den Bildschirm. »Um zwölf Uhr hat er eine Stabsbesprechung . . .«

»Gut.« Kira drehte das Terminal so, daß sie selbst einen Blick auf den Monitor werfen konnte. »Benachrichtigen Sie die anderen, daß die Besprechung eine halbe Stunde später beginnt. Ich treffe mich um zwölf mit dem General.« Sie schwenkte den Monitor in seine ursprüngliche Position zurück. »Na bitte. War doch gar nicht schwer, oder?«

Sie wandte sich um und schritt dem Ausgang entgegen, fühlte dabei, wie sich der Blick des Beamten einem Dolch gleich in ihren Rücken bohrte.

Eine vertraute Stimme erklang neben ihr. »Gute Arbeit, Kira. Der überhebliche Idiot hat die Lektion verdient.«

Erstaunt blieb sie stehen. Es war Jahre her, seit sie diese Stimme zum letzten Mal gehört hatte.

»Malen . . .« Kira lächelte unwillkürlich. »Ich habe dich für tot gehalten.«

»Wie heißt es so schön? Totgesagte leben länger.« Malen Aldris griff nach Kiras Ellenbogen. »Ich schlage vor, wir gehen weiter. Um zu vermeiden, daß unser Gespräch zuviel Aufmerksamkeit erregt.«

Sie verließen das Gebäude, und kurze Zeit später fanden sie eine Taverne, deren Halbdunkel ihnen Anonymität garantierte. Ein Kellner servierte harzige, scharfe Flüssigkeit in kleinen, rissigen Porzellantassen. Malen nippte an seinem Drink, und Kira stellte ihre Tasse nach dem ersten vorsichtigen Schluck beiseite. Bei solchen Gelegenheiten wußte sie plötzlich das Angebot in Quarks Bar zu schätzen.

»Du siehst gut aus.« Malen beugte sich über den wackligen Tisch und musterte Kira, die ihm gegenüber im matten Licht saß. »Offenbar bekommst du seit einiger Zeit regelmäßig zu essen. Damals warst du immer halb verhungert.«

»Danke.« Kiras Kamerad aus der Widerstandsbewegung schien ein ganzes Stück älter zu sein als der Mann in ihrer Erinnerung. Vom schütteren Haar waren nur noch einige schneeweiße Strähnen an den Ohren übrig. »Als ich dich zum letzten Mal sah . . . Einige sehr unfreundliche Leute brachten dich fort. Du solltest erschossen werden.«

»Ach, das.« Malen winkte ab. »Ich weiß nicht einmal mehr, welche Seite mich tot sehen wollte – die Cardassianer oder die Bajoraner. Vielleicht hatten es sowohl die einen als auch die anderen auf mich abgesehen.«

»Deshalb überrascht es mich so sehr, dich wiederzusehen.«

»Inzwischen sollte dich nichts mehr überraschen«, erwiderte Malen und lächelte.

Kira wußte, wie unwahrscheinlich es war, daß man Malen Aldris zum Helden des bajoranischen Widerstands erklärte. Solche Titel blieben meistens Leuten wie General Aur vorbehalten, die nicht zögerten, andere Personen zu töten – und die angeblich auf sich selbst keine Rücksicht nahmen. Malen legte zu großen Wert auf die Unversehrtheit der eigenen Haut, und er verabscheute Gewalt – unter solchen Umständen konnte er kaum damit rechnen, daß man ihm jemals eine Medaille verlieh. Nun, solche Dinge waren ihm auch gar nicht wichtig. Auszeichnungen irgendeiner Art hätten ihn nur bei der Wahrnehmung seiner mehr oder weniger geheimen Pflichten behindert. Während der cardassianischen Besatzung war Malen darauf spezialisiert gewesen, Lagerverwalter, Vertriebsdirektoren, Militärlogistiker und andere Leute ausfindig zu machen, die irgend etwas mit Transport und Verteilung der alles andere als üppigen bajoranischen Lebensmittelproduktion zu tun hatten. Mit Schmeicheleien, Appellen an Patriotismus und Bestechungen veranlaßte er sie, in eine andere Richtung zu sehen, während ein Teil der Versorgungsgüter zur Widerstandsbewegung umgeleitet wurde. Damals hatten Kira und ihre Gefährten nur aus Haut und Knochen bestanden – aber ohne die von Malen erzielten Erfolge wären sie schon bald verhungert. Das Gehirn im hoch gewölbten Schädel war daran gewöhnt, mit Zahlen, Lieferterminen und

Inventurdaten zu jonglieren. Es lief im wesentlichen darauf hinaus, zwei Säcke Mehl erscheinen zu lassen, wo es eigentlich nur einen geben sollte. Unglücklicherweise erforderten solche Aktivitäten viele freundlich erscheinende Kontakte zu einer großen Anzahl von Cardassianern – was weniger gut informierte Widerstandskämpfer für Kollaboration hielten. Kira fragte sich, wie schnell Malen gesprochen hatte, um der Hinrichtung zu entgehen.

Was mochte ihn ins Hauptquartier der Separationsfront geführt haben?

»Wolltest du versuchen, einen Termin bei General Aur zu bekommen?« Kira vermutete, daß es Malen darum ging, irgendeinen neuen Plan durchzuführen.

»Warum sollte ich das versuchen? Ich sehe den General praktisch jeden Tag, ob ich will oder nicht.« Malen lehnte sich zurück, und der Stuhl unter ihm knackte. »Ich bin der erste ökonomische Berater im Schattenkabinett der Separationsfront.«

»Oh.« Mit einer solchen Antwort hatte Kira nicht gerechnet. »Du arbeitest für sie.«

»Natürlich. Die Front steht derzeit im Mittelpunkt des allgemeinen Geschehens. Mein Platz ist ziemlich weit oben, Kira. Wenn wir an die Macht kommen, übernehme ich die Leitung des bajoranischen Finanzministeriums.«

»Ich verstehe. *Wenn*, nicht *falls*. Ihr seid euch eurer Sache ziemlich sicher, wie?«

Malen zuckte mit den Schultern. »Genau deshalb habe ich mich der Separationsfront angeschlossen. Weil Aur alle Trümpfe in der Hand hält. Die provisorische Regierung fällt auseinander. Wenn sie noch ein Jahr lang im Amt bleibt, so grenzt das an ein Wunder. Anschließend ergibt sich ein Vakuum, das gefüllt werden muß – von Aur und der Separationsfront.«

Kira nickte langsam. »Es gibt noch etwas, das mich überrascht. Du hast immer gründlich über alles nachgedacht, Malen. Ist dir klar, daß du als Finanzminister kaum etwas zu verwalten hast, wenn Bajor die Beziehung zur Föderation abbricht? Dann kannst du froh sein, wenn es dir gelingt, die eine oder andere Münze aufzutreiben.«

»Angesichts deiner Position bei Starfleet habe ich nicht erwartet, daß du dich freust, wenn sich die Separationsfront durchsetzt und damit beginnt, ihr Programm zu verwirklichen. Was mich betrifft . . . Sei unbesorgt. Ich habe mehr Informationen als du, insbesondere was das ökonomische Potential dieser Welt angeht. Die Föderation dürfte in Verlegenheit geraten, wenn sie herausfindet, was Aur und seine Berater im Ärmel haben. Der neue Wirtschaftsminister . . .«

Malen hob die Tasse und trank einen großen Schluck.

Kira musterte ihn. »Der neue Wirtschaftsminister? Wen habt ihr für dieses Amt vorgesehen?«

»Hmm . . . Dieses Zeug scheint noch stärker zu sein, als ich es in Erinnerung habe.« Malen blickte in die leere Tasse. »Hat die unangenehme Eigenschaft, einem die Zunge zu lösen, wie?« Er hob mahnend den Zeigefinger. »Such dir einen anderen, wenn du Geheimnisse in Erfahrung bringen willst. Trinkst du das nicht?« Er griff nach Kiras Tasse, leerte sie ebenfalls und stellte sie auf den Tisch. Dann schob er den Stuhl zurück und erhob sich. »Es tut mir leid, daß wir auf verschiedenen Seiten stehen – vielleicht ließ es sich nicht vermeiden. Wie dem auch sei: Es freut mich, daß wir uns wiedergesehen haben.«

»Mich auch.« Kira sah Malen nach, als er – ein wenig unsicher auf den Beinen – zur Tür ging. Anschließend senkte sie den Kopf und bemerkte dabei ein kleines Stück Papier an ihrer Tasse.

Mit dem Fingernagel und möglichst unauffällig löste sie den Fetzen.

MAN BEOBACHTET UND BELAUSCHT UNS. Diesen Worten folgten eine hastig gekritzelte Adresse – der Ort befand sich in einem verrufenen Viertel der Stadt – und die Angabe eines Zeitpunkts: 19.00 Uhr.

Kira sah sich um und bemerkte zwei nicht besonders gepflegt wirkende Männer an der Theke. Ihre verstohlenen Blicke galten noch immer der Tür.

Sie rollte das Stück Papier zu einem winzigen Ball zusammen, den sie in der Uniformtasche verschwinden ließ. Dann stand sie auf, um den Termin bei General Aur wahrzunehmen.

Kira war außer Atem, als sie das Ende der letzten Treppe erreichte. Das Gebäude befand sich nahe am Stadtrand und schien – nicht zuletzt wegen des Standorts – während einer Aktion der Widerstandsbewegung gegen die Cardassianer beschädigt worden zu sein. Kühler Nachtwind zerrte an der Plane, die sich über einem offenen Teil der Wand spannte. Kleine Steine und Betonsplitter knirschten unter Kiras Stiefeln.

*Das sollte mir Warnung genug sein*, dachte sie und schnappte nach Luft. *Von jetzt an benutze ich an Bord von Deep Space Nine keine Turbolifte mehr – bis ich wieder in Form bin.*

»Früher einmal hättest du den ganzen Weg nach oben sprinten können.«

Malen schien ihre Gedanken gelesen zu haben. Er blickte hinter einer Tür hervor, die aus zusammengenagelten Brettern bestand. Gelbes Licht ging von der Lampe in seiner Hand aus.

»Das hat man davon, wenn man dauernd an einem Schreibtisch sitzt.« Kira atmete noch einmal tief durch und richtete sich auf.

»Komm herein.« Malen wich in die Dunkelheit des Zimmers zurück.

Kira sah sich um, als er die Lampe auf einen niedrigen Tisch stellte. »Ein bißchen schäbig für den zukünftigen Finanzminister von Bajor.«

»Ich habe meine Geschäfte von schlimmeren Orten aus geleitet – aber das weißt du ja.« Malen warf einen Blick über die Schulter. »Wie lief die Besprechung mit Aur?«

»Wie erwartet. Ich bin gekommen, um vernünftig mit ihm und den anderen zu reden, aber das scheint nur wenig Zweck zu haben. Ich weiß nicht, ob tatsächlich irgendwelche Trümpfe in Aurs Ärmeln stecken, aber eins steht fest: Er und seine Gesinnungsgenossen sind fest davon überzeugt, den Sieg zu erringen.«

»Sie haben allen Grund, optimistisch zu sein.« Malen drehte den Docht der Lampe etwas höher, damit die Flamme nicht im Öl erstickte. »Die Separationsfront kann mit allem Recht behaupten, daß die Geschichte auf ihrer Seite ist. Von einigen anderen Dingen ganz zu schweigen.«

»Du klingst wie ein wahrer Gläubiger.«

»Ich?« Malen schüttelte den Kopf. »Ich bin inzwischen in einem Alter, das mich berechtigt, dem eigenen Wohlergehen Priorität einzuräumen. Ich habe bereits genug für Bajor getan, erinnerst du dich? Allerdings: Ich glaube, für jemanden wie dich gibt es in diesem Zusammenhang kein ›Genug‹.«

Kira überhörte die letzte Bemerkung. »Wenn das alles wirklich der Wahrheit entspräche, Malen . . . Dann würdest du wohl kaum mit mir reden, zumindest nicht in einem solchen Loch.«

»Nun, ich bin gern auf alle Eventualitäten vorbereitet. Auch auf die sehr unwahrscheinliche Möglichkeit, daß die Separationsfront *nicht* erfolgreich ist.«

»Eine sehr unwahrscheinliche Möglichkeit, die durch das, was du mir gleich sagst, etwas wahrscheinlicher wird.«

Malen gab keine Antwort, lächelte nur und drehte erneut an dem Regler der Lampe.

Der gelbe Lichtschein wurde hell genug, um ihre Schatten an die von Asche verschmierten Wände zu projizieren. Kira beobachtete, wie Malen durch die kleine Kammer schritt. »Es geht um die Person, die Wirtschaftsminister werden soll, sobald die Separationsfront an die Macht gelangt. Alle Pläne hängen von jenem Individuum ab.« Malens Unruhe schien zuzunehmen, während er seine Wanderung fortsetzte. Er rieb die Faust an der anderen Handfläche. »Ich kenne nicht alle Einzelheiten. Wenn man mich nicht brauchte, um die Bücher zu führen, so hätte ich vermutlich gar nichts erfahren.« Er blieb vor der Tür stehen und drehte sich um. »Der neue Wirtschaftsminister ...«

Malen bekam keine Gelegenheit, den Satz zu beenden. Eine Rose erblühte auf seiner Brust – so sah es für Kira aus, obgleich sie sofort wußte, was geschah. Sie reagierte unverzüglich und sprang zur Ecke des Raums, um aus der Schußlinie zu geraten. Dort ging sie in die Hocke und beobachtete, wie der letzte Rest von Leben aus Malens Augen wich. Eine Hand tastete verwundert nach dem Loch in der Brust ...

Eine Leiche – sie wirkte wie ein Lumpenbündel mit leerem Gesicht – fiel zu Boden.

Ein Mann, den Kira zum letzten Mal an einem Schreibtisch im Hauptquartier der Separationsfront gesehen hatte, trat über den Leichnam hinweg ins Zimmer. Es handelte sich um jenen Beamten, der ihr mit Spott und Arroganz begegnet war. In der einen Hand hielt er eine archaische Projektilschleuder. Während ihrer Zeit in der Widerstandsbewegung hatte Kira ähnliche Waffen verwendet. Sie hörte noch immer das Echo des vertrauten Knalls.

»Keine Bewegung.« Der Mann richtete die Waffe auf sie, sah kurz zu Malen und lächelte dünn. »Sie sind doch nicht überrascht, oder? Immerhin hat er darauf hingewiesen, daß man Sie beide beobachtet, nicht wahr? Daß er trotzdem ein Treffen mit Ihnen vereinbarte, an diesem Ort ...« Er schüttelte den Kopf. »Wie dumm. Vielleicht war Ihr alter Kamerad des Lebens überdrüssig. Denkbar wäre eine Art unbewußten Todeswunsches. Möglicherweise glaubte er, es verdient zu haben, auf diese Weise zu sterben.«

»Ersparen Sie mir Ihr pseudopsychologisches Gefasel.« Kira spannte die Muskeln, während ihre Gedanken rasten. Konnte sie den Todesbringer in der Hand des Beamten irgendwie überlisten? »Ich verabscheue nachdenkliche Mörder.«

»Ach? Eine derartige Empfindlichkeit hätte ich von jemandem wie Ihnen nicht erwartet, Major. Bitte glauben Sie mir, daß ich den Tod dieses Mannes aufrichtig bedauere. Malens Fähigkeiten wären für die zukünftige Regierung der Separationsfront sehr nützlich gewesen. Wer weiß das besser als ich? Schließlich habe ich ein Dossier verfaßt, das Malens sehr interessante finanzielle Aktivitäten während der cardassianischen Besatzung beschreibt.«

»Ich verstehe.« Kira schätzte die Entfernung zwischen sich und der Projektilschleuder. »Offenbar sind Sie nicht der einfache Lakai, für den ich Sie gehalten habe.« Wenn sie dafür sorgen konnte, daß er auch weiterhin sprach . . . Vielleicht lenkte es ihn ab. Vor ihrem inneren Auge sah sie, wie sich der Lauf ein wenig nach unten oder zur Seite neigte . . .

»Nein. Außerdem bin ich auch nicht unerfahren oder dumm genug, um Sie den Plan verwirklichen zu lassen, über den Sie gerade nachdenken.« Das Lächeln verschwand von den Lippen des Funktionärs. »Sie vergessen, wie weitverbreitet der Widerstand auf Bajor war. Es gab Elemente – Gruppen, Organisationen und Individuen wie mich –, von denen Sie überhaupt nichts wußten. Ebensowenig bekannt sind Ihnen die wahren Absichten der Separationsfront.«

»Sie können wohl kaum bewundernswert sein, wenn Sie unbedingt vermeiden wollten, daß mir Malen etwas darüber verrät.«

Der Blick des Mannes glitt erneut zur Leiche – und kehrte zu Kira zurück, bevor sie sich von der Stelle rühren konnte. »Zwar hatte er einen großen potentiellen Nutzen für die Front, aber man fragte sich auch, wie weit seine Loyalität ging – kein Wunder, wenn man seinen zweifelhaften Ruf bedenkt. Glauben Sie mir, Major: Wenn ich nicht immer wieder für ihn eingetreten wäre, hätte es ihn schon viel früher erwischt.«

Der Beamte zuckte mit den Schultern, wodurch der Waffenlauf ein oder zwei Zentimeter sank. Unmittelbar darauf kam er wieder nach oben. »Nun, vielleicht bin ich einfach nur sentimental gewesen. Ich wollte nicht glauben, daß alle Widerstandskämpfer der alten Garde – so wie Malen und Sie – eliminiert werden müssen. Ich hielt so etwas erst für notwendig, wenn sich herausgestellt hat, daß Leute wie Sie nicht bereit sind, sich unserem Standpunkt anzuschließen.«

Er winkte mit der Waffe. »Bitte stehen Sie auf, Major. Sie haben es bestimmt unbequem.«

Kira erhob sich und sah dem Mann direkt in die Augen. »Falls Sie mich ebenfalls erschießen wollen . . . Sie sollten daran denken, daß ich Bajors Verbindung zu Starfleet darstelle. Sie könnten meinen Tod nicht lange geheimhalten. Früher oder später wird sich herausstellen, daß Sie dafür verantwortlich sind. Und Starfleet verzichtet nie darauf, Maßnahmen zu ergreifen, wenn man Flottenangehörige umbringt.«

»Ich bewundere Ihre Selbstbeherrschung angesichts einer Situation, die in anderen Leuten Furcht wecken würde.« Erneut deuteten die Lippen des Funktionärs ein Lächeln an. »Aber wie Starfleet reagiert, wenn wir . . . ein Hindernis für den bajoranischen Fortschritt beiseite schieben . . . Solche Dinge interessieren mich nicht. Commander Sisko und die übrigen Starfleet-Offiziere befinden sich am Ende einer Leine, die von der Föderation gehalten wird. Nur Naive und Einfältige wissen nicht, daß Mord und das Dulden von Mord zur Diplomatie gehören.«

Kira kniff die Augen zusammen. »Allmählich glaube ich, daß Sie rhetorische Lektionen wiederholen. Das alles klingt sehr nach General Aur.«

»Von wem auch immer die Worte stammen – sie sind wahr.«

»Aur braucht einige *sehr* gute Trümpfe.« Erneut spannte Kira die Muskeln. Ihre Absicht: eine Finte nach unten und zur Seite. Anschließend wollte sie dem Beamten die Waffe aus der Hand schlagen. »Wenn er es mit der ganzen Föderation aufnehmen will . . .«

»Derzeit spielt das keine Rolle.« Der Beamte ließ die Waffe sinken – ihr Lauf deutete nun auf den Boden. »Vielleicht später. Sie können von Glück sagen, daß Sie keine Gefahr für die Pläne der Separationsfront darstellen. Selbst wenn Malen Ihnen gesagt hätte, was er wußte, was er herausfand . . . Dadurch hätte sich nichts geändert. Weil es inzwischen zu spät ist.« Er schob die Projektilschleuder in einen Beutel, der an seinem Gürtel hing. »Sie dürfen gehen.« Er wich zurück und deutete zur Tür. »Niemand hält Sie auf.«

Eine halbe Sekunde später hörte Kira die Explosion: ein fernes Donnern, das die Nachtluft erzittern ließ. In der Ferne erklang es – und gleichzeitig nahe genug, um Stimmen zu hören. Irgendwo im Herzen der Stadt . . .

Kira lief los, und das Geräusch ihrer hastigen Schritte hallte im Treppenhaus wider. Draußen auf der Straße verharrte sie und sah Flammen, die zum dunklen Himmel emporzüngelten.

Die Stimmen veränderten sich. Aus erschrockenen, entsetzten Schreien wurde . . . Jubel. Kira kannte dieses Geräusch. Es war erklungen, als sich die Zahnräder dieser Welt gedreht hatten, um ineinanderzugreifen – als eine Herrschaft die andere ablöste.

*Ein Putsch*, dachte sie. Was konnte es sonst sein?

»Wir haben beschlossen, nicht länger zu warten.« Der Funktionär stand direkt hinter ihr. Kira drehte sich nicht um. Sie glaubte, das Lächeln in seiner Stimme zu hören. »Jetzt beginnt eine neue Ära.«

# 7

Sisko wußte: Unter anderen Umständen hätte sich Bashir aus falscher Rücksichtnahme vielleicht dazu verleiten lassen, Jakes Zustand zu verharmlosen. Deshalb hatte er dem Arzt befohlen, die Wahrheit zu sagen, wie auch immer sie aussehen mochte.

»Eigentlich sieht die Sache recht gut aus«, sagte Bashir. Die beiden Männer standen in einem kleinen Sprechzimmer der Krankenstation. Das Projektionsfeld des Computerschirms an der Wand zeigte einen Teil der Analyseergebnisse. »Ich habe mehrere Untersuchungen vorgenommen. Das Spektrum reicht von der Erfassung neuraler Verbindungswege und Katecholamin-Rezeptoren bis hin zu altmodischen Rorschachtests mit Tintenklecksen und Zeichnungen. Anders ausgedrückt: Ich habe das ganze Potential der beschränkten medizinischen Ressourcen von Deep Space Nine eingesetzt.«

Sisko nickte langsam. »Mit welchem Resultat?« Er bemerkte den ernsten, grimmigen Klang seiner Stimme. Darin schien jene Last zum Ausdruck zu kommen, die sich in seinem Herzen gebildet hatte.

»Ihr Sohn ist vollkommen gesund, Commander.« Bashir sah seinem Vorgesetzten in die Augen. »In physischer Hinsicht ebenso wie in psychischer. Nichts deutet auf jene Art von synaptischer Degeneration und Besessenheit hin, die wir bei Ahrmant Wyoss und den anderen beobachtet haben. Den einzigen Hinweis auf eine negative Entwicklung bietet die häufigere Benutzung der manipulierten Holo-Kammern. Und davon wissen wir nur aufgrund der Daten, die Odo aus den entsprechenden Installationskomplexen gewann.«

»Andererseits haben Sie selbst darauf hingewiesen, daß die medizinischen Ressourcen der Raumstation beschränkt sind.« Sisko wollte sich keinen Hoffnungen hingeben, die später in Enttäuschungen endeten. »Es gibt also noch weitere Untersuchungsmethoden, die zu anderen Resultaten führen könnten.«

Bashir breitete die Arme aus. »Die gibt es praktisch immer, Commander. In einem Sektorhospital wäre es möglich, Jake bis hinab zum subatomaren Niveau zu scannen – wobei fraglich bleibt, ob so etwas einen Sinn hat. Allerdings müssen *Sie* entscheiden, ob Sie Ihren Sohn weiteren Untersuchungen aussetzen wollen. Dabei gilt es, zwei Dinge abzuwägen: einmal die sehr geringe Wahrscheinlichkeit, irgend etwas zu finden – andererseits die Möglichkeit, daß diese Untersuchungen mehr Schaden als

Nutzen bewirken. Über die von mir eingesetzten Mittel hinaus gibt es tatsächlich weitere Diagnosemethoden. Doch ihre Anwendung nimmt viel Zeit in Anspruch und kann außerdem sehr anstrengend für den Patienten sein. Hinzu kommt, daß Sie Jake fortschicken müßten. Damit nähmen Sie ihm die wichtigste emotionale Unterstützung: Ihre Präsenz, Commander. Nun, da sich durch die Aufenthalte in den mit kortikalen Induktionsmodulen manipulierten Holo-Kammern keine erkennbaren negativen Folgen ergeben haben, besteht meiner Ansicht nach die beste Therapie darin, den Kontakt zwischen Vater und Sohn fortzusetzen.«

*Keine erkennbaren negativen Folgen* ... Bashir wählte oft übermäßig präzise Formulierungen, und die Worte erzeugten nun ein fast spöttisches Echo hinter Siskos Stirn. Er schloß die Augen und versuchte, jenes mentale Durcheinander zu ordnen, das er in diesen Raum mitgebracht hatte. Die Ausführungen des Arztes konnten ihn nicht davon befreien. Manchmal war es ungeheuer schwer, eine Entscheidung zu treffen und dann an ihr festzuhalten.

Düstere Gedanken erwachten in Sisko – Gedanken, die sich häufig nach dem Ende einer Dienstschicht in ihm regten. Es gelang ihm nicht, sie zu verdrängen. Sie flüsterten und raunten, erinnerten ihn daran, daß er im Grunde genommen allein war, selbst hier in diesem hell erleuchteten Zimmer, umgeben von den Korridoren und Kammern der Raumstation Deep Space Nine, in der sich viele andere Personen aufhielten. Ohne Jakes Mutter, die Frau, die er so sehr geliebt hatte ... Ein oder zwei Sekunden lang erlebte Sisko eine Art Halluzination, die Stimme und Präsenz des jungen Arztes verschwinden ließ und statt dessen Leere und Stille brachte. *Alle* verschwanden, alle Besatzungsmitglieder und Besucher von DS9. Der Kommandant blieb allein in einer leeren Hülle zurück, umgeben von kaltem, gleichgültigem Metall und den unendlichen Weiten des Alls.

Einsamkeit, wie sie vollständiger nicht sein konnte ...

Er holte tief Luft, um sich auf diese Weise in die Realität zurückzuholen. Sisko spürte es wieder: das Leben an Bord der Station, in den Korridoren – wie Blut in den Adern eines größeren Geschöpfes. Er trug die Verantwortung für jenen Organismus. Solange er eine derartige Bürde trug, konnte er einer Versuchung widerstehen, der er sonst nachgegeben hätte.

Wenn diese Erwägungen in einer Waagschale lagen, so enthielt die andere ein einzelnes Leben – das seines Sohnes.

Es gab noch eine dritte Möglichkeit, die Bashir nicht erwähnt hatte. Sie erlaubte es Jake, Deep Space Nine zu verlassen und sich in einem Sektorhospital von Starfleet behandeln zu lassen, ohne dabei auf die Präsenz des Vaters verzichten zu müssen . . .

Eigentlich war es ganz einfach. Er brauchte den Jungen nur zu begleiten. Das Kommando aufgeben, zwischen zwei Verantwortungen wählen . . . Niemand würde ihm deshalb einen Vorwurf machen. Jemand anders konnte DS9 bestimmt ebenso gut verwalten wie er, oder?

Jake hatte nur ihn.

»Commander . . .« Bashir legte Sisko die Hand auf die Schulter. »Ich weiß, was Sie jetzt denken.«

Er wandte sich dem Arzt zu. »Glauben Sie?«

»Wenn Sie es für angebracht halten, die Raumstation zu verlassen, um das Wohlergehen Ihres Sohns zu gewährleisten . . . Ich wäre der letzte, der Ihnen davon abriete. Aber vergessen Sie dabei nicht, Commander: Deep Space Nine ist nicht nur Ihre neue Heimat, sondern auch Jakes Zuhause. In seinem kurzen Leben hat er viele Dinge verloren und mußte sich immer wieder an neue Orte gewöhnen. Soll sich eine derartige Erfahrung für ihn wiederholen?«

Ärger prickelte in Sisko. *Was wissen Sie von verlorenen Dingen, Doktor?* Bashir war jung und hatte die bitteren Seiten des Lebens noch nicht kennengelernt. Wahrscheinlich kannte er diese Dinge nur aufgrund seiner medizinischen Ausbildung: Worte, die auf geduldigem Papier geschrieben standen oder von Dozentenlippen kamen, Silben ohne echten Erfahrungsinhalt . . .

Sisko unterdrückte den Ärger und entspannte sich. Fast wäre er bereit gewesen, dem Arzt eine Abreibung zu verpassen, zumindest eine verbale. Aber das hatte überhaupt keinen Sinn. Bashirs Ausführungen basierten auf guten Absichten. Und vermutlich entsprachen sie auch der Wahrheit.

Trotzdem . . .

»Sie vergessen etwas, Doktor.« Sisko hörte seine eigene Stimme und hatte das Gefühl, sie käme nicht von ihm, sondern von einem Wesen, das vorübergehend alle Emotionen aus sich verbannt hatte. »Ich habe Hinweise auf den Zustand meines Sohnes gesehen, die Ihren Scannern und Analysegeräten verborgen blieben. In der Holo-Kammer begegnete ich mir selbst. Besser gesagt: meiner Leiche. Sie lag am Ufer eines Baches.«

»Ein Trugbild, Commander.«

»Meinen Sie?« Das Feuer des Ärgers brannte erneut. »Ein Trugbild, das überhaupt nicht existieren durfte. Es sei denn, dabei handelte es sich um eine Art Spiegelbild. Um das visuelle Echo von etwas in Jake. Das holographische Szenarium war *seine* Welt, Doktor. Die Induktionsmodule fanden etwas in Jakes Kopf, einen Teil seines Selbst, der meinen Tod herbeisehnte. Und sie erfüllten ihm diesen Wunsch.«

Sisko schwieg, und das Herz klopfte ihm bis zum Hals. Er hatte gerade etwas in Worte gefaßt, das ihn seit der Konfrontation mit der eigenen Leiche beschäftigte. Das Gedächtnis zeigte ihm Bilder aus seiner Erinnerung: blicklose Augen, die zu einem Himmel emporstarrten, an dem eine gelbe Sonne brannte. Ihr Licht schuf seltsame Kontraste – der Schatten von Blättern wirkte messerscharf. Dunkle Klingen, die auf Opfer warteten . . .

»Commander . . .« Bashirs Stimme sorgte für einen perspektivischen Wechsel. »Als Sie ein Kind waren, etwa in Jakes Alter . . . Haben Sie sich Ihren Vater nie tot gewünscht? Nicht einmal während eines Wutanfalls?«

Sisko sah den Arzt durchdringend an, holte tief Luft und brachte sich damit wieder unter Kontrolle. »So etwas geschah sogar recht häufig. Das ist bei allen Kindern der Fall.«

»Ja. Und was hat Sie davon abgehalten, Ihren Vater umzubringen?«

»Vor allem seine Größe«, erwiderte Sisko trocken. »Für mich konnte damals kein Zweifel daran bestehen, daß mein Vater viel stärker war als ich.«

»Ist das der einzige Grund?«

»Nein. Wenn der Zorn aus mir verschwand . . . Dann wurde mir klar, daß ich ihn lieb hatte.«

»Wie die meisten Kinder, Commander. Alle besiegen den Mörder in sich – Ihnen ist das ebenso gelungen wie mir.« Bashir deutete zum Computerschirm, so als hätten sich die dort sichtbaren Datenkolonnen plötzlich in ein menschliches Gesicht verwandelt. »Und das gilt auch für Ihren Sohn. Damit meine ich den wahren Jake, der in *dieser* Welt lebt. Was Sie in der Holo-Kammer sahen, Commander . . . Es war nicht das Werk von Jake. Der Mord in der Pseudorealität wurde von etwas verübt, das einst Teil von Jake gewesen sein mag, jetzt aber nicht mehr zu ihm gehört. Offenbar funktionieren die Induktionsmodule auf diese Weise: Sie finden den schwächsten Punkt in der Seele – wenn Sie mir diese unwissenschaftliche Ausdrucksweise gestatten – und isolieren ihn. Anschließend wird dieser eine Wesensaspekt stimuliert, ohne eine Verbindung zu den anderen Teilen des Selbst. Man könnte es auch so formulieren: Die KI-Technik gibt dem Killer in uns allen die Möglichkeit, sich frei zu entfalten. Es wäre ein großer Fehler von Ihnen anzunehmen, daß Sie einen Blick in die Innenwelt Ihres Sohns geworfen haben.«

Bashir zögerte kurz und senkte die Stimme, als er fortfuhr: »Bedenken Sie folgendes, Commander. Ich habe Jake mit einer Gedächtnissonde untersucht und keine Spuren eines Verhaltens gefunden, das zu Ihrem ›Tod‹ in der Holo-Kammer führen konnte. Jake erinnert sich an nichts, weil er keine Schuldgefühle irgendeiner Art hat. Das andere Wesen, das McHogue aus dem Ich Ihres Sohnes nahm und in ein völlig neues Geschöpf verwandelte . . . ist der Mörder.«

Sisko schwieg, weil ihm keine passende Antwort einfiel. Die auf seiner Seele ruhende Last ließ ein wenig nach, so als sei es ihm gelungen, die Schultern darunterzuschieben.

»Nun gut, Julian.« Er rang sich ein Lächeln ab. »Zumindest in medizinischer Hinsicht beuge ich mich Ihren größeren Fachkenntnissen.« *Und nicht nur denen.* Er empfand den Vortrag des Arztes als eine fast demütigende Erfahrung. »Ich schätze, für Jake und mich gibt es jetzt eine Menge zu besprechen.«

Bashir legte die Hände auf den Rücken. »Über einige Dinge sollten Sie mit Ihrem Sohn reden, Commander. Aber nicht über alle. Insbesondere nicht über das, was Sie in der Holo-Kammer gesehen haben. Die Umstände gewährten Ihnen einen Blick ins Herz Ihres Sohnes beziehungsweise in einen kleinen Teil davon. Wenn *Ihr* Vater den Kern Ihres Selbst gesehen hätte, während Zorn in Ihnen brodelte . . . Wäre es dann Ihr Wunsch gewesen, mit ihm darüber zu sprechen?« Bashir schüttelte den Kopf. »Manchmal gibt es allen Grund, sich zu schämen.«

Sisko wußte, daß Bashir auch in diesem Punkt recht hatte. Wie schwer es ihm fiel, sich das einzugestehen und zuzugeben, daß es Dinge gab, die er nicht ändern konnte . . . Dinge, bei denen ihm nichts anderes übrigblieb, als voller Vertrauen zu warten.

»Ich sollte besser darüber nachdenken, was Jake möchte«, sagte Sisko leise. »Ob er ein Interesse daran hätte, Deep Space Nine zu verlassen.«

Bashir nickte. »Ich vermute, daß Ihr Sohn hierbleiben möchte. Und wenn das tatsächlich der Fall sein sollte . . . Sie können sicher sein, daß ich ihn aufmerksam im Auge behalte. Wenn sich irgendwelche Symptome zeigen, wenn es Anzeichen dafür gibt, daß die Induktionsmodule negative Veränderungen in ihm bewirkt haben . . . Dann überlegen wir gemeinsam, was es zu unternehmen gilt.«

»Na schön.« Sisko nickte. »Ich gehe jetzt zu ihm.«

»Er wartet bereits auf Sie.« Bashir deutete in den Korridor. »Im Untersuchungszimmer.«

Der Junge sah auf, als Sisko die Tür öffnete. »Hallo, Jake.« Er trat ein und schloß die Tür wieder, schuf damit einen privaten Bereich, der allein sie betraf. »Wir waren schon seit einer ganzen Weile nicht mehr zusammen, oder?«

Jake musterte ihn argwöhnisch. »Ich habe damit gerechnet, daß du böse bist.«

»Nicht auf dich.« Sisko nahm neben seinem Sohn Platz. *Nur auf mich selbst.*

Jenseits der Wände dieses Zimmers warteten die Angelegenheiten von DS9 darauf, daß sich der Commander um sie kümmerte. Er ignorierte sie, konzentrierte sich diesmal ganz auf Jake.

Während sie miteinander sprachen, trat ein Teil von Sisko beiseite und beobachtete den Jungen. Gab es irgend etwas, das ein Vater erkennen konnte, von Bashirs Instrumenten jedoch nicht entdeckt wurde?

Und dann, zwischen einem Wort und dem nächsten, begriff Sisko, daß er sich keine Sorgen zu machen brauchte. Wenigstens nicht in dieser Hinsicht. Jake hatte einen ziemlichen Schreck bekommen, und noch immer erinnerte ein Rest von Entsetzen an die Erlebnisse in den manipulierten Holo-Kammern. Doch es war nicht zu psychischen Verletzungen gekommen. Nicht in jenem Teil des Selbst, den klügere Leute als Ärzte »Seele« nannten.

Sisko fiel ein Stein vom Herzen, und er atmete erleichtert auf.

»Laß uns nach Hause gehen.« Er erhob sich und hätte den Jungen am liebsten fest an sich gedrückt. Doch er beschränkte sich darauf, ihm den Arm um die Schultern zu legen.

Als sie die Raumstation auf dem Weg zu ihrem Quartier durchquerten, kamen sie am Zugang der Promenade vorbei. Durch die breite Tür sah Jake eine von Quarks Holo-Kammern, in denen es keine Induktionsmodule gab.

Der Junge sah zu seinem Vater hoch. »Nie wieder betrete ich einen solchen Projektionsraum.«

»Keine Angst, das mußt du auch nicht.« Sisko führte den Jungen zum nächsten Turbolift. »Möchtest du sogar darauf verzichten, in einem holographischen Stadion Baseball zu spielen?«

Tiefe Falten bildeten sich in Jakes Stirn. »Darüber muß ich gründlicher nachdenken.«

Odo wartete, und die Ungeduld vibrierte immer heftiger in ihm. Wenn der Commander mit familiären Angelegenheiten beschäftigt war, so konnte ihm deshalb niemand Vorwürfe machen. Er selbst hatte Sisko darauf hingewiesen, daß sein Sohn zu den Benutzern der manipulierten Holo-Kammern zählte.

Der Stationskommandant befand sich in einer Situation, die in Odo zwei verschiedene Empfindungen weckte: Bedauern und Neid. Er hielt diese beiden Gefühle sorgfältig unter Kontrolle. Der Umstand, daß er keine Familienangehörigen hatte – mehr noch: daß er im bekannten Universum das einzige Geschöpf seiner Art war –, erlaubte es ihm, seine volle Aufmerksamkeit der Sicherheit von Deep Space Nine zu widmen. Gleichzeitig konnte er nicht leugnen, daß diese Art von Einsamkeit Leere im Zentrum seines Selbst schuf – wie eine Luftblase, die sich in ihm bildete, wenn er während der Ruheperioden in den flüssigen Zustand zurückkehrte.

Seit über einer Stunde wartete er vor der Tür des Quartiers. Er stand mit dem Rücken zur Korridorwand und versuchte, möglichst unauffällig zu wirken. Natürlich hätte er sich völlig unsichtbar machen können. Es genügte die Verwandlung in eine transparente Membran – in einer solchen Tarnung hatte er auf Ahrmant Wyoss gewartet. Doch er wußte: Wenn der Commander das Gespräch mit seinem Sohn beendete und das Quartier verließ, ging er bestimmt so schnell wie möglich zum nächsten Turbolift, mit der Absicht, zur OPS zurückzukehren. Odo wollte auf keinen Fall die Chance verpassen, mit Sisko zu reden, bevor er sich wieder um andere Dinge kümmern mußte.

Er straffte seinen Körper, als sich die Tür mit einem leisen Zischen öffnete. Sisko hatte es tatsächlich ziemlich eilig und stürmte regelrecht durch den Korridor, ohne nach rechts und links zu sehen. Während der letzten von Dauerstreß gekennzeichneten Schichten hatte er sich dieses Verhalten angewöhnt.

»Commander . . .« Odo schloß zu Sisko auf. »Ich nehme an, mit Ihrem Sohn ist alles in Ordnung. Dr. Bashir hat es mir gegenüber angedeutet – was Sie hoffentlich nicht für einen Vertrauensbruch halten. Schließlich geht es in diesem Zusammenhang um die Sicherheit der Raumstation.«

»Dem Jungen geht es gut.« Sisko drehte den Kopf und sah Odo an. »Ich weiß Ihre Anteilnahme zu schätzen.«

»Es gibt noch einige andere Dinge, die Ihre Aufmerksamkeit erfordern. Ich meine insbesondere einige der neuesten Entwicklungen.«

»Zum Beispiel, Constable?«

Sie erreichten den Turbolift, und Odo wandte sich dem Commander zu. »Wir haben weitere Holo-Kammern gefunden: Praktisch alle neuen Einheiten sind mit den illegalen Induktionsmodulen ausgestattet gewesen. Chief O'Brien hat festgestellt, daß die Manipulationen während der letzten beiden Schichten stattfanden. Wer auch immer dahintersteckt, der geheimnisvolle McHogue oder sonst jemand: Es muß ihm gelungen sein, eine große Anzahl von KI-Modulen an Bord zu schmuggeln, ohne in den Frachtkammern der Andockmasten Spuren zu hinterlassen.«

»Ich verstehe.« Sisko nickte und überlegte. »Gibt es keine Hinweise darauf, wie McHogue nach Deep Space Nine gelangt ist? Oder ob er sich noch immer hier aufhält?«

»Meinen Sie McHogue in Fleisch und Blut oder die Erscheinung in der Holo-Kammer?« Odo wußte von Siskos Erlebnissen in der Scheinwelt. »Nun, das läßt sich nicht ohne weiteres feststellen. Selbst wenn ich alle meine Mitarbeiter einsetze: Es würde Wochen dauern, um die Station zu durchsuchen. An Bord von Deep Space Nine gibt es zahlreiche Verstecke. Und selbst wenn die Suche nach McHogue ohne Erfolg bliebe: Wir könnten trotzdem nicht ausschließen, daß er sich an Bord befindet. Er braucht nur in Bewegung zu bleiben, um den Suchgruppen zu entgehen.«

»Mit anderen Worten: Die Entscheidung, ob er sich uns zeigt oder nicht, liegt ganz bei unserem mysteriösen Besucher.«

»Ich fürchte, das stimmt, Commander. Die Promenade wird inzwischen genauer überwacht als vorher, und das gilt auch für die Sektoren, in denen wir manipulierte Holo-Kammern fanden. Vielleicht kehrt McHogue in einen dieser Bereiche zurück. Wir können nur abwarten und hoffen.«

Die Tür des Turbolifts öffnete sich, und Sisko betrat die Transportkapsel. »Das muß fürs erste genügen. Geben Sie mir Bescheid, wenn Sie mehr erfahren.«

»Das ist noch nicht alles . . .«

Siskos Hand verharrte wenige Zentimeter von den Kontrolltasten entfernt. »Ich höre.«

Odo zögerte nur ein oder zwei Sekunden lang. »Eigentlich geht mich diese Sache nichts an, Commander, aber ich halte es dennoch für meine Pflicht, Sie zu informieren. Major Kira hat erneut Bajor besucht. Ihre Mission: unbekannt. Übrigens verließ sie DS9 mit einem Flitzer, ohne einen Flugplan zu hinterlassen.«

»Wo ist sie jetzt?«

»Auf dem Rückflug. Sie kehrt vom Planeten zurück und dürfte DS9 in etwa einer Stunde erreichen.«

Der Commander hob und senkte die Schultern. »Ich nehme an, Major Kira hatte ihre Gründe. Sie unternimmt solch eine Reise nicht zum ersten Mal.«

»Diesmal sieht die Sache vielleicht etwas anders aus«, entgegnete Odo. »Während Sie mit Ihrem Sohn beschäftigt waren, haben wir eine offizielle Subraum-Mitteilung aus der bajoranischen Hauptstadt erhalten. Es hat ein Putsch stattgefunden. Die provisorische Regierung wurde gestürzt. General Aur und die von ihm angeführte Separationsfront haben nun den ganzen Planeten unter Kontrolle.«

Sisko starrte den Sicherheitsoffizier groß an. »Soll das ein Witz sein, Constable?«

»Ich bin nicht für meinen Humor bekannt. Das Kommuniqué und weitere Einzelheiten erwarten Sie in der OPS.«

»Nun, vielleicht ließ sich so etwas gar nicht vermeiden.« Sisko seufzte. »Wir müssen irgendwie damit fertig werden. Bis die Bajoraner von den Fanatikern genug haben und sie verjagen.«

»Ich fürchte, das könnte eine Weile dauern, Commander. Von meinen Informanten auf Bajor weiß ich, daß die neue Regierung sehr populär ist. Wie dem auch sei: Einem anderen Aspekt dieser Angelegenheit kommt noch größere Bedeutung zu. Meine Verbindungsleute haben mir auch von Major Kiras Aktivitäten auf dem Planeten berichtet. Offenbar traf sie sich mit mehreren Mitgliedern der Separationsfront, unter ihnen auch General Aur. Die Begegnungen fanden unmittelbar vor dem Putsch statt.«

»Interessant.« Siskos Züge verhärteten sich ein wenig. »Erheben Sie irgendwelche Vorwürfe gegen Major Kira?«

»Natürlich nicht.« Odo hielt dem Blick des Kommandanten stand. »Ich gebe nur Informationen weiter, die ich für wichtig halte. Schlüsse daraus zu ziehen . . . Das überlasse ich Ihnen.«

»Nun gut.« Sisko streckte erneut die Hand nach den Kontrolltasten des Turbolifts aus. »Es war richtig von Ihnen, mich zu informieren. Ich nehme an, der Bericht über Kiras Aktivitäten bleibt zunächst streng vertraulich, nicht wahr?«

»Selbstverständlich.«

»Setzen Sie Ihre übrigen Ermittlungen fort, Constable.« Sisko drückte eine Taste, und die Transportkapsel des Turbolifts setzte sich in Bewegung.

*Das war unangenehm*, dachte Odo. Darauf hinzuweisen, daß ein respektierter Offizier und Kollege möglicherweise an Verschwörungen und Staatsstreichen beteiligt war ... Nun, Sisko hatte recht: Die vorliegenden Daten konnten eine Menge bedeuten – oder auch gar nichts.

Er wandte sich vom Turbolift ab und kehrte zum Sicherheitsbüro an der Promenade zurück.

Sie alle warteten auf ihn – das wußte Sisko. In der OPS gab es viele Dinge, die seine Entscheidung verlangten, ein *Ja* oder *Nein*. Und sie beschränkten sich nicht nur aufs Technische: Er mußte auch über politische Richtlinien befinden, Anfragen von der Föderation sowie blockfreien Welten verfolgen und sich im komplexen Netz aus Kommuniqués zurechtfinden. Die Raumstation hatte viele Feinde. Es gab genug Leute, die Deep Space Nine vernichten und Siskos Mission ruinieren wollten. Ständig lagen sie auf der Lauer und hielten nach einem schwachen Punkt Ausschau. Der Kommandant durfte nie in seiner Aufmerksamkeit nachlassen, mußte immer mit allem rechnen, immer vorbereitet sein ...

Manchmal drohte die Belastung zu groß zu werden. Manchmal gewann er den Eindruck, daß das Durcheinander nicht nur um ihn herum existierte, sondern auch in seinem eigenen Kopf. Als die Transportkapsel des Turbolifts durch die Station glitt, schloß er die Augen und sammelte Kraft. Die auf ihm ruhende Last der Verantwortung war bereits schwer genug – und jetzt kam auch noch die Information über Major Kiras Aktivitäten auf Bajor hinzu. In der Kommandohierarchie von Deep Space Nine kam sie an zweiter Stelle – sie nahm ihm ein ganzes Stück Verwaltungsarbeit ab. Bei mehreren Gelegenheiten hatte sie nicht nur Kompetenz unter Beweis gestellt, sondern auch ihre Loyalität DS9 gegenüber. Andererseits wußte Sisko, daß es in Kira eine noch tiefer wurzelnde Loyalität gab, die sie mit Bajor und ihrem Volk verband. Als Kämpferin in der Widerstandsbewegung gegen die cardassianischen Besatzungstruppen hatte sie mehr als einmal ihr Leben riskiert. Ihre Treue zu Deep Space Nine basierte auf der Überzeugung, daß ein Erfolg der Stationsmission Bajors Interessen entsprach – dadurch konnte ihre Heimatwelt zu einem vollwertigen Mitglied der Föderation werden. Es ging Kira darum, Bajor in eine Zukunft zu führen, die sie für wünschenswert hielt.

Siskos Gedanken bildeten immer neue Muster, mit einer Geschwindigkeit, die weit über die des Turbolifts hinausging. Nur einige wenige Sekunden waren verstrichen, und sein Grübeln hatte bereits einen unvermeidlichen Punkt erreicht, der profundes Unbehagen in ihm weckte.

Wenn Kira ihre Meinung geändert hatte ... Vielleicht sah sie jetzt eine andere Zukunft für Bajor. Eine Zukunft, in der es keinen Platz für die Föderation gab, nur für General Aur und die Separationsfront. In einem solchen Fall mochten die Loyalitäten Bajor und DS9 gegenüber nicht mehr so gut zueinander passen. Wenn das wirklich stimmte ... Dann konnte kaum ein Zweifel daran bestehen, welcher Sache Kira den Vorrang gab. Dann gab es keine zwei Loyalitäten mehr, sondern nur noch eine, die der Heimatwelt und dem bajoranischen Volk gegenüber. Darauf lief es letztendlich hinaus: Welche Zukunft hielt Kira für erstrebenswert?

Der Turbolift hatte seine Ziel erreicht und hielt an. Sisko hielt die Augen noch immer geschlossen und rieb sich die Schläfen, in denen dumpfer Schmerz pochte. Kira war noch nicht wieder an Bord der Raumstation, was bedeutete: Es blieb Zeit für ein anderes Problem. Für etwas, das ihn und jemanden betraf, der ihm einfach so aus den Händen geglitten war, wie ein Schatten, von der Sonne einer anderen Welt projiziert.

Er verließ die Transportkapsel, betrat jedoch nicht das OPS-Deck, sondern einen nur matt erhellten Korridor. Seit seinem letzten Aufenthalt in diesem abgelegenen Bereich der Station hatte sich nichts verändert.

Ein glühendes und leise summendes Energiefeld blockierte den Weg. Aus dem Lautsprecher in der Decke erklang eine Sprachprozessorstimme. »Der Zutritt zu diesem Bereich wurde von Sicherheitsoffizier Odo verboten. Bitte kehren Sie um.«

»Computer, hier spricht Commander Sisko.« Aus reiner Angewohnheit nannte er auch seinen ID-Code, obgleich das verbale Muster seiner Stimme für die Identifizierung genügte. »Hiermit hebe ich die von Sicherheitsoffizier Odo veranlaßte Zugangsbeschränkung vorübergehend auf. Gewähre mir und sonst niemandem Zugang.«

»Bestätigung.« Es kam zu einigen büschelförmigen Entladungen, die an Elmsfeuer erinnerten, und dann verschwand das Schirmfeld. Sisko ging durch den Korridor, und nach einigen Schritten erschien die Ergbarriere hinter ihm.

Kurz darauf berührte er eine Schaltfläche, und vor dem Commander öffnete sich die Tür der Holo-Kammer, deren Installationskomplex noch immer ein funktionierendes Induktionsmodul enthielt. Als er durch den Eingang trat, erwartete ihn eine völlig andere Welt. Das Licht eines ewigen Sommertags umspielte seine Hände, mit denen er sich die Augen abschirmte. Gelbgrünes Gras, das bis zur Baumgruppe reichte, neigte sich im sanften Wind hin und her.

Schweiß perlte auf Siskos Stirn, als er endlich im kühlenden Schatten stand. Unter dem Dach aus Blättern und Zweigen lagen noch immer die bleichen Knochen der Katze – einer Katze, *die in Wirklichkeit nie existiert hat*, ermahnte sich Sisko. Der Eindruck, sich in einer echten, realen Welt aufzuhalten, war in dieser Holo-Kammer stärker als in allen anderen. *Es geschieht alles in meinem Kopf.* Die Unruhe in ihm wuchs, als er an den Vorgang der kortikalen Induktion dachte, als er sich vorstellte, wie illegale Technik seine Gehirnzellen stimulierte. Er wußte: Seine Sinne versuchten nicht, ihn zu täuschen. Es verhielt sich genau umgekehrt. Das Hirn teilte Augen, Ohren und der Haut mit, was sie wahrzunehmen hatten.

Langsam drehte er sich um die eigene Achse und ließ den Blick über die Landschaft schweifen. Eine gewöhnliche, nicht mit Induktionsmodulen ausgestattete Holo-Kammer blieb selbst dann »tot«, wenn sie die Phantome berühmter Baseballspieler präsentierte. Ein aus dem Replikator stammender Louisville Slugger * fühlte sich einfach nur wie ein unbelebtes Stück Holz an. In dieser Pseudorealität ließ sich boshafte Intelligenz in jedem auf dem Boden liegenden Zweig erkennen. Die Sonne jenseits des Netzes aus Blättern . . . Sie erschien Sisko wie ein stumm starrendes Auge.

Im Innern des eigenen Kopfes . . .

Das helle Licht, die nach Blütenstaub riechende Luft, das Geräusch des in der Nähe plätschernden Wassers . . . Diese Dinge hatten auch den Fokus von Jakes Wahrnehmung gefüllt. Ebenso wie die bleichen Knochen und jene zerschnittenen, zerfetzten *Dinge*, aus denen rote Flüssigkeit sickerte. Und ein Gesicht, das man aus den Augenwinkeln zu erkennen glaubte: Das Etwas lächelte, während es die Welt betrachtete, die es nach seinem Bild geschaffen hatte.

Bei dieser Vorstellung erwachte Zorn in Sisko.

»Na? Und was willst du jetzt unternehmen?«

Eine Stimme ertönte aus der Richtung des Baches, der hinter den Bäumen floß.

Sie klang viel zu vertraut.

Sisko duckte sich unter den niedrigen Zweigen am Rand des Gehölzes hinweg und trat wieder in den Sonnenschein. Glitzernde Reflexionen wirkten wie winzige Geister, die auf dem Wasser tanzten. Geblendet kniff der Commander die Augen zusammen.

Auf dem breiten, flachen Felsen saß eine Gestalt mit angezogenen

---

* Slang-Ausdruck für einen harten Baseballschläger – Anmerkung des Übersetzers.

Beinen. Ein Junge. Verdrießlich beobachtete er das Wasser, dessen kleine Wellen immer neue Muster bildeten.

Sisko spürte, wie sich in ihm etwas zusammenkrampfte, als der Junge den Kopf hob. Jakes Stimme. Und auch sein Gesicht.

»Was glotzt du so?«

Nein, es konnte nicht Jake sein. In den Pupillen dieses Jungen brannte das Feuer des Bösen – bei seinem Sohn hatte Sisko so etwas nie gesehen.

Einige Meter trennten ihn von der Gestalt. »Wer bist du?«

»Weißt du das nicht?« Der Fremde lächelte spöttisch. »Ich bin dein Sohn Jake.«

»Nein, das bist du nicht.« Nur mit Mühe widerstand er der Versuchung, vorzutreten und das Grinsen mit einer Ohrfeige aus dem Gesicht zu verbannen. »Du bist nichts, eine Halluzination. Du bist das Ergebnis einer Stimulierung meiner Gehirnzellen.«

»Oh, möchten Sie über Metaphysisches diskutieren?« Die Stimme wurde nun tiefer und schärfer. »Oder vielleicht über Neurophysiologie? Nun, es spielt keine Rolle. In jener anderen Welt . . .« Die Gestalt deutete zum Horizont. »Ihr Wahrnehmungssystem entdeckt ein bestimmtes Muster aus Licht und Schatten, bestimmte Geräusche, vielleicht auch einige Moleküle Schweiß. Und sofort sagen Sie: *Hallo Jake, lieber Junge, Frucht meiner Lenden.* Stimmt's?« Der Fremde neigte den Kopf, musterte Sisko aus einem geringfügig veränderten Blickwinkel. »Ähnliches geschieht hier: sensorischer Input und Mustererkennung. Es läuft aufs gleiche hinaus, aber Sie lehnen das Ergebnis ab.« Und mit der Stimme des Jungen: »Du brichst mir das Herz, Dad. Ich komme mir wie eine Waise vor.«

Übelkeit stieg in Sisko empor. Körper und Geist versuchten, die Lücke zwischen Wahrgenommenem einerseits und bekannter Realität andererseits zu schließen. »Dies alles ist Zeitverschwendung«, sagte er verärgert. »Ich bin gekommen, um mit McHogue zu reden. Du . . . du bist nur ein Trugbild.«

»Ach?« erwiderte ›Jake‹. »Wer hat einmal gesagt, die Realität sei das, was übrigbleibt, wenn man nicht mehr an sie glaubt? Sieh nur.« Die Gestalt kniete und beugte sich über den Bach. Die eine Hand zuckte blitzschnell ins Wasser – kein gewöhnlicher Mensch war in der Lage, sich so schnell zu bewegen. Etwas Silbriges zuckte in der Faust, als sich der falsche Jake Commander Sisko zuwandte.

Er wußte, was sich jetzt anbahnte, was er beobachten sollte. Die Präsenz des Bösen um ihn herum wurde deutlicher spürbar, so als verfinsterte sich der Blick der Sonne.

»Sieh genau hin . . .«

Sisko schloß die Augen – dazu war er noch immer fähig. Er hatte einen kurzen Eindruck gewonnen: Der Fisch zappelte in der Hand und öffnete das Maul weit, als sich die Finger des vermeintlichen Jungen fester um den Schuppenleib schlossen.

»Du bist ein Spielverderber.«

Der Fremde stand auf, und Sisko sah, wie er eine blutige Masse in den Bach warf. Die Strömung erfaßte den zerquetschten Körper und trug ihn fort. Anschließend wischte sich ›Jake‹ die Hände an der Hose ab. »Wie Ihr dummer Sohn. Besser gesagt: wie ich.«

Sisko schwieg. Es war auch gar nicht nötig, eine Antwort zu geben.

»Schon gut, schon gut, ich gehe.« Die Gestalt warf Sisko einen letzten mörderischen Blick zu. »Hui . . .« Von einem Stein zum anderen sprang der holographische Junge, verschwand auf der andere Seite des Baches im hohen Gras. Eine Katze mit gekerbten Ohren verließ ihr Versteck am Bau einer Feldmaus und sauste davon. Zitternde Grashalme wiesen den Weg, den sie nahm.

»Sie haben es gesehen – obgleich Sie es nicht beobachten wollten. Das mit dem Fisch, meine ich.«

Sisko blickte über die Schulter und erkannte McHogue. Sein schmales Gesicht zeigte erneut ein spöttisches Lächeln. Am Rand der Lichtung stand er, und seine schwarze Kleidung sorgte dafür, daß er fast mit den Schatten der Bäume verschmolz.

»Ich nehme an, daß Sie real sind«, sagte Sisko. »In gewisser Weise wenigstens.«

»Gut.« Die Erheiterung in McHogues Miene nahm zu. »Es beschleunigt die Dinge, wenn Sie mich für einen Teil der Wirklichkeit halten. Es wäre mir gar nicht recht, wenn Sie glaubten, hier Selbstgespräche zu führen.«

»Wollten Sie mich mit der Darstellung meines Sohns erschrecken?« Er deutete zu der Gestalt, die inzwischen fast außer Sicht war. Eine Spur im Gras reichte zu einer alten Scheune. »Ging es Ihnen darum, mich aus der Fassung zu bringen?«

»Warum glauben Sie, daß mir etwas *daran* gelegen sein könnte?« McHogue trat vor. »Im Ernst, Commander Sisko: Wir sollten Freunde sein. Das läge in Ihrem Interesse. Wir haben viel gemeinsam – zum Beispiel unsere Sorge um Deep Space Nine.«

»Sie haben allen Grund, besorgt zu sein.« Sisko musterte den vor ihm stehenden Mann. McHogue wirkte wie ein Geschöpf aus Fleisch und

Blut – was an diesem Ort allerdings nichts bewies. »Ich wäre imstande, Sie innerhalb von zehn Sekunden zu erledigen. Ich habe zum Beispiel die Möglichkeit, alle Holo-Kammern von DS9 über Bord zu werfen. Dann müßten *Sie* Selbstgespräche führen – falls Sie überhaupt existieren.«

McHogue nickte zustimmend. »Eine gute Einstellung, Commander. Wahre Freundschaft gibt es nur zwischen Gleichrangigen, finden Sie nicht? Ein gewisses Maß an Gegenseitigkeit ist notwendig. Wenn Sie glauben, mich in der Hand zu haben, und wenn ich Ihnen gegenüber einen ähnlichen Standpunkt vertrete . . .« Er zuckte mit den Achseln. »Nun, wenn wir keine Freunde sein können, so sollten wir uns wenigstens *respektieren*.« Das Lächeln wuchs in die Breite. »Um ganz ehrlich zu sein: Selbst wenn Sie die Holo-Kammern über Bord werfen würden – auf mich und meine Pläne bliebe das praktisch ohne Folgen. Dafür ist es inzwischen zu spät. Sie glauben doch nicht etwa, daß ich nur hier existiere?« Er vollführte eine Geste, die der holographischen Szenerie galt. »Diese Welt ist recht angenehm, und sie dient durchaus meinen Zwecken, zumindest einigen von ihnen. Aber inzwischen finde ich sie ein wenig langweilig. An Vergleichen mangelt es mir nicht – ich bin oft verreist. Das wissen Sie sicher; inzwischen dürften Sie die Gelegenheit genutzt haben, einen Blick in meine elektronische Akte zu werfen. Der Junge hingegen, den Sie eben gesehen haben, die recht interessante Variation Ihres Sohns Jake . . . Ich glaube, daß er an keinem anderen Ort existiert. Er wurde hier geboren, in gewisser Weise. Das glaube ich jedenfalls.«

»Weshalb sind Sie nicht sicher?« Sisko richtete einen argwöhnischen Blick auf den Mann. »Dies ist Ihre Welt. Sie haben sie geschaffen.«

»Mein lieber Commander . . . Sie stellen sich das zu einfach vor.« McHogue schüttelte langsam den Kopf. »Die kortikalen Induktionsmodule stellen eine ganz neue und sehr mächtige Technik dar. Ich weiß mehr über sie als sonst jemand – und ich habe gerade erst damit begonnen, ihr Potential zu erforschen. Außerhalb dieser Welt habe ich – wie unser gemeinsamer Bekannter Quark – Erfahrungen als Unternehmer und Geschäftsmann gesammelt. Allerdings glaube ich, daß mein Ehrgeiz seinen inzwischen weit übertrifft. Nun, mir fehlt eine wissenschaftliche Ausbildung. Ich befasse mich mit Dingen, die sich bewerkstelligen lassen und profitabel sind. Über das *Wie* kann ich nur spekulieren. Jener Junge . . . Er ist wirklich Ihr Sohn, oder zumindest ein Teil von ihm. Die KI-Technik funktioniert nicht wie eine Einbahnstraße – sie beobachtet und lernt von allem, das mit ihr in Kontakt gerät. Sie erzeugt *Echos* der Personen, die sich in den modifizierten Holo-Kammern aufgehalten haben. Die charakteristischen Identitätsmuster werden gespeichert – die Essenzen, wenn Sie so wollen –, und im Lauf der Zeit entwickeln sie ein Eigenleben. Sie werden . . . anders. Doch sie behalten die innere Wahrheit des betreffenden Individuums und offenbaren sehr *interessante* Eigenschaften der Originale.«

McHogue zuckte mit den Achseln und lächelte nun wie ein nachsichtiger Vater. »Es gibt hier sogar ein Echo von mir selbst – in Gestalt eines Jungen in Jakes Alter. Er ist ein ziemlicher Schlingel.«

»Kann ich mir denken«, erwiderte Sisko trocken. »Er blickte über die Wiese und richtete den Blick anschließend wieder auf McHogue. »Sie haben also damit begonnen, Ihre kleine isolierte Welt zu bevölkern. Dadurch sollte es hier angenehmer für Sie werden – oder weniger einsam. Nun, ich hoffe, Sie haben sich genug Pseudoleben hierhergeholt, denn eins versichere ich Ihnen: Ich werde dafür sorgen, daß weder mein Sohn noch sonst jemand an Ihren irren Spielchen teilnehmen kann. Wenn Sie unbedingt Herr und Gebieter eines Miniuniversums werden wollten . . . Herzlichen Glückwunsch, Sie haben Ihr Ziel erreicht. Ich hoffe, es macht Sie glücklich.« Die letzten Worte stieß er zornig hervor und ballte dabei die Fäuste.

Ein Teil des Lächelns verharrte auf McHogues Lippen, doch in seinen Augen glänzte es plötzlich wie Eis. »Wie ich schon sagte, Commander: Mein Ehrgeiz ist recht groß. Sie geben sich vielleicht damit zufrieden, Herr und Gebieter einer halb verrosteten Raumstation zu sein und Starfleet-Lakaien Befehle zu erteilen. Sie finden *großen* Gefallen daran, banale Entscheidungen zu treffen, nicht wahr? Es beschäftigt Sie so sehr, daß Ihnen keine Zeit mehr bleibt, über unangenehme Dinge nachzudenken oder sich an Erlebtes zu erinnern. Es gefällt Ihnen so sehr, eine kleine Welt zu regieren, daß Sie glauben, so etwas müßte auch anderen Leuten attraktiv erscheinen. Aber bei mir liegt der Fall anders. Ich bin nicht hierhergekommen, um mich als Gott eines Privatuniversums aufzuspielen. Solche Vorstellungen . . .« McHogue breitete die Arme aus und hob die Stimme, ». . . sind mir fremd. Allerdings . . .« Er deutete Sisko gegenüber eine Verbeugung an. »Sie stellen Werkzeuge dar, die mir helfen, meinen Ehrgeiz in *Ihrer* Welt zu befriedigen, Commander. In dem viel größeren Kosmos außerhalb dieser Projektionskammer.«

»Sie haben uns bereits gezeigt, was es mit Ihrem Ehrgeiz auf sich hat.« Sisko verdrängte die Verachtung nicht aus seiner Stimme. »Durch Ihre Schuld trieben sich Mörder an Bord von Deep Space Nine herum und löschten Leben aus. Gibt es von jenen Leuten ebenfalls *Echos*? Sie sind bestimmt eine entzückende Gesellschaft für Sie.«

McHogue winkte ab und beschloß, nicht auf die letzte Bemerkung einzugehen. »Sie sind hier, ja ... irgendwo. Die Selbstschatten der Mörder gehören nicht zu dieser Sommerwelt, die ihr Sohn so sehr mag. Sie befinden sich an einem dunkleren Ort, der besser zu ihrem Temperament paßt.«

Er gab sich besorgt.

»Ich hoffe, Sie nehmen das alles nicht persönlich«, fuhr McHogue fort. »Die ›Mordserie‹, wie Sie es nennen ... Solche kleinen Unfälle lassen sich manchmal nicht vermeiden, wenn Großes in Bewegung gerät. Ich gebe zu, daß die Dinge bei einigen eher labilen Zeitgenossen außer Kontrolle gerieten, aber was sollte ich machen?« Er zuckte übertrieben mit den Schultern. »Um ganz ehrlich zu sein, Commander: Die Belanglosigkeit Ihrer Einwände enttäuscht mich. Sie können froh sein, wenn Sie sich nur über einige Leute ärgern müssen, die Ihnen gelegentlich nach dem Leben trachten.« McHogues Lippen formten nun wieder das für ihn typische spöttische Lächeln. »Glauben Sie mir: Es gibt schlimmere Dinge.«

»Tatsächlich?« Siskos Miene blieb unverändert. »Zum Beispiel?«

»Wenn wir Freunde wären, Commander ... Dann brauchten Sie nie zu erfahren, was ich meine. Aber ich befürchte, daß Sie es zu spüren bekommen.«

McHogue sah zur Sonne hoch.

»Die Zeit vergeht – was man hier überhaupt nicht merkt. Sie haben einen immerwährenden Mittag programmiert, das hat auch Nachteile.«

»Es gibt immer noch Zeit genug für Sie, um mir von Ihren großartigen Plänen zu erzählen.«

»Sie werden früh genug erfahren, worum es dabei geht. Ich muß jetzt los.« McHogue hob die Hand und krümmte nacheinander die Finger. »Freut mich, mit Ihnen gesprochen zu haben. Bestimmt bekommen wir früher oder später die Möglichkeit, noch einmal miteinander zu plaudern. Bis dahin ... Gewisse Dinge verlangen meine Aufmerksamkeit.«

Die lächelnde Gestalt verschwand, und einige Sekunden später folgten ihr die Bäume ins Nichts.

Sisko drehte den Kopf und beobachtete, wie sich das gelbgrüne Gras auflöste. Der Bach wurde zu einem dünnen Streifen Dunst, der innerhalb weniger Sekunden zerfaserte. Die fernen Hügel metamorphierten zu Stahlwänden, in denen die optischen Sensoren und Transmitter der Holo-Kammer glänzten.

Die Sonne verschwand ganz zum Schluß.

# 8

»Ich hätte gedacht, daß er dich unter verschärften Hausarrest stellt oder so. Weil du solchen Mist gebaut hast. Ist dein Vater denn überhaupt nicht böse auf dich gewesen?«

Jake sah den Ferengi-Jungen an und schüttelte den Kopf. »Nein, er blieb recht cool.« Es gab einige Dinge, von denen er Nog nichts erzählt hatte, über die er nicht sprechen wollte. Jener Teil von ihm, den die anderen Leute sahen und kannten, meinte schlicht und einfach, das mit den Holo-Kammern sei halb so wild gewesen. Doch tief in seinem Innern verharrten Übelkeit und Schwindel. Er mußte darauf achten, nicht zu oft über diese Dinge nachzudenken. Um sich vor den Erinnerungen zu schützen, blieb er bei Nog, benutzte den Ferengi als eine Art Anker, der ihn mit der Wirklichkeit von Deep Space Nine verband.

Nog ging neben ihm und riß ungläubig die Augen auf. »Also . . . mein Onkel wäre vollkommen ausgeklinkt. Er hätte bestimmt nicht darauf verzichtet, mich voll durch die Mangel zu drehen.«

Nog war praktisch im gleichen Alter wie Jake und sah sich deshalb mit ähnlichen Problemen konfrontiert. Viele davon betrafen die Erwachsenen in Deep Space Nine sowie ihre Stellungen an Bord. Jakes Vater stand als Kommandant ganz oben in der Stationshierarchie, und Nogs Onkel Quark galt als wichtigster Geschäftemacher der Promenade. Sie waren also beide mit Größen in der Stationswelt verbunden. Früher hatten sie sich oft darüber gestritten, wer die wichtigere Position einnahm, Jakes Vater oder Nogs Onkel. Inzwischen vermieden sie es, dieses Thema anzuschneiden – nur auf diese Weise ließen sich weitere Konflikte vermeiden. Benjamin Sisko trug eine Starfleet-Uniform, und Quark war ein privater Unternehmer, der nach den Maßstäben der Ferengi ein höheres Ansehen verdiente.

»Ach, man darf das alles nicht so eng sehen. Die Erwachsenen machen viel Tamtam. So etwas *erwartet* man von ihnen.« Jake zuckte. »Was hätte dein Onkel schon mit dir anstellen können?«

»Eine ganze Menge.« Nog starrte kummervoll auf den metallenen Boden des Korridors. »Zum Beispiel . . . Er wäre imstande, mich hinter der Theke anzuketten. Dann müßte ich für den *Rest* meines Lebens Krüge und Gläser putzen.«

»Keine Sorge.« Jake hob seinen Baseballschläger. »Ich hätte dich befreit.«

»Danke. Freut mich, daß ich auf dich zählen kann.« Nog hob den Kopf und wirkte jetzt ein wenig fröhlicher. »Wie dem auch sei: Ich habe ja überhaupt nichts ausgefressen. Weißt du, ich glaube, mit deinem Vater war's deshalb anders, weil er dich immer die Holo-Kammern benutzen läßt – die normalen, meine ich. Manchmal begleitet er dich sogar. Mir hat mein Onkel gleich zu Anfang verboten, die Projektionsräume aufzusuchen. Er meinte, sie seien allein für die Dummen bestimmt – für die Kunden.«

»Eigentlich hast du gar nichts verpaßt.« Der Baseballhandschuh war am Schläger entlanggerutscht und ruhte nun an Jakes Schulter. Ein unverkennbarer Geruch ging davon aus: Leder, vermischt mit altem Schweiß. Jake wußte nicht, ob es sich um einen *echten* Handschuh handelte, der von der Erde stammte, oder um eine Replikation. Einerseits spielte es keine Rolle, und andererseits doch.

Schläger und Handschuh hatten in der von Mrs. O'Brien geleiteten Schule für Jake bereitgelegen. Sein Vater verbot ihm nicht etwa, das Quartier zu verlassen, sondern forderte ihn auf, noch in dieser Schicht wieder am Unterricht teilzunehmen. Der Baseballschläger mit dem daran befestigten Handschuh stand schon seit einer ganzen Weile in einer Ecke des Klassenzimmers. Jake wußte gar nicht mehr, wann er ihn dort zurückgelassen hatte, so sehr war er in der anderen Welt gefangen gewesen, in der Gesellschaft des seltsamen Jungen mit dem bösen Lächeln. Jetzt hatte er das alles hinter sich, zum Glück. Er empfand es nicht gerade als sehr angenehm, daß sein Vater über alles Bescheid wußte. Die Frage, woher Benjamin Siskos Informationen kamen, ließ sich leicht beantworten. Dinge zu entdecken und Geheimnisse zu lüften – so etwas fiel in Odos Zuständigkeitsbereich. Wie dem auch sei: Tief in seinem Herzen war Jake froh darüber, daß es so zu Ende gegangen war. Allein wäre er vielleicht nicht in der Lage gewesen, einen Schlußstrich zu ziehen. Jake schauderte innerlich, als er sich die eventuellen Konsequenzen weiterer Besuche in der idyllisch wirkenden und doch so entsetzlichen Welt vorstellte. Dr. Bashir hatte ihn bestimmt nicht nur deshalb so gründlich untersucht, um in Übung zu bleiben.

»Manche Leute stehen darauf«, brummte Nog. »Auf Holo-Kammern und so. Mein Onkel hat viele Stammkunden. Und dein Vater ... Auch er begibt sich gelegentlich in einen Projektionsraum.«

»Ja. Insbesondere mag er ein Programm, das es ihm ermöglicht, berühmten Baseballspielern zu begegnen. Er unterhält sich gern mit ihnen. Komisch: Sie *spucken* dauernd. Ich schätze, es ist alles authentisch und so, aber es erscheint mir irgendwie seltsam.«

Der Korridor endete an einer Aussichtsplattform oberhalb der Promenade. Jake trat ans Geländer und sah auf die Menge hinab.

»So wie ich die Sache sehe . . .«, sagte er. »Für sie ist es wichtiger. Für die älteren Leute wie meinen Vater.« Er hatte viel darüber nachgedacht, und die Sache beschäftigte ihn noch immer. »Es kommt einer Heimkehr für sie gleich. Sie sind nicht an solchen Orten aufgewachsen.« Jakes Geste galt den metallenen Wänden, der ganzen Raumstation. »Mein Vater erinnert sich an solche Sachen, an Bäume und Gras und so. Ich nicht.«

Er schwieg und dachte daran, wie er seinen Vater zum ersten Mal in eine Holo-Kammer begleitet hatte. Er wußte nicht, wie alt er gewesen war, aber eins stand fest: Damals hatten sie sich noch nicht an Bord von Deep Space Nine aufgehalten. Selbst als kleiner Junge, der er damals war, hatte er bemerkt, daß sein Dad mit Melancholie und Sehnsucht auf die simulierte sommerliche Welt reagierte, die ihm, Jake, so sonderbar erschien. Oder auch nicht. Eigentlich war sie nicht seltsamer als die vielen anderen Orte, die er kannte: Planeten, Starfleet-Schiffe, Föderationsbasen und so weiter. Konnte man ihm die Schuld geben, wenn ihn die holographische Erde nicht so begeisterte wie seinen Vater? Natürlich hatte er damals behauptet, alles ganz toll zu finden – schließlich wollte er es vermeiden, die Gefühle seines Vaters zu verletzen.

»Wahrscheinlich hast du recht.« Nog stand neben Jake am Geländer. »Nach dem, was mir Onkel Quark erzählt hat, haben es viele Benutzer von Holo-Kammern nur auf . . . Sex abgesehen. Andererseits: Wenn man sich einige der Leute ansieht, so gelangt man zu dem Schluß, daß es für sie auch gar keine andere Möglichkeit gibt, Sex zu bekommen.«

Jake wußte, daß zum genetischen Erbe seines Freundes auch der für viele Ferengi charakteristische Zynismus gehörte – solche Eigenschaften mußten sich irgendwann bemerkbar machen.

»Nun, eine Sache würde ich vermissen, wenn's keine Holo-Kammern mehr gäbe, meine ich.« Jake kehrte der Promenade den Rücken zu und wog den hölzernen Schläger in beiden Händen. »Baseball zu spielen . . . Das hat Spaß gemacht.« Einmal mehr fragte er sich, ob er zu diesem Zweck in eine Holo-Kammer zurückkehren sollte.

»Ist dafür ein Projektionsraum notwendig?«

»Ich bitte dich.« Jake richtete einen verzweifelten Blick auf seinen Ferengi-Freund. »Zunächst einmal: Man braucht viel Platz für Baseball.« Mit dem Schläger deutete er zu den Stahlwänden und Stützelementen. »Daran mangelt's hier, oder?«

»Nicht in den Frachtkammern der Andockmasten. Die sind groß genug, um riesige Container aufzunehmen.«

»Oh, sicher. Aber glaubst du etwa, daß ich dort eine Baseballraute einrichten kann, zwischen den Kränen und anderen schweren Geräten?« Jake rollte mit den Augen. »Ihr Ferengi seid doch angeblich so clever . . .«

»Und du? Bist du nicht der Sohn des Stationskommandanten?« Nog berührte den menschlichen Jungen am Arm. »Du könntest doch deine Beziehungen spielen lassen, oder?«

Jake schüttelte langsam den Kopf. »So läuft das hier nicht. Zumindest nicht mit meinem Vater.«

»Tja, dann müssen wir uns eben den Bedingungen vor Ort anpassen – wie mein Onkel sagen würde. Was hat es mit dem Spiel auf sich? Es geht doch darum, einen Ball zu schlagen und dann um die Male zu laufen, nicht wahr? Das ließe sich auch hier bewerkstelligen.« Nog sah sich um. »Wie viele Male gibt es?«

»Vier. Das erste, zweite und dritte – und das Schlagmal. Deshalb spricht man von einer Raute.«

»Vielleicht sollten wir besser ein Dreieck daraus machen. Und ein langgestrecktes noch dazu.« Nog deutete durch den Korridor. »Na schön. Dies hier ist das Schlagmal, zwischen den Wartungsplatten auf beiden Seiten.« Mit dem Zeigefinger zog er eine imaginäre Linie. »Der Träger da drüben ist das zweite Mal und das Belüftungsgitter stellt Nummer drei dar. Was hältst du davon?«

»Vielleicht bist du doch nicht so dumm.« So etwas war Jake nie zuvor in den Sinn gekommen. Wenn es keinen Platz für die übliche Raute gab, und wenn man den zur Verfügung stehenden Raum nicht ändern konnte . . . Warum nicht die Raute verändern? Er dachte darüber nach und erinnerte sich daran, daß sein Vater von Straßenspielen gesprochen hatte, die Baseball *ähnelten*. Auch bei ihnen ging es darum, einen Ball zu schlagen und zu laufen. Man brauchte nicht einmal einen Schläger in dem Sinn; ein Stück von einem Besenstiel genügte.

Er beobachtete das improvisierte Spielfeld und nickte. »Ja, das könnte klappen . . .«

Die beiden Jungen vereinbarten einige Regeln. Sie wollten auf einen Werfer verzichten – immerhin waren sie nur zu zweit. Und: Von den Wänden abprallende Bälle galten nicht als Aus.

Nog wich in Richtung Geländer zurück.

Als Jake mit dem Daumen über die Nähte des Baseballs strich, kroch Übelkeit in ihm empor, begleitet von Schwindel. Die gleichen Empfindungen erwachten in seinem Innern, wenn er zu lange über die Holo-Kammer und seine Erlebnisse in ihr nachdachte. Die Stahlwände von Deep Space Nine erzitterten und schienen an Realität zu verlieren. Er kniff die Augen zu, um zu verhindern, daß sich die Welt um ihn herum verflüchtigte.

»He, komm schon!« Nogs Stimme klang wie aus weiter Ferne. »Worauf wartest du noch?«

Jake schloß die Hand fest um den Ball. Der Gegenstand existierte wirklich, war *echt*. Im Gegensatz zu den Dingen in der Holo-Kammer. Sie waren nie ganz ... *richtig* gewesen. Sie wirkten immer ein wenig unscharf, selbst dann, wenn sie klare Konturen zeigten und sich fest anfühlten. Selbst dann, wenn sie ihn *erschreckten*. Die Dinge in der Holo-Kammer *versuchten* immer, echt zu sein. Sie kamen aus dem Nichts, schauten einem ins Selbst. Und anschließend ahmten sie nach, was sie dort gesehen hatten. Aber sie bekamen es nie richtig hin. Das wußte Jake jetzt. Er konnte den Unterschied erkennen. Die echten Sachen des realen Universums warteten darauf, daß man sich ihnen auf der Grundlage ihrer eigenen Bedingungen stellte.

Jake öffnete die Augen und sah Wände, die wieder fest und massiv wirkten. »Na schön«, sagte er. »Es geht los.«

Er warf den Ball hoch, schloß dann beide Hände um den Schläger und holte aus.

Er schlug mit mehr Kraft zu, als es eigentlich seiner Absicht entsprach – das Gefühl des Holzes in den Händen sorgte für einen jähen Adrenalinschub. Ein lautes Pochen ... Und der Ball sauste fort. Jake sah ihm nach und beobachtete, wie das Leder bis auf einen Zentimeter an die Decke herankam. Eine halbe Sekunde später senkte er den Blick und sah, wie Nog zurückwich, die Hände hob ...

Jakes Lächeln wich einem Ausdruck von Besorgnis, als Nog noch einige Schritte nach hinten wankte.

»Paß auf, Nog!«

Die Warnung kam zu spät. Der Ferengi stieß mit dem verlängerten Rücken ans Geländer, als der Ball dicht an seinen Fingerspitzen vorbeiflog. Nog verlor das Gleichgewicht, kippte nach hinten und fiel.

Jake eilte zu der Stelle, an der sein Freund verschwunden war. Er schnappte nach Luft, beugte sich vor und stellte fest, daß sich Nog verzweifelt an der Kante des breiten Laufstegs festhielt. Unter ihm, auf der Promenade, gingen Passanten hin und her. Niemand von ihnen blickte nach oben; niemand von ihnen bemerkte, was geschah.

»Faß meine Hand!« Jake stützte sich ab, schloß die Finger um Nogs Handgelenk und zog. Gleichzeitig ließ er sich nach hinten fallen. Das zusätzliche Bewegungsmoment genügte, um den Ferengi übers Geländer zu ziehen.

»Was ist mit dem Ball?« Nog hob den Kopf und blickte sich um. »Gilt das als ein Aus?«

Die beiden Jungen standen am Geländer und sahen zu dem Baseball, der in einem kleinen Spalt zwischen zwei Stützelementen über der Promenade steckte. Doch dort blieb er nicht lange: Sein Eigengewicht genügte, um ihn aus dem schmalen Zwischenraum zu lösen. Er fiel, gewann an Geschwindigkeit, prallte von einem gewölbten Träger ab und sauste durch den Eingang von Quarks Bar.

Jake und Nog hielten den Atem an. Der Baseball flog über die Theke hinweg, und mehrere Gäste fielen von den Stühlen, als sie versuchten, dem Leder auszuweichen.

Glas splitterte mit lautem Klirren.

»Nein«, sagte Nog in einem bewundernden Tonfall. »Es ist kein Aus, sondern ein Home run*.«

Kurz darauf erschien ein wütender Quark in der Tür und sah sich in der Promenade nach dem Übeltäter um. Den Baseball hielt er in vor Zorn zitternden Händen.

»Wir sollten uns besser aus dem Staub machen.« Jake nahm den Schläger und lief los. Nog folgte ihm.

Die beiden Jungen wurden langsamer, als sie sich weit genug vom improvisierten Spielfeld entfernt hatten.

»Ich befürchte, mein Onkel gibt uns den Ball nicht zurück«, sagte Nog.

»Dann besorgen wir uns eben einen anderen.« Jake stützte den Schläger an die Schulter und nickte nachdenklich. »In dem Korridor zu spielen . . . Es ist keine schlechte Idee. Aber wir müssen noch ein wenig daran arbeiten.«

»Zugang gewährt.«

Dax passierte die Stelle, an der eben noch ein Energiefeld geknistert hatte. Hinter ihr entstand es erneut und glühte hell genug, um unstete Schatten über die Wände tanzen zu lassen.

Dr. Bashir wartete auf sie. Das Sicherheitssystem hatte von ihnen verlangt, sich einzeln zu identifizieren, um den abgesperrten Bereich betre-

---

* Lauf um sämtliche Male auf einen Schlag – Anmerkung des Übersetzers.

ten zu können. »Sind Sie soweit?« Er hob eine kleine Datenkarte, hielt sie zwischen Daumen und Zeigefinger.

Dax nickte. »Ich glaube, wir können diese Phase der Ermittlungen fortsetzen, Julian.« Sie wußte, daß sie bei ihren Interaktionen mit dem jungen Arzt immer aufpassen mußte: Einerseits ging es darum, eine freundliche Arbeitsatmosphäre zu bewahren, und andererseits galt es zu vermeiden, seine romantisch-erotischen Vorstellungen in bezug auf sie zu ermutigen.

Die Kontrollampen an der Schalteinheit des manipulierten Projektionsraums leuchteten nacheinander auf, als Bashir die Energieversorgung wiederherstellte. Die Eingänge der anderen Holo-Kammern im Korridor blieben dunkel; sie waren isoliert, sowohl vom allgemeinen Energienetz der Station als auch von Kontakten mit Humanoiden. Bis die Mordserie völlig aufgeklärt war – und bis feststand, daß keine Gefahr mehr drohte –, durfte niemand Gelegenheit erhalten, einen Ausflug in die hier geschaffenen holographischen Welten zu unternehmen. Erst mußte Chief O'Brien feststellen, ob die Entfernung der Induktionsmodule wirklich gewährleistete, daß die betroffenen Holo-Kammern keine schädlichen Wirkungen mehr entfalteten.

Dax beobachtete, wie Bashir eine kleine Wartungsklappe öffnete. Ein Teil von ihr – ein Teil, der nicht ganz so kühl und rational war wie der Rest – spürte vage Besorgnis. Der Arzt verwendete winzige Instrumente, die er extra zu diesem Zweck mitgebracht hatte, und er arbeitete mit knappen, präzisen Bewegungen. Seine Tätigkeit erinnerte Jadzia Dax an alte Videoaufzeichnungen von Bombenentschärfern. *Ein einziger Fehler, und das Ding geht hoch?* erklang eine vertraute Stimme in ihrem Innern. *So etwas dürfte hier kaum passieren.* Jene Stimme, die sie inzwischen so gut kannte, teilte sich ihr nicht mit Worten mit. Derartige Kommunikationsmethoden waren auch gar nicht nötig. Die Gedanken des jahrhundertealten Symbionten in ihrem Leib verliefen praktisch parallel zu ihren eigenen, die in einem weniger als dreißig Jahre alten Gehirn entstanden. Dax fühlte sich schon seit so langer Zeit eins mit dem Symbionten, daß sie kaum mehr eine Grenze ziehen konnte zwischen seiner Existenz und ihrer eigenen. Aber manchmal kam es zu einem kaum merklichen Zukken im Nervensystem, oder es gerieten zusätzliche Hormone in ihren Blutkreislauf – um sie daran zu erinnern, daß noch etwas anderes in ihr existierte, ein zweites Ich.

Bashirs Stimme beanspruchte wieder ihre Aufmerksamkeit.

Der junge Arzt beugte sich zu der kleinen Öffnung vor. »Ich gebe nun jenes Programm ein, das wir aus den anderen von Ahrmant Wyoss benutzten Holo-Kammern kopiert haben.« Er schob eine Logiksonde in das Durcheinander der Schaltkreise, zog sie wieder heraus und sah auf die Anzeigen. »Er begann mit einem Standardprogramm, einer urbanen Simulation, die sich unter dem Einfluß der Induktionsmodule stark verändert hat. Einzelheiten erfahren wir, sobald die Projektion beginnt.«

»Wäre es nicht einfacher gewesen, ein entsprechendes Computermodell zu erstellen?« *Einfacher und auch sicherer*, fügte der andere Teil von Dax' Selbst hinzu.

Bashir schüttelte den Kopf. »Das Programm weist ein besonderes Schutzelement auf - O'Brien hat vergeblich versucht, es zu neutralisieren. Es läuft auf folgendes hinaus: Die Simulation läßt sich nur aktivieren, wenn an dem Vorgang auch ein kortikales Induktionsmodul beteiligt ist.«

Der Arzt nahm noch einige Veränderungen vor. »So, das sollte genügen.« Er sah sich um. »Sind Sie soweit?«

»Ja.«

»Also los.« Die Tür der Holo-Kammer glitt beiseite.

Sie traten ein, und Dunkelheit empfing sie. Hinter ihnen schloß sich das Schott, und dadurch wurde die Illusion perfekt. Dax unterdrückte den Anflug physiologischer Panik, der ihren Puls für einige Sekunden beschleunigte. Viele Stunden lang hatte sie die Protokolle von Wyoss' Delirien gelesen und ausgewertet - daher wußte sie ungefähr, womit sie zu rechnen hatte. Trotzdem: Die Wirklichkeit - beziehungsweise ihre Simulation - wirkte sofort bedrückend.

Schwefliger Nachtnebel wallte wie in Zeitlupe über primitiv anmutenden Straßen. Ausläufer des Dunstes erstreckten sich zwischen Gebäuden aus schmutzigem Backstein. Leere Fenster starrten wie die Augen stummer, gespenstischer Beobachter. Gardinenfetzen wehten hin und her, vorbei an den gläsernen Zähnen, die noch in den Fensterrahmen steckten. Das blaue Glühen der Straßenlaternen durchdrang kaum die Finsternis, diente eher dazu, der Nacht einen zusätzlichen unheimlichen Aspekt zu geben.

»Eine *hübsche* Umgebung«, kommentierte Bashir. Er drehte sich langsam um die eigene Achse, um einen besseren Eindruck vom allgemeinen Panorama zu gewinnen. »Hier scheint jemand bestrebt gewesen zu sein, eine möglichst düstere Stimmung entstehen zu lassen. Solche Szenen gab es in alten Detektivfilmen, deren Protagonisten häufig als Außenseiter der Gesellschaft dargestellt wurden.«

Dax verstand den Hinweis. Julian bezog sich aufs Kino des zwanzigsten Jahrhunderts, einen Vorläufer der holographischen Technik. Allerdings hatte sich der sensorische Input damals auf optische und akustische Reize beschränkt. »Wenn Sie damit meinen, daß ein solches Ambiente deprimierend ist, so muß ich Ihnen zustimmen.«

»Es hat einen gewissen . . . öden Charme. Nun, wenn ich gewußt hätte, daß eine derartige Welt in Ahrmant Wyoss' Vorstellung existierte . . . Dann wäre ich bereit gewesen, eine intensive pharmazeutische Behandlung einzuleiten.«

Dax trat einen Schritt vor. Nur den Hauch eines Augenblicks später fühlte sie sich von jähem Schwindel erfaßt und taumelte. Bashir hielt sie an Arm und Schulter fest.

»Stimmt was nicht?« Der Arzt musterte sie besorgt. »Was ist los?«

»Ich weiß nicht . . .« Schwäche erfüllte die Trill; nur Bashirs Griff schien sie auf den Beinen zu halten. Sie hob die Hand zur Stirn. »Meine Sinne empfangen widersprüchliche Daten.« Sie hob den Kopf und sah keine dunkle Stadt, sondern die Wände der Holo-Kammer. Sensorische Sender und niederenergetische Traktorstrahlprojektoren bildeten dort ein sechseckiges Gittermuster. »Ich reagiere plötzlich nicht mehr auf die induktive Darstellung der Pseudorealität . . .«

Dax streckte die Hand aus und beobachtete, wie die Wände der Holo-Kammer verschwammen. Geisterhafte Bilder einer anderen Welt zeichneten sich davor ab. »Offenbar stimmt bei mir der Fokus nicht mehr. Die Wirkungen sind unberechenbar geworden . . .«

Bashir blickte über die Schulter. »Bei mir ist soweit alles in Ordnung. Offen gesagt: Für mich wirkt diese Umgebung noch echter als die falschen Welten anderer Projektionsräume.« Er wandte sich seiner Begleiterin zu. »Es liegt vermutlich am kortikalen Induktionsmodul. Ja, das dürfte die Erklärung sein.« Er nickte. »Sie sind eine Trill. Die KI-Technik wirkt direkt auf das Nervensystem und beschränkt sich nicht darauf, wie bei den üblichen Holo-Kammern die Sinne zu reizen. Nun, in Ihrem Fall gibt es zwei Nervensysteme, die gewissermaßen synchron arbeiten – eins gehört dem Humanoiden, das andere dem Symbionten. Allem Anschein nach existieren Unterschiede zwischen beiden Nervensystemen, vor allem in Hinsicht auf Reaktionsgeschwindigkeit und Sensibilität. Sie sind wie ein Subraum-Empfänger, der zwei Mitteilungen gleichzeitig empfängt und sie durcheinanderbringt.«

Wenn die Desorientierung nicht so stark gewesen wäre, hätte Dax die gleichen Schlüsse aus ihrem Zustand gezogen. »Ich glaube, Sie haben recht.« Vor ihren Augen zerflossen die Wände der Holo-Kammer, um in die Gebäude der düsteren Stadt überzugehen. Zwischen den beiden Welten fanden heftige Fluktuationen statt. Dax schwankte und hielt sich an Bashirs Arm fest. »Ich leide an . . . starken Gleichgewichtsstörungen . . . Habe ein kritisches Maß an . . . Hilflosigkeit erreicht.«

»Ich bringe Sie in den Korridor zurück.«

»Nein.« Dax schüttelte den Kopf, wodurch sich das Chaos im visuellen Wahrnehmungsbereich weiter vergrößerte. »Wir sind aus gutem Grund hier – um Informationen zu sammeln. Vielleicht kann ich mein derzeitiges Problem lösen.«

»Wie?«

»Normalerweise ist ein Trill nicht imstande, die einzelnen Teile des gemeinsamen Bewußtseins voneinander zu trennen. Durch die Verschmelzung werden Symbiont und Wirt eins, obwohl es gelegentlich zu bilateralem Austausch kommen kann.«

Bashir nickte. »Ähnlich verhält es sich mit der rechten und linken Hemisphäre des menschlichen Gehirns.«

»Ja. Aber hier wirkt sich ein kortikales Induktionsmodul aus. Offenbar haben die beiden Nervensysteme in mir nicht genau die gleiche Funktionsintensität, was unter den gegenwärtigen Umständen zu einer Störung der Synchronisation führt.«

Dax schloß die Augen und hob die Fingerspitzen zu den Schläfen. »Ich spüre es. Der Einfluß des Induktionsmoduls sorgt dafür, daß sich die beiden Selbstsphären in mir voneinander trennen.«

»Das genügt«, sagte Bashir. »Ich führe Sie jetzt nach draußen.«

»Nein . . .« Sie griff nach dem Unterarm des Arztes. »Verstehen Sie denn nicht? Wir können diesen Vorgang zu unserem Vorteil nutzen. Wenn ich den Versuch einstelle, eine Resynchronisation der beiden Nervensysteme herbeizuführen . . . Dann wäre es möglich, daß die eine oder andere Hälfte dominant wird. Mit anderen Worten: Beide Selbstsphären fänden Gelegenheit, als separate Entitäten zu agieren.«

»Ich weiß nicht . . .« Bashir wirkte skeptisch. »Das klingt riskant.«

»Die Trennung bliebe nur so lange wirksam, wie wir uns in dieser Holo-Kammer aufhalten. Wenn wir sie verlassen, sychronisieren sich die beiden Nervensysteme wieder.« Dax senkte erneut die Lider und versuchte, die wirren sensorischen Stimuli zu ignorieren. »Ich bin *ganz sicher*, daß es sich bewerkstelligen läßt. Und es gibt keine andere Möglichkeit.«

»Nun, wenn Sie meinen . . . Die Trill-Physiologie gehört nicht zu meinen Spezialitäten. Aber eins sage ich Ihnen: Wenn ich der Ansicht bin, daß irgend etwas nicht mit rechten Dingen zugeht, bringe ich Sie sofort nach draußen.« Bashir musterte die Frau aufmerksam. »Welcher Teil von Ihnen verschwindet vorübergehend?«

»Angesichts der aktuellen Situation dürfte es besser sein, wenn sich der Symbiont zurückzieht. Das Bewußtsein des Humanoiden hat zuverlässigere Kontrolle über die motorischen Funktionen des Wirtskörpers.«

Dax' Ich wandte sich bereits nach innen, in einen Kosmos, der von ihrer Haut begrenzt wurde. Die Bevölkerung jenes Universums bestand aus zwei Wesen, die doch eins waren. Die Gedanken des Symbionten hatten ihre an Bashir gerichteten Worte wiederholt - die Entscheidung war bereits gefallen, der Trennungsvorgang eingeleitet.

Jadzia Dax gab den inneren Widerstand auf und spürte, wie sich ein substanzloser Keil in ihr Ich bohrte.

Die Separation brachte keinen Schmerz, nur ein sich immer mehr verdichtendes Gefühl von *Einsamkeit* - ein Verlust, der über all das hinausging, was sich gewöhnliche Menschen vorstellen konnten. Das Empfinden blieb nur deshalb erträglich, weil die Trennung nicht permanenter, sondern vorübergehender Natur war.

Vielleicht gab es eine andere Person an Bord von Deep Space Nine, die ähnlich fühlte. Die Freundschaft zwischen dem Symbionten und Commander Sisko ging bis auf die Zeit des anderen, älteren humanoiden Wirtskörpers zurück. Die große Masse aus angesammelten Erinnerungen enthielt irgendwo eine Stunde, in der Sisko von seinem Leid gesprochen hatte, vom Tod seiner Frau. Mit ihr hatte er etwas verloren, das ebenso zu ihm gehörte wie Atem oder Herzschlag. So sehr hatte er sie geliebt.

Die Trennung war vollständig. Dax nahm den Symbionten jetzt als unabhängiges Bewußtsein an der Peripherie des eigenen Selbst wahr - eine Präsenz, die ihr noch etwas näher erschien als Bashirs Arm.

Sie öffnete die Augen und sah . . . Nebelschwaden, die an düsteren Gebäuden entlangstrichen. Ein Zeitungsfetzen, Fragment einer anderen Epoche, wurde von einem kurzen Windstoß erfaßt und flatterte über die Straße.

Bashir hatte recht: Dieses holographische Ambiente wirkte überzeugender und echter als alle anderen Holo-Welten, die Dax kannte.

»Jetzt ist alles in Ordnung.« Übelkeit und Desorientierung ließen nach. Sanft streifte sie die Hand des jungen Arztes ab und trat zur Seite. Im matten Licht der nächsten Straßenlaterne sah sie, wie ihr Schatten über den rissigen Asphalt der Straße und den bröckeligen Beton der Bordsteinkante zitterte. »Wir können die Ermittlungen jetzt fortsetzen.«

Sie gingen über die Straße. Ihr gemeinsamer Schatten verschwand in dunklen Türöffnungen, um anschließend wieder über fleckige Mauern zu kriechen. Sie hielten nach etwas Menschlichem Ausschau.

Commander Sisko hatte ihnen eine kurze Nachricht geschickt und auf »Echos« in den manipulierten Holo-Kammern hingewiesen. Aber er nannte ihnen keinen Grund für seinen eigenen Aufenthalt in einem Projektionsraum. Befaßte er sich ebenfalls mit Nachforschungen? Nun, eigentlich spielte das keine Rolle. Siskos Mitteilung lieferte Bashir und Dax einen neuen Anhaltspunkt, als sie kaum mehr eine Möglichkeit sahen, neue Informationen zu gewinnen.

Wenn die Benutzer der manipulierten Holo-Kammern elektronische Echos ihrer Persönlichkeiten hinterlassen hatten, so konnte man daraus vielleicht auf die Funktionsweise der kortikalen Induktionsmodule schließen. Vielleicht fanden sie sogar eine Antwort auf die Frage, was die Mordserie *verursacht* hatte.

»Hier ist etwas – ich fühle es.« Bashir blieb stehen und sah sich um. Eine leere Straße ging in die nächste über; diese holographische Projektion schien sich darauf zu beschränken, endlosen urbanen Niedergang darzustellen. »Ja, es gibt hier eine Präsenz.«

Dax pflichtete ihm bei. Sie begriff plötzlich, daß sie während der letzten Minuten einer vagen Spur gefolgt waren, ohne sich dessen bewußt zu sein. Leise, kaum wahrnehmbare Geräusche hatten sie in eine Gasse zwischen zwei baufällig wirkenden Gebäuden geführt. Jadzia hob die Hand und bedeutete dem Arzt, keinen Ton von sich zu geben. Als sie dann den Kopf zur Seite neigte und lauschte ... Was auch immer sie hörte: Sie mußte die Bedeutung allein erkennen, ohne auf die Hilfe ihrer stumm beobachtenden anderen Hälfte zurückgreifen zu können.

»Dort drüben.« Dax deutete auf eine weitere schmale Straße. Es fiel ihr erstaunlich leicht, den Ursprung der Geräusche festzustellen. Zwar hatte sich ihr Ich durch die Trennung vom Symbionten reduziert, aber gleichzeitig schärften sich ihre Sinne. Für die sensorischen Daten gab es nun einen Filter weniger – das mochte die Erklärung sein. »Es klingt nach Atemzügen.«

Die schmale Straße endete an einer feuchten Wand. Fast zehn Meter weit ragte sie empor, wie ein Symbol der Sinnlosigkeit aller menschlichen Bemühungen. In der Nähe standen einige verbeulte Metallbehälter, bei denen es sich offenbar um Container eines primitiven Abfallbeseitigungssystems handelte. Es roch nach verfaulenden Nahrungsmitteln und Krankheitserregern.

Bashir berührte den Stein der Mauer, zog die Hand zurück und betrachtete voller Abscheu die Feuchtigkeitsspuren an den Fingern. »Dies kann nicht aus Ahrmant Wyoss' Vergangenheit stammen.« Er wischte die Hand an der Uniformhose ab. »Wir haben uns mit seinem Lebenslauf befaßt und wissen daher, daß er nie auf einem so unterentwickelten Planeten lebte. Ich vermute, daß ihm alte Filme gefielen, deren Bilder schließlich einen festen Platz in seinem Unterbewußtsein fanden. Die tatsächliche Vergangenheit verlor immer mehr an Bedeutung und wich einer anderen, imaginären Wahrheit – sie kam gewissermaßen der subjektiven *Essenz* des Erlebten gleich. In solchen Fällen stellt sich das Ich eine Falle, aus der es sich später kaum mehr befreien kann.«

»Wenn Commander Sisko recht hat, so müßte hier ein Echo von Ahrmant Wyoss existieren.«

Das regelmäßige Zischen der Atemzüge kam nun ganz aus der Nähe. Dax' Augen hatten sich inzwischen an die Dunkelheit gewöhnt, doch in den Wänden zu beiden Seiten der Straße sah sie keine Türen. Als sie den Blick senkte, bemerkte sie ein kleines, verschmutztes Flügelfenster dicht über dem Boden.

»Hier«, sagte sie und bedeutete Bashir, neben ihr in die Hocke zu gehen.

Eine primitive, Licht emittierende Vorrichtung hing am Ende eines dünnen Kabels, das von der Decke herabreichte. Es handelte sich um ein birnenförmiges Objekt aus Glas, in dem Elektrizität durch einen dünnen Draht strömte und ihn so zum Glühen brachte. Jenseits des Fensters war die Aura des Zerfalls und der Trostlosigkeit noch deutlicher. An einer Wand bogen sich Holzregale unter dem Gewicht von Nahrungsmittelkonserven. Bei einigen Büchsen wölbten sich die Deckel nach oben. Andere wirkten wie geborsten, und ihr Inhalt quoll aus dünnen Rissen. Alte Besen und Staubwedel standen in einer Ecke, wie die Knochen und das struppige Haar ausgezehrter Leichen. An den übrigen Wänden stapelten sich Kartons, gefüllt mit vergessenen Dingen.

In der Mitte des Raums, unter der gelb leuchtenden Glühbirne, sah Dax eine schmale Liege. Ein Junge ruhte darauf, sein Gesicht hinter den Armen verborgen.

»Das ist er«, flüsterte Bashir neben ihr. Er deutete durch das verschmierte Fenster. »Das ist Wyoss.«

Dax wußte, daß er recht hatte – es war überhaupt nicht nötig, die Züge des Jungen zu sehen. Hinter ihr schien die Finsternis noch finsterer zu werden, und dadurch verwandelte sich der Kellerraum in den Mittelpunkt dieses kleinen Universums. Der innerste Kreis einer privaten Hölle ...

Unter dem zerrissenen Hemd des Jungen – er schien neun oder zehn Jahre alt zu sein – bewegten sich die Schulterblätter bei jedem Atemzug. Eine weitere Erkenntnis reifte in Dax heran. Nicht das Geräusch des Atmens hatte sie zu diesem Ort geführt, sondern ein dumpfes Schluchzen, das von unsäglichem Leid und tiefer Erschöpfung kündete. Ein solches Schluchzen erwartete man von jemandem, der mindestens tausend Jahre der Hoffnungslosigkeit vor sich sah.

»Da kommt jemand ...« Bashir streckte die Hand aus. Seine Bewegung galt einem Schemen auf der Holztreppe, die ins Kellergeschoß hinabführte.

Der Junge hob das tränenüberströmte Gesicht von der Liege und sah zu der Gestalt hinüber, die den Raum betreten hatte: ein Erwachsener, das Gesicht im Schatten verborgen. Der Knabe rührte sich nicht, unternahm keinen Versuch, vor dem Neuankömmling zu fliehen, aber Dax spürte, wie etwas in ihm zurückwich.

Der Besucher hielt mit äußerster Vorsicht einen langen, schmalen Gegenstand in den Händen. Das eine Ende, der Griff, war dick und fest. Dem Griff folgte ein langes, dünnes und biegsames Stück, das in einer kleinen Metallkugel an der Spitze endete. Dax beobachtete, wie der Mann den peitschenartigen Gegenstand hob. Der Junge rollte sich fort, zog die Beine an und hob zitternd die Hände vors Gesicht.

Jetzt bemerkte Jadzia auch noch etwas anderes: blutige Striemen unter dem zerrissenen Hemd.

»Verwechseln Sie dies nicht mit der Wirklichkeit«, betonte Bashir. »Sie sehen eine holographische Projektion. Was den Jungen betrifft ... Er ist ein elektronisches Echo, ein Datenrest in den Schaltkreisen.«

Die Worte blieben ohne Einfluß auf Dax. Wenn der Symbiont Teil ihres Bewußtseins gewesen wäre, anstatt eine neutrale Präsenz am Rand des Humanoidenselbst zu sein ... Dann hätte sie es vielleicht geschafft, Distanz zu wahren und an einer objektiven Perspektive festzuhalten. Doch unter den gegenwärtigen Umständen wollte sie nicht sehen, was nun geschah. Allerdings ... Sie *hörte* es. Ein leises Surren, gefolgt von jähem Klatschen, mit dem das Leder auf die Haut traf. Sie hörte auch, wie der Junge nach Luft schnappte und versuchte, einen schmerzerfüllten Schrei zurückzuhalten.

Sie hielt die Lider gesenkt, doch vor ihrem inneren Auge zeichnete sich ein klares Bild des Mannes ab. Das Gesicht konnte sie noch immer nicht erkennen, aber die Kleidung entsprach bis in alle Einzelheiten der Uniform von Benjamin Sisko; es fehlten nicht einmal die Rangabzeichen am Kragen.

Schließlich herrschte gnädige Stille. Jadzia Dax blickte durch das Flügelfenster und sah einen leeren Keller. Sie verzichtete darauf, Bashir zu fragen, was geschehen war. Vielleicht hatte der Mann den Jungen über die Treppe nach oben geführt. Oder die elektronischen Echos waren für immer in den Schaltkreisen des Installationskomplexes verklungen, und mit ihnen Schmerz, Furcht und Hoffnungslosigkeit. Aber etwas erinnerte daran: Das Instrument des Erwachsenen lag wie eine schlafende Schlange auf dem schmalen Bett.

»Gehen wir, Julian.« Eine neue Art von Übelkeit regte sich in der Trill. »Ich glaube, wir haben genug gesehen.«

»Einen Augenblick.« Bashir nahm einen Stein, zertrümmerte damit die Fensterscheibe und löste vorsichtig die Scherben aus der Einfassung. Dann kletterte er durch die Öffnung, die ihm gerade genug Platz bot.

»Was haben Sie vor?«

»Ich besorge uns ein recht interessantes Beweisstück.« Bashir kehrte mit der Peitsche zurück.

Sie schwiegen auch noch, als sie die Holo-Kammer verließen und in den Korridor zurückkehrten. Von dort aus setzten sie den Weg zum Forschungslaboratorium fort.

Bashir legte das Objekt auf eine Werkbank. Es existierte auch außerhalb des Projektionsraums, was bedeutete: Es war das Produkt eines Replikators und keine Illusion, geschaffen von den Interaktionen zwischen niederenergetischen Traktorstrahlen und dem Tastsinn.

»Warum haben Sie das mitgenommen?« Dax betrachtete den Gegenstand mit einem Rest von Abscheu. Inzwischen fühlte sie sich wieder als Einheit: Das Nervensystem des Symbionten hatte sich mit dem des humanoiden Wirtskörpers synchronisiert und funktionierte auf die gewohnte Weise. Dadurch erwachte ihr Bewußtsein wie aus einem teilweisen Schlummer und begann damit, die in der Holo-Kammer gewonnenen Daten zu verarbeiten.

»Wie ich es mir dachte . . .«, murmelte Bashir im Selbstgespräch. Mit der Fingerspitze strich er über die Peitsche und wandte sich Dax zu. »Ihnen ist sicher aufgefallen, daß die holographische Welt ein Durcheinander aus verschiedenen Stimuli bot . . .«

»Ich habe eine wie Commander Sisko gekleidete Gestalt gesehen – wenn Sie das meinen.«

Bashir nickte. »Das erklärt Wyoss' mörderische Fixierung in Hinsicht auf den Commander. Offenbar war er in einer psychischen Endlosschleife gefangen, in der sich ständig ein Kindheitstrauma wiederholte. Das kortikale Induktionsmodul setzte diesen Aspekt in ein Ambiente um, das Sisko als eine böse Autoritätsfigur präsentierte. Der arme Wyoss sah nur eine Möglichkeit, sich aus jener schrecklichen Welt zu befreien.«

»Darüber haben wir bereits gesprochen, Julian.«

»Ja. Aber es gibt noch einige weitere Elemente in dieser Halluzinationswelt. Die Induktionsmodule verfügen natürlich über eine eigene Programmierung – sie dient dazu, die Wahrnehmung des Benutzers auf der Grundlage bestimmter Muster zu beeinflussen. Allerdings müssen gewisse Dinge *hinzugefügt* werden, um eine einheitliche Illusionsstruktur zu schaffen. Woraus folgt: Es bleibt immer etwas zurück. Das habe ich von O'Brien erfahren, als er mir erklärte, wodurch er auf die Manipulation der Holo-Kammern aufmerksam wurde.«

Bashir nahm das peitschenartige Objekt von der Werkbank und drehte es nachdenklich hin und her. »Zum Beispiel das hier. Die Vorrichtung ist weitaus komplexer, als es zunächst den Anschein hat. Die technische Bezeichnung lautet: ›Traumatainduktor‹. Die Metallspitze verfügt über miniaturisierte Repulsionsflansche, die auf eine maximale Durchdringungstiefe der Haut programmiert werden können. Damit ist dieser Gegenstand hervorragend dafür geeignet, ein hohes Maß an Schmerz zu verursachen, ohne das Leben der betreffenden Person in Gefahr zu bringen.«

Dax betrachtete die Peitsche. »Woher wissen Sie das alles?«

»Während meines Medizinalpraktikums habe ich unter anderem in einer Rehabilitationsklinik gearbeitet. Dort behandelte man Starfleet-Angehörige, die in Gefangenschaft geraten waren.« Bashir schloß die Hand um den Griff des Objekts. »Dieses ... *Ding* wird nur bei einem Volk verwendet. Seine primitive Effizienz hat einen besonderen Reiz für Cardassianer.« Er legte den Gegenstand wieder auf die Werkbank. »Jetzt wissen wir, woher die kortikalen Induktionsmodule stammen.«

# 9

Unmittelbar nach ihrer Rückkehr mit der *Mekong* suchte Kira Commander Siskos Büro in der OPS auf. Als sie eintrat und die Tür sich hinter ihr schloß, spürte sie sofort: Es erwartete sie mehr als nur eine routinemäßige Besprechung. Siskos finstere Miene war ebenso unheilverkündend wie dunkle Gewitterwolken am Horizont.

»Setzen Sie sich, Major.« Sisko deutete auf den Stuhl vor dem Schreibtisch. »Es gibt eine Menge, über das wir reden müssen.«

»Wie Sie meinen.« Kira nahm Platz und fühlte sich von der bleiernen Schwere tiefer Erschöpfung erfaßt. Schon nach der vorletzten Reise hätte sie sich am liebsten in ihr Quartier zurückgezogen, um dort mehrere Tage lang zu schlafen. Doch jetzt sah alles noch viel schlimmer aus: Die Krise steuerte geradewegs auf eine Katastrophe zu. Unter solchen Umständen schien es nie Zeit genug zu geben, um die geistigen und körperlichen Kräfte zu erneuern.

»Die jüngsten Entwicklungen bei der bajoranischen Regierung sind mir bekannt.« Sisko lehnte sich zurück und preßte die Fingerspitzen aneinander. »Besser gesagt: bei der *ehemaligen* bajoranischen Regierung. Offenbar müssen wir der Separationsfront jetzt auf einer offizielleren Basis begegnen als ursprünglich geplant.«

Kira nickte. »Das stimmt, Commander. Ich bereite einen ausführlichen Bericht über den Putsch für Sie vor.«

»Das ist nicht nötig, Major. Ich habe Odo gebeten, mir einen Kontakt mit seinen Informanten auf dem Planeten zu ermöglichen.« Sisko sprach betont förmlich. »Alle wichtigen Daten werden von einer Analyseeinheit untersucht, die ich hier an Bord zusammengestellt habe. Sie sind bis auf weiteres von Ihren Pflichten als Verbindungsoffizier entbunden.«

»Was?« Kira starrte den Commander ungläubig an. »Soll das ein Witz sein? Niemand auf Deep Space Nine kennt sich mit den politischen Angelegenheiten von Bajor so gut aus wie ich . . .«

Sisko blieb ernst. »Das mag durchaus sein, Major. Aber es gibt auch niemanden, der so sehr in Verdacht steht wie Sie.«

»In Verdacht?« Kira glaubte ihren Ohren nicht trauen zu können. Fassungslosigkeit verdrängte einen Teil der Erschöpfung aus ihr. »Mit allem Respekt, Commander . . . Wie meinen Sie das, zum Teufel?«

»In bezug auf Sie bleibt alles inoffiziell – noch.«

»Ach? Vielleicht deswegen, weil Ihnen in Hinsicht auf den ›Verdacht‹

Beweise fehlen?« Der Sarkasmus verlieh Kiras Worten zusätzliche Schärfe. »Noch.«

Sisko nickte knapp. »Das ist tatsächlich der Fall. Natürlich halte ich Sie für unschuldig, solange Ihre Schuld nicht nachgewiesen ist. Andererseits muß ich in Erwägung ziehen, daß Sie aufgrund mangelnder Loyalität Deep Space Nine gegenüber zusätzliche Probleme während einer besonders kritischen Phase unserer Mission verursachen könnten.«

Kiras Hände schlossen sich fest um die Armlehnen des Stuhls. Sie hatte das Gefühl, explodieren zu müssen. »Erheben Sie Vorwürfe gegen mich, Commander?«

»Derzeit nicht, wie ich eben schon sagte.« Sisko sprach nun in einem neutralen Tonfall. »Mir fehlt die Zeit, um Ihre jüngsten Aktivitäten zu interpretieren. Vielleicht besteht Ihre einzige Schuld in einer falschen Einschätzung der Situation. Selbst das wäre eine üble Sache – aber immerhin verzeihlich.«

Kira schwieg einige Sekunden lang, um sicher zu sein, daß sie ihren Ärger unter Kontrolle hatte. »Welche Aktivitäten meinen Sie?«

»Sie sind nach Bajor geflogen, ohne mir Bescheid zu geben und einen Flugplan zu hinterlassen . . .«

»Ist das alles? Commander . . .« Kira schüttelte den Kopf. »Ich bin – beziehungsweise *war* – die stellvertretende Kommandantin dieser Raumstation. Ich halte es nicht nur für mein Recht, sondern sogar für meine *Pflicht*, alle Maßnahmen zu ergreifen, die ich für notwendig erachte – ohne mich dabei in jedem Fall nach den Vorschriften zu richten. Wenn ich mich recht entsinne, bezeichneten Sie einige jener Regeln als dumme Formalitäten.«

»Das ist *nicht* alles, Major. Während Ihres Aufenthalts in der bajoranischen Hauptstadt beobachtete man Sie dabei, wie Sie sich mit wichtigen Repräsentanten der Separationsfront trafen, unter ihnen auch General Aur. Unmittelbar im Anschluß daran begann die Front mit dem Staatsstreich.«

»Glauben Sie etwa, ich hätte etwas damit zu tun?«

Siskos Gesichtsausdruck blieb unverändert. »Um ganz ehrlich zu sein: Nein, das glaube ich nicht. Deshalb habe ich beschlossen, weder Anklage zu erheben noch eine offizielle Untersuchung einzuleiten. Niemand wäre glücklicher – und weniger überrascht – als ich, wenn sich herausstellt, daß Sie an keiner Verschwörung gegen die gestürzte provisorische Regierung von Bajor beteiligt sind. Aber ich kann es mir einfach nicht leisten, mich zu irren. Angesichts unserer Informationen über Ziele und Absichten der Separationsfront muß ich vom Schlimmsten ausgehen. Meine Pflicht besteht darin, die Interessen der Föderation wahrzunehmen. Wenn die Dinge wirklich so schlecht laufen, wie es sich General Aur und seine Gesinnungsgenossen von der Front wünschen, wenn Starfleet die Kontrolle über DS9 verliert ... Dann entscheidet der Föderationsrat zweifellos, einen Untersuchungsausschuß mit Ermittlungen zu beauftragen. Dann müssen alle Offiziere, die hier tätig gewesen sind, unter Eid aussagen; man wird alle Logbücher und sonstigen Aufzeichnungen genau prüfen. Nun, ich kenne solche Ausschüsse und darf Ihnen daher versichern, daß sie gründliche Arbeit leisten.«

»Ich habe nichts zu verbergen.«

»Gut. Eine der ersten Fragen des Untersuchungsausschusses beträfe nämlich Ihre Reise nach Bajor kurz vor dem Staatsstreich. Anschließend würde man sich danach erkundigen, was ich unternommen habe, nachdem ich von der Angelegenheit erfuhr. Wenn man dann feststellt, daß Sie auch weiterhin Ihren Dienst versahen und daß ich nicht beschloß, eigene Ermittlungen einzuleiten ... Davon wäre der Ausschuß sicher nicht begeistert.«

»Ich verstehe.« Noch immer brodelte Ärger in Kira. »Wen schützen Sie also? Sich selbst?«

»Wenn es mir nur darum ginge, mich zu schützen, Major ... Da gibt es bessere Möglichkeiten. Ich könnte Sie in Ihrem Quartier unter Arrest stellen, bis *meine* Nachforschungen zu einem konkreten Ergebnis geführt haben. Und wenn ich mich in diesem Zusammenhang streng an die Vorschriften halten wollte ... Dann ließe ich Sie von Odo verhaften und in einer Zelle des Sicherheitsbüros unterbringen.«

»Ja, dazu wären Sie imstande, Commander. Und ich wüßte in einem solchen Fall, wie man mir meinen wiederholten Einsatz für Deep Space Nine dankt.« Kira schlug mit der Faust auf die Armlehne des Stuhls. »Und was Leute wie General Aur betrifft, die behaupten, daß man Außenweltlern nicht vertrauen kann ... Ich müßte in Erwägung ziehen, ob er nicht vielleicht doch recht hat.«

»Major, Sie haben viel für DS9 getan, und das *berücksichtige* ich. Deshalb meine Entscheidung, daß diese Angelegenheit zunächst inoffiziell bleibt.« Sisko deutete auf den Computerschirm, der mehrere Zeilen Text zeigte. »Man hat mir die Ermordung eines Bajoraners namens Malen Aldris gemeldet, der zu Odos Kontaktleuten auf dem Planeten gehörte. Es gibt Anzeichen dafür, daß sich politische Motive hinter dem Verbrechen verbergen. Und daß Sie mit dem Ermordeten in Verbindung standen.«

»Ich könnte Ihnen alles über Malens Tod erzählen«, erwiderte Kira. »Ich war zugegen, als er starb.«

»Ach?« Sisko wölbte die Brauen. »Dann haben Sie eine Beschäftigung, während Ihr normaler Dienst ruht. Verfassen Sie einen vollständigen Bericht über den Mord und leiten Sie ihn an Odo weiter. Ich lese ihn später – sobald ich belegen kann, daß Ihre Ausführungen ohne Einfluß auf meine Beschlüsse hinsichtlich der neuen politischen Situation blieben.« Mit einem Tastendruck löschte er den Text vom Bildschirm. »Das ist alles, Major. Sie können gehen.«

Kira blieb sitzen. »Commander . . . Es gab einen guten Grund für meinen Abstecher nach Bajor. Ich habe dort versucht, die Interessen von Deep Space Nine und der Föderation zu vertreten.«

»Das weiß ich – inoffiziell.« Siskos Stimme klang jetzt viel sanfter. »Aber Sie haben auch oft genug ein hohes Maß an Ungeduld Formalitäten und der Bürokratie gegenüber gezeigt. Sie versuchen immer, auf geradem Weg zum Kern einer Sache vorzustoßen. Manchmal klappt das. Aber diesmal hätten Sie die offiziellen Kanäle für das benutzen sollen, was Sie auf Bajor zu erreichen hofften. Es ist ein ziemliches Durcheinander entstanden. Und sicher kostet es uns viel Mühe, wieder Ordnung zu schaffen.«

Kira schwieg, denn sie wußte, daß Sisko in diesem Punkt recht hatte. Gelegentlich erschien ihr sein Verhalten als Kommandant von Deep Space Nine so übertrieben vorsichtig, daß sie ihre Ungeduld kaum mehr beherrschen konnte. Später stellte sie dann oft fest, daß ihm seine zusätzlichen Jahre an Erfahrung eine Weisheit gaben, die weit über ihre Instinkte hinausging.

Es fiel ihr nie leicht, so etwas zuzugeben, und auch diesmal blieb sie stumm. Wortlos stand sie auf, drehte sich um und verließ das Büro.

Eigentlich war es ganz einfach, eine Werkbank des Labors in einen Konferenztisch zu verwandeln: Es genügte, einige hohe Stühle heranzuschieben. Drei Ermittler, die sich mit der Mordserie in Deep Space Nine befaßten, warteten auf eine vierte Person.

»Bitte entschuldigen Sie die Verspätung.« Die Labortür schloß sich hinter Commander Sisko. »Ich weiß, daß Ihre Zeit kostbar ist – jetzt noch mehr als sonst.« Er nahm Platz. »Sollen wir beginnen?«

Dax sprach sowohl für sich selbst als auch für Dr. Bashir, als sie den Ausflug in die Pseudowelt der manipulierten Holo-Kammer schilderte. Als Bashir das peitschenartige Instrument auf den Tisch legte, griff Odo danach und betrachtete es von allen Seiten.

»Ich muß das Analyseergebnis in Hinblick auf den Ursprung dieses Objekts bestätigen, Commander.« Der Sicherheitsoffizier wandte sich an Sisko. »Als sich die Raumstation noch unter cardassianischer Kontrolle befand, bekam ich ein solches . . . Werkzeug, um aufsässige Gefangene damit zur Räson zu bringen. Ich habe es zerstört und dem damaligen Stationskommandanten Gul Dukat mitgeteilt, daß ich eigene Methoden verwende, um Ordnung zu gewährleisten. Soweit ich weiß, wurden keine weiteren Gegenstände dieser Art nach DS9 gebracht. Bis jetzt.«

»Ich habe das Objekt gescannt und die typische atomare Struktur eines Replikatorprodukts gefunden«, sagte Dax. »Aus Ahrmant Wyoss' persönlichen Daten geht nicht hervor, daß er irgendwann einmal mit einer cardassianischen Peitsche bestraft wurde. Man stellte ihn mehrmals wegen vergleichsweise geringfügiger Vergehen vor Gericht, und es kam auch zu Verurteilungen, aber das geschah immer auf Föderationswelten. Er kann solche Gegenstände nur aus den holographischen Welten der manipulierten Projektionsräume kennen. Nun, eine genaue Untersuchung der Steuerungsprogramme in den Induktionsmodulen kann Monate dauern, aber ich glaube, ein Ergebnis können wir schon jetzt festhalten: Mit an Sicherheit grenzender Wahrscheinlichkeit sind die Cardassianer in diese Sache verwickelt.«

Odo reichte das Objekt Sisko, der darauf hinabstarrte und nickte. »Der Meinung bin ich ebenfalls. Die kortikalen Induktionsmodule an Bord zu bringen . . . Vielleicht gehört das zum Versuch der Cardassianer, das Wurmloch zum Gamma-Quadranten zu kontrollieren. Es läuft auf folgendes hinaus: Was unsere Mission stört, gereicht ihnen zum Vorteil.«

»Aber *wie* brachte man die Module hierher?« Bashir deutete auf einen der schwarzen Kästen, die aus den modifizierten Holo-Kammern stammten. »Das ist die große Frage. Die Sicherheitsmaßnahmen im Bereich der Andockmasten und Frachtkammern sind so streng, daß nichts unbemerkt hereingeschmuggelt werden kann.«

»Ich fürchte, daß es in unserer externen Abschirmung einige Lücken geben könnte.« Odo klang bedrückt. »An diese Möglichkeit denke ich schon seit einer ganzen Weile – seit Starfleet die Verwaltung von Deep Space Nine übernommen hat. Es gibt ganze Sektoren innerhalb und außerhalb der Station, die wir abgeriegelt haben, weil sie aufgrund umfassender Sabotageakte der Cardassianer als gefährlich gelten. Es ist nicht ausgeschlossen, daß es sich beim cardassianischen Vandalismus um ein gut vorbereitetes Täuschungsmanöver handelt. Vielleicht ging es überhaupt nicht darum, Komponenten von DS9 zu zerstören, wie wir bisher annahmen. Möglicherweise sollten geheime Zu- und Ausgangspunkte geschaffen werden – Hintertüren, wenn Sie so wollen. Wenn das stimmt, wären cardassianische Agenten in der Lage, die Station unbemerkt zu betreten und wieder zu verlassen.«

Odo hob und senkte die Schultern.

»Ein Wartungstechniker, der an der Außenhülle eines Frachters arbeitet, der an einem Andockmast festgemacht hat... Ein kleines Schiff kommt vorbei und schleust einen Minicontainer aus, der über einen magnetischen Anker verfügt... Es wäre durchaus möglich, etwas außerhalb der Station zurückzulassen und später durch einen der getarnten Zugänge ins Innere zu bringen. Aber solche Aktionen können nur von den Cardassianern – oder von ihren Verbündeten – geplant werden.«

»Ein weiteres Element, das unsere alten Freunde belastet.« Sisko musterte die Anwesenden der Reihe nach. »Ein von Gul Dukat kommandiertes cardassianisches Schiff wurde von unseren Sensoren erfaßt. Es handelt sich nicht um einen Schlachtkreuzer, sondern um einen diplomatischen Kurier. Bevor ich die OPS verließ, teilte man mir mit, daß Gul Dukat die neue bajoranische Regierung im Namen des cardassianischen Rates anerkannt hat.« Sisko erlaubte sich ein schiefes Lächeln. »Ich kann mir kaum vorstellen, daß sich Gul Dukat zufälligerweise in der Nähe befand, als die Separationsfront den Staatsstreich durchführte. Hinzu kommt, daß der Putsch zu einem für uns äußerst schlechten Zeitpunkt stattfand: Die Mordserie beansprucht einen großen Teil unserer Aufmerksamkeit.«

Zweifel huschte durch Jadzia Dax' Gesicht. »Halten Sie es tatsächlich für denkbar, daß die neue bajoranische Regierung mit ihren erbittertsten Feinden zusammenarbeitet?« Wie üblich siezte sie Sisko in der Gegenwart anderer Personen. »General Aur und die anderen Mitglieder der Separationsfront haben ihr Leben riskiert, als sie in der bajoranischen Widerstandsbewegung gegen die Cardassianer kämpften. Was sollte sie veranlassen, mit der einzigen Macht in der Galaxis zusammenzuarbeiten, die sie noch mehr verabscheuen als die Föderation?«

»Ich weiß es nicht. Aber vermutlich finden wir es bald heraus.« Sisko warf die Peitsche auf den Tisch. »Es gibt einige Möglichkeiten, und keine von ihnen erscheint mir besonders erfreulich. Vielleicht ist es Gul Dukat gelungen, einige Angehörige der Separationsfront zu überlisten – er kann außerordentlich überzeugend sein, wenn er etwas erreichen möchte. Die Cardassianer haben lange über Bajor geherrscht, und zwar nicht nur mit Gewalt. Wenn es zu irgendeiner Art von Übereinkunft zwischen Dukat und den Anführern der Separatisten kam... Vielleicht sind ihnen die

Konsequenzen nicht klar. Oder bestimmte Repräsentanten der Front haben sich ganz bewußt entschieden, die bajoranische Sache zu verraten – auch diese Möglichkeit muß in Betracht gezogen werden. Für die Stabilisierung ihrer Herrschaft brauchten die Cardassianer Hilfe von bajoranischen Kollaborateuren. Wenn einige jener Leute ihre Rolle während der Besatzung geheimhalten konnten, um anschließend in der Separationsfront an Einfluß zu gewinnen und jetzt sogar Mitglied der neuen Regierung zu sein . . .«

»Ich fürchte, in diesem Punkt läßt sich erst Gewißheit erlangen, wenn es zu spät ist, Benjamin.«

Odo saß Dax gegenüber, nickte nun und wandte sich dem Commander zu. »Sie hat recht. Offenbar steckt Gul Dukat hinter den bisherigen Ereignissen. Wenn wir uns damit begnügen, abzuwarten und auf seinen nächsten Schritt zu reagieren . . . Dann vertreibt man uns vielleicht aus Deep Space Nine. Ich kenne Dukat gut. Es gefiel ihm ganz und gar nicht, DS9 Starfleet überlassen zu müssen. Er wäre zu allem bereit, um die Station zurückzubekommen.«

»Ich bitte Sie . . .« Sisko hob die Hand. »Das alles ist nicht neu für mich. Wir sollten jetzt überlegen, was es zu unternehmen gilt.«

»In diesem Zusammenhang brauchen wir die Unterstützung einer Person, die mit den Bajoranern vertraut ist«, sagte Bashir. »Ich denke dabei an Kira. Sie kennt die Mitglieder der Separationsfront viel besser als wir.«

»Derzeit können wir nicht auf Major Kiras Hilfe zurückgreifen. Ich habe Odo über meine jüngsten Entscheidungen in Hinsicht auf Kira informiert – er kann Ihnen die Details nennen. Bis meine Stellvertreterin in den Dienst zurückkehrt, müssen wir ohne sie zurechtkommen.«

Sisko schob den Stuhl zurück und stand auf. »Damit ist die Besprechung beendet. Wenn Sie irgendwelche Ideen oder Vorschläge haben, die uns helfen könnten, die gegenwärtigen Probleme zu lösen . . . In einem solchen Fall setzen Sie sich bitte sofort mit mir in Verbindung. Uns steht weniger Zeit zur Verfügung, als wir zunächst annahmen. Auf dem Weg hierher informierte mich die OPS, daß ein bajoranisches Raumschiff unterwegs ist und uns in etwa einer Stunde erreicht – der erste offizielle Besuch einer Delegation der neuen Regierung. General Aur und der bajoranische Wirtschaftsminister möchten mich sprechen.«

Die Tür des Laboratoriums öffnete sich, als Sisko eine Taste drückte. Im Korridor drehte er sich noch einmal um und sah zu den Offizieren. »Ich rechne nicht mit einem Höflichkeitsbesuch.«

»Sie sind bereits eingetroffen, Sir.« Ein junges Besatzungsmitglied begleitete den Commander zum OPS-Büro. »Ich hielt es für besser, ihnen da drin Plätze anzubieten, anstatt sie hier draußen warten zu lassen.«

»Völlig richtig.« Ärger erwachte in Sisko, als er sich das Gebaren von General Aur vorstellte: Vielleicht hatte er sich im Kontrollraum von Deep Space Nine wie jemand umgesehen, der seinen neuen Besitz betrachtete. »Setzen Sie die übliche Routine fort. Wenn ich etwas benötige, gebe ich Ihnen Bescheid.«

Hinter ihm glitt die Tür zu. Außer Sisko befanden sich zwei Personen im Büro. Die eine saß vor dem Schreibtisch und kehrte ihm den Rücken zu. Die andere stand am gewölbten Fenster und blickte hinaus ins All.

General Aur legte die Hände auf den Rücken und drehte sich um. Sisko erkannte den Anführer der Separationsfront und neuen bajoranischen Regierungschef aufgrund der Dateien, die er sich am Computerschirm angesehen hatte. Ein krummer Rücken und spärliches, ergrautes Haar erinnerten an die schwere Zeit des bajoranischen Widerstands. Die vielen Falten im Gesicht zeugten von langen Jahren in Gefangenenlagern - Aur wirkte ein ganzes Stück älter, als er es in Wirklichkeit war.

Jetzt lächelte er.

»Ich habe mich darauf gefreut, Sie kennenzulernen, Commander Sisko.« Der Bajoraner nickte förmlich. Sein Blick brachte unerschütterliches Selbstbewußtsein zum Ausdruck. »Wir haben viel zu besprechen.«

Es gelang Sisko, das Lächeln teilweise zu erwidern. »Wenigstens beginnen wir mit etwas, bei dem wir einer Meinung sind.«

»Die neue Regierung von Bajor hat einen weiteren Mann beordert, der wichtige Beiträge zu unserem Gespräch leisten kann.« Aur deutete zu der Gestalt, die vor dem Schreibtisch saß. »Das ist unser Wirtschaftsminister.«

Der ganz in Schwarz gekleidete Mann stand auf, ergriff Siskos Hand und drückte fest zu.

»Wir sind uns schon einmal begegnet«, sagte McHogue und grinste. »Nicht wahr, Commander?«

# 10

Sisko erlitt einen plötzlichen Schwindelanfall. Eine Flut von Bildern strömte ihm entgegen, schleuderte sein Selbst in einen Strudel der Orientierungslosigkeit.

»Das ist eine normale Reaktion, Commander.« Die Stimme klang wie aus weiter Ferne – in dem Büro schien jetzt eine Subraum-Verbindung nötig zu sein, um eine Entfernung zu überbrücken, die bis eben aus wenigen Metern bestanden hatte. »Ich habe sie schon mehrmals erlebt und bin deshalb keineswegs beleidigt.«

Ein Teil von Siskos Gleichgewichtssinn kehrte zurück, doch er mußte sich konzentrieren, um auf den Beinen zu bleiben. Er öffnete die Augen und sah erneut McHogues Gesicht, mit dem gleichen spöttischen Lächeln, das er zum letzten Mal in der Pseudowelt einer manipulierten Holo-Kammer gesehen hatte.

»Ist alles in Ordnung mit Ihnen?« General Aurs Stimme ertönte irgendwo neben ihm. »Vielleicht sollten wir einen Ihrer Offiziere um Hilfe bitten.«

»Nein, nein. Es . . . geht schon.« Sisko winkte ab, als Aur ihn stützen wollte. »Ich muß mich nur setzen. Die Anstrengungen der vergangenen Tage sind offenbar nicht spurlos an mir vorübergegangen.« Zwar formulierte er jedes Wort mit Nachdruck, aber es klang trotzdem nicht sehr überzeugend.

Er wankte einige Schritte, beugte sich vor und legte beide Hände auf den Schreibtisch, so als brauchte er noch immer Halt. Die Gleichgewichtsstörungen ebbten allmählich ab. Ihnen folgte eine andere, wesentlich subtilere Art der Desorientierung.

Die glatte Oberfläche des Schreibtischs fühlte sich irgendwie unwirklich an. Er schien nur wenig Druck ausüben zu müssen, um dafür zu sorgen, daß die Finger in den Kunststoff sanken. Vager Dunst umhüllte die Unterarme, die kaum mehr real wirkten.

Sisko wandte den Blick von den Besuchern ab und sah sich in dem Büro um. Die metallenen Wände schienen nur dünne Kulissen zu sein, die eine kurze Berührung von den Streben und Stützelementen lösen konnte. Die Sterne jenseits der Fenster waren nichts weiter als winzige Lichter an einem schwarzen Plastikhimmel, von Mikrofasern mit Betriebsenergie versorgt. Tricktechnik, und nicht einmal besonders gute. Aur sah es sicher ebenfalls, oder? Sisko lachte leise und humorlos: Das Oberhaupt der Separationsfront hatte den ganzen weiten Weg zurückgelegt, nur um hier festzustellen, daß Deep Space Nine nichts weiter war als eine staubige Abstellkammer, in der ausgemusterte Bühnendekorationen lagerten und darauf warteten, daß man sie wieder brauchte.

»Das Problem ist eine Verschiebung der Wahrnehmungsstruktur.« McHogue lehnte sich im Sessel vor dem Schreibtisch zurück und beobachtete den Kommandanten. »Eine Veränderung des Realitätsfelds, das Sie in Ihrem Kopf mit sich herumtragen. Wie ich schon sagte: Ich habe so etwas des öfteren erlebt. In meinem Tätigkeitsbereich lernt man, auf solche Dinge zu achten. Es ist gewissermaßen ein Berufsrisiko. Was nicht bedeuten soll, daß *ich* daran leide. Aber wenn Leute, mit denen ich zu tun habe, kaum mehr das Wirkliche vom Irrealen trennen können . . . Wissen Sie, dadurch gerät das *Vertrauen* in Gefahr, das Basis aller Verhandlungen sein muß.«

»Das stimmt vermutlich.« Sisko wußte nicht, ob sich McHogue einen Scherz erlaubte – oder ob er es auf eine salbungsvolle Weise ernst meinte. Nun, es spielte so lange keine Rolle, wie er nicht ganz sicher sein konnte, daß auf der anderen Seite des Schreibtischs tatsächlich jemand saß.

McHogue sah in Richtung der Fenster. »Ich weiß, daß die Zeit drängt, General, aber bitte erlauben Sie mir, ein wenig mit dem Commander zu plaudern. Es wäre für uns alle das beste.«

»Selbstverständlich.« General Aur vollführte eine ausladende Geste und setzte dann die stumme Beobachtung der Sterne fort. Gelegentlich drehte er den Kopf, um einen kurzen Blick über die Schulter zu werfen.

»Ich weiß, was Sie jetzt denken.« McHogue beugte sich vor und sprach nun in einem sanften, vertraulichen Tonfall. »Was diese Sache betrifft, bin ich eine Art Experte. Sie sind den Wirkungen der kortikalen Induktionsmodule ausgesetzt gewesen. Nun, die Effekte der KI-Technik zeichnen sich durch einen besonderen Persistenzfaktor aus, den es bei gewöhnlichen Holo-Kammern nicht gibt. Es liegt an der Intensität der von den Induktionsmodulen erzeugten Halluzinationen. Immerhin nehmen sie direkten Einfluß auf die Gehirnzellen, ohne zunächst von den peripheren Sinnesorganen gefiltert zu werden. Selbst die gewöhnliche Wirklichkeit – damit meine ich unsere derzeitige Umgebung – ist etwas, das man sieht, hört und schmeckt.«

McHogue hob die Hand. Seine Geste galt dem Büro, der Raumstation, dem ganzen Universum. »In gewisser Weise bietet die KI-Technik mehr Realität als die Wirklichkeit. Kein Wunder also, daß Teile Ihres Bewußtseins verwirrt sind.«

Sisko gab keine Antwort. Das Gefühl, alles um ihn herum sei irgendwie verkehrt, hatte inzwischen nachgelassen. Er strich mit dem Finger über die Oberfläche des Schreibtischs. Sie erweckte jetzt einen einigermaßen realen Eindruck.

»Viele Leute fragen sich in einer solchen Situation, ob sie in einer Halluzinationsschleife gefangen sind«, fuhr McHogue fort. »Sie befürchten, von einer Pseudorealität in die nächste zu geraten, ohne ins Wirkliche zurückzufinden.«

»Der Gedanke ist mir bereits gekommen.« Sisko sprach so ruhig, als beträfe die Diskussion die Verladelisten des zentralen Andockmasts. »Vielleicht sitze ich gar nicht in meinem Büro. Möglicherweise bin ich noch immer in der Holo-Kammer – in dem Fall existiert das hier nur hinter meiner Stirn. Ja, es wäre denkbar, daß alles zum Programm gehört: Ich sollte *glauben*, in die Realität zurückgekehrt zu sein.«

»Eine weit verbreitete Furcht, Commander«, kommentierte McHogue. »Und eine grundlose, wie ich Ihnen versichern darf. Schon zu Beginn der Holo-Technik hat man häufig darüber debattiert. Sie können ganz beruhigt sein. Von der Theorie einmal abgesehen – in praktischer Hinsicht ist so etwas schlicht und einfach unmöglich. Eine unendliche Rückentwicklung des Realen, Halluzinationen innerhalb von Halluzinationen . . . Es ist etwa so, als ob Sie in der Mathematik eine Multiplikation mit Null durchführen. Denken Sie darüber nach, Commander: Um eine unbeschränkte, sich selbst erhaltende Halluzination zu schaffen, wäre ein Zeitdehnungseffekt nötig, der ans Unendliche heranreicht. Doch die Holo-Kammer, die Sie betreten haben, muß notwendigerweise eine Untermenge des Unendlichen sein. Es gibt in der Wirklichkeit wurzelnde Grenzen für das, was sich mit der holographischen Technik anstellen läßt. Wenn man versuchen würde, eine Endlosschleife aus ineinander verzahnten Scheinwelten zu schaffen . . . Die erste Folge bestünde darin, daß der Energieverbrauch einer entsprechenden Holo-Kammer exponentiell zunähme. Es käme schon nach kurzer Zeit zu einem programmtechnischen ›Kurzschluß‹, wodurch Sie sich in der Realität wiederfänden, Commander. In *dieser* Realität.«

»Ich schätze, es bleibt mir nichts anderes übrig, als Ihre Argumente zu akzeptieren . . .«

»Sie haben nicht viele Alternativen.« McHogue lehnte sich wieder zurück. »Wenn Sie daran zweifeln, daß dies hier tatsächlich geschieht, daß dieses Treffen in Ihrem Büro stattfindet . . . Dadurch entstünden erhebliche Probleme für unser Gespräch. Ich habe Ihnen diese Erklärungen nicht aus reiner Freundlichkeit gegeben, Commander. Ein zweiter Grund lautet: Ich verhandle nur sehr ungern mit Leuten, die nicht sicher sind, ob ich existiere.«

»Na schön.« Die selbstgefälligen Schilderungen des in Schwarz gekleideten Mannes gestatteten es Sisko, die Desorientierung zu überwinden. Der Ärger über die Belehrung verscheuchte letzte Zweifel. Bei der ersten Begegnung mit McHogue in einer sommerlichen Holo-Welt hatte er den unwiderstehlichen Wunsch verspürt, die Hände um den Hals des Mannes zu schließen. Ein Hauch jenes Verlangens regte sich auch jetzt in ihm. *Es wäre eine Möglichkeit herauszufinden, was wirklich ist und was nicht*, fuhr es ihm durch den Sinn. Sisko verdrängte diese Gedanken – er mußte McHogue wie einen offiziellen Repräsentanten von Bajor behandeln. »Wie wär's damit: Wir machen hier weiter, und ich entscheide später, ob ich es für die Realität halte oder nicht.«

Sisko wartete keine Antwort ab und richtete den Blick auf die dritte Person im Zimmer. »Wenn Sie sich jetzt zu uns gesellen würden, General . . . Ich schlage vor, wir kommen zur Sache.«

Aur nahm im zweiten Sessel vor dem Schreibtisch Platz. »Ich hoffe, daß unser neuer Wirtschaftsminister auf Ihre volle Kooperationsbereitschaft zählen kann, Commander.« Er nickte McHogue zu. »Eine der ersten Maßnahmen unserer neuen Regierung bestand darin, jene Bestimmung zu annullieren, die verlangt, daß alle wichtigen Minister gebürtige Bajoraner sind. Aufgrund seiner besonderen Eigenschaften halten wir Mr. McHogue für den perfekten Wirtschaftsminister.«

»Ich verstehe.«

»In Zukunft wenden Sie sich bitte an ihn, wenn Sie Kontakte mit der bajoranischen Regierung wünschen. Er genießt unser volles Vertrauen und ist mit allen Befugnissen ausgestattet. Es ging mir vor allem darum, diesen Punkt zu unterstreichen – deshalb hat mich Mr. McHogue hierher begleitet.«

»Ach?« Sisko drehte den Computerbildschirm so, daß Aur auf den Monitor sehen konnte. »Wenn Sie möchten, zeige ich Ihnen einige interessante Fakten über Ihren neuen Minister. Einzelheiten seiner früheren beruflichen Laufbahn . . . «

»Darüber wissen wir Bescheid, Commander.« Der General klopfte McHogue auf den Arm. »Drücken wir's so aus: Er hat eine *bewegte* Vergangenheit.«

»Gelinde gesagt.« Sisko schenkte dem Lächeln des Wirtschaftsministers keine Beachtung. »An Bord von Deep Space Nine gibt es mehrere Morde, die mit ihm in Verbindung gebracht werden können.«

Aur zuckte mit den Achseln. »Bedauerlich. Aber vielleicht ließ sich so etwas gar nicht vermeiden. Immerhin geht es um die Zukunft von Bajor. Es tut mir nur leid, daß so etwas geschehen mußte, während Sie für die Raumstation zuständig sind.«

In der letzten Bemerkung verbarg sich genug Spott, um Siskos Fassade der Höflichkeit zu durchdringen. Er wandte sich an McHogue. »Über was reden wir hier eigentlich?«

McHogues Lächeln verschwand. »Ich habe der bajoranischen Regierung ein besseres Angebot unterbreitet. Ich meine, besser als jenes, das von Ihnen und der Föderation stammt. Seien wir ganz offen: Bajor ist arm, hat jedoch eine Sache von unschätzbarem Wert. Und dafür bekamen die Bajoraner von der Föderation praktisch nichts.«

McHogue deutete zum nächsten Fenster. »Das Wurmloch. Eigentlich schade, daß man es nur sieht, wenn ein Schiff hindurchfliegt. Andernfalls würden Sie häufiger daran denken, warum Sie hier sind.«

»Ich weiß genau, warum ich hier bin«, erwiderte Sisko scharf. »Und warum Starfleet in diesem Sonnensystem präsent ist.«

»O ja, natürlich.« McHogue sah zu General Aur, hob die Brauen und richtete den Blick dann wieder auf Sisko. »Kommen Sie uns jetzt mit der alten Leier, daß es der Föderation darum geht, Bajor zu einem interstellaren Handels- und Forschungszentrum zu entwickeln?«

»Das ist keine ›alte Leier‹. Das Wurmloch stellt ein Tor zum Gamma-Quadranten dar . . .«

»Genau. *Deshalb* sind Sie und Ihre Leute hier. Nun, das Wurmloch ist bajoranisches Eigentum, wie bereits bestätigt wurde, doch Bajor hat keine Kontrolle darüber. Erscheint Ihnen das nicht seltsam?«

»Solche Einwände werden nicht zum ersten Mal erhoben.« Sisko versteifte sich innerlich. »Repräsentanten der früheren Regierung habe ich oft folgendes erklärt: Bajor ist einfach noch nicht soweit, die Verwaltung von Deep Space Nine zu übernehmen. Wenn der richtige Zeitpunkt kommt . . .«

»Die frühere Regierung bestand aus Verrätern und rückgratlosen Kompromißlern«, warf Aur verärgert ein. »Deshalb hat sich das bajoranische Volk gegen sie erhoben. Die sogenannten Repräsentanten, denen Sie zuvor begegnet sind, waren Sklaven der Kolonialmentalität, die lange Zeit den Interessen der Cardassianer diente. Und jetzt möchte uns die Föderation ebenso ausnutzen.« Die Hände des Generals schlossen sich fest um die Armlehnen. Er beugte sich in seinem Sessel vor, und Sisko betrachtete das zernarbte Gesicht des Mannes. »Die alte Regierung existiert nicht mehr, Commander. Jetzt haben Sie es mit wahren Bajoranern zu tun.«

»Ich bitte Sie, meine Herren . . . Lassen Sie uns die Ruhe bewahren.« McHogue lächelte und breitete die Arme aus. »Es hat keinen Sinn, sich darüber aufzuregen. Im Lauf der Jahre habe ich die Erfahrung gemacht, daß die Politik – ganz gleich, wie sie beschaffen sein mag – letztendlich auf Geschäfte hinausläuft. Und wenn man bei geschäftlichen Dingen Erfolg haben will, so braucht man eine gewisse . . . Kaltblütigkeit.« Das Lächeln wuchs in die Breite. »Anschließend schütteln wir uns die Hände und sind gute Freunde.«

»In diesem Fall dürfte das wohl kaum passieren.« Der Commander sah General Aur an. »Worin besteht das ›bessere Angebot‹, das man Ihnen unterbreitete?«

Die Antwort kam von McHogue. »Es besteht in der Möglichkeit für Bajor, etwas anderes zu werden als eine Art Raststätte und Wartungsstation für den interstellaren Völkerbund. Das Gerede von einer ›Entwicklung‹ ist völliger Unsinn, wie Sie sicher wissen. Die Föderation kontrolliert das Wurmloch und damit den Zugang zum Gamma-Quadranten – während Bajoraner die Energiezellen von Raumschiffen erneuern und so weiter. Mit anderen Worten: Sie sind im Dienstleistungssektor tätig, die meisten sogar als ungelernte Arbeiter. Wenn Sie wie ich Geschäftsmann wären, Commander, so wüßten Sie: In einem Unternehmen kann man nur dann echtes Geld verdienen, wenn man eine einflußreiche Position bekleidet. Mit dem nominellen Eigentum, das die Föderation Bajor in Hinsicht auf das Wurmloch gewährt, läßt sich nur wenig anfangen. Ohne eine *echte* Kontrolle über diese Raumstation und den Zugang zum Gamma-Quadranten bekommt Bajor nur einige Krümel von der Torte.«

Sisko schüttelte den Kopf. »Wenn es darauf hinausläuft, General, wenn er Sie auf diese Weise überzeugt hat . . . Ich kann nur darauf hinweisen, daß er die Absichten der Föderation völlig falsch versteht.«

Aur bedachte den Commander mit einem kühlen Blick. »Unser Wirtschaftsminister hat einige sehr überzeugende Argumente.«

»Sie sind völlig absurd!« entfuhr es Sisko.

»Glauben Sie?« In McHogues dunklen Augen funkelte es, als er Sisko musterte. »Nun, dann sind Sie vielleicht bereit, einige Dinge in Hinsicht auf die hier stattfindenden Forschungen zu erklären. Gehen wir einmal davon aus, daß die Bajoraner mit der derzeitigen Situation zufrieden sind. Nehmen wir weiter an, daß sie sich weitaus höhere Einnahmen durch die kommerzielle Nutzung des Wurmlochs erhoffen dürfen, als ich es ihnen in Aussicht stellte. Nun, Commander, inzwischen haben Sie festgestellt, daß es sich bei der hiesigen Anomalie nicht um ein natürliches Phänomen handelt. Sie ist vielmehr künstlichen Ursprungs, nicht wahr?«

Sisko wußte nicht, worauf McHogue hinauswollte. Er nickte. »Das scheint der Fall zu sein. Wir sind im Innern des Wurmlochs intelligenten Geschöpfen begegnet und vermuten, daß sie den Tunnel durch Zeit und Raum schufen.«

»Stimmt es auch, daß die Föderation einen großen Teil der hier zum Einsatz kommenden Forschungsressourcen der Frage widmen will, wie das stabile Wurmloch geschaffen wurde?«

»Ja, natürlich . . .«

McHogue lehnte sich zurück, und sein Gesicht trug nun einen selbstgefälligen Ausdruck. Offenbar glaubte er, gerade einen Punkt für sich verbucht zu haben. »Das ›natürlich‹ kommt Ihnen so leicht über die Lippen, Commander. Sie versuchen nicht einmal zu verbergen, daß die Forschungen in Hinsicht auf das Wurmloch vor allem den Interessen der Föderation entsprechen und Bajor zum Nachteil gereichen. Die Anomalie ist der einzige wertvolle Aktivposten des Planeten. Sie ist deshalb so kostbar, weil es keine anderen vergleichbaren Dimensionstunnel gibt. Und die Föderation möchte herausfinden, wie man eine Million weiterer stabiler Wurmlöcher schaffen kann! Derzeit gehört die einzige zuverlässige Route zum Gamma-Quadranten in den Souveränitätsbereich von Bajor. Die Föderationswissenschaftler könnten schon morgen herausfinden, wie man weitere Wurmlöcher entstehen läßt. Dadurch verlöre Bajors wichtigster Besitz von einem Augenblick zum anderen fast seinen gesamten Wert.«

»Nun?« General Aur maß Sisko mit einem durchdringenden Blick. »Wie lautet Ihre Antwort darauf?«

Der Commander ballte zornig die Faust und schlug auf den Schreibtisch. »Versuchen Sie, es zu verstehen . . . Wenn es uns gelänge, die Geheimnisse des Wurmlochs zu lüften – daraus ergäben sich enorme Resultate. Die Vorteile für alle Welten der Föderation wären unermeßlich.«

»Ja.« McHogue lächelte einmal mehr. »Bajor gehört nicht zur Föderation, oder?«

»Noch nicht, aber . . .«

»Und Bajor wird auch nie zu einem Föderationsmitglied«, betonte General Aur. »Die Separationsfront läßt nicht zu, daß sich unsere Heimat in eine neue Abhängigkeit begibt. Ich habe bisher noch keine Hinweise dafür gesehen, daß der Föderation unsere Interessen mehr am Herzen liegen als den Cardassianern. Aber selbst wenn Ihr Angebot ernst gemeint ist: Warum sollten wir es annehmen? Warum sollten wir den Reichtum, der sich durch die Nutzung des Wurmlochs ergibt, mit anderen Welten teilen, mit Völkern, die uns völlig fremd sind? Von unserem Standpunkt aus gesehen ist es viel besser, Bajors Schätze für die Bajoraner zu reservieren.«

»Eine Mitgliedschaft in der Föderation hätte viele Vorteile für Sie. Sie bekämen Zugang zu moderner Technik . . .«

»Wenn wir etwas von der Föderation wollen, so können wir es *kaufen*«, sagte Aur. »Und zwar mit dem Geld, das uns die Anomalie einbringt.«

»Versprechen Sie sich nicht zuviel.« Sisko beschloß, den General mit der harten ökonomischen Realität vertraut zu machen. »Für den Zugang zum Wurmloch und Passagen durch den Dimensionstunnel können Sie nicht beliebig viel verlangen. Ein großer – vielleicht sogar der größte – Teil des Verkehrs dürfte spekulativer Natur sein. Ich meine Forschungsreisen, wissenschaftliche Expeditionen in den Gamma-Quadranten und so weiter. Es muß erst noch festgestellt werden, auf welche Weise sich das Wurmloch *wirtschaftlich* nutzen läßt. Woraus folgt: Wenn Sie jetzt die Hilfe der Föderation ablehnen, verurteilen Sie Ihr Volk zu Jahrzehnten und vielleicht sogar Jahrhunderten der Armut. Die Bajoraner haben sich von der cardassianischen Herrschaft befreit und gerade einen Vorgeschmack darauf bekommen, was die Zukunft für sie bereithalten könnte. Glauben Sie, daß Ihre Anhänger bereit sind, erneut den Pfad der Entbehrungen zu beschreiten?«

»Das bajoranische Volk ist daran gewöhnt, Opfer zu bringen, Commander.« Aur verschränkte die Arme. »Es würde gewiß nicht zögern, Verzicht zu üben, um dadurch Bajors Ruhm zu mehren.«

»Zum Glück für alle Beteiligten wird es nicht zu Entbehrungen irgendeiner Art kommen«, ließ sich McHogue vernehmen. »Mir geht es nicht darum, die Situation der Bajoraner zu verschlechtern. Meine Absicht besteht vielmehr darin, sie zu verbessern.« Er lächelte, noch strahlender als zuvor. »Das gilt auch für Sie, Commander. Wir hatten Gelegenheit, etwas Zeit miteinander zu verbringen, und dadurch erwachte mein . . . Interesse an einigen persönlichen Angelegenheiten von Ihnen. Dabei möchte ich Ihnen gern helfen.«

»Ich kenne die Ergebnisse Ihrer ›Hilfe‹.« Sisko spürte, wie neuerlicher Zorn in ihm zitterte. »Beschränken wir diese Diskussion auf bajoranische Dinge.«

»Wie Sie wünschen.« Das Lächeln schien an McHogues Lippen festzukleben. »Sie wollen, daß wir Klartext reden? Na schön. Ich habe Neuigkeiten für Sie. Bisher hat die Föderation dafür gesorgt, daß Bajor immer fast pleite war, aber damit ist es nun vorbei. Der Planet kann etwas anbieten, dessen Wert den des Wurmlochs übersteigt. Etwas, für das die ganze Galaxis Geld ausgeben würde.«

»Was meinen Sie?«

»*Lizenzen*, Commander. Und zwar ohne Einschränkungen. Die Erlaubnis, sich frei zu entfalten, und auch einen geeigneten Ort dafür – solange die Rechnung bezahlt wird.« McHogue gestikulierte und sprach mit mehr Nachdruck, als er fortfuhr: »Wir haben hier die einzigartige Möglichkeit, den seit langer Zeit vernachlässigten und doch *wesentlichen* Aspekt von Pioniersgemeinschaften wieder in den Vordergrund zu rükken. Ich spreche von *Tradition*, Commander. Die Geschichte – ebenso wie die Natur von Humanoiden – ist auf unserer Seite. Völlige persönliche Freiheit . . . Das wünschen sich doch alle, oder? Allerdings: In den meisten Fällen läßt sich so etwas nur schwer bewerkstelligen. Nun, Bajor bietet alle notwendigen Voraussetzungen, um ein solches Konzept zu realisieren. Andernfalls wäre ich nicht hier.«

Sisko seufzte tief. »*Das* haben Sie der neuen bajoranischen Regierung verkauft?« Sein Blick glitt zu Aur. »Ich bin überrascht, General. Und auch ein wenig enttäuscht. Sie sind auf einen Betrüger und Hochstapler hereingefallen. Es ist einer der ältesten Schwindel in der Galaxis. Megakasinos, Vergnügungszentren, ganze Welten, auf denen jeder Wunsch erfüllt, jedes Bedürfnis befriedigt werden kann. Doch irgendwann kommt es zum unvermeidlichen Niedergang; dann bleiben den Veranstaltern nur zertrümmerte Dabo-Tische und leere Bordelle. Wenn die Kassen nicht mehr klingeln, wenn es überhaupt keine Einkommensquellen mehr gibt . . . Das ist kein hübscher Anblick.«

»Wissen Sie, diese Reaktion habe ich von jemandem wie Ihnen erwartet.« McHogue schüttelte langsam den Kopf. »Immerhin vertreten Sie nicht nur die Interessen der Föderation, sondern auch ihre recht . . . *antiquierte* Moral. Nach meinen Erfahrungen finden Starfleet-Offiziere großen Gefallen daran, die Galaxis zu durchstreifen und herauszufinden, womit andere Leute ihren Lebensunterhalt verdienen.«

»Verwechseln Sie das nicht mit polizeilichen Ermittlungen, die notwendig sind, um Verbrecher wie Sie dingfest zu machen?«

»Oh . . .« McHogue schnitt eine Grimasse. »Seien Sie vorsichtig, Commander – Sie sprechen mit einem Minister der bajoranischen Regierung. Aber wenn Sie auf diplomatische Förmlichkeiten verzichten wollen . . .

Meinetwegen.« Er beugte sich vor und richtete den Zeigefinger auf Sisko. »Die Bajoraner sind keineswegs so dumm, wie Sie und die Föderation glauben. Sie haben den von mir vorgelegten wirtschaftlichen Entwicklungsplan nicht etwa deshalb akzeptiert, weil es ihnen um schnelles Geld geht. Der Grund ist vielmehr: Ich gab ihnen konkrete Fakten und Zahlen über die voraussichtlichen Einnahmen.«

»Die Berechnungen überzeugten uns«, sagte General Aur. »Deshalb ernannten wir Mr. McHogue zum neuen Wirtschaftsminister.«

»Hat er Ihnen auch mitgeteilt, wie die Föderation auf Ihre neuen geschäftlichen Aktivitäten reagieren würde? Haben Sie eine Ahnung, welche Folgen das für Ihre ›überzeugend berechneten‹ Profite hätte?«

»Zum Glück für uns sind Sie an Starfleets Erste Direktive gebunden. Was bedeutet: Es ist Ihnen verboten, sich in die inneren Angelegenheiten von Welten einzumischen, die nicht zur Föderation gehören.«

Sisko nickte. »Das stimmt. Es steht Bajor und allen anderen Welten frei, auf jede gewünschte Weise zur Hölle zu fahren. Aber wenn Sie glauben, daß der Föderation vollkommen die Hände gebunden sind, so irren Sie sich. Es gibt bestimmte Möglichkeiten, um die negativen Auswirkungen Ihrer ›Geschäfte‹ auf ein Minimum zu reduzieren. Ich denke da zum Beispiel an ein Embargo, das Bajor von allen Mitgliedern der Föderation isoliert. Dadurch verringern sich die Aussichten, durch das, was Sie vorhin *völlige persönliche Freiheit* nannten, ökonomische Erfolge zu erzielen. Alle Planeten, die den von Ihnen angeregten Weg einschlagen wollten, sind durch solche Maßnahmen schließlich zur Vernunft gelangt und haben die Vorteile einer Mitgliedschaft in der Föderation eingesehen.«

»Ach ja, die Embargo-Taktik.« McHogue schnaufte abfällig. »Wenn die Föderation nicht bekommt, was sie will, so beginnt sie damit, mehr oder weniger subtilen Druck auszuüben. Wirklich schade, daß solche Methoden oft die angestrebte Wirkung erzielten. Schade für Sie, Commander – denn dadurch haben Sie eine Art Blindheit für die hiesige Situation entwickelt. Die bisherigen Embargos waren vor allem deshalb erfolgreich, weil die davon betroffenen Planeten nur jenes Etwas hatten, das die Föderation als einen Dorn im Auge empfand – es gab keine andere Möglichkeit für sie, Kunden anzulocken. Hier sieht die Sache anders aus: *Bajor hat das Wurmloch*. Die Föderation kann Bajor nicht isolieren, ganz gleich, wie wenig ihr unsere ökonomischen Aktivitäten gefallen – sie müßte damit rechnen, vom Dimensionstunnel und damit auch vom Gamma-Quadranten abgeschnitten zu werden. Und wenn der Völkerbund wirklich dumm genug ist, einen solchen Preis zu zahlen . . . Nun, in der Galaxis existieren viele andere politische Kräfte, die nicht annähernd so prüde und weitaus pragmatischer sind. Die eine oder andere von ihnen freut sich bestimmt über die Gelegenheit, das durch den Rückzug der Föderation entstandene Machtvakuum zu füllen. Die Cardassianer bereuen es sehr, Bajor kurz vor der Entdeckung des Wurmlochs aufgegeben zu haben. Ein Embargo der Föderation würde erneut die Tür für sie öffnen.«

Sisko wandte sich an den General. »Sehen Sie es aus dieser Perspektive? Ihr ganzes Leben lang haben Sie gegen die Cardassianer gekämpft, und nun wollen Sie zulassen, daß der Feind auf die Bühne des bajoranischen Geschehens zurückkehrt?«

»Wenn wir die Bedingungen dafür bestimmen – ja.« Aurs Züge verhärteten sich. »Ich würde nicht zögern, meine Einwilligung zu geben. Vermutlich wissen Sie nicht, wie die Lage auf Bajor ist. Das bajoranische Volk lebt im Elend, Commander. Wir haben praktisch nur noch unseren Hunger. Wenn wir mit dem Teufel ins Bett gehen müssen, um uns den Bauch zu füllen und unsere Kinder zu ernähren . . . Nun, dann müssen wir uns eben damit abfinden. Ich versuche, eine Situation zu schaffen, in der die Kontrolle bei uns liegt.«

»Glauben Sie im Ernst, daß alle Bajoraner über eine so flexible Moral verfügen wie Sie, General? Was passiert mit Ihrer neuen Regierung, wenn das Volk herausfindet, daß Sie sich mit dem Feind einlassen – mit den Cardassianern, die für das Elend auf Bajor verantwortlich sind? Sicher reagiert es dann mit Abscheu, aus dem ein Zorn wächst, den Sie nicht überleben werden.«

Aurs Lippen deuteten ein dünnes Lächeln an. »Ihre Hochachtung meinem Volk gegenüber freut mich, Commander. Allerdings sprechen Sie hier von einem Abscheu, der auf klaren Prinzipien beruht – und solche Grundsätze können wir uns inzwischen kaum mehr leisten. Wenn es für Bajor möglich ist, durch die Laster anderer Leute reich zu werden, und wenn die Cardassianer dabei helfen . . . Ich schätze, dann wird sich niemand zu laut darüber beschweren.«

Der General lehnte sich zurück. »Lesen Sie Ihre Geschichtsbücher, Commander. Oder sehen Sie sich im Kreis Ihrer Starfleet-Kollegen um. Dann stellen Sie fest: Der Feind von gestern ist oft der Freund von heute.« Das Lächeln dehnte sich aus, wurde zu einem Grinsen. »Warum sollten Bajoraner nicht so klug – und flexibel – sein wie Sie?«

McHogue nahm Aurs Worte mit offensichtlicher Zufriedenheit zur Kenntnis. »Sie sehen also, Commander: Ich brauchte mir keine besondere ›Verkaufsmasche‹ für die bajoranische Regierung einfallen zu lassen.

Sie ist durchaus imstande, einen fairen Vorschlag als solchen zu erkennen – und zu verstehen, daß er sich jetzt sofort auszahlt, nicht irgendwann in der Zukunft. Ihr Gerede von einem Embargo beunruhigt uns nicht. Um ganz ehrlich zu sein: Ich bezweifle, daß die Föderation derartige Schritte einleiten würde. Es gibt zu viele Gründe dafür, warum einzelne Mitglieder des interstellaren Völkerbundes auch weiterhin an Kontakten mit Bajor interessiert wären – hauptsächlich wegen des Wurmlochs. Der General deutete es bereits an: Die Geschichte kann sehr lehrreich sein. Wenn man etwas hat, das andere Leute wollen, so kommt es früher oder später zum Handel. Deshalb erfand man den Schwarzmarkt. Die Föderation fände sich in einer ziemlich schwierigen Situation wieder: Sie müßte Verletzungen des Embargos ignorieren – oder gegen ihre eigenen Mitglieder vorgehen. Glauben Sie, man würde eine Art Spaltung riskieren? Und die militärische Option? Starfleet könnte Bajor mit mehreren Kriegsschiffen abschirmen, um Kontakte zwischen dem Planeten und dem Rest des Universums zu verhindern. Möchten *Sie* mit einer solchen Mission beauftragt werden, Commander? Zweifellos würde sie zu einer direkten Konfrontation mit den Cardassianern führen. Gul Dukat könnte der Galaxis die Cardassianer als heldenhafte Verteidiger des bajoranischen Selbstbestimmungsrechts gegen eine aggressive Föderation präsentieren. Was den Cardassianern beim Kampf nicht gelang, erreichen sie vielleicht auf dem Schlachtfeld der öffentlichen Meinung. Ja, mein lieber Commander: Vielleicht stehen Sie und die Föderation zum Schluß als Schurken dar.«

Was sollte man darauf antworten? Die Selbstgefälligkeit in McHogues Gesicht war wie ein Funken zwischen den Holzspänen von Siskos Zorn.

Einige Sekunden lang herrschte Stille, bevor Sisko erwiderte:

»Wenn Sie die Bajoraner davon überzeugt haben, ihre Interessen den Cardassianern anzuvertrauen . . . Dann sind Sie ein noch besserer Verkäufer, als ich bisher dachte.«

Aur sprach fast sanft. »Wenn Sie nach einer Definition für ›Diplomatie‹ suchen, Commander: Sie ist die Kunst, soviel wie möglich im voraus zu arrangieren – und später Überraschung zu heucheln, wenn sich alles wie geplant entwickelt. Die Separationsfront steht schon seit einer ganzen Weile mit Gul Dukat in Kontakt. Zu den besonderen . . . Beziehungen kam es, bevor wir imstande waren, eine Regierung zu bilden. Es wurden Vereinbarungen getroffen, von denen Sie nichts wissen.« Aur lächelte. »In gewisser Weise sind wir Geschäftspartner geworden.«

»Und wir können es kaum abwarten, endlich zu beginnen, nicht wahr, General?« McHogue faltete die Hände hinter seinem Kopf und lehnte sich noch weiter im Sessel zurück. »Der Deal des Jahrtausends steht bevor, Commander. Was ich bisher geleistet habe, erscheint daneben klein und unbedeutend. Außerdem besitzen wir noch einen weiteren Trumpf: die kortikalen Induktionsmodule. Über diese Technik hat niemand verfügt, seit die Föderation sie aus dem ursprünglichen Konstruktionsmuster von Holo-Kammern verbannte.«

»Und zwar aus gutem Grund«, warf Sisko ein.

»Wie dem auch sei. Soweit es mich betrifft . . . Ich sehe darin nur ein weiteres Beispiel für die absurde Prüderie der Föderation.«

»Meine Herren - ich glaube, diese Unterredung hat inzwischen lange genug gedauert.« Ein Teil von McHogues Selbstgefälligkeit hatte sich auf General Aur übertragen. »Commander Sisko, ich wollte nur sicherstellen, daß Sie die Absichten der neuen bajoranischen Regierung genau kennen. Ich kann mir kaum vorstellen, daß Sie ohne weiteres bereit sind, mit uns zu kooperieren. Allerdings hoffe ich, daß Sie nicht versuchen, uns Hindernisse in den Weg zu legen. Sie würden nur Ihre Zeit verschwenden: Die Dinge sind bereits zu weit fortgeschritten, um jetzt noch etwas an ihnen ändern zu können. Wie heißt es so schön? Der Kluge weiß, wann er sich dem Unvermeidlichen fügen muß.« Und zu McHogue gewandt: »Wir sollten nach Bajor zurückkehren. Es gilt noch einige Vorbereitungen zu treffen.«

»Bitte warten Sie beim Schiff auf mich. Ich möchte noch die eine oder andere Angelegenheit mit dem Commander erörtern.«

Die Tür öffnete und schloß sich - dann waren McHogue und Sisko allein im Büro.

Der Besucher blickte kurz zur Decke, bevor er sagte: »Der General entspricht genau meiner Vorstellung von einem idealen Geschäftspartner. Er ist sehr direkt und vertritt die Ansicht, daß man offen über alles sprechen sollte.«

Sisko musterte den vor ihm sitzenden Mann aus zusammengekniffenen Augen. »Für mich steht fest, daß dieser ideale Geschäftspartner nichts von Ihren wahren Absichten weiß. Jemand wie Aur wäre wohl kaum bereit, Ihre Pläne zu unterstützen, wenn er wüßte, was es mit den Induktionsmodulen auf sich hat und was sich damit anstellen läßt.«

»Mag sein.« McHogue zuckte mit den Achseln. »Inzwischen nützt es nichts mehr, wenn Sie ihn darauf hinweisen. Warum sollte er den Auskünften eines Starfleet-Offiziers vertrauen?«

»Weil ich im Gegensatz zu Ihnen die Wahrheit sage.«

»Commander . . . Sie machen sich etwas vor, wenn Sie glauben, die

Wahrheit zu kennen. Besser gesagt: die *ganze* Wahrheit. Als sich die Föderation für ein Verbot der KI-Technik entschied, kannte man noch nicht ihr ganzes Potential. Wenn die zuständigen Stellen wüßten, auf welche Weise ich sie inzwischen verbessert habe . . . Die Folge wäre, daß viele Alarmglocken läuteten. Eins steht fest: Unsere Kunden sind bestimmt begeistert. Aus allen Teilen der Galaxis werden sie kommen, um von Induktionsmodulen geschaffene Pseudowelten kennenzulernen und in ihnen zu *leben*. Die Holo-Kammern auf Bajor sollen für unser Hauptprodukt werben – für im wahrsten Sinne des Wortes einzigartige Erfahrungen.«

»Und wenn die Erfahrungen zur physischen oder psychischen Zerstörung der betreffenden Personen führen?« Übelkeit stieg in Sisko empor, als sich vor seinem inneren Auge entsprechende Bilder formten.

»Einspruch abgelehnt, Commander.« McHogues zuckte kurz mit den Schultern. »Wir können nicht jedem die Hand halten. Einmischungen unsererseits hätten zur Folge, daß sich die Leute nicht richtig amüsieren. Und genau darauf kommt es an. Die Kunden sollen bei uns Spaß haben, den besten – und vielleicht auch letzten – ihres Lebens.« Das Lächeln metamorphierte zu einem Grinsen. »Was auch immer geschieht: Ich bin ziemlich sicher, daß bald viel Geld nach Bajor fließen wird.«

Sisko musterte sein Gegenüber nachdenklich. »Warum verraten Sie mir das alles? Warum sprechen Sie so offen über Ihre Pläne?«

»Oh, vielleicht täuschen Sie sich. Ich lege nie alle Karten auf den Tisch. Einige behalte ich bis zum Schluß. Wie dem auch sei: In diesem Fall ist alles ganz klar – Starfleet und die Föderation haben absolut keine Möglichkeit, mir einen Strich durch die Rechnung zu machen. Deshalb können Sie von mir aus ruhig die Kontrolle über Deep Space Nine behalten – es ist immer ratsam, dem Gegner wenigstens *etwas* zu überlassen. Womit ich Sie jedoch nicht ermutigen will, irgend etwas gegen mich zu unternehmen.«

McHogue nickte langsam und kleidete einen anderen Gedanken in ein verbales Gewand. »Eigentlich glaube ich, daß ich Ihnen einen Gefallen erweise. Ihnen persönlich, meine ich. Indem ich Ihnen eine Gelegenheit gebe, die Sie sonst nicht bekämen.« Die amüsierte Boshaftigkeit verschwand aus der Stimme. »Vielleicht ändern Sie Ihre Einstellung, wenn Sie die ganze Sache aus einem anderen Blickwinkel sehen.«

»Ach?« Sisko hätte den Mann am liebsten gepackt und aus dem Büro geworfen. Aber er beherrschte sich. »Wie meinen Sie das?«

»Sie stimmen mir sicher zu, wenn ich sage, daß ein guter Verkäufer – beziehungsweise Hochstapler, wenn Ihnen das lieber ist – auch ein guter Psychologe sein muß. Ich kann Ihnen nur dann das Gewünschte liefern, wenn ich weiß, was Sie wollen. Nun, ich habe mich gründlich über Sie informiert. Ihr Problem besteht darin, daß Sie zwei verschiedene Dinge möchten. Ein Teil von Ihnen wünscht sich, auch weiterhin über Ihr kleines Reich namens Deep Space Nine herrschen zu können. Ein anderer Teil möchte zur Erde zurückkehren und sich dort um Ihren Sohn kümmern.« McHogues Kopf kippte ein wenig zur Seite, und auf den Lippen erschien wieder das Lächeln. »Na, das stimmt doch, oder? Es ist sehr schwer, zwischen solchen Wünschen – solchen *Pflichten* – zu wählen. Die Entscheidung müßte praktisch von einem anderen getroffen werden. Deshalb wäre es gut für Sie, wenn die Föderation Deep Space Nine verliert. Das Ergebnis einer derartigen Katastrophe für Starfleet bestünde darin, daß man Sie zu einem sicheren Posten auf der Erde versetzt. Was vielleicht Ihrem Wunsch entspricht.«

Sisko brachte keinen Ton hervor. Die Worte waren wie ein Finger, der an eine verborgene Kammer seines Herzens klopfte.

»Sehen Sie den positiven Aspekt der ganzen Sache, Commander.« McHogue stand auf, ging einige Schritte in Richtung Tür und drehte sich dann noch einmal zum Schreibtisch um. »Sie können jetzt gleich damit beginnen, Ihre Sachen zu packen.«

Er verließ das Büro, und zurück blieb ein schweigender, nachdenklicher Sisko.

Jake erwachte und wußte nicht einmal, wie spät es war. Er setzte sich auf, und dadurch rutschte der elektronische Datenblock mit seinen Hausaufgaben zu Boden.

Der Junge horchte und stellte fest, daß sich jemand im Wohnzimmer befand.

Er sah durch die Tür und den kurzen Flur. Sein Vater saß im kleinen Salon auf der Couch und starrte gedankenverloren ins Nichts. Die eine Hand ruhte auf der Holzkiste, die Major Kira von Bajor mitgebracht hatte. Sie war noch nicht geöffnet worden, aber Jake wußte, was sie enthielt: Dinge aus dem Besitz der Kai Opaka. Jakes Vater war mit der Kai befreundet gewesen, und er vermißte sie sehr. Mit ihr hatte er über Dinge gesprochen, die er sonst für sich behielt. Über Dinge, die sich in erster Linie durch eine *persönliche* Bedeutung auszeichneten, Dinge, die er tief in sich trug. Kein Wunder, daß ihm die Kai fehlte.

Barfuß ging Jake durch den Korridor und nahm ebenfalls auf dem

Sofa Platz. Sein Vater wirkte sehr müde: Die Augen waren geschlossen, der Kopf wie unter einem schweren Gewicht gesenkt.

»Dad . . .«

Manchmal kehrte sein Vater ins Quartier zurück, um hier an Dingen weiterzuarbeiten, die eigentlich in der OPS bleiben sollten. Dann und wann glaubte Jake zu erkennen, wie die Gedanken seines Vaters immer wieder zum Dienst und zur Pflicht zurückkehrten.

Der Kommandant schlief nicht, sondern hob nun die Lider und sah seinen Sohn an.

»Du solltest zu Bett gehen, Dad.« Wenn er sich nicht um ihn kümmerte – wer dann? »Es ist spät.«

»Tatsächlich?« murmelte Benjamin. Die Fingerkuppen der ausgestreckten Hand strichen übers Holz der Kiste. »Ich schätze, du hast recht . . .«

Jake beobachtete, wie sein Vater tief durchatmete, wodurch sich die Schultern hoben und senkten. Sisko bemerkte etwas auf dem Boden, beugte sich vor und griff nach dem Baseballschläger des Jungen. Einige Sekunden lang betrachtete er ihn.

»Jake . . .« Der Blick des Mannes galt auch weiterhin dem Schläger. »Hast du jemals daran gedacht, wie es wäre, nach . . . Hause zurückzukehren?«

Diese Frage verwirrte den Jungen. »Was soll das heißen? Wir sind doch zu Hause. Hier.«

Sein Vater lächelte traurig und schüttelte den Kopf. »Nein, ich meine unsere wirkliche Heimat. Die Erde.« Jetzt hob er den Kopf. »Würde es dir gefallen, auf der Erde zu leben?«

Unbehagen regte sich in Jake. »Ich weiß nicht . . .« Er war noch immer nicht sicher, worauf sein Vater hinauswollte. »Ich denke schon.«

»Das klingt nicht gerade begeistert.«

Der Junge zuckte mit den Achseln. »Ich hätte nichts gegen eine Heimkehr zur Erde – wenn du das möchtest. Aber ich würde die Raumstation vermissen.«

Sein Vater musterte ihn. »Es gefällt dir hier?«

»Nun . . . ja.« Jake suchte nach geeigneten Worten, um es zu erklären. »Du weißt doch, daß wir eine der Holo-Kammern besucht haben. Die mit dem Gras und den Bäumen und dem blauen Himmel.«

Benjamin nickte langsam.

»Ich habe dich immer begleitet, weil du es wolltest«, fuhr Jake fort. »Weil es deine Heimat ist. Die Erde und so.« Er blickte sich im halbdunklen Wohnzimmer um. In seiner Vorstellung sah er die vielen Korridore und Kammern von Deep Space Nine. Eine kleine und gleichzeitig große Welt. »Dies hier ist *meine* Heimat«, sagte er und wandte sich wieder seinem Vater zu.

Der schwieg eine Zeitlang und nickte schließlich. »Von jetzt an soll es auch meine sein.« Er legte den Baseballschläger beiseite und klopfte auf seinen Insignienkommunikator. »Computer, verbinde mich mit der OPS.«

»Ja, Commander?« ertönte kurz darauf die Stimme eines Besatzungsmitglieds.

»Verständigen Sie alle Senior-Offiziere. Ich erwarte sie zu einer Besprechung in meinem Büro, und zwar in vier . . . nein, in sechs Stunden. Die Sache hat höchste Priorität. Wir müssen eine Strategie entwickeln.«

Benjamin Sisko stand auf. »Komm.« Jetzt galt die ausgestreckte Hand dem Sohn. »Nutzen wir die Zeit, um zu schlafen. Vielleicht ist dies unsere letzte Chance, ein wenig auszuruhen.«

# MOAGITTY

# 11

Odo betrachtete das runde Objekt und wußte nicht, was es darstellte. Es schien aus speziell behandelter organischer Materie zu bestehen – vermutlich der Haut eines Tiers. Nähte, die nach der schlechten Arbeit eines inkompetenten Chirurgen aussahen, hielten die einzelnen Komponenten zusammen.

»Was ist das?« fragte der Sicherheitsoffizier und deutete auf das Objekt in Quarks Hand.

Der Ferengi hinter der Theke betrachtete den Gegenstand ebenfalls, doch er wirkte dabei nicht so verwirrt und erstaunt wie Odo. Statt dessen zeigte seine Miene Verdrießlichkeit und Ärger. Er dachte über Rache nach – und gleichzeitig über die Möglichkeit, neue Profite zu erzielen. Mit dem Daumen strich er an den Nähten entlang.

»Dies hier?« Quark kehrte in die unmittelbare Realität zurück. »Ich glaube, es handelt sich um einen sogenannten *Baseball.* So etwas benutzt man bei gewissen primitiven Sportarten. Der genaue Verwendungszweck ist mir unbekannt.« Er hob den Ball. »Vielleicht wirft man ihn.« Versuchsweise klopfte er damit an den eigenen Kopf. »Erscheint mir kaum sinnvoll. Nun, beim Baseball gelangt auch noch etwas anderes zum Einsatz, und zwar ein großer, dicker Schläger. *Damit* läßt sich gewiß etwas anfangen.« Er nickte zufrieden. »Vielleicht sollte ich mir einen besorgen.«

»Im Ernst?« Odo musterte den Ferengi. »Ich hätte nie gedacht, daß Sie sich für Sport interessieren. Aber ich weiß das zu schätzen: Derartige Aktivitäten beanspruchen Energie, die Sie sonst zweifelhafteren Dingen widmen würden.«

»Was kann an dem Bestreben, Geld zu verdienen, zweifelhaft sein?« entgegnete Quark. »Offen gesagt: Mir ist alles andere zuwider. Deshalb könnte ich einen Baseballschläger gut gebrauchen – um damit jenen Gästen eine Lektion zu erteilen, die hier nur rumsitzen und nicht genug konsumieren.«

»Da spricht der freundliche Wirt, den ich so gut kenne.« Odo sah sich um. Wie üblich saßen viele Leute an den Tischen und in den Nischen. Sie alle waren eifrig damit beschäftigt, Syntho-Bier und anderes Gebräu zu trinken. Es schien kaum möglich zu sein, die Gläser und Krüge noch schneller zu leeren.

Der Sicherheitsoffizier wandte sich wieder an den Ferengi. »Ich rate Ihnen, Ihrem hiesigen Angebot nicht auch noch Körperverletzung hinzuzufügen. Das wäre gegen die Vorschriften.«

»Ich habe nur gescherzt, mein lieber Odo.« Quark legte den Baseball auf den Tresen und breitete die Arme aus. »Sie sollten sich Ihren Sinn für Humor bewahren. So wie ich. Niemand hat gesehen, daß ich wütend wurde, als dieses Ding hereingeflogen kam.« Das Gesicht des Ferengi verfinsterte sich. »Nun, zumindest bin ich *sehr* wütend geworden. Wenn man an den Schaden denkt . . .« Der Rest des Satzes verlor sich in einem unverständlichen Brummeln.

»Schaden? Sie haben dem Sicherheitsbüro keine Beschädigungen gemeldet.«

»Weil das überhaupt nichts genützt hätte. *Niemand* an Bord dieser Raumstation schert sich um die Probleme eines armen, bedrängten Geschäftsmanns.«

»Ich glaube, das habe ich schon einmal gehört . . .«

Es spielte keine Rolle: Quark geriet in Fahrt. »Sehen Sie sich das an!« Er holte eine klirrende Schachtel hinter dem Tresen hervor und setzte sie vor Odo ab. »Da drin liegen die Reste von mindestens zehn zerbrochenen Gläsern. Hinzu kommen die Splitter einer importierten *Arrak*-Flasche, die fast voll war, als sie vom Baseball getroffen wurde . . .«

Odo beugte sich über die Schachtel und nahm den scharfen Geruch von Alkohol wahr.

»Und damit noch nicht genug«, fügte Quark hinzu. »Ich mußte die Kleidung von zwei Klingonen auf meine Rechnung reinigen lassen – sie saßen hier, als es geschah.«

»Sehr anständig von Ihnen.«

»Sie drohten damit, mir im wahrsten Sinne des Wortes das Fell über die Ohren zu ziehen. Als wenn alles *meine* Schuld wäre!« Quark schnitt eine Grimasse. »Ich weiß gar nicht, wie man Klingonen, die ihre Sachen gerade gewaschen haben, von solchen mit ungewaschenen Kleidern unterscheiden soll.« Ganz plötzlich wandte sich der Ferengi von Odo ab und rief: »He, laßt euch nicht zuviel Zeit. Trinkt aus und bestellt neu. Ich habe Rechnungen zu bezahlen!«

Der Sicherheitsoffizier hielt ihn mit sanftem Nachdruck zurück. »Sie schaden sich selbst, wenn Sie Ihre Gäste so schlecht behandeln.«

»Glauben Sie?« Quark blinzelte verwundert. »Es bleibt den Leuten doch gar nichts anderes übrig, als sich alles gefallen zu lassen. Immerhin ist mein Etablissement hier das einzige seiner Art.«

Einige Gäste hatten sich zur Theke umgedreht. Sie zuckten nun mit den Schultern und setzten unbekümmert ihre Gespräche fort.

»Vielleicht gelänge es Ihnen, in einer Arrestzelle Ihre innere Ausgeglichenheit wiederzufinden.« Odo zog die Hand von der Brust des Ferengi zurück.

»Wie lautet die Anklage?«

»Ruhestörung. Dies hier ist Teil der Raumstation – meine Befugnisse hören nicht an der Eingangstür Ihres Lokals auf.«

»Hmpf.« Quark rückte seine Jacke zurecht. »Eine solche Reaktion habe ich von jemandem wie Ihnen erwartet. Und dafür zahle ich nun Lizenzgebühren.« Er verstaute die Schachtel mit den Glassplittern wieder unterm Tresen. »Ich bin ein relativ ehrlicher Mann, der hier versucht, auf relativ ehrliche Weise seinen Lebensunterhalt zu verdienen. Aber ich vermute, daß es bei Ihrer Besprechung mit Commander Sisko nicht um meine Probleme geht, oder?«

»Besprechung? Was wissen Sie davon?«

Quark lächelte selbstgefällig und trat einen Schritt zurück. »Oh, mir sind gewisse Dinge zu Ohren gekommen.« Mit einem Finger rollte er den Baseball hin und her. »Neuigkeiten sprechen sich hier schnell herum.«

»Insbesondere dann, wenn man dafür bezahlt.« Einmal mehr ärgerte sich Odo darüber, daß Quark offenbar einen Informanten in der OPS hatte.

»Nun . . .« Der Ferengi machte eine Geste, die Gelassenheit ausdrückte. »Andernfalls wäre kaum jemand bereit, mir Auskunft zu geben.«

Der Sicherheitsoffizier drehte sich um und beobachtete die Passanten auf der Promenade. »Wir haben nicht die Absicht, unsere Zeit zu vergeuden, indem wir uns mit Ihren banalen Sorgen befassen.«

»Die Sache betrifft McHogue, nicht wahr?«

Odos Blick kehrte zum Ferengi zurück. »Warum sollten wir über ihn reden?«

»Ich bitte Sie. Um was könnte es denn sonst gehen? Jeder weiß, daß McHogue der neue bajoranische Wirtschaftsminister ist. Eine interessante Entwicklung.«

»Was wissen die Leute sonst noch?« fragte Odo und gab seiner Stimme einen beiläufigen Klang.

»Oh, Sie möchten herausfinden, was *ich* noch weiß. Es fiele mir leichter, Ihre Frage zu beantworten, wenn Sie nicht ganz so feindselig wären.« Odo nahm den Baseball und blickte nachdenklich darauf hinab. »Mein alter Partner nahm sich die Zeit, ein wenig mit mir zu plaudern.« Für einige Sekunden bildeten sich Falten in der Stirn des Ferengi. »Ich bin mir noch immer nicht sicher, ob es wirklich McHogue ist . . .«

»Ich habe kaum einen Zweifel daran.« Odo beugte sich vor. »Sagen Sie mir, was McHogue von Ihnen wollte. Anschließend entscheiden wir, wieviel die Information wert ist.«

»Normalerweise verlange ich immer, daß im voraus gezahlt . . .« Quark unterbrach sich und quiekte erschrocken, als ihn Odo am Kragen packte. Er stand mit dem Rücken am Flaschengestell hinter der Theke und lächelte einschmeichelnd. »Doch in diesem Fall mache ich eine Ausnahme. McHogue unterbreitete mir ein Angebot. Das ist alles.«

Der Sicherheitsoffizier musterte ihn argwöhnisch. »Was für ein Angebot?«

»Er wollte mir die Verwaltung der Konzessionen für Alkohol und, äh, stärkere Rauschmittel in der neuen Stadt überlassen, die auf Bajor gebaut werden soll. Ich meine eine Stadt, die zum größten Teil aus Spielkasinos und Vergnügungspalästen aller Art besteht. McHogue betonte, daß er jemanden mit meiner Erfahrung braucht. Er hat gesehen, wie ich meine Geschäfte hier an Bord von Deep Space Nine leite, und er fand, daß ich auf Bajor ebenso gute Arbeit leisten könnte, allerdings in einem wesentlich größeren Maßstab. Da mußte ich ihm zustimmen.«

»Sie haben das Angebot also akzeptiert?« Die Vorstellung weckte gemischte Gefühle in Odo. Zwar verachtete er Quark, aber der Ferengi war auch eine halbwegs zuverlässige Informationsquelle für ihn.

»Nein, natürlich nicht.« Quark straffte empört die Schultern. »Ich habe viel Zeit und Arbeit investiert, um mein eigener Chef zu werden. Auf mein kleines Unternehmen bin ich sehr stolz. Was mich betrifft . . . Mir ist es lieber, die Taschen *meiner* Kunden zu leeren und nachts ruhig zu schlafen, als durch die Dienste für jemand anders reich zu werden. Ich habe keine Lust, für McHogue zu arbeiten. Wenn er wirklich McHogue ist.« Quark schüttelte verwirrt den Kopf. »Er behauptet zwar, mein alter Geschäftspartner zu sein, aber ich weiß nicht, was ich davon halten soll.«

»Eine ganz neue Stadt . . .« Odo dachte über die Auskünfte nach. Für so etwas war ziemlich viel Kapital erforderlich – mehr als die Bajoraner zur Verfügung stellen konnten. Was bedeutete, daß sich die Beteiligung der Cardassianer an McHogues Plänen nicht nur auf die Induktionsmodule beschränkte. »Interessant.«

»Das dachte ich auch.«

Odo trat von der Theke zurück. »Daran dürften auch Commander Sisko und die anderen interessiert sein . . .«

»He, einen Augenblick – Sie schulden mir etwas!«

Der Constable musterte den Ferengi und wölbte die Braue. »Ach? Ich dachte, Sie hätten beschlossen, Ihre Pflicht als anständiger Bürger von DS9 zu erfüllen.«

»Es gilt, eine Vereinbarung zu achten«, erwiderte Quark. »Wir wollen doch fair bleiben.«

»So etwas ausgerechnet von Ihnen zu hören . . . Na schön.« Odo kehrte zur Theke zurück. »Was wollen Sie?«

»Dies.« Quark hob den Baseball. »Ich möchte wissen, wer dieses gefährliche Projektil in mein friedliches Lokal geschleudert hat.«

»Sie haben bestimmt jemanden in Verdacht.«

»Ja, aber ich brauche einen *Beweis*.« Quark gab sich selbstgerecht. »Im Gegensatz zu einigen anderen Leuten neige ich nicht dazu, grundlos Anklage zu erheben.«

»Nun gut. Sie hören von mir, wenn sich etwas ergibt.« Odo streckte die Hand nach dem Baseball aus.

»Nein.« Quark drückte das runde Lederobjekt gegen seine Brust. »Ich behalte das Beweisstück, wenn Sie nichts dagegen haben.«

»Wie Sie wollen. Aber erhoffen Sie sich nicht zuviel davon.« Odo drehte sich um und ging zur Tür.

Commander Siskos Blick glitt über die Gesichter der Personen, die sich im Büro eingefunden hatten. Derartige Versammlungen schienen inzwischen in immer kürzeren Abständen stattzufinden – ein Zeichen dafür, daß die Situation nicht etwa besser wurde, sondern schlimmer.

»Einen Vorteil hat die Sache«, sagte er. »Unsere Aufmerksamkeit ist nicht mehr geteilt. Zwischen der politischen Krise auf Bajor und der Mordserie an Bord von Deep Space Nine gibt es eine direkte Verbindung. Die gleichen Personen sind sowohl für das eine als auch für das andere verantwortlich.« Er lächelte dünn. »Für uns bedeutet das: Wir brauchen jetzt nur noch eine Lösung zu finden und nicht zwei.«

»So wie ich die Sache sehe, Commander . . .« Chief O'Brien saß am einen Ende des Halbkreises und rutschte in seinem Sessel zur Seite. »Das mit der Mordserie wäre eigentlich kein Problem mehr gewesen. Nachdem wir die Ursache feststellten – die manipulierten Holo-Kammern und ihre Auswirkungen –, reduzierte sich die ganze Angelegenheit auf ein technisches Problem. Es fiel mir nicht weiter schwer, einen speziellen Schaltkreis zu entwickeln, der in allen Holo-Kammern von DS9 installiert werden kann. Damit ist es möglich, jede Form von KI-Technik sofort zu identifizieren und zu neutralisieren. Der Schaltkreis funktioniert wie ein Immunsystem, das Krankheitserreger erkennt und sofort unschädlich macht. Hinzu kommt eine Selbstzerstörungsfunktion: Wenn jemand versucht, den Schaltkreis aus dem Installationskomplex zu entfernen, so wird ein Energieschub ausgelöst, der alle Leitungen und Mikroelemente der betreffenden Holo-Kammer erledigt. Allein das genügt bereits, um hier in der OPS einen Alarm auszulösen.«

O'Brien klang stolz, sicher zu Recht.

»Ich habe meine Mitarbeiter angewiesen, die betreffenden Schaltkreise so schnell wie möglich herzustellen und den technischen Systemen der Projektionsräume hinzuzufügen«, fuhr der Chief fort. »Die Frage ist: Soll auch die letzte Holo-Kammer, in der noch immer ein Induktionsmodul installiert ist, damit ausgestattet werden?«

»Ich halte es für besser, sie in ihrem derzeitigen Zustand zu belassen.« Sisko sah zum Sicherheitsoffizier. »Ist der entsprechende Bereich noch immer abgesperrt, Constable?«

Odo nickte. »So lautete Ihr Befehl.«

»Sorgen Sie dafür, daß der gegenwärtige Status beibehalten wird. McHogue hat Deep Space Nine wie ein Laboratorium benutzt, um die KI-Technik an uns Versuchskaninchen auszuprobieren. Zweifellos ist er mit den Ergebnissen der Tests zufrieden und wird seine Aktivitäten nun nach Bajor verlagern. Nun, solange bei uns eine der manipulierten Holo-Kammern funktionsfähig bleibt, haben wir praktisch ein Fenster, durch das wir in McHogues Bewußtsein sehen können. Vielleicht ergibt sich dadurch der eine oder andere Hinweis.«

»Offenbar hat McHogue bereits damit begonnen, seine Pläne für Bajor in die Tat umzusetzen.« Odo warf einen Blick auf seinen Datenblock. »Bevor ich hierherkam, habe ich mit Quark gesprochen. Allem Anschein nach plant er, auf dem Planeten eine neue Stadt zu bauen, die nur aus Vergnügungspalästen und dergleichen bestehen soll.«

»Hm.« Sisko drehte seinen Sessel und sah zu Odo. »Ihre Analyse, Constable?«

»Meiner Ansicht nach entspricht diese Information den Tatsachen. Die Zuverlässigkeit der Informationsquelle spielt bei dieser Feststellung weniger eine Rolle als vielmehr der Umstand, daß eine solche Regelung viele Vorteile für McHogue bietet. Abgesehen von der Hauptstadt gibt es keinen anderen Ort auf Bajor, der für ein so großes Unternehmen genügend Platz bietet. Und das Verwaltungszentrum des Planeten zu verwenden . . . In dem Fall müßten General Aur und die übrigen Mitglieder der neuen Regierung mit negativen Folgen rechnen. In großen Teilen der bajoranischen Bevölkerung gibt es tiefreichende puritanische Wurzeln.

Vielleicht sind die Bürger bereit, den Reichtum zu akzeptieren, den solche Geschäfte hervorbringen – aber nur dann, wenn die ›Sünden‹ nicht direkt vor ihren Augen stattfinden. Wenn die religiösen Fraktionen beschließen, ihre Unterstützung der Separationsfront einzustellen … Dann hätte die neue Regierung keine Chance mehr.«

Sisko nahm die Argumente des Sicherheitsoffiziers mit einem bestätigenden Nicken zur Kenntnis. Wie üblich leistete Odo gute Arbeit und füllte nun die Lücke, die durch Kiras Abwesenheit entstand. Wenn sie zugegen gewesen wäre, als mit allen Rechten und Pflichten ausgestattete stellvertretende Kommandantin von Deep Space Nine … Dann hätte Sisko hoffen können, noch detailliertere Informationen über die Situation auf Bajor zu bekommen.

»Na schön«, sagte der Commander. »Gehen wir also davon aus, daß eine solche Stadt tatsächlich geplant ist. Existieren weitere Analysedaten?«

»Die Höhe der für den Bau der Stadt erforderlichen Ressourcen deutet darauf hin, daß die Cardassianer noch tiefer in der Sache drinstecken, als wir bisher annahmen.«

»Gul Dukats Präsenz in unserem Navigationssektor bestätigt diese Vermutung.« Sisko richtete den Blick auf Dax und Bashir, die ihm direkt gegenübersaßen. »Hat sich bei Ihren Untersuchungen der kortikalen Induktionsmodule etwas herausgestellt?«

»Die bisher erzielten Resultate erhärten unsere ursprünglichen Theorien in Hinsicht auf die KI-Technik, Benjamin.« Dax deutete zum Computerterminal auf dem Schreibtisch. »Ich habe Ihnen einen ausführlichen Bericht übermittelt.«

»Es ist uns gelungen, die Programmierung der Induktionsmodule bis hin zum Basisniveau zu entschlüsseln«, erklärte Bashir. »Bei Wyoss und den anderen sahen wir praktisch das Endstadium des Vorgangs. Es läuft im wesentlichen auf folgendes hinaus: Alle Sequenzen haben eine sehr niedrige Suchtschwelle, und es folgt eine steil verlaufende akute Phase. Für die allgemeine Struktur dieses Prozesses gibt es eine pharmakologische Parallele: Eine ähnliche Wirkung erzielt man, wenn die für Opiate empfindlichen Rezeptoren im Gehirn ständig mit Stimulusmolekülen gereizt werden. Die KI-Technik verwendet zu diesem Zweck die Katecholamine des Nervensystems, was zu einer höheren Effizienz führt. Es wäre so gut wie unmöglich, ein auf Medikamenten basierendes Antagonistensystem zu entwickeln, um die Wirkung der Stimuli zu neutralisieren. Außerdem sind die Erfolgsaussichten einer Therapie ab einem bestimmten Ausmaß des Konsums minimal. Anders ausgedrückt: Wenn McHogues Kunden der KI-Technik intensiv ausgesetzt werden, so besteht eine hohe Wahrscheinlichkei, daß viele von ihnen ebenso enden wie Ahrmant Wyoss.«

»Das ergibt doch keinen Sinn.« Falten bildeten sich in Siskos Stirn, und er ballte die auf dem Tisch ruhende Hand zur Faust. »McHogue kennt sich mit der KI-Technik besser aus als sonst jemand – das behauptet er jedenfalls. Er weiß, daß die Pseudowelten der manipulierten Holo-Kammern süchtig machen und unbefriedigend bleiben. Die kortikale Induktion bringt Bedürfnisse zum Vorschein, die Aufmerksamkeit verlangen. Manchmal erzeugt sie sogar ganz neue. Es kann wohl kaum nur ums Geschäft gehen: McHogue erzeugt Illusionen, die sich nicht darauf beschränken, Kunden das Geld aus der Tasche zu ziehen. Er hat das Leistungspotential der Induktionsmodule so weit verstärkt, daß sie letztendlich den Tod bewirken. Selbst ein so geldgieriger Gauner wie Quark weiß es besser: Ein Unternehmen kann nicht auf Dauer erfolgreich sein, wenn es seine Kunden umbringt. Es sorgt statt dessen dafür, daß sie immer wieder zurückkehren.« Sisko zögerte kurz. »Vermutlich will McHogue noch etwas anderes erreichen.«

Odo zuckte mit den Schultern. »Zweifellos gab es Risiken bei seinen Forschungen in Hinsicht auf die Technik der kortikalen Induktion. Das Echo, dem Sie in der manipulierten Holo-Kammer begegneten, deutet vielleicht auf seinen geistigen Zustand hin. Es besteht die Möglichkeit, daß McHogue verrückt ist.«

»Nein . . .« Sisko schüttelte den Kopf. »Wahnsinn kann wohl kaum als Ursache für *alle* derzeitigen Entwicklungen in Frage kommen. Selbst wenn McHogue wirklich den Verstand verloren hat – es erklärt nicht die Beteiligung der Cardassianer an dieser Angelegenheit. Ich halte es für unwahrscheinlich, daß Gul Dukat auf die gleiche Weise verrückt sein soll wie Quarks früherer Geschäftspartner.«

»Die vorliegenden Daten erlauben keine anderen Theorien, Benjamin.« Dax sah zu den Offizieren, die rechts und links von ihr saßen. »Wir müssen die Ermittlungen fortsetzen.«

»Aber *wo* sollen wir ermitteln? Unsere Nachforschungen enden immer wieder in einer Sackgasse.« Sisko spürte, wie sich der Ärger in ihm verdichtete. »McHogue hat bereits damit begonnen, seine Pläne auszuführen. Wir haben nicht genug Zeit, um darauf zu warten, daß uns neue Informationen in den Schoß fallen.«

»Wenn ich etwas vorschlagen darf, Commander . . .«, sagte Odo. »Sie wissen sicher, daß sich ein diplomatisches Schiff der Cardassianer dem Rand unseres Sektors genähert hat, mit Gul Dukat an Bord.«

»Ja.« Sisko nickte knapp. »Offenbar hat Dukat vom cardassianischen Rat den Auftrag erhalten, General Aurs Regierung nach dem Putsch sofort anzuerkennen.«

»In der Tat«, fuhr Odo in seinen Ausführungen fort. »Was auch immer die Cardassianer in Hinsicht auf Bajor planen – Gul Dukat ist dabei die Schlüsselfigur. Was bedeutet, daß er mit McHogue zusammenarbeiten muß. Ich hatte über lange Zeit hinweg die Möglichkeit, Erfahrungen mit Gul Dukat zu sammeln. Als Deep Space Nine unter seinem Kommando stand, habe ich die gleiche Position bekleidet wie jetzt. Daher glaube ich, ihn recht gut zu kennen. Bei McHogue liegt der Fall ein wenig anders. Er erscheint mir nur deshalb vertraut, weil er sich einem bestimmten kriminellen Typ zuordnen läßt, mit dem ich es gelegentlich zu tun habe. Dukat begegnet allen Leuten mit Argwohn, auch den eigenen Verbündeten und anderen Cardassianern. Dabei handelt es sich um ein elementares Speziesmerkmal. Ich nehme an, daß sich McHogue durch eine ähnliche psychologische Struktur auszeichnet. Das Mißtrauen zwischen ihm und Dukat bietet uns möglicherweise einen Ansatzpunkt.«

»Gibt es nicht eine alte Polizistenweisheit, die davon ausgeht, daß sich Diebe früher oder später streiten, Constable?«

»Sie ist eher literarischer und nicht so sehr wissenschaftlicher Natur – was jedoch ohne Einfluß auf ihren Wahrheitsgehalt bleibt.«

»Das Problem besteht darin, jemanden zu finden, dem Gul Dukat zumindest ein wenig Vertrauen entgegenbringt.«

»Das ist nicht weiter schwer.« Odo hob die Hand zur Brust. »Ich selbst erfülle die notwendigen Voraussetzungen. Gul Dukat vertraut mir – weil er mich unterschätzt. Er ist mit der typischen Arroganz der Cardassianer ausgestattet und hält alle anderen intelligenten Wesen für unterlegen. Wenn sich jemand ihm gegenüber servil gibt, so hält er das für völlig normal. Ich mußte ein entsprechendes Gebaren zeigen, um während der cardassianischen Herrschaft zu überleben.«

»*Sie* sind servil gewesen?« fragte O'Brien ungläubig und hob die Brauen.

»Lassen Sie es mich folgendermaßen ausdrücken: Ich kann mich nicht nur mit Hilfe meiner Fähigkeit des Gestaltwandelns tarnen. Es hätte nichts genützt, meine wahren Gefühle in bezug auf Dukat und die anderen Cardassianer offen zu zeigen. In dem Fall wäre ich vielleicht über Bord geworfen worden. Nun, als Dukats Sicherheitschef hatte ich regelmäßige Kontakte mit bajoranischen Freiheitskämpfern, die man nach Deep Space Nine brachte, um sie zu verhören - oder hinzurichten. Dadurch konnte ich die Entwicklung der Widerstandsbewegung im Auge behalten - was mir die Möglichkeit gab, den Mund zu halten und auf den richtigen Zeitpunkt zu warten.«

Sisko musterte den Constable. »Sind Sie ganz sicher, daß Gul Dukat nie an Ihrer Loyalität ihm gegenüber gezweifelt hat?«

»Ja, Commander. Wie ich eben schon sagte: Ich kenne ihn gut.«

»Na schön. Ich veranlasse, daß man unverzüglich einen Flitzer für Sie vorbereitet. Die Kommunikationsstation der OPS soll sich mit dem cardassianischen Schiff in Verbindung setzen und Sie ankündigen.«

»Unter welchem Vorwand, Benjamin?« fragte Dax.

»Wir behaupten einfach, daß eine Routineinspektion stattfinden soll. Angesichts des Regierungswechsels auf Bajor befürchten wir, daß gewisse Gruppen die derzeit recht unübersichtliche Lage ausnutzen könnten, um illegale Güter zu schmuggeln.«

»Die Cardassianer lehnen eine Inspektion bestimmt ab. Immerhin genießt Dukats Schiff diplomatische Immunität.«

»Zu dem Zeitpunkt ist Odo bereits an Bord.« Sisko wandte sich dem Sicherheitsoffizier zu. »Ich überlasse es Ihnen, wie Sie das Treffen mit Ihrem alten ›Freund‹ Dukat gestalten.« Er schob den Sessel zurück. »Das wär's. Wenn sich etwas Neues ergibt, so erwarte ich von Ihnen, daß Sie mir sofort Bescheid geben.«

Odo trat als letzter zur Tür.

»Constable . . .«, sagte Sisko.

»Ja?« Odo verharrte und blickte über die Schulter.

»Seien Sie vorsichtig. Wenn Sie feststellen, daß Dukat nicht der Narr ist, für den Sie ihn halten . . . Das würde ich sehr bedauern.«

Es war ganz einfach. Gul Dukat ließ ihn sofort zu sich kommen.

»Ah, da sind Sie ja, Odo.« Der Cardassianer stand am Fenster seines privaten Quartiers und drehte sich um. In seinem kantigen Gesicht erschien ein flüchtiges Lächeln. »Es ist lange her, nicht wahr?«

*Nicht lange genug*, flüsterte eine Stimme in Odos Kopf. Glücklicherweise war er daran gewöhnt, sich nichts anmerken zu lassen. »Es freut mich, Sie wiederzusehen, Sir.«

Die Wächter der Eskorte wichen zurück.

»Lassen Sie uns allein.« Dukat schickte die Soldaten mit einer ungeduldigen Geste fort. »Wir haben viele Dinge zu besprechen.«

Odo hörte, wie sich hinter ihm die Tür öffnete – das Zischen klang lauter als an Bord von Deep Space Nine. Anschließend glitt sie wieder zu. Der Gestaltwandler brauchte sich nicht umzudrehen, um festzustellen, daß sich kein Wächter mehr im Zimmer befand.

»Hoffentlich hat man Sie einigermaßen freundlich empfangen.« Dukat setzte sich hinter den seltsam geformten Einrichtungsgegenstand, der ihm als Schreibtisch diente. »Wenn nicht, so bitte ich um Ihr Verständnis. Die jüngeren Offiziere wissen nichts von den vielen Diensten, die Sie uns erwiesen haben. Sie glauben fest an den Grundsatz: Wer für Starfleet arbeitet, ist ein Feind. Das lernen sie während ihrer Ausbildung.«

Odo hatte die Hände auf den Rücken gelegt, stand steif und gerade. »Ich gehe gern von der Annahme aus, überhaupt keine Feinde zu haben, Sir.«

»Ach?« Das Lächeln erschien erneut im Gesicht des Cardassianers, und dadurch wirkte der Mund fast wie eine Wunde. »Eine ... *interessante* Perspektive.«

Odo antwortete nicht. Erinnerungen füllten den größten Teil seines geistiges Universums, geweckt von Dukats Präsenz. Hinzu kamen die charakteristischen Geräusche an Bord eines cardassianischen Raumschiffs. Auf dem Weg zum privaten Quartier des Gul hatte er immer wieder die scharfen, kehligen Stimmen der Cardassianer gehört. Einst waren ihm von solchen Stimmen Anweisungen erteilt worden.

»Nehmen Sie Platz.« Dukat deutete auf einen Stuhl. »Kann ich Ihnen eine Erfrischung anbieten?«

»Sie sollten es eigentlich besser wissen, Sir.« Odo setzte sich, doch seine Haltung brachte auch weiterhin eine gewisse Anspannung zum Ausdruck. »Ich brauche nichts.«

»Ja, natürlich.« Dukat griff nach einer Flasche und füllte ein kleines Glas mit breiartiger Flüssigkeit. »Ich kenne Sie, nicht wahr? Ja, ich kenne Sie gut genug, um zu wissen, daß Sie lügen. Sie haben einen falschen Grund für Ihren Besuch genannt, stimmt's?«

Die scharfen Worte des Gul überraschten Odo. »Ich ... ich weiß nicht, was Sie meinen ...«

»Ich bitte Sie, Odo. Stellen Sie meine Geduld nicht auf die Probe. Glauben Sie wirklich, daß ich auf einen so armseligen Trick hereinfalle? Ich bin durchaus mit dem interstellaren Protokoll vertraut, und das sollte auch bei Ihnen der Fall sein: Als ich Kommandant von Deep Space Nine war, haben Sie in meinem Auftrag über jene Regeln gewacht, die den Kontakt zwischen souveränen Entitäten bestimmen. Ich bezweifle, daß Sie in diesem Zusammenhang an plötzlichem Gedächtnisschwund leiden.« Dukat trank einen Schluck. »Die Absicht, an Bord eines diplomatischen Schiffes eine Inspektion durchzuführen . . .« Er schnitt eine Grimasse und schüttelte den Kopf. »Ich bitte Sie, Odo. Es ist ein so offensichtlicher Verstoß gegen die Etikette, daß ich nachdenklich werde und mich frage, ob nicht ein *absichtlicher* Fehler dahintersteckt. Vielleicht diente Ihnen die angebliche ›Inspektion‹ als Vorwand, um den Flug hierher zu rechtfertigen.«

Dukat hob das Glas erneut an die Lippen, und nach dem nächsten Schluck erschien wieder das dünne Lächeln. »Möglicherweise ging es Ihnen darum, mit mir zu reden. So wie damals.«

Odo gab sich ein wenig zerknirscht. »Vielleicht . . . haben Sie recht, Sir.« Er neigte kurz den Kopf. »Es ist gut zu wissen, daß Sie sich an meine Dienste für Sie entsinnen.« Er sah wieder auf und begegnete dem wachsamen Blick des Cardassianers.

»Nun, Odo, ich habe immer gewußt, daß Sie nicht einfach nur loyal sind. Besser gesagt: Mir war klar, daß es dabei nicht allein um unsere persönliche Beziehung ging. Loyalität kann auch auf Intelligenz basieren, auf der Fähigkeit, die eigene Situation einzuschätzen und sich entsprechend zu verhalten. Loyalität ist keineswegs etwas Unveränderliches. Sie kann sich – wie Sie – in einer anderen Gestalt präsentieren und hat außerdem die Möglichkeit, sich an einmal erkannte Notwendigkeiten anzupassen. Und mir ist immer klar gewesen, daß Sie intelligent sind, Odo.«

Der Blick des Cardassianers schien sich in ein Sondierungsinstrument zu verwandeln, das den Constable scannte und analysierte. Dadurch erwachten weitere Erinnerungen an die täglichen Anspannungen, die Odos Existenz begleitet hatten, bevor Starfleet die Kontrolle über Deep Space Nine übernahm. Cardassianer verlangten Loyalität, ohne Gegenleistungen zu erbringen. Sie hielten alle anderen Individuen für entbehrlich: Wenn sie ihre Untergebenen nicht mehr brauchten, so wurden die Betreffenden in vielen Fällen einfach eliminiert. Was bedeutete, daß es in der Galaxis nur wenige ehemalige Bedienstete der Cardassianer gab.

Odo hatte seine Furcht durch Gleichgültigkeit besiegt. Er scherte sich einfach nicht mehr darum, ob er lebte oder starb. Immerhin litt er an chronischer Einsamkeit – wer trauerte um ihn, wenn er aus dem Leben schied? Er schützte sich mit kühler Distanz und starrer Unbeugsamkeit. Auf diese Weise errang er den Sieg über die eigene Furcht, ohne sie ganz aus sich vertreiben zu können. Er reduzierte sie auf ein winziges Etwas, das sich in einer Hand verbergen ließ – wenn jenes Etwas Substanz bekommen hätte.

Der Rest von Angst schrumpfte weiter und schien ganz zu verschwinden, als sich Odos Heimat – die Raumstation – in eine Welt ohne Gul Dukat verwandelte.

Doch ein kleiner Rest existierte noch immer tief in ihm. Odo spürte nun, wie sich die alte Wunde öffnete und eine bittere Tinktur heraussikkerte. *Mir ist immer klar gewesen, daß Sie intelligent sind . . .* Die Stimme des Cardassianers war ein Messer, dessen Klinge über Odos Selbst schabte, auf der Suche nach einer schwachen Stelle. *Loyalität kann auch auf Intelligenz basieren, auf der Fähigkeit, die eigene Situation einzuschätzen . . .*

Und wenn die neue Welt zu Ende ging? Eine Welt, die der Constable manchmal mit dem warmen Frühling verglich, von dem er oft gehört hatte . . . Um im Bild zu bleiben: Kehrte nun Gul Dukats strenger Winter zurück?

*. . . und sich entsprechend zu verhalten.*

»Sie sind sehr still geworden, Odo«, sagte der Cardassianer. »Woran denken Sie?«

*Loyalität ist keineswegs etwas Unveränderliches.*

Der Gestaltwandler streifte den Ballast düsterer Gedanken ab. »Ich habe mich erinnert, Sir.« Er verschloß die Wunde in seinem Innern, ließ dabei solche Vorsicht walten, als hätte er es mit einer hochgiftigen Substanz zu tun. Ganz vorsichtig – damit Gul Dukat nichts merkte. Die Kammer der Furcht besiegen und in der Faust verbergen.

Dukat nickte und wirkte zufrieden. »Kommen Sie. Ich möchte Ihnen etwas zeigen.«

Der Computerschirm erwies sich als eine halbtransparente Fläche im Schreibtisch. Monochrome rote Symbole und Bilder glühten dort, wie von dunklem Wasser umgebene Bruchstücke eines größeren Ganzen. Mit dem Zeigefinger strich Dukat über einen Sensorstreifen am Rand der Darstellung, arbeitete sich auf diese Weise durch mehrere Datenebenen. Odo kannte das Interface. Im Sicherheitsbüro von DS9 war ein ähnlicher Computer installiert gewesen, bevor Starfleet andere Geräte brachte.

»Sehen Sie sich das an.« Dukat lehnte sich zurück.

Odo trat neben den Sessel des Cardassianers und sah auf den Schirm. Die graphischen Muster repräsentierten vermutlich ein architektonisches Muster, das jedoch ohne vertraute Merkmale blieb.

»Was ist das?« fragte er.

»Der Plan für die neue Stadt, die wir auf Bajor bauen wollen. McHogue City – unser Geschäftspartner ist nicht gerade sehr taktvoll, wenn es darum geht, sein Ego zur Schau zu stellen. Allerdings muß er sich damit abfinden, daß der Name bereits abgekürzt worden ist, und zwar auf ›Moagitty‹. Klingt irgendwie flott, nicht wahr?«

Odo gab keine Antwort. Er beugte sich vor und betätigte die Kontrollen des Computers, ohne daß ihn der Cardassianer daran hinderte. Rasch ging er die einzelnen Datenblätter durch und prägte sich dabei möglichst viele Details ein: Koordinaten, Etagen, Sektoren, Abschnitte, Verkehrszentren, Energieversorgung. Er verzichtete darauf, die einzelnen Informationen miteinander zu verbinden und Bedeutungsanalysen vorzunehmen. Dafür gab es später noch Zeit genug, wenn er Commander Sisko an Bord von Deep Space Nine Bericht erstattete.

Bei der letzten Bildschirmseite dieses speziellen Datenkomplexes handelte es sich um eine künstlerische Darstellung der neuen Stadt. Knappe, dünne Linien beschrieben Konturen; als Perspektive hatte man den Blickwinkel eines Besuchers gewählt, der sich vom Landebereich her dem zentralen Zugang näherte. Die Metropole wies überhaupt keine Ähnlichkeit mit existierenden bajoranischen Städten auf, schien zum größten Teil aus sterilen Strukturen und aggressiv anmutenden Türmen zu bestehen. Den gewaltigen Gebäuden mangelte es an der runden Anmut, die Odo von der einheimischen Architektur her kannte.

Das Bild war kaum mehr als eine Skizze, doch es verriet schon eine ganze Menge. Zum Beispiel wies kein einziges Bauwerk Fenster auf. Jedes von ihnen sollte einen eigenen Minikosmos darstellen, ohne Kontakte mit der Außenwelt.

»Eine wundervolle Stadt«, sagte Dukat stolz. Er klopfte kurz auf den Computerschirm. »Und sie wird schon bald Wirklichkeit. Frachter mit den erforderlichen Baumaterialien nähern sich bereits dem bajoranischen Sonnensystem. In den nächsten Tagen entstehen die ersten Gebäude.«

Er sah Odo an und lächelte. »Wie ein militärisches Unternehmen. Sie wissen ja, daß wir Cardassianer bei solchen Dingen sehr tüchtig sein können. Nun, die Stadt wird gebaut und für alle Völker der Galaxis vorbereitet. *Vergnügt euch*, heißt ihr Motto. Moagitty wird groß sein, groß und wichtig.« Es funkelte in Dukats Augen, als er in Odos glatten Zügen nach einer Reaktion Ausschau hielt. »Viel größer und wichtiger als Deep Space Nine.«

Der Constable wich vom Computerschirm zurück. »Darauf deutet alles hin.«

»Ich hoffe, Sie wissen mein Vertrauen in Sie zu schätzen. Einige Kollegen von mir hielten es vielleicht für falsch, daß ich solche Informationen einer Person gegenüber preisgebe, die in den Diensten der Föderation steht.« Dukat lächelte. »Andererseits . . . Wir beide kennen uns gut genug, nicht wahr?«

»Natürlich.« Odo musterte den Cardassianer einige Sekunden lang. »Zweifellos haben Sie einen guten Grund dafür, mir dies alles zu zeigen.«

Der Gul nickte. »Mit dieser Bemerkung beweisen Sie, daß ich mich bei der Einschätzung Ihrer Intelligenz nicht geirrt habe. Ein so großes Unternehmen braucht zuverlässige, kompetente Personen, die sich darum kümmern. Um ganz ehrlich zu sein: Moagitty geht über den bisherigen cardassianischen Erfahrungsschatz hinaus – wir werden nur selten in den Industriezweigen der Unterhaltung und des Hotelgewerbes tätig. Hinzu kommt, daß wir in diesem Fall mit einigen ganz besonderen Schwierigkeiten rechnen müssen. Wenn es um die größten Wünsche, Begierden und Sehnsüchte vieler Leute geht, so sind Probleme nie auszuschließen. Sicherheitsprobleme, Odo. Verstehen Sie, was ich meine?«

Der Gestaltwandler nickte. »Sie möchten, daß ich wieder für Sie arbeite. Als Sicherheitschef von Moagitty.«

»Genau.« Gul Dukat lächelte nun noch etwas einschmeichelnder, was ihn geradezu gespenstisch wirken ließ. »Unser Partner McHogue hat bereits damit begonnen, seinerseits Kontakte zu knüpfen und Mitarbeiter für andere Sektoren des Unternehmens zu gewinnen. Wir wollen die Besten. Sie können sich geschmeichelt fühlen, wenn ich mich an Sie wende.«

»Ich würde eine solche Vertrauensposition als Ehre empfinden, Sir.«

Dukat maß den Constable mit einem durchdringenden Blick. »Was jedoch nicht bedeutet, daß Sie mein Angebot annehmen, oder?«

Odo schwieg.

»Ich verstehe. Wie ich vorhin schon sagte: Sie sind intelligent und wollen Ihre eigenen Interessen wahrnehmen. Es ist durchaus angebracht, vorsichtig zu sein: Ein großer Teil des Erfolgs dieser Sache hängt von unseren Partnern ab, von General Aur und den anderen Mitgliedern der neuen Regierung. Nun, Sie wissen ja, daß ich nie den Fehler gemacht habe, Bajoranern zu vertrauen. Sie sind hinterhältig und verräterisch.«

»Warum vertrauen Sie ihnen jetzt?«

»Eine gute Frage.« Dukat lächelte erneut. »Nun, ich glaube, ›Vertrauen‹ ist nicht das richtige Wort, um meine Beziehung mit Aur zu beschreiben. Die Vorstellung, daß Cardassianer zum Wohle von Bajor tätig werden, erfüllt ihn bestimmt mit großer Zufriedenheit – für Aur dürfte das eine Art Rache sein. Er ist so versessen darauf, daß er nicht die übliche Vorsicht walten läßt. Nun, das ist sein Problem, nicht meins.«

Odo dachte über die letzten Worte nach. »Unterscheiden sich Ihre Pläne von dem, was Sie General Aur dargelegt haben?«

»Nein. Dies ist einer der seltenen Fälle, die keine Täuschungsmanöver irgendeiner Art erfordern. Nicht *ich* bin es, um den sich Aur Sorgen machen sollte. Lassen Sie es mich so ausdrücken: Vielleicht hat er die Bereitschaft der Bajoraner, mit uns geschäftliche Vereinbarungen zu treffen, weit überschätzt. Ich kenne die kollektive bajoranische Seele besser als Aur. Kein Wunder: Viele Jahre lang war ich der Herrscher über Bajor, und zwar kein besonders sanfter – das muß selbst ich zugeben. Die Bajoraner sind nicht so schnell bereit, zu verzeihen und zu vergessen, wie Aur gern glaubt.«

»Aber dann . . .« Odo musterte den Gul neugierig. »Offenbar riskieren Sie eine Menge, indem Sie sich auf das von McHogue ersonnene Projekt einlassen.«

»Ganz im Gegenteil.« Dukats Gesicht zeigte nun Genugtuung angesichts der eigenen Schläue. »In der aktuellen Situation brauche ich überhaupt keine Verluste zu befürchten. Wenn ich mich irren sollte, wenn General Aur recht hat . . . Nun, dann ernten wir Cardassianer die Früchte der getroffenen Übereinkunft. Außerdem sind wir dann in einer besseren Position, um weitere Vorteile zu nutzen, auf eine Weise, von der Aur nichts ahnt. Wenn *er* sich irrt, wenn es die Bajoraner ablehnen, Geschäfte mit uns zu machen . . .« Einmal mehr erschien ein Lächeln auf Dukats Lippen. »Abgesehen von Aur und seinen Anhängern gibt es noch andere Bajoraner, die an einer Zusammenarbeit mit mir interessiert sind. Wenn Aurs Regierung vom zornigen Volk gestürzt wird . . . Dann kämen jene anderen Leute an die Macht. Sie sind ebenso vernünftig, aber viel diskreter. Nun, in dem Fall könnte ich damit beginnen, den einen oder anderen Ausweichplan durchzuführen. Wie dem auch sei: Das alles ist Zukunftsmusik.« Er deutete zum Computerschirm. »Die Stadt Moagitty existiert noch nicht einmal. Wir müssen zunächst abwarten und sehen, was aus ihr wird. Vielleicht erweist sie sich als . . . wundervoll. Finden Sie nicht?«

Odo nickte langsam. »Das Potential ist sehr groß.«

»Dann sollten wir vielleicht die Fortsetzung dieses Gesprächs auf einen anderen Zeitpunkt verschieben. Sie brauchen mir jetzt noch keine definitive Antwort zu geben.«

Der Gul musterte den Besucher eine Zeitlang.

»Ich verspreche Ihnen, gründlich darüber nachzudenken«, sagte Odo.

»Ausgezeichnet.« Dukat begleitete den Constable zur Tür und zögerte dort. »Es gibt noch etwas anderes, das Ihre Entscheidung beeinflussen könnte. Als Sicherheitschef von Moagitty hätten Sie natürlich unbeschränkten Zugang zu der dort eingesetzten Technik kortikaler Induktion. Sie birgt noch weitaus mehr Möglichkeiten, als Sie ahnen. Die KI-Technologie kann ein sehr mächtiges Werkzeug sein, Odo. Sie dient nicht nur dazu, überzeugende Pseudowelten zu schaffen und die wildesten Phantasien subjektive Wirklichkeit werden zu lassen.«

Dukat hob die Hand und berührte den Gestaltwandler an der Stirn.

»Hier gibt es nach wie vor Geheimnisse, die darauf warten, gelüftet zu werden.« Der Gul lächelte und ließ die Hand wieder sinken. »Eine andere Welt. Die Vergangenheit . . .«

Das Schott öffnete sich, und Odo trat in den Korridor. Dort blieb er kurz stehen und warf einen Blick über die Schulter.

»Es hat mich gefreut, Sie wiederzusehen, Odo.« Dukat betätigte eine Taste der Kontrolltafel. »Bitte denken Sie daran, was ich Ihnen gesagt habe.«

Die Tür glitt zu, und Odo ließ sich von den cardassianischen Wächtern zum Hangar eskortieren.

# 12

Es gab Neuigkeiten aus der Heimat – aus der wahren Heimat, von der Welt, in der sie geboren wurde –, aber sie verbesserten Kiras Stimmung nicht.

Sie bestellte einen weiteren Drink, nippte jedoch nur daran, ebenso wie an den beiden anderen, die Quark ihr gebracht hatte. Nur ein Schluck, gerade genug, um das scharfe Aroma des Alkohols zu schmecken – um festzustellen, daß der Ferengi die Gelegenheit nicht nutzte, um sie zu betrügen. Anschließend schob sie das Glas beiseite und konzentrierte sich wieder auf ihren Datenblock.

»Sie scheinen nicht gerade in bester Stimmung zu sein.« Quark trat mit dem leeren Tablett zurück. »Normalerweise sind Sie immer . . . munter und fröhlich.«

Kira drehte den Kopf und richtete einen finsteren Blick auf Quark. Für Getränke zu bezahlen, die sie praktisch gar nicht anrührte . . . Damit erkaufte sie sich das Recht auf einen Platz im Lokal. Es hatte sie fast um den Verstand gebracht, dauernd in ihrem Quartier zu hocken und dort ins Leere zu starren. Sie war einfach nicht der Typ, der sich stundenlang stummer und geduldiger Introspektion hingeben konnte. Das rege Treiben in der Promenade beruhigte ihre Nerven, aber sie wußte auch, daß sie auf der Hut sein mußte. Es galt zu vermeiden, sich in aller Öffentlichkeit zu betrinken. Viel zu deutlich spürte sie die Blicke heimlicher Beobachter auf sich ruhen – inzwischen hatte sich bestimmt herumgesprochen, daß sie nicht mehr an den Beratungen der Senior Offiziere teilnahm.

»Nun«, murmelte Quark nachdenklich, »wenn ich mich recht entsinne, hat man Sie nie als Stimmungskanone bezeichnen können.«

»Bitte entschuldigen Sie, daß ich nicht dauernd lache.« Kira trank einen Schluck aus dem Glas, das Quark ihr gerade gebracht hatte – auf diese Weise schien sie ihren guten Willen beweisen zu wollen. »Aber ich bin sehr beschäftigt.«

»Oh, schon gut, schon gut.« Quark wirkte plötzlich niedergeschlagen. »Ich bin für jeden Gast dankbar. Sehen Sie sich nur um.« Er klemmte sich das Tablett unter den Arm und vollführte eine Geste, die dem ganzen Spielkasino galt. »Meine Einnahmen sind drastisch gesunken. So schlecht ging das Geschäft schon lange nicht mehr.«

Kira ließ den Blick umherschweifen und stellte fest: Ein Drittel der

Tische und Nischen war nicht besetzt. An der Theke saß ein großer Denebianer und trank ein Syntho-Bier. In Quarks Lokal ging es noch immer recht lebhaft zu, aber für gewöhnlich fiel es schwer, hier einen freien Platz zu finden. Kira nahm die veränderte Situation erst jetzt bewußt zur Kenntnis. Zwar hatte sie gespürt, daß es im Kasino an der üblichen Ausgelassenheit mangelte, aber sie war davon überzeugt gewesen, die gedrückte Stimmung selbst mitgebracht zu haben.

»Was ist denn los? Haben die Leute schon alle Ihre Witze gehört?«

»Derzeit steht mir nicht der Sinn danach, irgendwelche Witze zu erzählen, Major.« Quark seufzte tief. »Das Problem heißt . . . Konkurrenz.« Er sprach das letzte Wort mit der Verachtung des wahren Kapitalisten aus. »Kaum läuft der Laden richtig – wobei es natürlich in erster Linie darum geht, der Allgemeinheit zu dienen und so –, da versucht jemand anders, bei der ganzen Sache mitzumischen.«

»Gibt es ein zweites Lokal an Bord der Raumstation?« *Vielleicht sollte ich dorthin gehen*. In Quarks Kasino schien tatsächlich allgemeine Verdrießlichkeit zu herrschen.

»Natürlich nicht. Wenn jemand so etwas versucht . . . Der oder die Betreffenden müßten damit rechnen, daß ich sie in kleine Stücke schneide – das wissen hier alle. Nein, ich rede von der Angelegenheit auf Bajor. Von meinem alten Partner McHogue und der ach so tollen Vergnügungsstadt, die von den Cardassianern gebaut wird.«

Kira hob ihren Datenblock. »Genau diesen Punkt habe ich untersucht. Ein ziemlich großes Geschäft, nicht wahr?«

»›Ein ziemlich großes Geschäft‹ – bei meinen hinteren Schneidezähnen!« Zorn gleißte in Quarks Augen. »Ein verdammtes Monopol wird geschaffen. Und schlimmer noch: Es ist nicht *mein* Monopol. Man treibt mich in den Ruin . . .«

Es folgten einige Flüche, die McHogue und seinen Plänen galten.

Kira konnte der Versuchung nicht widerstehen, Quark ein wenig aufzuziehen. »Ich dachte, Ferengi sind für die freie Marktwirtschaft.«

»Natürlich sind wir das. Aber alles hat seine Grenzen.« Quark deutete aufs Display des Datenblocks. »Das geht weit über jeden Anstand hinaus! In McHogues Stadt gibt es ganze Gebäude voller Holo-Kammern, die mit den kortikalen Induktionsmodulen ausgestattet sind. Wir *wissen* ja, welche Folgen das hat.«

»Ich bin stolz auf Sie, Quark.« Diesmal erklang keine Ironie in Kiras Stimme. »Sie entwickeln tatsächlich einen Sinn für Moral.«

»Ja . . .« Der Ferengi seufzte tief und nahm am Tisch Platz. »Offenbar werde ich langsam alt.« Traurig stützte er den Kopf auf eine Hand. »In den Schatten gestellt . . . im Staub zurückgelassen . . . bereit für den Abfallhaufen.«

Quark hüllte sich in eine Aura des Selbstmitleids.

»Vielleicht sollte ich an Bord eines Shuttles gehen und die Stadt besuchen. Dort könnte ich eine von McHogues Holo-Kammern betreten und in meine Jugend zurückkehren, in eine Zeit, als ich noch voller Tatendrang und Habgier steckte.«

»Shuttles fliegen zur Stadt? Wie heißt sie noch – Moagitty?«

»Ja. Deshalb gehen meine Geschäfte so schlecht. Vermutlich dauert's nicht mehr lange, bis hier *alle* Tische und Nischen leer sind.«

»Ich wußte, daß die ersten Sektionen der Stadt in Betrieb genommen worden sind, aber . . .« Kira schüttelte erstaunt den Kopf. »Es überrascht mich, daß Commander Sisko die Erlaubnis gab, einen Shuttledienst zwischen Deep Space Nine und der neuen Stadt auf Bajor einzurichten.«

»Das hat er auch gar nicht. McHogue beschloß, eine zweite Station in Transporterreichweite einzurichten. Dort beamt man alle Leute an Bord, dic darum bitten – um sie anschließend mit Fähren nach Moagitty zu transferieren. In diesem Zusammenhang sind Sisko die Hände gebunden. Schließlich kann er niemandem verbieten, DS9 zu verlassen.«

»Nein . . .« Kira überlegte und sah gewisse Möglichkeiten. Sie war vom Dienst suspendiert worden und konnte deshalb keinen Flitzer benutzen. Aber wenn McHogue eine Lösung für das Transportproblem anbot . . .

Sie griff nach ihrem Datenblock und stand auf. »Seien Sie unbesorgt«, sagte sie zu Quark. »Ich bin sicher, daß Ihnen keine Pleite droht.«

»Danke, Major.« Der Ferengi stellte Kiras Glas aufs Tablett und wischte den Tisch ab. »Es freut mich zu hören, daß sich jemand seinen Optimismus bewahrt hat.«

Eine unangenehm vertraute Stimme drang an ihr Ohr.

»Ah, Major Kira.« Der Funktionär, den sie zum ersten Mal im Hauptquartier der Separationsfront gesehen hatte, deutete eine Verbeugung an. »Unsere letzte Begegnung fand nicht unter so freundlichen Umständen statt, wie ich es mir gewünscht hätte.«

Die letzte Begegnung . . . Kira erinnerte sich: Auf dem Boden lag der erschossene Malen; und neben ihm stand dieser Mann, in der Hand eine Projektilschleuder, auf den Lippen ein spöttisches Lächeln.

»Das war vermutlich meine Schuld«, erwiderte sie. »Auf Mord reagiere ich nicht besonders gut.«

»Na so was - ich auch nicht.« Der Funktionär nickte nachdenklich. »Zum Glück muß ich mich nur dann damit befassen, wenn es um, sagen wir, politische Notwendigkeiten geht.« Er deutete zum Ende des Korridors. »Darf ich Sie bitten, mir zu folgen . . .?«

Die anderen Passagiere aus dem Shuttle - etwa ein Dutzend; die meisten stammten von Deep Space Nine - wurden in eine andere Richtung geführt. Inzwischen hatte sich die mehrere Meter hohe Tür des Landebereichs geschlossen; ihre beiden Flügel stellten McHogue als eine Art Halbgott dar, der die Arme ausbreitete, um alle Besucher willkommen zu heißen.

Die Stimmen der übrigen Männer und Frauen verklangen in der Ferne.

»Sie sind also meine offizielle Eskorte?« Kira musterte den jungen Mann. »Es schmeichelt mir, daß man glaubt, ich hätte eine besondere Behandlung verdient.«

»Oh, wir wissen, daß Sie vom Dienst suspendiert worden sind. Ihr Commander Sisko scheint die Tendenz zu haben, grundlos Leute zu verdächtigen.« Der Funktionär winkte ab. »Nun, irgendwann geht das vorbei, und anschließend ist wieder alles so wie vorher. Wenn Sie das als wünschenswert empfinden. Ganz abgesehen davon . . .« Er drehte den Kopf und zeigte wieder das spöttische Lächeln. »Sie sind in jedem Fall eine Berühmtheit, und wir halten es für angemessen, die VIPs von den gewöhnlicheren Leuten zu trennen.«

»Woher wußten Sie, daß ich komme?«

»Ich bitte Sie, Major . . . Wenn Sie nicht von allein beschlossen hätten, uns zu besuchen - dann hätten wir Sie eingeladen.« Der Funktionär blieb an einer kleineren Tür stehen, die überhaupt keine Verzierungen aufwies. »Hier entlang.«

Sie verließen den Korridor und erreichten eine geschwungene Balustrade, deren horizontaler Bogen einen weitaus größeren Bereich überspannte als die Promenade an Bord von Deep Space Nine. Kira trat ans Geländer heran und blickte auf eine Menge hinab, die sich aus Repräsentanten vieler verschiedener Völker zusammensetzte. Einzelne Individuen verloren sich in der Masse, aber deutlich spürte man jene Mischung aus Aufregung und Habgier, die Kira von der Promenade her kannte und zutiefst verabscheute.

»Dies ist nur ein Teil des Transportbereichs.« Der Funktionär deutete in Richtung der großen Zugänge, die sich zu beiden Seiten der breiten

Passage erstreckten. Die Menge strömte daran vorbei, wie ein Fluß an seinen Ufern. »Wir können auf jahrhundertelange Erfahrungen zurückgreifen, wenn es darum geht, maximalen Profit zu erzielen. Die ganze Sache hat etwas Wissenschaftliches – die Lehre davon, wie man den Leuten das Geld aus der Tasche zieht. Vielleicht erinnern Sie sich an die alte politische Maxime, die das System der Besteuerung folgendermaßen beschreibt: Es handelte sich um die Kunst, möglichst viele Federn von der Gans zu gewinnen, ohne daß sie zu schnattern beginnt. Hier haben wir diese Kunst noch weiterentwickelt: Wir rupfen die Gans nicht nur, sondern sorgen auch noch dafür, daß sie sich von ganz allein auf dem Teller präsentiert.«

Kira hob den Blick. »Als Fremdenführer brächten Sie es mit dieser Einstellung nicht weit.«

»Ganz im Gegenteil, Major. Bei allem Respekt: Mit derartigen Bemerkungen weisen Sie nur darauf hin, wie naiv Sie in dieser Hinsicht sind. Bei dem Geschäft, die geheimsten Wünsche der Leute zu erfüllen, gibt es einen bemerkenswerten Aspekt: Der Zynismus existiert auf beiden Seiten. Die Kunden erhoffen sich vor allem eine Art finsteren Zauber. Sie sehnen sich nach der Aufregung, Mitverschwörer bei dem Bemühen zu finden, sich selbst zu zerstören. Sie möchten in den Abgrund von Laster und Verdorbenheit stürzen. Sie halten es für amüsant sich vorzustellen, verdammt zu sein und auf eine persönliche Apokalypse zuzusteuern. Die Föderation versucht immer, alle Probleme mit Ruhe, Vernunft und Rationalität zu lösen. Wie kann sie unter solchen Umständen Bedürfnisse von der eben genannten Art befriedigen? Starfleet ist wie ein Fackelträger, der Erleuchtung in alle Ecken der Galaxis bringt. Wie edel. Doch wo Licht erstrahlt, entstehen auch Schatten, und für jene Schatten muß es irgendwo einen Platz geben. Sollen sie hierher nach Moagitty kommen, wo die Bajoraner von ihnen profitieren können.«

Kira musterte den jungen Mann, während er seinen Vortrag hielt. Heiße Leidenschaft brannte in seinen Augen, wie ein Feuer, das die Äste vertrockneter Bäume ergriff. Sie konnte ihn kaum mehr als jemanden erkennen, in dessen Adern ebenfalls bajoranisches Blut floß. *So weit ist es mit uns gekommen*, dachte sie traurig. *Das haben McHogue und die anderen Außenweltler vor ihm in unsere Heimat gebracht*. Erst die Cardassianer, dann die Föderation, und jetzt alle intelligenten Spezies in der Galaxis. Sie kamen wie Insekten, die sich anschickten, eine verfaulende Frucht zu verschlingen. Der Rest des Universums beeinflußte Bajor, was bedeutete: Die Dinge konnten nie wieder so sein, wie sie einmal gewesen waren. Das galt auch für die Bajoraner. Das Leid hatte sie geeint, doch dabei handelte es sich nun um ein abgeschlossenes Kapitel der Vergangenheit. Inzwischen hatte ein Prozeß begonnen, der Trennung brachte. Reichtum und Macht führten zu Distanz, die sich allmählich vergrößerte, bis aus ehemaligen Brüdern und Schwestern Fremde wurden. Kira entsann sich daran, mit welcher Kaltblütigkeit der Funktionär ihren alten Kameraden Malen erschossen hatte; sein Tod berührte ihn ebensowenig wie der von Cardassianern während des Widerstandskampfes. Vielleicht sogar noch weniger. Der Funktionär – und wie viele andere? – standen von ihrem Wesen her McHogue und den Cardassianern näher als den Bajoranern. Sie stellten das Ergebnis einer Entwicklung dar, die niemand vorhergesehen hatte. *Jetzt sind sie zu den Leuten geworden, gegen die wir damals gekämpft haben*, dachte Kira betroffen.

Ihre Überlegungen führten sie zu einem dunklen, toten Ort in ihrem Innern. *Vielleicht ist das der Grund, warum uns Kai Opaka verlassen hat*. Dieser Gedanke brachte noch mehr Verzweiflung. Vielleicht war die Kai gar nicht dem Ruf der Propheten gefolgt. *Möglicherweise ist sie von den Propheten verstoßen worden*, fuhr es Kira durch den Sinn. *Von jenen, die Bajors Zukunft sahen*. Eine Zukunft, in der es keinen Platz für Bajoraner wie die Kai gab.

»Warum sind Sie gekommen?«

Ein oder zwei Sekunden lang erlag Kira einer akustischen Täuschung und glaubte, die Stimme der Kai zu hören. Sie hielt unwillkürlich die Luft an – und ließ den Atem entweichen, als sie begriff, daß die Worte vom Funktionär stammten. Von dem jungen Mann, der sie in diese Hölle aus aufgeregtem Lachen geführt hatte.

»Oder warum *glauben* Sie, hierhergekommen zu sein?« Der Beamte beugte sich vor, während er auf eine Antwort wartete.

»Ich . . . ich weiß es nicht.« Kira schüttelte den Kopf und fühlte sich wie im Gespinst eines Traums gefangen. Wo mochte sie erwachen? In ihrem Quartier an Bord von Deep Space Nine? Vielleicht auf dem Boden ihrer Heimatwelt? Sie erinnerte sich an eine Zeit, in der sie unter dem freien Himmel von Bajor geschlafen hatte, in der Gesellschaft von anderen Widerstandskämpfern und mit schußbereiten Waffen. Sie alle waren bereit gewesen, sich am nächsten Morgen zu opfern, beim Angriff auf ein cardassianisches Munitionslager. Tatsächlich kam jeder zweite von ihnen bei der Aktion ums Leben. Doch am Abend zuvor hatte Kira einen sonderbaren Frieden gespürt, der sich jenseits von Hoffnungen und Wünschen erstreckte . . .

Die Stimme des Funktionärs schien jetzt direkt an ihrem rechten

Ohr zu ertönen und sich in ein Gewicht zu verwandeln, das Kiras Lider nach unten zog. »Ich nenne Ihnen den Grund. Es ist der gleiche, der Sie kurz vor dem Staatsstreich veranlaßte, Bajor zu besuchen und das Hauptquartier der Separationsfront zu betreten. Sie haben eine Vision von sich selbst, nicht wahr, Major? Sie sehen sich gern als eine Art Racheengel, als feuriges Schwert, als Einsatzgruppe, die nur aus Ihnen besteht. Ihre Offizierskollegen von Deep Space Nine glauben, daß Sie an chronischer Ungeduld leiden und so häufig etwas auf eigene Faust unternehmen, weil Sie den Eindruck haben, daß niemand mit Ihnen Schritt halten kann. Die Wirklichkeit sieht ein wenig anders aus: Sie *wollen* gar nicht, daß man Ihnen hilft. Sie *wollen* allein aktiv werden. Was haben Sie diesmal vor?« Ein Hauch Sarkasmus kroch in die Stimme. »Suchen Sie nach einem Schalter, der die Energiereaktoren explodieren läßt und ganz Moagitty pulverisiert? Ein gewaltiger Kataklysmus, mit Ihnen in der Mitte – das fände sicher Ihre Zustimmung. Oder etwas anderes, das weniger theatralisch ist, aber ebensoviel Genugtuung offeriert. Zum Beispiel der Wunsch, mir mit bloßen Händen die Kehle zu zerfetzen.«

Ruckartig öffnete Kira die Augen und sah nicht etwa den Funktionär, sondern ein Fleisch gewordenes Bild von McHogue. Die Verwandlung war so einfach, als ginge es nur darum, eine Maske abzustreifen – um darunter ein schmales, lächelndes Gesicht erscheinen zu lassen, das Kira von Fotos her kannte.

»Sie sollten nicht so überrascht sein, Major.« Die in Schwarz gekleidete Gestalt kam einem visuellen Vakuum gleich und fesselte Kiras Aufmerksamkeit. »Hier sind Sie in meinem Territorium – immerhin ist diese Stadt nach mir benannt, oder? Sie sollten sich geschmeichelt fühlen, weil man Ihnen eine besondere Behandlung zuteil werden läßt.«

Kira hatte fast das Gefühl, vom Shuttle aus eine der Holo-Kammern betreten zu haben, die mit kortikalen Induktionsmodulen ausgestattet waren. Praktisch *alles* konnte geschehen.

»Ich bedauere sehr, daß wir auf unterschiedlichen Seiten stehen, Major. Es ist wirklich schade. Dies hier ...« McHogues Geste galt dem weiten offenen Bereich. »Es wird noch alles viel größer. Wir stehen erst am Anfang. Aus diesem Grund sind General Aur und andere – darunter auch viele ehemalige Kameraden von Ihnen – zu meinen Geschäftspartnern geworden. Weil sie die Möglichkeiten erkennen. Ich würde mich sehr freuen, auch Sie als Mitarbeiterin zu gewinnen. Für Ihre Fähigkeiten hätten wir gute Verwendung.«

»Ersparen Sie mir Ihr Rekrutierungsgerede.« Die gespenstische Metamorphose blieb weiterhin ein Rätsel, aber der von ihr ausgelöste Schock ließ nun nach. »Ich kann mir durchaus denken, was es mit Ihren Plänen auf sich hat.«

»Nein, das können Sie nicht. Sie haben überhaupt keine Ahnung.« McHogues Lächeln wurde frostiger. »Wenn Sie Bescheid wüßten ... Dann wäre Ihnen klar, daß Ihnen in diesem Zusammenhang vielleicht gar keine Wahl bleibt.« Er drehte sich um und ging an der Balustrade vorbei. »Ich möchte Ihnen noch einige andere Dinge zeigen.«

Kurz darauf blieben die Stimmen der vielen Besucher hinter ihnen zurück. Sie traten auf einen von unverkleideten Stützelementen und Kabelsträngen gesäumten Balkon, der Ausblick zu den Hügeln am Rand der neuen Stadt bot. Gewaltige Baumaschinen hatten die Landschaft in eine Art Wüste verwandelt. Kräne ragten dort auf, größer als die höchsten Minarette in der Hauptstadt. Von ihren langen Auslegern hingen modulare Bauteile herab und wurden von Plasmabrennern bearbeitet. Die meisten Gebäude mußten erst noch fertiggestellt werden, aber ihre Ausmaße gingen schon jetzt über alles hinaus, das Kira gesehen hatte. In einem von ihnen hätte die ganze Raumstation Deep Space Nine Platz gefunden – wie ein Ei in einem Nest aus Stahl und Beton.

»Ich schätze, ich sollte beeindruckt sein«, sagte Kira. »Ihre cardassianischen Freunde finden offenbar großen Gefallen an epischer Architektur. Nun, ich wußte schon vorher, daß sich die Cardassianer gern Denkmäler setzen.«

»Gul Dukat hat sich als sehr nützlich und ... diskret erwiesen.« McHogue lehnte sich ans Geländer. »Er ist wie wir der Meinung, daß die Cardassianer bei diesem Unternehmen nicht nur stille, sondern auch unsichtbare Partner sein sollten. Er und seine Artgenossen hatten in der Vergangenheit ernste Public-Relations-Probleme. Mit anderen Worten: Sie sind nicht sehr beliebt. Deshalb ist es für alle Beteiligten besser, wenn die Cardassianer im Hintergrund bleiben. Immerhin wollen wir keine potentiellen Kunden verlieren.«

»Oder ihr Geld.«

Der Glanz in McHogues Augen veränderte sich, als er den Blick über sein Reich schweifen ließ. »Es fällt Ihnen noch immer schwer, dies alles zu verstehen, Major. Es ist nicht so einfach, wie Sie glauben.« Er wandte sich vom Geländer ab. »Setzen wir die Besichtigungstour fort.«

Sie betraten einen weiteren Korridor mit hoher Decke und mattem, verträumtem Licht, das an eine perfekte Morgendämmerung erinnerte.

McHogue deutete zu Türen, die in schier endlose gewölbeähnliche Erweiterungen übergingen. »Das kennen Sie vermutlich.«

»Holo-Kammern.« Kira zuckte mit den Schultern. »Sollte ich jetzt überrascht sein? Offenbar gibt es in der Realität Grenzen für die Manipulation des Bewußtseins.

»Mutig gesprochen – wenn man bedenkt, daß Sie nicht einmal genau wissen, mit wem Sie reden.« McHogue sah zu den Eingängen der Projektionsräume, und sein Gesicht brachte Zufriedenheit zum Ausdruck. »Nun, Sie haben natürlich recht. Die Dabo-Tische, Bordelle und alle anderen Dinge, die das einfache Vergnügen des Lebens betreffen ... dienen in erster Linie dazu, möglichst viele Leute anzulocken. Aber wenn sich in der Galaxis erst herumgesprochen hat, daß es hier ein weitaus extravaganteres Angebot gibt ... Dann verliert der übrige Kram rasch an Bedeutung.«

Für Kira wiederholte sich plötzlich eine alte Vision: eine Vision von Dunkelheit, die ganze Welten und alle ihre Bewohner verschlingen konnte, auch Bajor und die Bajoraner.

Sie verdrängte die Gedanken daran und weigerte sich, eine solche Möglichkeit in Erwägung zu ziehen.

»Sind Sie wirklich davon überzeugt, hierfür viele Kunden zu bekommen?« Kira sah McHogue voller Verachtung an. »Wenn die Leute herausfinden, daß hier nur Tod und Wahnsinn auf sie warten ... Dann sind Sie in Moagitty allein.«

»Da mache ich mir keine Sorgen. Auch dieser Einwand basiert auf Unkenntnis, Major. Sie haben keine Vorstellung von dem wahren Potential der Stadt.« McHogue nickte nachdenklich. »Vielleicht sollten Sie mit jemandem sprechen, der mehr Erfahrung hat als Sie. Mit einer Person, der Sie vertrauen ...«

Er berührte eine Schaltfläche, woraufhin sich die Tür einer Holo-Kammer öffnete. In der Mitte des Raums kniete eine Gestalt und hielt den Kopf so weit gesenkt, daß Kira ihr Gesicht nicht erkennen konnte.

»Gehen Sie nur hinein.« McHogue lächelte. »Ihr letztes Gespräch mit jener Person liegt noch nicht sehr lange zurück.«

Kira setzte langsam einen Fuß vor den anderen und betrat die Kammer. Um sie herum bildeten inaktive sensorische Projektoren einen Käfig. Die kniende Gestalt hob den Kopf, als sie näher kam. Unerschütterlicher Glaube erstrahlte in einem Gesicht, das Kira wiedererkannte: Es war die Akolythin, mit der sie im Tempel gesprochen hatte.

»Ich habe sie gesehen«, murmelte die Frau.

»Wen haben Sie gesehen?« fragte Kira, obgleich sie die Antwort bereits kannte.

Tiefe Ehrfurcht vibrierte in der Stimme der Akolythin; sie schien eine kolossale Offenbarung erlebt zu haben.

»Kai Opaka . . .«

Kira wußte, daß McHogue hinter ihr an der Tür stand, sie beobachtete und lächelte.

Major Kira lag in ihrem Quartier auf dem Bett und starrte zur Decke empor. Eine ganze Zeitlang hatte sie dort Gesichter gesehen, Bilder aus der jüngsten Vergangenheit. Die eine Miene zeigte transzendentale Verzükkung, und ihre Aufmerksamkeit galt einem für alle übrigen Leute unsichtbaren Phänomen; die andere urteilte mit einem spöttischen Lächeln.

Während des Rückflugs nach Deep Space Nine hatte Kira über die neuesten Entwicklungen nachgedacht. Sie hatte einige Stunden in einer anderen Welt verbracht – in McHogues Welt. Bajors Himmel wölbte sich nicht mehr über einem Planeten, den sie kannte. Alles veränderte sich . . .

*Veränderung*. Dieses eine Wort genügte, um Zorn in ihr zu wecken. Fast eine ganze Schicht war seit ihrer Rückkehr vergangen, und noch immer ärgerte sie sich, wenn sie an den billigen Trick dachte, mit dem McHogue vor ihr erschienen war. Es bedeutete überhaupt nichts, sagte sie sich. Eine kurze Ablenkung, eine genutzte Chance, als sie die Augen schloß . . . McHogue war einfach an die Stelle des jungen Funktionärs getreten. An Bord von Deep Space Nine gab es einen viel beeindruckenderen Gestaltwandler: Man konnte *zusehen*, wie sich Odo verwandelte.

Kira faltete die Hände hinterm Kopf und kniff die Augen zusammen, während sie auch weiterhin zur Decke blickte. Was ihr so sehr gegen den Strich ging, war nicht etwa der Umstand, daß McHogue sie mit seinem Kunststück verblüfft hatte. *Es geht darum, daß er überhaupt einen entsprechenden* Versuch *unternommen hat*, dachte die Bajoranerin. Im Wesen jenes Mannes gab es eine seltsame Mischung aus an Mystizismus grenzender Prahlerei und der Grausamkeit eines Kinds. Wut brannte in ihr, wenn sie sich vorstellte, daß eine so unschuldige Frau wie die Akolythin aus dem Tempel McHogues Finsternis zum Opfer fiel.

Ein anderes Gefühl regte sich in ihr, ein verräterisches Empfinden, das allen ihren Versuchen trotzte, es zu vertreiben. *Und wenn es stimmt*? Eine schlichte, einfache Frage. Doch die Antwort darauf konnte alles bedeuten. Die Leidenschaft in den Worten der Akolythin, das in ihren Augen glitzernde Glück . . .

Alles falsch, alles Schwindel, so wie auch der Rest. Und wer steckte dahinter? McHogue. Sein ganzes Leben hatte er dem Betrug gewidmet, um an das Geld anderer Leute heranzukommen. Im Gegensatz zu der Akolythin und ihren Tempelschwestern: Sie sahen ihre Lebensaufgabe darin, nach der Wahrheit zu suchen.

Doch es gewann die Illusion. Sie erwies sich als die stärkere Kraft. Ein interessantes philosophisches Problem, das sicher eine Erörterung mit der Kai verdient hätte. Wenn Lügen so großen Einfluß entfalten konnten – wann wurden sie allmächtig? *Sisko hätte mich nicht vom Dienst suspendieren sollen*, fuhr es Kira durch den Sinn. Sie mußte untätig bleiben, hatte keine Möglichkeit, Widerstand zu leisten und den Kampf gegen die Veränderungen aufzunehmen. Dadurch entstand eine Leere in ihr, die sich nun mit sinnlosem Grübeln füllte. Dies bot ihr einen Hinweis darauf, daß es für sie nie einen Platz in den Tempeln des Glaubens geben konnte, bei jenen, die über das Ewige nachdachten, indem sie die Seele von allem Ballast befreiten. Kira beneidete die betreffenden Bajoraner um Fähigkeiten, die in ihr nie gewachsen waren. Der jahrelange Kampf gegen die cardassianischen Unterdrücker hatte nicht zugelassen, daß Ruhe und Gleichmut in ihr Wurzeln schlugen.

Im Zentrum ihres Selbst ballten sich die Wolken eines mentalen Unwetters zusammen, als das Shuttle startete. Während des Flugs durch die Atmosphäre hatte sie andere Wolken gesehen, die hoch über Bajor wogten und Orkane anzukündigen schienen. Die Heimatwelt wurde zu einem Spiegel für das, was in ihrem eigenen Ich geschah.

Kira setzte sich auf und fühlte, wie die Spannung in den Muskeln der Schultern und Arme wuchs. Ihre Finger bohrten sich in die Matratze.

*Sie wollen gar nicht, daß man Ihnen hilft* . . . McHogues Worte erklangen als bitteres Echo inmitten ihrer Gedanken. *Sie sehen sich gern als eine Art Racheengel, als feuriges Schwert* . . .

»Hier kann ich nicht länger bleiben.« Ihre eigene Stimme. Sie begann, Selbstgespräche zu führen . . . Ein schlechtes Zeichen. Wenn es so weiterging, wurde sie noch verrückt.

Kira schloß den Kragen der Uniform, stand auf und betätigte den Türöffner.

Ihr stand nicht der Sinn nach Gesellschaft, erst recht nicht danach, Quark in seinem Lokal jammern zu hören. Der rege Betrieb in Moagitty ließ vermuten, daß inzwischen noch mehr Tische und Nischen im Spielkasino des Ferengi leer blieben. Ein verdrießlicher Quark war sicher kein geeignetes Mittel, um ihre Stimmung zu verbessern.

Kira wanderte durch die leeren Korridore der Raumstation, und abgesehen vom Geräusch der eigenen Schritte herrschte Stille. Sie achtete gar nicht darauf, wohin sie ging, blieb erst stehen, als ihr knisternde Energie den Weg versperrte.

»Sicherheitsoffizier Odo hat eine Zugangsbeschränkung über diesen Sektor verhängt«, erklang die Sprachprozessorstimme des Stationscomputers.

Kira blickte durch die Passage hinter der energetischen Barriere und sah die Türen mehrerer Holo-Kammern. Nur bei einer glühten die Displays des Kontrollfelds. Es überraschte die Bajoranerin, daß ihre ziellose Wanderung sie ausgerechnet hierher gebracht hatte. Jenseits des Sturms zwischen ihren Schläfen gab es einen Aspekt, der eigene Absichten verfolgte.

»Hier spricht Major Kira Nerys«, sagte sie laut und zögerte, um dem Computer Gelegenheit zu geben, die Verbalstruktur ihrer Stimme zu analysieren. Sie wußte nicht, was jetzt geschehen mochte – aber einen Versuch war es sicher wert.

»Zugang gestattet.« Das leise Summen des Kraftfelds verklang.

*Natürlich*, dachte Kira. Sisko hatte ausdrücklich darauf hingewiesen: Ihre Suspendierung blieb inoffiziell. Was bedeutete, daß der Stationscomputer nichts von einer Veränderung ihres administrativen Status wußte. Wie zuvor konnte sie an Bord von Deep Space Nine jeden beliebigen Ort aufsuchen.

An der Tür des immer noch funktionsfähigen Projektionsraums blieb sie stehen, und ihre Hand verharrte dicht vor den Kontrollen. McHogues spöttische Stimme ertönte nun so laut, als stünde er direkt neben ihr.

*Auch dieser Einwand basiert auf Unkenntnis, Major. Sie haben keine Vorstellung von dem wahren Potential der Stadt . . .*

Die Akolythin wußte Bescheid. Irgend etwas hatte sie ins Herz von Moagitty gebracht, in eine Kammer, deren Wände sich scheinbar auflösen konnten, um einer anderen Welt zu weichen . . .

Einer Welt, die *was* zeigte?

Diese Frage war unbeantwortet geblieben, als sich Kira vorgebeugt hatte, um in die Augen der Akolythin zu blicken, dort nach einer Erklärung für die wenigen geheimnisvollen Worte zu suchen.

Nein, sie konnte nichts *Wirkliches* gesehen haben, nur einen Trick, eine von McHogues vielen Illusionen. Lügen, die töteten; Dunkelheit, die Licht tilgte. Kira wußte das und konnte nichts anderes glauben, im Gegensatz zur Akolythin. Ihr Gesichtsausdruck hatte die Leidenschaft bestätigter Frömmigkeit gezeigt, jene Art von glücklichem Frieden, wie ihn eigentlich nur die segnende Hand der Kai schenken konnte.

Ein Rätsel. Wie alle Repräsentanten des Glaubens war die Akolythin in einer langen Ausbildung darauf vorbereitet worden, den Unterschied zwischen Wahrheit und Lüge zu erkennen; auf diese Weise dienten sie allen, die auch nur ein wenig von der bajoranischen Religion in ihrer Seele trugen. Wenn sich solche Personen von McHogue täuschen ließen ... Es bedeutete, daß seine Lügen nicht von der Wahrheit unterschieden werden konnten.

Mit anderen Worten: Es war offenbar möglich, in einer Holo-Kammer des Lügners die Wahrheit zu finden.

»Es gibt nur einen Weg, mehr herauszufinden.« Kira sprach erneut mit sich selbst, um mit ihrer Stimme die beklemmende Stille aus dem Korridor zu verbannen. Doch es nützte kaum etwas. Das Herz pochte ihr bis zum Hals empor, als sie eine ganz bestimmte Schaltfläche des Kontrollfelds berührte.

Die Tür öffnete sich, und Kira betrat den Projektionsraum. Mit einem leisen, kaum mehr wahrnehmbaren Zischen glitt das Schott hinter ihr zu.

Vor der Bajoranerin erstreckte sich eine endlose holographische Welt.

Sie hatte halb damit gerechnet, daß McHogue hier auf sie wartete, um sie in seiner Domäne willkommen zu heißen. Statt dessen begegnete sie einer Stille, die noch absoluter und profunder war als im Korridor. Kira lauschte, vernahm jedoch nur die eigenen Atemzüge und das dumpfe Rauschen des Blutes in ihren Adern.

Die Finsternis wich ein wenig fort, als sie sich in Bewegung setzte. Unter den Stiefeln fühlte sie weichen Boden und kleine Steine. Das war natürlich eine Illusion, erzeugt von niederenergetischen Traktorstrahlen, die ihren Tastsinn stimulierten. Doch diesmal wirkte das Empfinden überzeugender als jemals zuvor. Bisher hatte Kira die künstlichen Welten von Holo-Kammern immer für amüsant und auch interessant gehalten, nicht in dem Sinne für *überzeugend*. Sie erinnerte sich an die Notwendigkeit, einen Rest von Zweifeln ganz bewußt aus sich zu verbannen – offenbar mußte man mit der Bereitschaft kommen, das künstliche Ambiente für echt zu halten.

Jetzt blieb in Kiras Erlebniswelt kein Platz mehr für Zweifel. Sie wurde nun mit einem anderen Problem konfrontiert. Es bestand darin, nicht zu vergessen, daß außerhalb dieses holographischen Universums noch ein anderer, größerer Kosmos existierte. Sie wußte, daß es sich dabei um eine Wirkung des hier aktiven kortikalen Induktionsmoduls handelte – ganz deutlich entsann sie sich an die von Dax und Bashir verfaßten Berichte. Unbehagen erfaßte sie. Einige Sekunden lang stellte sie sich vor, daß McHogues Hand bis in ihren Schädel reichte und direkten Einfluß auf das Bewußtsein nahm.

Kira hob den Kopf und sah vertraute Sternbilder – solche Konstellationen waren von der nördlichen Hemisphäre Bajors aus sichtbar. *Er hat sie meinem Kopf entnommen und hier installiert*, dachte sie. Seltsamerweise ließ diese persönliche Note sie noch mehr frösteln als die kühle Nachtluft.

Licht flackerte weiter vorn. Kira nahm den besonderen Geruch eines offenen Feuers wahr, hörte das Knistern von verbrennendem Holz. Reminiszenzen schienen plötzlich konkrete Substanz zu gewinnen – sie kannte diesen Ort. Hinter ihr erstreckte sich unter Strom gesetzter Stacheldraht. Im unsteten Schein der Flammen wirkten die einzelnen Spitzen wie für immer in der Finsternis erstarrte Funken.

Dies war ihr Zuhause.

Eine andere, kleinere Heimat – die erste ihres Lebens. Noch etwas, das McHogue und sein Induktionsmodul ihrem Gedächtnis entnommen hatten. In diesem Flüchtlingslager war Kira aufgewachsen; es gab keine früheren Kindheitserinnerungen.

Einige ausgemergelte, in Lumpen gehüllte Bajoraner saßen am Feuer. Elend und Apathie zeigten sich in ihren hohlwangigen Gesichtern. Ein Mädchen hockte neben seiner Mutter, bestand fast nur aus Haut und Knochen. Es spendete Trost und empfing gleichzeitig welchen. Worte, irgendwann von jemandem ausgesprochen, flüsterten durch Kiras Selbst ...

*Halb verhungerte kleine Ratte ...*

... und verklangen. Die Leute schienen Kira nicht zu bemerken, während sie am Rand des vom Feuer erhellten Bereichs stand. Sie kam sich vor wie ein Geist, der zurückgekehrt war, um jene Personen zu beobachten, die in ihrem Innern weiterlebten. Das hungernde Mädchen blieb immer hier, an einem Ort, den es jederzeit sehen, jedoch nie berühren konnte.

Aus der Ferne kam ein charakteristisches Geräusch: Etwas sauste durch die Luft, zerfetzte Fleisch und Knochen. Die am Feuer sitzenden Leute reagierten, indem sie die Augen zusammenkniffen und sich duckten, als seien sie selbst getroffen worden.

Das Geräusch wiederholte sich, diesmal gefolgt von einem schmerzerfüllten Schrei.

Kira beobachtete, wie das Mädchen seine Mutter ansah und dann stumm fortwich, in die von den Flammen projizierten zitternden Schatten. Der Blick der Kleinen verweilte noch einige Sekunden lang bei den Erwachsenen, dann drehte sie sich um und eilte zu den Baracken des Lagers.

Die ältere Kira folgte dem Kind und wußte, was sich ihm darbieten würde. Sie hatte es damals selbst gesehen, in einer Nacht, die bis heute nicht zu Ende gegangen war ...

Mehrere cardassianische Wächter hatten einen grauhaarigen Bajoraner an einem Schuppen festgebunden – die Knoten der ledernen Riemen unterbanden die Blutzirkulation. Der Rücken war eine einzige blutige Masse, das Ergebnis einer auf maximale Durchdringungstiefe eingestellten Peitsche. Ein cardassianischer Offizier beobachtete das Geschehen gelangweilt. Alle seine Fragen waren unter heftigen Schmerzen beantwortet worden. Nur einen Meter entfernt kniete ein anderer Bajoraner und stopfte sich gierig eine armselige Ration in den Mund – der Lohn dafür, den Fluchtplan verraten zu haben.

Die Wächter lächelten, als der Offizier die Waffe zog und sie auf den Kopf des Informanten richtete. Der Mann sah auf und erstarrte; einige trockene Krümel fielen ihm von den Lippen.

Das Mädchen verbarg sich hinter einer Ecke und sah alles. Kira kannte die Lektion, die in ihr Herz geschrieben wurde.

*Du möchtest alles selbst erledigen, weil du niemandem traust ...*

Der Offizier betätigte den Auslöser der Waffe.

*Bleib allein. Dann erlebst du keine bitteren Enttäuschungen ...*

Ein Energiestrahl bahnte sich seinen Weg zur Stirn des knienden Bajoraners, spiegelte sich zornig in den Pupillen des Mädchens wider.

Kiras Hand tastete nach dem Halfter. Sie fand nicht etwa den von Deep Space Nine stammenden Phaser, sondern jene Waffe, die sie während des Widerstandskampfs bevorzugt hatte – ihr dicker Lauf reichte fast bis zum Knie. Das Ding schien ganz leicht zu sein, als sie es hob.

Die Cardassianer sahen sie, als der Geist der Waffe plötzlich sichtbar und lebendig wurde. Der *Feind* wandte sich von seinen Opfern ab, von der Leiche auf dem Boden und dem stöhnenden Festgebundenen, der aus Dutzenden von tiefen Wunden blutete.

Ein anderes Feuer glänzte und sprang durch die Luft, so als hätte sich auf einmal ihr Herz geöffnet, um den ganzen Inhalt freizugeben. Tödliche Energie schlug den Cardassianern entgegen, in deren Gesichtern sich nun Verblüffung zeigte. Die erste Entladung der Waffe erfaßte die beiden Wächter, riß sie von den Beinen und schleuderte sie einige Meter entfernt tot zu Boden. Herrlich langsam drehte sich Kira, um auf den Offizier zu zielen. Das Feuer gleißte erneut, ein reinigendes Feuer, das Böses verbrannte.

Kira atmete tief durch, und intensive Freude prickelte in ihr. Sie schloß die Augen und wußte: Das Mädchen hatte alles gesehen, in seinen Träumen. *Ich selbst habe es gesehen, damals.*

Die Luft schien zu glühen. Kira spürte nun das Gewicht der schweren Waffe, die wie eine Erweiterung ihres Arms war – eine brennende Ader, die zu einem Punkt zwischen ihren Brüsten führte. Das Kind existierte nicht mehr als eigenständige Entität, sondern hatte sich mit ihr vereint, saß nun hinter ihren Augen und beobachtete von dort aus. Sie öffnete die Augen wieder und sah das Flüchtlingslager: Es drehte sich unter ihr, und zwischen den Baracken wuchs eine Säule aus Feuer.

Eine Stimme ertönte. *Was auch immer du dir wünschst – ich kann es dir geben.*

Es scherte sie nicht, woher die Macht kam. In dieser Welt gab es weder Lügen noch Wahrheiten. Wilder Zorn vibrierte in ihr und fügte der flakkernden Glut ein neues Feuer hinzu.

Kira stieg höher am Nachthimmel der Erinnerung und des Traums. Sie blickte auf die gesamten Besatzungstruppen hinab und sah, wie sich fassungslose cardassianische Mienen der neuen Sonne zuwandten, die nun in der Finsternis leuchtete. Die Waffe war aus Kiras Hand verschwunden, aber sie brauchte sie auch nicht mehr. Eine knappe Geste genügte, um das heilige Feuer des Racheengels zum Horizont zu schleudern, Funken des Todes auf die Gegner herabregnen zu lassen. Sie schickte sich an, die ganze Welt zu läutern und zu säubern . . .

»Kira!«

Wer hatte ihren Namen genannt? Sie drehte sich mitten in der Luft, und Wut blitzte in ihren Augen. Die brennende Hand kam nach oben, streckte sich einem Gesicht entgegen, das sie kaum erkennen konnte.

Jemand oder etwas packte sie an den Schultern. Dunkelheit umhüllte Kira, und sie fiel, prallte nur eine Sekunde später auf einen Boden aus hartem Metall.

Sie öffnete die Augen und sah zu Commander Sisko auf. Hinter ihm erstreckten sich die kahlen Wände einer Holo-Kammer.

Die auf dem Boden liegende Frau drehte sich zur Seite und begann zu schluchzen.

Tränen rannen ihr über die Wangen, die Tränen eines Kindes. Sie kündeten nicht etwa von Scham, sondern von einem unermeßlichen Verlust.

# 13

»Sie können froh sein, daß der Commander Sie da drin gefunden hat.« Dax blickte auf den Datenblock, dessen Display Diagnoseresultate zeigte. Einige Werte des Hirnscans lagen ein wenig außerhalb des Toleranzbereichs, aber es hatte bereits eine Phase der Normalisierung eingesetzt.

»Nennen Sie mir Einzelheiten.« Major Kira ruhte auf der Untersuchungsliege und sah zur Decke der Krankenstation. »Oder besser nicht.«

»Ich meine es ernst.« Jadzia Dax legte den Datenblock beiseite. »Es hätte viel schlimmer kommen können. Allem Anschein nach hat sich der vom Induktionsmodul bewirkte Effekt verstärkt, und zwar auf exponentieller Basis. Wer sich jetzt auch nur wenige Stunden in einer entsprechenden Holo-Kammer aufhält, muß mit den gleichen Folgen rechnen wie zuvor jemand, der sich über viele Wochen hinweg immer wieder dem Einfluß der kortikalen Induktion aussetzte.«

»Wie lange war ich in dem Projektionsraum?«

»Ob Sie's glauben oder nicht: sieben Komma fünf Minuten, vom Schließen der Tür bis zur Deaktivierung des Programms durch Commander Sisko.«

Kira tastete mit der Hand zur Schläfe. »Stunden schienen zu verstreichen, besonders zum Schluß . . .«

»Diesen Eindruck gewannen Sie aufgrund des Zeitdehnungsphänomens. Es gab bestimmte Anzeichen dafür, aber bisher nie in einem solchen Ausmaß. Deshalb hat O'Brien ein Warnsystem in der betreffenden Holo-Kammer installiert. Als es in der OPS einen Alarm auslöste, machte sich Sisko sofort auf den Weg.«

Dax begann damit, die verwendeten Geräte wegzuräumen. Eigentlich fiel Kiras Untersuchung in Bashirs Zuständigkeitsbereich, doch der junge Arzt hatte zu viele Stunden im Laboratorium verbracht und war vor Erschöpfung fast zusammengebrochen. Er schlief nun, und Dax wollte ihm noch etwas Ruhe gönnen.

»Es könnte uns helfen, wenn Sie mir genau schildern, was Sie in der Holo-Kammer erlebt haben.« Dax sah über die Schulter hinweg zur Bajoranerin. »Wenn Sie darüber sprechen möchten . . .«

»Oh, sicher, warum nicht?« Kira setzte sich auf und stützte die Hände am Rand der Liege ab. »Es dürfte mir kaum möglich sein, mich noch mehr in Verlegenheit zu bringen.«

Dax hörte sich die Beschreibungen an und klassifizierte die imaginären Wahrnehmungen sowie das damit einhergehende Verhalten als klassische Rachephantasien, verbunden mit Größenwahn. In diesem Zusammenhang ergab sich eine interessante philosophische Frage, über die Dax später genauer nachdenken wollte: Wem mußte der Größenwahn zugeordnet werden? Kira? McHogue? Oder einem kleinen, hungernden Mädchen in einem bajoranischen Flüchtlingslager, das gar nicht mehr existierte?

»Wenn Sie befürchten, daß ich überschnappe ... Sperren Sie mich ein.« Kira sah wieder zur Decke. »Ich verspreche Ihnen, mich nicht zu widersetzen.«

Dax lächelte. »Das halte ich nicht für notwendig. Hüten Sie sich nur davor, die Holo-Kammer noch einmal zu betreten.«

»Ich schätze, das wäre gegen den ärztlichen Rat.«

»Es wäre gegen *meinen* Rat. Und es verstieße auch gegen Commander Siskos ausdrücklichen Befehl. Er bat mich, Ihnen das mitzuteilen.«

Kira stöhnte leise. »Daß ausgerechnet Sisko in der OPS sein mußte, als es zu dem Alarm kam ... In meiner Erinnerung taucht das Bild eines Commanders auf, der bereit zu sein schien, mir mit bloßen Händen den Kopf abzureißen.«

Dax wußte, wie beeindruckend Benjamin wirken konnte, wenn er wütend war. Major Kira sprach ganz offen darüber, was ein erstaunliches Maß an Willenskraft bewies.

»Vermutlich galt sein Ärger in erster Linie McHogue. Vielleicht verspürte er den Wunsch, die Holo-Kammer in ihre Einzelteile zu zerlegen und sich *anschließend* McHogue vorzuknöpfen.«

»Dabei wäre ich ihm gern behilflich.« Kira schloß den Kragen der Uniform – Dax hatte ihn zuvor geöffnet, um einen Bioscanner auf den Hals zu richten. »Wenn ich mich doch nur irgendwie nützlich machen könnte ...«

»›Es helfen auch jene, die in Bereitschaft warten ...‹«

»Wie bitte?« Kira blinzelte verwirrt.

Dax schloß den Instrumentenschrank. »Eine terranische Redensart, die ich von Benjamin gehört habe. Über ihren genauen Ursprung gab er keine Auskunft. Was eigentlich auch gar keine Rolle spielt. Wenn man die Ethnographie ausreichend vieler galaktischer Kulturen untersucht, so stößt man häufig auf ähnliche Ausdrücke.«

»Da haben Sie sicher recht. Ich entsinne mich daran, etwas Vergleichbares von Kai Opaka gehört zu haben.« Kira stand auf. »Nun, derzeit steht mir nicht der Sinn danach, über solche Dinge zu streiten. Ich bin vollkommen erledigt und habe nur noch den Wunsch, in mein Quartier zurückzukehren, um dort ein oder zwei Schichten lang zu schlafen. Die Erlebnisse in der Holo-Kammer haben mich völlig geschafft, auch wenn alles nur gut sieben Minuten dauerte.«

»Es liegt an der starken Verringerung des Katecholaminniveaus im Gehirn. Gewisse chemische Substanzen haben einen ähnlichen Effekt. Es gibt keine Anzeichen für einen permanenten Schaden, aber es dauert eine Weile, bis sich die Nervenzellen vom Streß erholt haben.« Dax betätigte die Taste neben der Tür, und das Schott glitt beiseite. »Die richtige Behandlungsmethode haben Sie bereits genannt: Schlaf. Und zwar jede Menge. Es dürfte kaum nötig sein, daß Ihnen Dr. Bashir dafür ein Rezept ausstellt.«

Als Kira gegangen war, klopfte Dax auf ihren Insignienkommunikator und stellte eine Verbindung zu Sisko her.

»Nun, wie geht es ihr?« Die Stimme des Stationskommandanten klang ruhig und beherrscht, aber Dax hörte die Besorgnis darin.

»Es geht ihr gut, Benjamin. Beziehungsweise den Umständen entsprechend. Die Zeit in der Holo-Kammer hat sich bei ihr nicht so negativ ausgewirkt wie die Suspendierung vom Dienst.«

»Ist das eine psychologische Einschätzung der Situation? Ich wußte gar nicht, daß du derartige Analysen vorgenommen hast.«

Das Du galt nicht so sehr Jadzia, sondern dem alten Mentor, der in den Erinnerungen des Symbionten weiterlebte.

»Das war auch gar nicht nötig«, erwiderte Dax. »Es ist keine psychologische Einschätzung, sondern eine persönliche Feststellung. Ich brauche Kira nicht so lange zu kennen wie dich, um ihr Wesen zu verstehen. Ihre jüngsten Verhaltensmuster verraten eine Irrationalität, die wenigstens teilweise ein direktes Resultat der gegen sie eingeleiteten Maßnahmen ist. Kiras Persönlichkeitsstruktur basiert fast vollständig auf ihrem Status als Verbindungsglied zur bajoranischen Regierung sowie ihrer Funktion als Starfleet-Offizier und Stellvertreterin des Kommandanten. General Aur und die Separationsfront nahmen ihr das eine, du das andere. Um ganz ehrlich zu sein, Benjamin: Du trägst Mitverantwortung für das, was passiert ist.«

Einige Sekunden lang herrschte Stille. Dax stellte sich vor, wie Sisko allein in seinem Büro saß und über ihre Worte nachdachte.

»Ich weiß«, entgegnete er schließlich. »Unglücklicherweise konnte ich dieser Sache kaum Aufmerksamkeit schenken. Was schlägst du vor?«

»Kira sollte sofort wieder den Dienst antreten.«

»Da gibt es ein Problem. Ich habe aus gutem Grund Maßnahmen gegen Major Kira ergriffen. Die Sicherheit und Mission von Deep Space Nine haben oberste Priorität. Wenn in diesem Zusammenhang Zweifel an Kiras Loyalität existieren, so bin ich gezwungen, ihnen Beachtung zu schenken und die notwendigen Schritte einzuleiten.«

Dax hatte mit dieser Antwort gerechnet und war vorbereitet. »Denk mal darüber nach, Benjamin. Inzwischen steht fest, daß die Cardassianer an den jüngsten Entwicklungen auf Bajor beteiligt sind. Gul Dukat rühmt sich geradezu seiner speziellen Beziehungen zum Wirtschaftsminister der neuen Regierung. Kiras Erlebnisse in der Holo-Kammer beweisen, daß sie gar nicht fähig wäre, sich auf irgendeine Übereinkunft mit den Cardassianern einzulassen – dafür haben sich im Lauf der Jahre zuviel Haß und Zorn in ihr angestaut. Nur ihre ausgeprägte Charakterstärke hat es ermöglicht, jene negative Energie in konstruktive Verhaltensmuster umzusetzen. Wir können von Glück sagen, daß jemand wie sie für uns arbeitet.«

»Danke für den Hinweis, Dax.« Sisko klang nachdenklich. »Deine Argumente leuchten mir ein. Na schön. Ich nehme die Sache auf meine Kappe und lasse Major Kira unverzüglich mitteilen, daß sie in den Dienst zurückkehren kann.«

»Ich möchte dem ersten Vorschlag einen zweiten hinzufügen, wenn du gestattest.«

»Ich bin ganz Ohr.«

»Warte mit der Benachrichtigung bis zur übernächsten Schicht. Kira ist erschöpft und braucht Ruhe.«

Benjamin Sisko beherzigte auch diesen Rat. Nach dem Gespräch mit ihm schloß Dax die Augen und spürte die eigene Müdigkeit. Auch sie selbst hätte Ruhe gebrauchen können. Abgesehen von der zusammen mit Bashir geleisteten Forschungsarbeit, die den Rätseln der manipulierten Holo-Kammern galt, gab es auch noch etwas anderes, das sie beschäftigte: bestimmte Daten, von denen nur sie wußte, niemand sonst. Dieses Geheimnis lastete schwer auf ihr.

So kleine Abweichungen, und so weit entfernt . . . *Ich sollte Benjamin davon erzählen*, dachte Dax. Ihr alter Freund zögerte bestimmt nicht, seiner Pflicht als Kommandant von Deep Space Nine gerecht zu werden und die Bürde der Verantwortung zu tragen. Wie konnte sie so etwas zulassen, wenn er sich bereits um zu viele Dinge kümmern mußte? Irgendwann war auch jemand wie Benjamin am Ende.

Dax rieb sich die Augen. Die von den Fernsensoren übermittelten

Daten formten winzige Schattenbilder in ihrem Innern. Wenn sie irgendeine Bedeutung hatten, so weigerten sie sich hartnäckig, darüber Auskunft zu geben. Vielleicht stellten sie nichts weiter dar als unwesentliche Störungen in der allgemeinen Routine des Universums, Staub auf unbekannten und unfaßbaren Zahnrädern ...

Jadzia Dax atmete tief durch, öffnete die Augen und sah die vertraute Umgebung des Laboratoriums. Solange die Daten überhaupt keine Signifikanz offenbarten, blieb ihr gar nichts anderes übrig, als dieses besondere Geheimnis auch weiterhin für sich zu behalten.

Von der Flamme des Plasmabrenners ging ein weißgelber Glanz aus – eine solche Farbe erwartete man im Zentrum eines Sterns. Mit der Deaktivierung des Geräts verklang das Zischen von Metall, das verschweißt wurde. Die Stille kehrte zurück.

Odo hatte dem Vorgang zugesehen, ohne irgendwelche Schutzmechanismen zu verwenden. Er formte ganz einfach eine spezielle Schutzschicht vor den Augen, einen Filter, der nur einen Bruchteil des grellen Lichts zu den visuellen Rezeptoren gelangen ließ.

»So, das wär's.« O'Brien hob den Schild, und dahinter kam ein schweißfeuchtes Gesicht zum Vorschein. Die von Trägern und Kabelsträngen gesäumte Nische bot nicht viel Platz, wodurch die völlig unbewegte Luft noch heißer erschien. Er legte den Brenner beiseite, streckte sich und rieb den verlängerten Rücken. »Damit ist der letzte Zugang blockiert.«

»Zumindest der letzte, den uns der Frachtarbeiter genannt hat.« Odo blickte am Chief vorbei zur massiven Stahlplatte, die ein – mit normalen Mitteln – unüberwindliches Hindernis für jeden darstellte, der unbemerkt das Innere der Raumstation erreichen wollte. Es hatte sich als leichter herausgestellt, das Problem von innen her zu lösen, als eine Arbeitsgruppe ins All zu schicken.

»Wenn wir noch mehr Löcher entdecken, stopfen wir sie eben.« O'Brien mußte den Kopf gesenkt halten, um nicht an die dicken Rohrleitungen weiter oben zu stoßen. »Aber ich glaube nicht, daß weitere Maßnahmen dieser Art notwendig werden. Ich habe die Situation mit Hilfe eines neuen Strukturanalyseprogramms geprüft und dabei folgendes festgestellt: Wenn jemand versucht, an einer anderen Stelle ins Innere von Deep Space Nine vorzustoßen, so käme es zu einem Alarm in Hinsicht auf die Außenhüllenintegrität. Wir haben schwache Stellen gefunden, von denen McHogue und die Cardassianer überhaupt nichts wußten.«

O'Brien demontierte den Plasmabrenner und verstaute die Einzelteile. »Allerdings ... Wir sperren die Scheune zu, nachdem die Pferde längst über alle Berge sind.«

Diese Worte berührten einen wunden Punkt in Odo. Es schmerzte ihn noch immer, daß ein so abscheuliches Geschöpf wie McHogue sein Unwesen auf Deep Space Nine getrieben hatte – in einer Welt, die der Gestaltwandler als seine Heimat empfand. Wenn man herausfand, daß der eigene Sohn beinah den Manipulationen und Machenschaften eines solchen Individuums zum Opfer gefallen wäre ... Odo verstand Siskos Gefühle. Es fiel schwer, angesichts einer solchen Sache rational zu bleiben. Je mehr Schwachstellen O'Brien und er in der Hülle von DS9 gefunden hatten, desto heißer brodelte der Zorn in ihm. Er wäre bereit gewesen, auf Rechte, Pflichten und den Rang des Sicherheitsoffiziers zu verzichten, um fünf Minuten lang zusammen mit McHogue in einem Zimmer eingeschlossen zu sein. In einem solchen Fall hätte er garantieren können, daß nur einer von ihnen den Raum lebend verließ.

»Beruhigen Sie sich.« O'Brien bemerkte den Ärger in Odos normalerweise ausdrucksloser Miene. »Sonst brennt bei Ihnen noch eine Sicherung durch. Oder vielleicht droht einem cholerischen Gestaltwandler ein anderes Schicksal. Vielleicht blähen Sie sich auf wie ein Ballon und platzen schließlich. Und dann müßten wir hier saubermachen; wäre sicher eine Menge Arbeit.«

»Sehr witzig.« Odos finstere Miene veränderte sich nicht. »Es ist mir ein Rätsel, wie Sie es schaffen, sich in einer solchen Situation die gute Laune zu bewahren. Wenn ich mir vorstelle, daß McHogue mit seinen Induktionsmodulen ganz nach Belieben kam und ging ... Ich finde es *widerlich*.«

»Ich weiß, was Sie meinen.« O'Brien packte die letzten Sachen ein. »Wenn McHogue und seine Komplizen ein Drucksiegel beschädigt hätten ... In dem Fall wäre eine explosive Dekompression möglich gewesen. Mit *sehr* unangenehmen Folgen für uns. Was meine vermeintliche gute Laune betrifft ... Eigentlich läuft es darauf hinaus, daß Sie Polizist sind und ich Techniker. Sie haben ein Perfektionsideal, und ich weiß aus Erfahrung, daß nichts exakt so funktioniert, wie man es möchte. Das gilt insbesondere für diese Station. Das Leben hält immer wieder Überraschungen bereit – andernfalls wäre ich arbeitslos.« Er griff nach der Werkzeugtasche. »Kommen Sie. Ich gebe einen aus.«

Aufgrund seiner besonderen physischen Struktur brauchte Odo keine Flüssigkeit aufzunehmen. Allerdings wußte er, daß es beim Umgang mit anderen Personen und insbesondere mit Kollegen gewisse Regeln zu beachten galt. Deshalb erhob er keine Einwände, als O'Brien in Quarks Bar zwei Syntho-Bier orderte und der Ferengi die beiden Krüge auf den Tisch stellte. Er gab keinen Ton von sich und kehrte in wortloser Verdrießlichkeit zur Theke zurück.

»Prost.« O'Brien setzte seinen Krug an die Lippen, trank und wischte sich Schaum vom Mund. Anschließend sah er sich erstaunt um. »Was ist denn hier los? Ich habe dieses Lokal noch nie so leer gesehen.«

Odos Blick glitt durch den Raum. Nur wenige andere Gäste waren zugegen. »Quarks Geschäfte gehen schlecht, was seine kummervolle Miene erklärt. Wer nach Vergnügen sucht, scheint sich mehr von der Stadt Moagitty auf Bajor zu erhoffen.«

O'Brien schüttelte ungläubig den Kopf. »Leute, die sich in Mörder verwandeln . . . Man sollte meinen, daß so etwas keine gute Werbung ist.«

»Ganz im Gegenteil. Aufgrund meiner Erfahrungen überrascht es mich keineswegs, daß die Abgestumpften und Gelangweilten bei ihrer Suche nach neuen, exotischen Stimuli Dinge interessant finden, die letztendliche Selbstzerstörung in Aussicht stellen.«

»Ist ja prächtig.« O'Brien hatte den Krug bereits zur Hälfte geleert.

»Sie sollten sich einmal die Transitprotokolle ansehen. Seit McHogues Unternehmen richtig läuft, hat der Direktverkehr nach Bajor stark zugenommen. Inzwischen entstehen dadurch ernste Navigationsprobleme. Schlechtes Wetter in weiten Bereichen von Bajor sorgt dafür, daß viele Schiffe und Shuttles im Orbit warten, wodurch sich weitere Schwierigkeiten für den Verkehr ergeben. Wie dem auch sei: Auf lange Sicht können selbst die heftigsten Orkane McHogues Kunden nicht davon abhalten, ihr Ziel zu erreichen.«

»Scheint so etwas wie ausgleichende Gerechtigkeit zu sein.« O'Brien trank den Krug aus und stellte ihn auf den Tisch. »McHogue muß geschwänzt haben, als man in der Schule über Sodom und Gomorrha sprach.«

»Mit den Begriffen bin ich nicht vertraut.«

»Heutzutage geht es fast allen so.« Das Syntho-Bier schien O'Briens Zunge gelöst zu haben. »Nun, McHogue weiß von diesen Dingen vielleicht mehr als alle anderen. Wie heißt es so schön? ›Was ist so schrecklich an einem Sturm, wenn man ihn mit jemandem vergleicht, der Spaß haben möchte?‹«

Odo musterte den Chief verwirrt. »Ich weiß nicht, wovon Sie reden.«

»Schon gut. Wollte nur mit meiner Bildung angeben. Kenne mich ein wenig in der Literatur des zwanzigsten Jahrhunderts aus und so . . .« O'Brien schob den Stuhl zurück und stand auf. »Es war mir eine Freude, wie immer. Doch jetzt muß ich los. Meine Frau wartet auf mich.« Er drehte sich um und ging zur Tür.

Odo blieb allein zurück und blickte auf die beiden Krüge: einer leer, der andere noch immer voll. Draußen erstreckte sich eine gespenstisch stille Promenade.

Im Verlauf der letzten Schichten waren Odos Aufgaben als Sicherheitsoffizier immer einfacher geworden. Inzwischen fiel es ihm sogar schwer, die ganze Zeit über beschäftigt zu bleiben. Es dauerte nur wenige Stunden, die Dateien zu ordnen und veraltete zu löschen. Eigentlich hatte gar keine Notwendigkeit dafür bestanden, daß er O'Brien bei seiner Schweiß-Tour begleitete, aber das war ihm immer noch lieber gewesen, als völlig untätig zu bleiben.

Die Mordserie weckte inzwischen fast nostalgische Empfindungen in ihm. In der Rückschau gewann die Zeit der Nachforschungen und Ermittlungen etwas Aufregendes und Faszinierendes. *Vielleicht hätte ich Gul Dukats Angebot akzeptieren sollen*. Mit diesem Gedanken quälte er sich immer öfter, ohne ihn ernsthaft in Erwägung zu ziehen. Seit der Rückkehr vom Schiff der Cardassianer verdichtete sich in ihm der Eindruck, daß sich das Zentrum der Ereignisse immer mehr nach Moagitty verlagerte.

Ein Schatten fiel auf den Tisch. Odo hob den Kopf und erblickte ein vertrautes Gesicht, das er seit mehreren Schichten nicht mehr gesehen hatte.

»Darf ich mich zu Ihnen setzen?« Major Kira rang sich ein Lächeln ab und vollführte eine Geste, die dem Rest des Spielkasinos galt. »Allem Anschein nach sind Sie nicht hier, weil Sie Gesellschaft suchen.«

»Bitte nehmen Sie Platz, Major.« Odo deutete auf den Stuhl ihm gegenüber. »Es freut mich, daß Sie gekommen sind.« Er musterte die Bajoranerin. In Quarks Lokal gab es immer mehr Schatten als Licht – dabei ging es dem Ferengi nicht darum, eine besondere Atmosphäre zu schaffen; er wollte nur sparen –, und Odo mußte genau hinsehen, um mimische Einzelheiten zu erkennen. »Wenn Sie mir diese Bemerkung gestatten: Vielleicht sollten Sie einen Termin bei Dr. Bashir vereinbaren. Sie sehen mitgenommen aus.«

»Danke für Ihre Anteilnahme.« Kira rieb sich die Stirn. »Ich bin einfach nur müde. Man hat mir bereits den Rat gegeben, mein Quartier aufzusuchen und zu schlafen.«

»Warum sind Sie dann hier?« Odos Besorgnis wuchs, während er Kira beobachtete. Ihre Augen lagen tief in den Höhlen, und das ganze Gesicht wirkte hohlwangig, wie ausgezehrt. Sie sah so aus, wie er sich fühlte, wenn er für eine Regenerationsphase in den flüssigen Zustand zurückkehren mußte.

Kira zuckte mit den Schultern, und selbst diese geringfügige Bewegung schien ihr Mühe zu bereiten. »Ich habe versucht, Ruhe zu finden, aber irgend etwas hindert mich daran, die Augen für längere Zeit geschlossen zu halten. Hinter meiner Stirn arbeitet es einfach zu sehr. Ich hatte es satt, dauernd an die Decke zu starren. *Deshalb* bin ich hier.«

Odo fragte sich, ob sie über die gegenwärtige Situation auf Bajor Bescheid wußte. Als er die meteorologischen Beobachter in der OPS zum letzten Mal um Informationen gebeten hatte, lautete ihre Auskunft: Die Stürme im Bereich von Moagitty waren noch stärker geworden. Vielleicht gab es für die über McHogues Stadt wallenden dunklen Wolken ein Äquivalent in Kiras Kopf.

»Zufälligerweise habe ich Zeit genug für ein Gespräch.« Er brachte der Bajoranerin genug Mitgefühl entgegen, um zu versuchen, sie ein wenig abzulenken. »Mehr als genug, um ganz ehrlich zu sein.«

»Das Schicksal von Arbeitslosen . . . Nun, immerhin sind Sie vernünftig genug, Schwierigkeiten aus dem Weg zu gehen.«

»Oh, ja . . .« Odo nickte. »Ich habe von Ihrem bedauerlichen Aufenthalt in der manipulierten Holo-Kammer gehört. In dieser Hinsicht würde ich Ihnen gern einige Fragen stellen. Nicht aus Neugier, sondern aus beruflichen Gründen.«

»Selbst wenn Sie nur neugierig wären . . . Ich bin viel zu müde, um daran Anstoß zu nehmen. Fragen Sie.«

»Was haben Sie . . .« Odo zögerte ein oder zwei Sekunden lang. »Was haben Sie in der Holo-Kammer gesehen?«

Kira berichtete von ihren Erlebnissen. Zunächst sprach sie langsam und mit oft stockender Stimme, doch dann strömten die Worte regelrecht aus ihr heraus und kündeten von einer Aufregung, die in krassem Gegensatz zu ihrer Erschöpfung stand. Sie schilderte ihr Empfinden, in einem imaginären Himmel aufzusteigen und sich dabei in eine Säule aus Feuer zu verwandeln.

»Doch das war nicht der beunruhigendste Aspekt.« Kira schüttelte in einer Mischung aus Benommenheit und Verwirrung den Kopf. Ihr Blick glitt fort von Odo und schien zur holographischen Welt zurückzukehren. »Am intensivsten haben mich die Beobachtungen des dürren, halb verhungerten Mädchens berührt – *meine eigenen* Beobachtungen, die ich als

Kind machen mußte. Jene Szenen entsprachen der Wahrheit; so hat es sich damals wirklich zugetragen. Ich erinnere mich daran, es gesehen zu haben.« Sie schloß die Augen und hielt sie geschlossen, während sie fortfuhr: »Aber ich hatte alles vergessen. Irgendwann gelang es mir, die entsprechenden Reminiszenzen zu verdrängen. Dadurch hatte es fast den Anschein, als sei gar nichts geschehen.«

Kira hob die Lider. »Das war es, was ich mir wünschte. Ich *wollte* vergessen. Aber ich konnte es nicht – jedenfalls nicht für immer. Der Projektionsraum präsentierte mir die Vergangenheit.« Sie hob die Hand, und berührte mit den Fingerkuppen ihre Schläfe. »Eine Vergangenheit, die hier drin der Entdeckung harrte.«

Odo gab keine Antwort. Seine Gedanken schufen eine unsichtbare Barriere, durch die er Kira auf der anderen Seite des Tisches kaum mehr zu sehen vermochte.

»Alles andere fühlte sich nicht annähernd so schlimm an«, betonte die Bajoranerin.

»Die Vergangenheit . . .«, hauchte Odo.

»Wie bitte?«

»Das hat *er* gesagt . . .« Der Sicherheitsoffizier faßte sich wieder. »Bitte entschuldigen Sie. Es . . . ist nicht weiter wichtig.«

Kira holte tief Luft und ließ den Atem langsam entweichen. »Es kam so plötzlich . . . Unter solchen Umständen konnte ich mich nicht einfach hinlegen und schlafen.« Erneut schüttelte sie den Kopf, und diesmal schien sie damit die Benommenheit abstreifen zu wollen. »Eine Tür im eigenen Selbst, die sich völlig unerwartet öffnete . . .« Sie lächelte schief. »Vielleicht tut es wirklich gut, über solche Dinge zu reden.«

Odo nickte. »Ja.«

»Wenn Sie mich jetzt bitte entschuldigen würden . . .« Kira stand auf und lehnte sich kurz an den Tisch. »Jetzt *bin* ich bereit, den vorhin erwähnten Rat zu beherzigen. Falls jemand nach mir sucht . . . Ich ziehe mich in mein Quartier zurück. Und dort bleibe ich auch eine Weile.«

Odo beobachtete, wie sie die leere Promenade durchquerte und zum nächsten Turbolift schritt.

Eine andere Stimme erklang nun in seinem Kopf. Eine Stimme, die lächelte und Dinge versprach. Er brauchte nicht die Augen zu schließen, um Gul Dukats Gesicht zu sehen: Der Cardassianer maß ihn mit einem wachsamen, analytischen Blick. Jede einzelne von ihm formulierte Silbe diente dazu, eine Reaktion zu bewirken, wenn nicht sofort, so später. Seine Bemerkungen brachten eine Saat aus, die Zeit brauchte, um zu keimen und zu reifen ...

Es half nichts, dies alles zu wissen. Odo hatte Gul Dukat immer als einen sehr begabten Manipulator gekannt, der ein besonderes Geschick hatte, anderen Leuten in die Seele zu blicken und zu erkennen, was sie sich am meisten wünschten. In dieser Hinsicht gab es kaum Unterschiede zwischen Dukat und McHogue. Beide nutzten die inneren Schwächen ihrer Opfer und verwendeten sie für ihre eigenen Zwecke.

Odo wußte um Dukats Machenschaften. Trotzdem gingen ihm die Worte des Cardassianers nicht aus dem Kopf - Worte, die Major Kira gerade bestätigt hatte.

*In der Holo-Kammer wartet die Vergangenheit.*

Das Feuer war zwischen kalten Sternen erloschen, und zurück blieb eine Welt aus Asche. Bei Kiras erstem Aufenthalt in dieser Welt hatten ihr die Flammen Schwingen gegeben, mit denen sie weit über den banalen Dingen auf der Oberfläche des Planeten Bajor schwebte. Ihr mörderischer Blick kam einer Waffe gleich, deren Munition aus reiner Willenskraft bestand und all jene strafte, die ihren Zorn weckten. Und sie war fast immer zornig. Feuer unterschied nicht zwischen Schwachen und Starken, zwischen einem Opfer und dem Stiefel an seinem Hals. Und so blieb für Kira nur Asche, die sie beweinte, während sie ihr durch die Finger rieselte.

*Ich wollte nicht hierher zurück* ... Sie kniete auf einem schwarzen Boden und sah auf. *Nie wieder wollte ich zurück*. Einige Meter entfernt - es fiel ihr schwer, in dieser Welt Entfernungen zu schätzen; was sich jenseits ihrer Reichweite befand, rückte mal näher und entfernte sich dann wieder - zeigten sich die Reste der Baracken. Eine gewaltige Faust schien sie zertrümmert zu haben. Dahinter lag Stacheldraht auf dem verbrannten Boden.

Sie empfand es als schlimm genug, sich an dies alles erinnern zu müssen. Doch zu einem Ort zurückzukehren, den sie tief in ihrem Innern verborgen hatte ... Es war kaum zu ertragen.

Jemand beobachtete sie. Ganz deutlich spürte Kira den Blick. »Wer ist da?«

Sie sah eine Gestalt, eine Silhouette am Rand ihres Blickfelds, dort, wo die Nacht Substanz gewann. Aus irgendeinem Grund wußte sie, daß es weder McHogue noch jemand aus ihrer Vergangenheit sein konnte - die Kindheit spielte hier und jetzt keine Rolle mehr.

Sie konnte den Fremden fast erkennen, und ihre Lippen wollten bereits seinen Namen formen, als . . . sich die Asche in der Hand plötzlich anders anfühlte. Kira senkte den Blick und sah ein weißes Tuch zwischen ihren Fingern, ein Tuch, das von ihrer Hüfte aus bis zu den Beinen herabreichte. Eine Veränderung fand statt. Die Welt der Asche verschwand, fortgetragen von den zurückweichenden Gezeiten der Nacht.

Ihre Augen waren bereits geöffnet, als sie erwachte. Um sie herum nahm eine vertraute Umgebung Konturen an: ihr Quartier an Bord von Deep Space Nine. Kira sah auf das digitale Display der Uhr auf ihrem Nachtschränkchen: Sie hatte sich vor nur einer Stunde hingelegt. *Großartig*, dachte sie voller Abscheu. *Alpträume haben mir gerade noch gefehlt.*

Sie fühlte sich noch immer erschöpft.

Irgendein Element des Traums hinderte sie daran, den Kopf aufs Kissen zurücksinken zu lassen. Trotz der Müdigkeit versuchte sie, sich an Einzelheiten zu entsinnen. Kein Feuer diesmal, sondern Asche - ein klares Bild. Die von Dax erwähnte klassische Rachephantasie war metamorphiert. Zu Gram? Zu Kummer, der dem Mädchen galt, das alles beobachtet hatte und dadurch zu einer anderen Person wurde?

Es gab noch etwas. Kira runzelte die Stirn, als sie den Blick nach innen richtete und danach Ausschau hielt. Eine Gestalt, die sie kannte, deren Namen ihr auf der Zunge lag. Eine Person, die . . . nicht hierhergehörte.

Von einer Sekunde zur anderen sah sie das Gesicht in aller Deutlichkeit, so als ließen die Störungen bei einer visuellen Kom-Verbindung ganz plötzlich nach. Sie hörte, wie der Mann sprach, wie er langsam und verwundert wiederholte, was sie ihm gesagt hatte.

Kira griff nach ihren Sachen am Fußende des Bettes. Während sie schon ihr Quartier verließ und durch den Korridor zum nächsten Turbolift eilte, tasteten ihre Finger noch hektisch nach dem Kragen der Uniform, um ihn zu schließen.

Sisko beugte sich über die Schulter des Besatzungsmitglieds, das an der meteorologischen Konsole saß. Vom Bildschirm strahlte ihnen grünes Licht entgegen.

»Wie sieht's auf dem Planeten aus?«

Der Fähnrich sah kurz zu dem neben ihm stehenden Stationskommandanten auf und schüttelte den Kopf. »Nicht sehr gut, Sir. Eine so schlechte globale Wetterlage hat es auf Bajor nie zuvor gegeben. Uns stehen die von den Cardassianern zurückgelassenen Datenbanken zur Verfügung, und die darin enthaltenen Aufzeichnungen bestätigen unsere

Einschätzung: Die derzeitige Situation ist im wahrsten Sinne des Wortes einmalig.«

»Bitte nennen Sie mir Einzelheiten.«

Ein Finger deutete auf dunkle, unregelmäßig geformte Muster im Projektionsfeld. »Mehrere Sturmgebiete ziehen über die wichtigsten Meere von Bajor. Seltsamerweise scheinen sie keine Energie zu verlieren, wenn sie die Kontinente erreichen und den Weg übers Festland fortsetzen. Ganz im Gegenteil: Offenbar verstärken sie sich gegenseitig. Die Windgeschwindigkeiten nehmen immer mehr zu, und weite Küstengebiete sind überschwemmt.«

Der Fähnrich betätigte eine Taste, und daraufhin änderte sich die Darstellung. Das Bild zeigte nun die Wölbung des Planeten. »Auch in der oberen Atmosphäre herrscht ziemliches Durcheinander. Die Satelliten, von denen wir unsere Daten bekommen, melden höchst ungewöhnliche Aktivität. Eine Wettervorhersage ist unter solchen Umständen überhaupt nicht mehr möglich. Der Verkehr von und zum Planeten kam völlig zum Erliegen. Wer versucht, durch eine solche Suppe zu fliegen . . . Selbst die stabilsten Raumfähren könnten auseinanderbrechen oder von den Böen gegen einen Berg geschleudert werden.«

Sisko richtete sich auf und blickte mit verschränkten Armen auf den Bildschirm hinab. »Könnten sich Schiffe bis auf Transporterreichweite nähern, wenn eine Evakuierung notwendig wird?«

»Das ist zwar möglich, aber es hätte kaum einen Sinn, Sir. Im elektromagnetischen Spektrum geht es ebenfalls drunter und drüber. Die Intensität der entsprechenden solaren Emissionen hat erheblich zugenommen. Solange sich daran nichts ändert, läßt sich kaum ein stabiler Transferfokus ausrichten.«

Sisko wandte sich an ein anderes Besatzungsmitglied. »Haben wir noch Kom-Kontakt mit Bajor?«

»Nein, Commander. Die Subraum-Kommunikation mit dem Planeten funktioniert aufgrund der starken Interferenzen nicht mehr. Es gibt auch erhebliche Probleme in bezug auf die gewöhnlichen Frequenzbereiche. Wir haben einige bruchstückhafte Mitteilungen empfangen, und daraus geht hervor, daß sich die Bevölkerung in ihren Häusern verbarrikadiert hat. Wenn alles vorbei ist, werden bestimmt große Schäden und viele Opfer gemeldet. Wie dem auch sei: Noch sehen wir kein Ende der Unwetter.«

»Was ist mit . . . der neuen Stadt?« Sisko brachte es nicht fertig, den Namen *Moagitty* auszusprechen.

»Die dortigen Gebäude sind vollständig versiegelt worden. Akute Gefahr scheint nicht zu bestehen.«

Der Commander fragte sich, ob McHogues Kunden überhaupt wußten, was draußen geschah. Sie befanden sich in ganz anderen, von holographischen Programmen und kortikalen Induktionsmodulen geschaffenen Welten, erlebten dort jene Wonnen, für die sie viele Lichtjahre weit gereist waren. Wonnen ... Und noch mehr. Was auch immer subjektiv und objektiv in Moagitty geschah: Es ereignete sich in einem zentripetalen Universum, in einem Taschenkosmos, der von allem anderen isoliert blieb. Die jenseits der fensterlosen Wände und Mauern tobenden Stürme spielten *diesseits* davon überhaupt keine Rolle.

»Na schön. Behalten Sie die Entwicklung im Auge und geben Sie mir Bescheid, wenn sich etwas ändert.« Sisko wandte sich ab und sah, wie die Tür des Turbolifts aufglitt. Jemand *sprang* geradezu heraus, drehte sich um und hastete ihm entgegen.

»Commander Sisko!« stieß Kira hervor. »Ich muß mit Ihnen reden, sofort ...«

Er zog sie fort von den übrigen Offizieren im Kontrollraum. »Was machen Sie hier, Major?« Er hatte angenommen, daß sie in ihrem Quartier ausruhte.

»Ich weiß, daß ich vom Dienst suspendiert bin, aber darauf kommt es derzeit nicht an. Etwas anderes ist viel wichtiger. Ich glaube, jemand hat die manipulierte Holo-Kammer betreten.«

»Ausgeschlossen. Chief O'Brien hat ein Alarmsystem installiert.«

»Wer ist außer Ihnen befugt, es zu deaktivieren?«

Sisko überlegte kurz. »Niemand. Abgesehen natürlich vom Sicherheitsoffizier ...«

»Eben.« Kira wirkte sehr ernst. »Odo befindet sich in dem Projektionsraum.«

Als sie ihn fanden, lag er mit dem Gesicht nach unten auf dem Boden der Holo-Kammer. Noch vom Kontrollraum aus hatte Sisko Chief O'Brien angewiesen, die Energieversorgung der betreffenden Sektion von Deep Space Nine zu unterbrechen. Das in den Computer des Projektionsraums integrierte Notfallprogramm nutzte die in speziellen Akkumulatoren gespeicherte Reserveenergie, um das Schott zu öffnen und sich dann selbst auf Bereitschaftsniveau herunterzuschalten.

Das Licht von Siskos Taschenlampe brauchte nur wenige Sekunden, um den Bewußtlosen in der Mitte des Raums zu finden.

Er reichte die Lampe Kira, bückte sich, drehte Odo erst auf den Rükken und half ihm dann in eine sitzende Position. »Constable . . .« Er berührte den Sicherheitsoffizier an der Wange. Odos Lider zuckten einige Male, bevor er die Augen öffnete. »Ist alles in Ordnung mit Ihnen?«

Der Gestaltwandler starrte zunächst am Commander vorbei – sein Blick schien noch immer auf eine vom Induktionsmodul erzeugte Vision gerichtet zu sein. Dann nickte er langsam. »Es . . . es geht mir gut. Danke . . .« Seine Stimme klang hohl.

»Was ist passiert?« Sisko zog Odo auf die Beine. Aus den Augenwinkeln sah er Besorgnis in Major Kiras Zügen. »Was haben Sie gesehen, Constable?«

Der Sicherheitsoffizier durchbohrte ihn mit einem Blick, in dem Wut brannte. Er stieß Siskos Arm beiseite. »Nichts.« Er zögerte und brachte sich wieder unter Kontrolle. »Ich habe . . . nichts gesehen.«

Der Commander musterte ihn aufmerksam und entschied, weitere Fragen auf einen späteren Zeitpunkt zu verschieben. »Vielleicht sollten Sie zur Krankenstation gehen und sich von Dr. Bashir untersuchen lassen . . .«

»Das ist nicht nötig.« Odo sprach jetzt mit der für ihn typischen Schroffheit. »Ich kenne meine eigene Physiologie besser als jeder Arzt. Ich habe nicht den geringsten Zweifel daran, völlig unverletzt zu sein.« Er nickte Sisko und Kira knapp zu. »Es tut mir leid, wenn durch mich irgendwelche Unannehmlichkeiten für Sie entstanden sein sollten. Ich bedauere mein Experiment, das glücklicherweise ohne negative Konsequenzen geblieben ist.«

»Wie Sie meinen«, erwiderte Sisko. »Eins steht fest: Weitere Experimente dieser Art finden nicht statt.« Er klopfte auf seinen Insignienkommunikator und stellte eine Verbindung zu O'Brien her. »Chief, bitte lassen Sie *unverzüglich* das Induktionsmodul aus dem Installationskomplex dieser Holo-Kammer entfernen.«

»Gern, Sir.«

Der Commander schloß den internen Kom-Kanal und wandte sich an seine Begleiter. »Ich bereue es nun, diesen Befehl nicht schon früher erteilt zu haben. Wir können wohl kaum hoffen, durch die fortgesetzte Betriebsbereitschaft einer solchen Falle weitere Informationen zu erhalten.«

»Wie Sie wünschen, Commander. Sobald O'Brien das Induktionsmodul ausgebaut hat, deaktiviere ich die Sicherheitsbarriere.« Odo trat zur Tür. »Wenn Sie mich jetzt entschuldigen würden . . . Ich habe zu tun.«

Odo verließ die Holo-Kammer, und Sisko wandte sich an Kira. »Bei Gelegenheit sollten Sie mir erklären, woher Sie wußten, daß sich Odo hier befand, Major. Doch das hat noch Zeit. Im Augenblick mache ich mir um Sie mindestens ebenso große Sorgen. Dax meinte, Sie seien völlig erschöpft.«

»So fühle ich mich auch, Commander. Sie brauchen keinen Befehl zu erteilen - ich kehre freiwillig ins Bett zurück.«

Sisko begleitete die Bajoranerin zu ihrem Quartier, doch anschließend machte er sich nicht sofort auf den Weg zum Kontrollraum. Es dauerte nur einige wenige Minuten, um nach Jake zu sehen.

In ihrer Unterkunft war es dunkel, aber Sisko brauchte gar kein Licht, um sich zurechtzufinden. Vor Jakes Zimmer verharrte er kurz und öffnete dann die Tür. Ein leises Summen wies darauf hin, daß der Junge vergessen hatte, den Computer auszuschalten. Zwar zeigte der Bildschirm nichts an, aber ein schwaches Glühen ging von ihm aus. In diesem matten Schein sah Sisko seinen Sohn: Angezogen lag er auf dem Bett und schlief. Baseballschläger und Handschuh lagen in einer Ecke.

Sisko wich zurück und schloß die Tür.

Die Versuchung war groß, aufs eigene Bett zu sinken und die Augen zu schließen. Er spielte bereits mit dem Gedanken, einen Kom-Kanal zur OPS zu öffnen und darauf hinzuweisen, daß er erst in einer Stunde zurückkehrte, doch dazu kam er nicht. Ganz plötzlich spürte er, daß sich eine weitere Präsenz im Quartier befand.

»Wer ist da?« fragte er. Eine Antwort blieb aus.

Langsam schritt er durch den kurzen Korridor. Inzwischen hatten sich seine Augen an die Dunkelheit gewöhnt: Er sah nicht nur die Umrisse der Einrichtungsgegenstände, sondern auch die Gestalt auf dem Sofa.

Silber und kleine Edelsteine funkelten wie die Sterne jenseits des Fensters, als ihm die Person das Gesicht zuwandte. Sisko erkannte den bajoranischen Ohrschmuck, noch bevor er den Rest verstand.

»Benjamin . . .« Kai Opaka lächelte. »Sie haben doch nicht etwa geglaubt, daß ich Sie in einer solchen Situation allein lasse, oder?«

# JADZIA

# 14

In jener anderen Welt, wo Sisko zwischen Erinnerungen und Träumen wandelte ... Selbst dort hatte er nicht daran gedacht, daß sie auf diese Weise zu ihm kam. Und ausgerechnet hierher: nach Deep Space Nine, in ein Zimmer, dessen metallene Wände nur geringfügig unter von Menschen stammenden Ausschmückungen verborgen waren. Er hatte die Kai immer mit Bajor in Verbindung gebracht, mit dem Frieden der Tempel.

»Setzen Sie sich, Benjamin.« Kai Opaka deutete auf den Platz neben ihr. »Wir haben viel zu besprechen. Und es bleibt nur wenig Zeit – zumindest für Sie.«

*Dann ist es also kein Traum*, dachte Sisko. Diese Erklärung war ihm zunächst in den Sinn gekommen. Er hatte geglaubt, aufgrund der Erschöpfung durch zuviel Arbeit und Sorgen eingeschlafen zu sein. Aber wenn Kai Opakas Worte der Wahrheit entsprachen, so konnte es unmöglich ein Traum sein. In Träumen gab es immer genug Zeit, oder gar keine, nur die Ewigkeit.

Sie erahnte seine Gedanken und lächelte. »Sie zerbrechen sich den Kopf über Dinge, die eigentlich gar keine Rolle spielen, Benjamin. Welche Weisheit verbirgt sich darin, ein Leben vom anderen zu trennen, zu sagen, dies geschah während des Schlafs und das andere bei wachem Bewußtsein? Sie sollten dies alles einem Leben zuordnen – Ihrem Leben, Benjamin – und eine neue Erfahrung darin sehen.«

Die Müdigkeit schien von Sisko abzufallen, als er neben der Kai auf die Couch sank. Beziehungsweise neben der *Erscheinung*. Die unmittelbare Nähe erlaubte es ihm, ein weiteres Element der Wahrheit zu erkennen. »Sie sind nicht wirklich hier.« Es gelang ihm nicht, die Enttäuschung aus der Stimme zu verbannen. Er versuchte, ihren Arm zu berühren, doch die Hand glitt durch die Falten des Umhangs. »Das wissen Sie, nicht wahr?«

»Natürlich«, erwiderte die Kai. »Liegt unser letztes Gespräch so lange zurück, daß Sie glauben, ich sei alt und närrisch geworden? Ich habe noch immer Augen, um zu sehen, und ich weiß auch, was gesehen werden kann. Vielleicht sind Sie es, der mir als Phantom erscheint.«

Sisko fühlte sich von neuer Besorgnis erfaßt. »Kai ... Sind Sie tot? Auf eine mir bekannte Weise?« Er bedachte die Gestalt mit einem aufmerksamen Blick. »Sind Sie deshalb hier?«

»Auf eine Ihnen bekannte Weise ...« Opaka schüttelte den Kopf.

»Nein, der Moment ist noch nicht gekommen, Benjamin. Mit meinem physischen Wesen ist soweit alles in Ordnung. Ein Teil davon . . .« Sie berührte eine Stelle, die sich knapp zehn Zentimeter unter der Kehle befand. ». . . trauert noch immer darüber, so weit von Bajor entfernt zu sein. Diesen kleinen Tod sterbe ich immer dann, wenn ein neuer Tag an jenem Ort beginnt, den ich für meine Bemühungen gewählt habe. Ich muß mich damit abfinden, denn immerhin bin ich dem Ruf der Propheten gefolgt. Trotzdem schmerzt es, fern der Heimat zu sein, getrennt von dem Volk, dem ich für lange Zeit diente. Doch die Existenz des Schmerzes beweist, daß Körper und Geist noch nicht voneinander getrennt sind. Irgendwann wird mein Leichnam nach Bajor zurückkehren, um dort zu ruhen. Aber noch ist es nicht soweit.«

»Also sind Sie noch immer auf dem Mond im Gamma-Quadranten.«

Kai Opaka hob die Hände so, daß die Innenflächen nach oben zeigten. »Ich bin hier bei Ihnen, Benjamin. Es ist genug von mir da, um Ihren Augen die Möglichkeit zu geben, mich zu sehen – obgleich Ihr Tastsinn noch immer zweifelt. Welche Bedeutung hat Entfernung? Man passiert das Wurmloch so, als sei es eine Tür zwischen zwei Zimmern, und daraufhin schrumpfen Tausende von Lichtjahren zu einem Nichts zusammen. Halten Sie den Gamma-Quadranten mit all seinen Sternen und Welten für eine Illusion?«

»Das Wurmloch ist *real.*« Sisko begriff, daß er die Kai wegzureden versuchte. Die Feststellung, daß sich Kai Opaka nicht physisch an Bord von Deep Space Nine befand, war schon schlimm genug gewesen. Wenn er von der Annahme ausging, daß wenigstens ein Teil seiner Wahrnehmung in der Wirklichkeit wurzelte, und wenn er anschließend erwachte, in einer Realität, die seine »Erfahrung« als Traum entlarvte . . . Eine solche Enttäuschung hätte er als unerträglich empfunden. »Ein Raumschiff, das durchs Wurmloch fliegt, ist ebenfalls real«, fügte er hinzu. »Und zwar in jeder Welt.«

»Benjamin . . .« Die Stimme der Kai klang nun noch sanfter. »Ist es nicht ein wenig spät für Sie, jetzt zwischen Realem und Irrealem unterscheiden zu wollen? Während wir beide miteinander sprechen – wie auch immer –, findet eine Auseinandersetzung statt zwischen dem, was Sie für eine Welt der Illusion innerhalb einer kleiner Kammer halten, und jenem anderen Kosmos, den Sie mit der Realität gleichsetzen. Wenn das eine den Sieg übers andere erringt und es ersetzt: Was ist dann die Wirklichkeit? In einem solchen Fall verlören die von Ihnen gezogenen Unterscheidungslinien zwischen beiden Welten ihren Sinn.«

»Na schön.« Sisko faltete die Hände. »Ich habe genug Erscheinungen gesehen – in Holo-Kammern und auch außerhalb davon –, die sich auf verblüffende Art und Weise als real herausstellten. Was Sie betrifft . . .« Er lächelte schief. »Sie waren wenigstens so freundlich, mir einen Sitzplatz anzubieten.«

Über die Schulter hinweg sah er zum kurzen Flur. »Vielleicht sollte ich leiser sprechen. Um zu vermeiden, meinen Sohn zu wecken.«

»Keine Sorge, Benjamin.« Kai Opaka legte ihm die Hand auf den Arm, doch er spürte nichts. »Er würde einen Traum vermuten.«

Sisko schloß für einige Sekunden die Augen. »Warum sind Sie hier? Bestimmt geht es Ihnen nicht nur darum, mir Dinge zu zeigen, die gleichzeitig real und irreal sein können.«

»Ich bin gekommen, um Sie zu warnen, Benjamin. Das ist doch die Aufgabe eines Geistes, nicht wahr? Selbst wenn der Geist in diesem Fall noch lebt. Derartige Erwartungen gibt es in Ihrem Innern, und es wäre schade, ihnen nicht zu genügen.«

Das stimmte. Alles andere hätte ihn überrascht. Seit seiner ersten Begegnung mit der Kai war ihm klar: In ihrer Welt konnten Dinge mit der Logik von Träumen geschehen.

»Wovor wollen Sie mich warnen?« fragte Sisko und musterte die Gestalt an seiner Seite. »Gibt es tatsächlich noch etwas, von dem ich nichts weiß?«

»Sie wissen jetzt eine ganze Menge – mehr als damals, als wir uns zum ersten Mal sahen. Aber es existieren nach wie vor Aspekte Ihres Wesens, die Ihnen unbekannt bleiben. Jenen Dingen müssen Sie auf den Grund gehen, wenn Sie die Wahrheit herausfinden wollen, Benjamin – wenn Sie beabsichtigen, durch jene Stürme zu wandern, die bereits begonnen haben.«

»Stürme? Meinen Sie das, was derzeit auf Bajor geschieht?«

Die Kai nickte. »Dort und anderenorts. In den Welten der Unwahrheit und der Wahrheit. Die Stürme haben angefangen, ihren Zorn zu entfesseln, und bisher sahen Sie nur einen kleinen Teil ihrer Wut. Boden und Luft von Bajor erleiden nun die Konsequenzen des unheilvollen Bündnisses, zu dem General Aur mein Volk gezwungen hat. Aber das ist noch nicht alles. Schlimmeres bahnt sich an.«

Vor ihrer Reise durchs Wurmloch hatte die Kai nie auf diese Weise gesprochen. In ihrer sanften Stimme gab es jetzt noch etwas anderes; ein besonderer Klang deutete auf einen Propheten hin, der ein Feuer trug, dessen Flammen sowohl verbrennen als auch erlösen konnten. Die

Erscheinung durchbohrte Sisko mit einem Blick, der einer Waffe gleichkam: Ihre Klinge trug eine Botschaft, die keinen Widerstand duldete.

»In der neuen Stadt, jener Abscheulichkeit, die auf bajoranischem Boden errichtet wurde . . .«

»Moagitty«, warf Sisko ein. »Diesen Namen hat man ihr gegeben.«

Ein Schatten von Ärger huschte über Opakas Gesicht. »Die Stadt hat auch noch einen anderen Namen, einen uralten, der nicht ausgesprochen werden darf. Auch das Böse in ihr ist alt. Haben Sie wirklich geglaubt, daß es nicht schon früher Konfrontationen mit diesem Bösen gegeben hat, Benjamin? Das Verderben hat immer wieder versucht, einen Siegeszug in dieser Welt anzutreten, und dabei benutzte es verschiedene Tarnungen. Wie dem auch sei: Das finstere Geschenk der Zeit, der Schattenspiegel des Möglichen, den Ihr Volk nach Bajor brachte . . . Dadurch wurde diese spezielle Manifestation des Unheils stärker als alle anderen zuvor. Dumme Menschen sprechen dabei vielleicht von Fortschritt: das törichte, von Hast geprägte Bestreben, etwas zu vergrößern und zu verstärken, das schon vorher schrecklich genug war.«

Sisko fröstelte so sehr, als hätte man ihm ein eiskaltes Tuch über die Schultern gelegt. Er erinnerte sich an die erste Begegnung mit McHogue, in der hellen, warmen Sommerwelt der manipulierten Holo-Kammer – einer Landschaft, die einst nichts weiter darstellte als den Tagtraum seines Sohns, sich jedoch in einen Alptraum aus Blut und zerfetztem Fleisch verwandelte. Schon bei jener Gelegenheit hatte er gespürte, daß von der lächelnden Gestalt Emanationen des Bösen ausgingen. Er verglich sie mit einer Art negativen Sonne, die nicht Licht ausstrahlte, sondern einen Schatten, der Wärme und Leben verschlang. McHogues dunkle Augen – zwei kleine schwarze Löcher – hatten sich auch im Gesicht des Jungen gezeigt, der am Ufer des Baches kniete, mit einem glitzernden Messer in der Hand. Ebenso wie das stumme, wissende Lächeln, das bis in den Kern anderer Selbstsphären starrte und dort einen Bruder fand – einen schlafenden Zwilling, der sich wecken ließ, auf daß er ein eigenes Unheilsleben führte. Dieser Umstand hatte Sisko an einer Stelle getroffen, die keine Klinge erreichen konnte. Als er dem holographischen Echo seines Sohnes gegenübertrat und die dunklen, toten Augen sah, die urteilten und verdammten . . .

»Es tut mir leid«, sagte er laut. »Vielleicht haben Sie mit der Annahme recht, daß es für Bajor besser gewesen wäre, nie vom Rest des Universums berührt worden zu sein. Besser für Ihr Volk und auch für alle anderen. Aber dafür ist es jetzt zu spät. Und lassen Sie mich auf folgendes hinweisen: Einige von uns kamen mit guten Absichten und halten nach wie vor an ihnen fest.«

»Sie brauchen sich nicht zu entschuldigen oder zu rechtfertigen. Bajor konnte sich nicht auf Dauer vom Universum isolieren – immerhin ist der Planet ein Teil davon. Solche Kontakte waren vorherbestimmt. Die Verbindung des Großen mit dem Kleinen wird sich noch als Segen für mein Volk und auch für alle anderen erweisen. Derzeit aber ist das Schicksal von Bajor und der Welten jenseits davon bedroht. Es steht weitaus mehr auf dem Spiel, als Sie sich vorstellen können. Diese Bürde müssen Sie tragen, Benjamin; viel hängt von Ihnen ab.«

Sisko glaubte zu fühlen, wie sich eine ganze Welt auf seine Schultern herabsenkte. »Was soll ich unternehmen, Kai Opaka?«

Sie streckte die Hand aus und ihre Fingerkuppen verharrten wenige Zentimeter vor Siskos Stirn. »Zunächst einmal: Die vermeintlichen ›Unwetter‹ auf Bajor sind unmittelbare Konsequenzen des sich ausbreitenden Bösen. Stürme, Wolkenbrüche und Überschwemmungen . . . Es handelt sich um die Schmerzensschreie einer gepeinigten Welt. Ich habe die Schreie an einem fernen Ort gehört. Kein Wunder: Bajor und ich sind eins. Ja, ich hörte sie, ohne zu verstehen, was derartige Wunden verursachen kann. Dann brachten mich meine Meditationen hierher, ermöglichten es mir, einen Blick auf den leidenden Planeten zu werfen. Daraufhin wurde mir alles klar. Jenes Wesen, das Sie McHogue nennen . . . Es ist ein alter Feind. Das Gesicht des Mannes trägt es nur als Maske, um nicht von denen erkannt zu werden, die allein mit den Augen sehen, nicht aber mit dem Herzen.«

Diese Worte erinnerten Sisko an etwas, das er fast vergessen hatte. Ein Bericht fiel ihm ein, in dem Quarks Zweifel an McHogues Identität erwähnt wurden. Er empfand es fast als demütigend, daß der Ferengi einen besseren Blick für die Wahrheit hatte als er selbst.

»Es gibt noch einen anderen Sturm, nicht wahr?« Sisko sah der Erscheinung tief in die Augen. »Einen Sturm, den wir nicht sehen.«

»Er wird bald beginnen und nicht unsichtbar bleiben. Ich weiß von der Mordserie an Bord dieser Raumstation. Aber das, was nun in der Stadt namens Moagitty geschieht, geht weit über einen solchen Wahnsinn hinaus. Die außerhalb der Mauern tobenden Orkane sind nichts im Vergleich zu dem Feuersturm, der Chaos im Innern der Gebäude entfesselt. Auch wenn die Mauern einstürzten, wäre selbst der heftigste Regen nicht imstande, das ganze in der Stadt vergossene Blut fortzuwaschen.«

»Das habe ich befürchtet«, sagte Sisko. »Wenn die Persönlichkeitsveränderungen aufgrund der Induktionsmodule in den Holo-Kammern eine Art kritische Masse erreichen ... An Bord von Deep Space Nine genügten einige wenige Projektionsräume, um die Station gewissermaßen in einen Hexenkessel zu verwandeln. In Moagitty steht McHogue ein viel größeres Potential zur Verfügung, sowohl an Geräten als auch an Kunden. Wir müßten also mit einem Vielfachen der hiesigen Reaktionen rechnen.«

»Leider beschränken sich die Folgen nicht nur auf die neue Stadt und jene Leute, die töricht genug sind, sich dort die Erfüllung ihrer Wünsche zu erhoffen. Die Mischung aus Bösem und Wahnsinn breitet sich in ganz Bajor aus – und darüber hinaus.« Die Kai hatte mit scharfer Stimme gesprochen, wie ein Prophet, der den Weltuntergang ankündigte. Sanfter und wie eine Lehrerin fuhr sie fort: »Das Volk von Bajor trägt eine schwere religiöse Last, die durch das Leid noch reiner wurde. Sein Glaube – mein Glaube, Benjamin – ist wie Licht, das zu anderen Welten strahlt, selbst für jene, deren Herzen mit Dunkelheit gefüllt sind. Über viele Jahrhunderte hinweg haben die Kais von dem Aspekt des Universums gesprochen, der nicht materieller Natur ist, von einer Realität, die nur dann begreifbar wird, wenn man Verlangen und Begierde überwindet.«

Sisko nickte langsam. »Solche Lehren gibt es auf vielen Planeten. Die Gelehrten verkünden: Um Weisheit zu erlangen, muß sich das Bewußtsein verändern und die ewige, unveränderliche Natur des Universums verinnerlichen.«

»McHogue hat das genaue Gegenteil davon nach Bajor gebracht. Mit seiner Macht – es ist die Macht der Illusion und damit der materiellen Welt – verstärkt er das Verlangen, bis es unersättlich wird. Es entstehen Begierden, die größer sind als das ganze Universum. In der Realität existiert nichts, das eine solche Leere füllen könnte. Dadurch müssen sich Konsequenzen für die Welt ergeben, auf oder in der so etwas geschieht. Die materiellen und immateriellen Aspekte des Kosmos sind miteinander verbunden und lassen sich nicht trennen. Wird das eine verletzt, reicht die Wunde bis ins andere. Genau das geschieht nun auf Bajor – die heftigen Unwetter beweisen es. In jenem physischen Teil des Universums, der Bajor betrifft, dehnen sich die dunkelsten Elemente des nicht erleuchteten Bewußtseins aus.«

»Was wird passieren, wenn sich dieser Prozeß fortsetzt?«

Kai Opakas Gestalt erzitterte kurz, so als hätte Siskos Frage die Stabilität der Erscheinung beeinträchtigt. »Das geht selbst über meine Vorstellungskraft hinaus. Ewiges läuft Gefahr, zu etwas Vergänglichem zu werden. Zeit und Raum sind eins. Das wissen Sie genau, Benjamin. Wenn die Zeit aufhört, so endet auch der Raum. In diesem Fall bedeutet das: Bajor, der Rest des Sonnensystems und auch das Wurmloch würden nicht mehr existieren.«

»Und wir? Was geschähe mit Deep Space Nine?«

»Ich weiß es nicht.« Opaka schüttelte den Kopf. »Die Natur Ihrer Raumstation ist der Welt fremd, der sie dient. Deep Space Nine repräsentiert den nach innen gekehrten Strom aller Dinge im externen Universum. Gleichzeitig unterhält die Station direkte Verbindungen nach Bajor und hat sogar damit begonnen, gewisse Aspekte meiner Heimat zu teilen. Die beiden Welten verschmelzen immer mehr miteinander. Wenn die eine stirbt, kann die andere noch leben – vielleicht. Aber einer derartigen Existenz würde ein wichtiger Teil fehlen; sie wäre losgerissen von Erinnerungen und Zweck, hätte nur noch sich selbst und nichts anderes. Ein solches Sein ist schlimmer als das Nichtsein.«

Sisko dachte über Opakas Worte nach. Sie sprach von Angelegenheiten, die sich an der Peripherie seines Verstehens erstreckten. Es fiel ihm schwer zu entscheiden, ob er den mystischen Ausführungen der Kai Glauben schenken sollte. Schon damals, noch bevor sie dem Ruf der Propheten gefolgt war, hatte er gewußt, daß sie sich in einer anderen Sphäre bewegte. Als Starfleet-Offizier mußte er sich jener Realität stellen, die alle intelligenten Wesen in der Galaxis als solche anerkannten – einer Realität, deren Dimensionen weit gespannt waren, die aber doch *meßbar* blieb.

Andererseits . . . Opakas Universum beschränkte sich für ihn nicht auf etwas rein Hypothetisches. Während seines ersten Aufenthaltes im Wurmloch, als die Zeit – so wie er sie kannte – aufhörte und sich in ein elastisches, formbares Phänomen verwandelte . . . Bei jener Gelegenheit verschmolz sein Bewußtsein mit dem Selbst der Wurmlochentitäten; es dehnte sich aus, durch die Welten des Gewesenen und des Möglichen. Ein solches Erlebnis ging an niemandem spurlos vorbei. Sisko hatte sich dadurch verändert, und er wußte, daß ein Teil von ihm nicht mehr menschlich war – zumindest genügte es nicht den üblichen Definitionen von humanoidem Sein.

*Vielleicht ist die Kai deshalb hier*, dachte er. *Vielleicht* konnte *sie deshalb hierherkommen*. Opakas Erscheinung stellte etwas dar, das außerhalb von Zeit und Raum existierte. Der sterbliche Teil ihres Wesens befand sich noch immer auf der anderen Seite der Galaxis, weit jenseits des Tunnels, den das Wurmloch durch die Struktur des Kosmos grub. Ein anderer Teil –

der ätherische – hielt irgendwie Bajor in den gewölbten Händen, so wie kostbares Wasser. Die menschliche Hülle von Benjamin Sisko stand solchen Mysterien sprachlos gegenüber. Der Keim in seinem Innern, gepflanzt von der Zeitlosigkeit des Wurmlochs, konnte die kleinere Welt von Deep Space Nine umfassen.

»Benjamin . . .« Die Stimme der Kai unterbrach seine Grübeleien. »In Ihrer Welt und Ihrer Existenzsphäre gibt es noch Zeit, aber nicht mehr viel. Es gilt, über Maßnahmen zu entscheiden.«

Sisko senkte den Blick und beobachtete, wie aus den gefalteten Händen eine doppelte Faust wurde. »Ich weiß nicht . . .«, murmelte er und wandte sich der Erscheinung zu. »Ich weiß nicht, was ich unternehmen soll.«

Er schwieg, als er sah, daß ihm niemand Gesellschaft leistete. Kai Opaka – beziehungsweise ihre Erscheinung – saß nicht mehr auf dem Sofa. Neben der Couch stand die Holzkiste, die Kira von Bajor mitgebracht hatte und in derem dunklen Innern die Hinterlassenschaften der Kai ruhten.

Sie sahen zu – und waren entsetzt. Dr. Bashir versuchte, seine eigene Reaktion zu analysieren, mit einer Kaltblütigkeit, die ihn davor bewahrte, einen Schock zu erleiden. *Entsetzen*. Dieses Wort paßte nicht ganz. Man verwendete es, um Katastrophen im Rahmen des menschlichen Erfahrungsbereichs zu beschreiben. Doch der gerade von der OPS übermittelte Bericht ging weit darüber hinaus.

»Soll ich die Sendung noch einmal wiederholen?« Dem Kom-Techniker im Kontrollraum von Deep Space Nine gelang es, ruhig zu sprechen, doch Bashir glaubte, ein kaum merkliches Vibrieren in der Stimme zu vernehmen. Angesichts einer solchen Sache gelassen zu bleiben . . . Das wäre sicher nicht normal gewesen.

»Das ist nicht nötig«, sagte Dax und streckte die Hand zur Konsole aus. »Danke.« Ein Tastendruck löschte die Darstellung auf dem Computerschirm.

Bashir nahm diesen Umstand mit Erleichterung zur Kenntnis. Als Arzt war er zwar nicht besonders empfindlich, aber das blutige Chaos im Hauptkasino von Moagitty zu sehen . . . Er schauderte innerlich und dachte an den Wahnsinn in Ahrmant Wyoss' Gefasel. Die gräßlichen Worte hatten sich plötzlich in eine noch viel gräßlichere Wirklichkeit verwandelt. Sie wandelte durch die Flure der Vergnügungsstadt und schrieb ihren Namen an die Wände, mit roten Lettern, die von der Decke bis zum Boden reichten.

»Wir wußten, daß so etwas bevorstand . . .«, murmelte Dax. »Nicht wahr?« Sie sah Bashir an. »Wir haben es befürchtet. Und nun ist es soweit.«

Stille senkte sich auf ihn und Dax herab, eine fast gespenstische Lautlosigkeit. Man hätte meinen können, daß es jenseits der Laboratoriumswände gar keine Raumstation mehr gab, sondern ausschließlich leeres All.

Die Aufzeichnung war nur einige Minuten lang, aber das genügte völlig, um einen Eindruck von den Ereignissen in Moagitty zu vermitteln. Deep Space Nine hatte nur Bruchstücke einer Kom-Sendung über die neue Vergnügungsmetropole empfangen, und selbst mit der hochmodernen Rekonstruktionstechnik war es nicht möglich gewesen, mehr als nur einige wenige Lücken in der Übertragung zu schließen. Die Audio-Komponente bestand praktisch nur aus statischem Rauschen, doch der visuelle Teil ...

Bashir schauderte erneut, als er daran dachte, daß die grauenhaften Ereignisse noch nicht beendet waren, daß sie sich auch weiterhin zutrugen, jetzt, in diesem Augenblick.

*Mord*, flüsterte es in ihm. Aber dieser Begriff legte Intelligenz nahe, das Verstehen von Ursache und Wirkung, von Kausalität, von den Folgen des eigenen Handelns – selbst wenn es dabei um den psychopathischen Wunsch ging, das Blut eines anderen Wesens zu vergießen. Die Bilder aus Moagitty verkündeten jedoch eine Botschaft, die weit darüber hinausging. Sie betrafen eine Naturgewalt, ebenso unversöhnlich wie die auf Bajor tobenden Orkane. Bashir stellte sich vor, wie die Stürme einen Weg in die Stadt fanden, wie sie die Mauern durchbrachen, um mit dem Regen nicht etwa Reinigung zu bringen, sondern vielmehr eine rote Flut, die zerfetzte Leichen an Spieltische und andere Instrumente zweifelhaften Vergnügens schwemmte. Ein Schlachtfeld unter den Kuppeln von Moagitty ... Und die dunkle Macht, Feind allen Lebens, hatte dort den Sieg errungen.

»Vielleicht hat jemand überlebt.« Bashir deutete auf den leeren Schirm. »Jemand muß die Nachricht gesendet haben ...«

Dax schüttelte den Kopf. »Nicht unbedingt. Möglicherweise wurden die Bilder von einem automatischen Sicherheitssystem übertragen. Bei entsprechenden Botschaften werden viele Details übertragen, damit die Rettungsgruppen alle notwendigen Informationen bekommen. Nun, die starken elektromagnetischen Interferenzen in der Atmosphäre des Planeten haben Signale absorbiert, darunter auch die Zeitangaben. Wenn die Sendung wirklich von einer Person stammt, so wurde sie vielleicht vor Stunden oder gar vor Tagen aufgezeichnet, um dann ständig wiederholt zu werden – bis wir sie schließlich empfingen. In dem Fall wäre es möglich und sogar wahrscheinlich, daß der Verantwortliche in Moagitty längst tot ist.«

»Das stimmt, aber . . .« Bashir suchte nach geeigneten Gegenargumenten. Er konnte einfach nicht glauben, daß in der Stadt überhaupt kein Leben mehr existierte. »Die Bilder haben uns nicht alle Bereiche von Moagitty gezeigt. Vielleicht schaffte es jemand, einzelne Sektionen vom Rest zu separieren, um sich darin vor dem. . . Wahnsinn zu verschanzen.«

Der wissenschaftliche Offizier Jadzia Dax dachte darüber nach. »Eine solche Möglichkeit besteht tatsächlich, aber ich halte es für falsch zu spekulieren. Wir kennen die von den kortikalen Induktionsmodulen ausgelösten Wirkungen gut genug, um folgende Feststellung zu treffen: Es muß praktisch überall gleichzeitig zu den Ausbrüchen von psychotraumatischem Verhalten gekommen sein. Es kann sich nicht von einem Stadtteil zu den anderen ausgebreitet haben wie ein deutliche Spuren hinterlassender Ansteckungsvektor. Wenn die Gewalt von einem Augenblick zum anderen die *ganze* Stadt erfaßte . . . Dann ist es äußerst unwahrscheinlich, daß sich jemand in Sicherheit bringen konnte.«

Damit wollte sich Dr. Bashir nicht ohne weiteres abfinden. »Als Arzt sehe ich mich außerstande, von einer solchen Annahme auszugehen – auch wenn sie logisch ist. Die medizinischen Pflichten zwingen mich dazu, bei allen meinen Entscheidungen damit zu rechnen, daß es Überlebende gibt – denen geholfen werden muß, sobald die Stürme weit genug abgeflaut sind, um mit einer Rettungsmission zu beginnen. Wenn dann Verletzte und Verwundete geborgen werden, so brauchen sie bestimmt dringend Hilfe, was bedeutet, daß man sie zunächst hierher nach Deep Space Nine bringt. Ich muß in der Krankenstation alle erforderlichen Vorbereitungen für die Behandlung einer unbestimmten Anzahl von Patienten treffen.«

Er stand auf, griff nach seinem Datenblock und sammelte diverse Unterlagen ein, die sich während der letzten Schichten angesammelt hatten. Ganz deutlich spürte er Dax' Blick.

»Soll das heißen, daß ich bei den Nachforschungen nicht mehr mit Ihrer Unterstützung rechnen kann?«

Die Datenfolien in Bashirs Händen bildeten einen hohen Stapel. »Es tut mir leid. Ich schätze, wir haben bereits alles Wichtige herausgefunden. Wir könnten so weitermachen wie bisher, das deinstallierte Induktionsmodul auseinandernehmen und die Programmierung analysieren. Vielleicht entdecken wir dabei tatsächlich noch das eine oder andere. Aber wir kämen keinen wesentlichen Schritt voran.«

Bashir lauschte dem Klang der eigenen Stimme und wußte: Ärger und Enttäuschung fanden nun ein Ventil. Solche Empfindungen gab es nicht nur in ihm, sondern auch in der Trill, in Commander Sisko und allen anderen Besatzungsmitgliedern der Raumstation. Die Mission von Deep Space Nine, alle ihre Hoffnungen ... Sie lösten sich vor ihren Augen auf. Die von Störungen unterbrochene Kom-Sendung aus Moagitty war keine Warnung, sondern kam dem Geläut von Totenglocken gleich. Es handelte sich um einen Nachruf, der nicht nur vom Tod zahlloser Personen kündete, sondern auch vom fatalen Ende eines Traums. Über viele Jahre hinweg hatten die Cardassianer den Planeten regelrecht ausgeplündert. Die Föderationspolitik in Hinsicht auf Bajor sollte ein Zeichen gegen jene Art von Habgier setzen, die nur Schutt und Abraumhalden zurückließ. Eines Tages wäre der Planet zum gleichberechtigten Mitglied der galaktischen Völkergemeinschaft geworden ...

Und vielleicht noch mehr. Zwar hielt sich Bashir für einen rationalen Materialisten, was ihn jedoch nicht daran hinderte, eine besondere Würde zur Kenntnis zu nehmen, die das bajoranische Volk aufgrund seines langen Leids gewonnen hatte. Bei einigen Gelegenheiten hatte Commander Sisko sein Schweigen bezüglich dieser Dinge gebrochen, um auf die einzigartige geistige Verbindung zwischen Bajor und Kai Opaka hinzuweisen. Nun, Sisko war nicht Kommandant von Deep Space Nine geworden, weil er zum Mystizismus neigte. Andererseits: Irgend etwas in ihm hatte sich verändert, durch die Besuche auf dem Planeten und infolge des Aufenthalts im Wurmloch. Bashir war den Entitäten im Dimensionstunnel ebenfalls begegnet, und deshalb zweifelte er nicht daran, daß außer dem »normalen«, meßbaren Universum auch noch ein anderes existierte. Vielleicht hätte Bajor dieses Wissen der Föderation geschenkt – eine noch größere und bedeutendere Gabe als der Zugang zum Gamma-Quadranten durchs Wurmloch. Möglicherweise stellten jene Kenntnisse eine Art Transportmittel dar, mit dem man etwas im Innern jeden intelligenten Wesens erreichen konnte, das sich mit Skalpellen und Mikrosensoren nicht entdecken ließ: die Seele.

Genau das starb nun auf Bajor: Dutzende von Möglichkeiten, die über den gegenwärtigen Horizont des Bekannten hinausgingen. Was mochte aus einer Welt werden, die derartige Verletzungen erlitt? Eine Wunde in Bajors Seele – weil der Planet seine Würde verschachert hatte. Bashir und alle anderen an Bord von Deep Space Nine konnten nur warten, beobachten und nach der Stille lauschen, die auf ein Ende der Orkane hindeutete. Dann würde eine Gruppe aufbrechen, um die sonderbar friedliche Stadt zu besuchen – und was in ihr zu finden? Tod? Die blutigen Folgen des Wahnsinns?

»Ich verstehe.« Dax' Stimme erklang in der Wüste, in die Bashirs Gedanken ihn geführt hatten. »Der Beginn unserer Ermittlungen liegt noch nicht so lange zurück. Ich habe geglaubt, daß wir eine Antwort finden können, daß es uns irgendwie gelingt, weiteres Chaos dieser Art zu verhindern.« Sie berührte den Arm des Arztes. »Julian . . . Ich halte das nach wie vor für möglich. Wenn wir nicht aufgeben, wenn wir unsere Bemühungen fortsetzen . . .«

Bashir schüttelte den Kopf. »Dafür ist es jetzt zu spät.« Die Labortür öffnete sich vor ihm, und er trat in den Korridor.

In der Krankenstation legte er den Datenblock und die Unterlagen auf seinen Schreibtisch, den er seit einigen Schichten nicht mehr gesehen hatte. Er stützte sich an der Kante ab und fühlte, wie sich das Gewicht der Erschöpfung auf ihn herabsenkte.

*Arbeit wartet auf dich*, erinnerte sich Bashir, während er den Kopf gesenkt hielt. Er öffnete die Augen und blickte über die leeren Betten hinweg. Wann mußten alle Vorbereitungen getroffen sein? Auf diese Frage gab es noch keine Antwort.

Er stieß sich vom Schreibtisch ab und richtete sich auf.

Langsam wanderte er durch die nur matt erhellte Krankenstation und verharrte kurz vor der letzten Tür. Sie führte in den Leichenraum, und dort wartete jemand.

Bashir trat ein und sah auf das Gesicht von Ahrmant Wyoss hinab. Die Züge wirkten entspannt; der Mann schien zu schlafen.

»Schlau von Ihnen«, murmelte der Arzt. In seinen leisen Worten erklang eine Mischung aus Mitleid und Ironie. »Sie sind dem allgemeinen Ansturm zuvorgekommen.«

Kira schlief und träumte: Wieder schwebte sie hoch oben am Nachthimmel ihrer Heimatwelt. Doch diesmal fehlte die Aura aus Feuer. Sie spürte nur kalte Leere dort, wo heißer Zorn ihr Herz zerfetzt hatte.

Wie auf einem Bett aus Sternen drehte sie sich, öffnete die Augen und sah auf den Planeten hinab. Ein entsetzter Schrei lag ihr auf der Zunge und hätte fast die Stille zerrissen.

Tief unten sah sie Asche. Und bleiche Knochen. Der Inhalt ihres kummervollen Herzens schien die kahlen Berge und den Grund der ausgetrockneten Meere von Bajor zu bedecken. Nichts Lebendiges blieb übrig. Alles hatte sich in Bewohner dieser neuen, öden Landschaft verwandelt, in die toten Geschöpfe einer toten Welt.

»Nein . . .« Kira schmeckte Asche. Sie kniff die Augen zu, doch eine einzelne Träne kroch unter einem Lid hervor und fiel. Wie ein Diamant glitzerte sie im kalten Licht.

Kira sah, wie die Träne den verbrannten, leblosen Boden von Bajor berührte, einem letzten, nutzlosen Regentropfen gleich.

Sie sah, wie böiger Nachtwind ihre geballten Fäuste füllte.

Sie sah das alles, blieb jedoch im Traum gefangen und konnte nicht erwachen.

# 15

Dax wußte mehr als Bashir. Vielleicht hatte sie deshalb nur halbherzige Einwände erhoben, als er ging. Bei den bisherigen Nachforschungen war er ihr eine große Hilfe gewesen, doch nun kam es darauf an, bestimmte Entscheidungen zu treffen und bestimmte Maßnahmen zu ergreifen. Dabei blieb Jadzia Dax lieber allein.

Vorsichtig stellte sie das rechteckige schwarze Gehäuse beiseite. Die inneren Komponenten des Induktionsmoduls formten einen glänzenden Haufen vor ihr. Mikroschaltkreise wirkten wie ein Labyrinth, das zu klein war, um den Augen von Humanoiden Einzelheiten darzubieten. Die winzigen Teile und Fasern enthielten Geheimnisse. Dax beugte sich vor, und ihr Atem genügte, um hier und dort leichte Vibrationen hervorzurufen. Einige Mysterien waren inzwischen entschleiert worden, mit Hilfe von geduldigen Untersuchungen. Andere warteten noch darauf, entdeckt zu werden ...

Und dann die Geheimnisse außerhalb der kortikalen Induktionsmodule, außerhalb der Raumstation, verbunden mit der Struktur des Universums ... Das von den Fernsensoren registrierte Datenmuster gewann allmählich deutlichere Konturen. Einzelne Informationsfragmente wuchsen zusammen und ergaben Fragen, die derzeit noch nicht beantwortet werden konnten. Ganz offensichtlich gab es eine Verbindung zwischen den Ereignissen auf Bajor und jenen wie zufällig erscheinenden Anomalien, die sich durch das Raum-Zeit-Gefüge und auch darunter ausdehnten. Besser gesagt: Es war für *sie* offensichtlich, nicht aber für andere. Außer ihr wußte überhaupt niemand davon, denn sie hatte entschieden, das Wissen um Inhalt und Bedeutung der ständig größer werdenden Datei für sich zu behalten.

Diese Angelegenheit sollte nicht länger geheim bleiben. Nachdem Bashir gegangen war, hatte Dax eine Mitteilung aufgezeichnet – für den Fall, daß die im Speicher des Computers abgelegten elektronischen Forschungsberichte nicht genügten. Es handelte sich um eine private Nachricht, bestimmt für die einzige andere Person an Bord von DS9, die nicht nur das Wie verstehen konnte, sondern auch das Warum. Sie sollte den Empfänger in einer Stunde erreichen – genug Zeit für Dax, um aktiv zu werden und dafür zu sorgen, daß die Konsequenzen ihrer Entscheidung unwiderruflich wurden.

Nach dem Formulieren und Aufzeichnen der Nachricht waren alle

Vorbereitungen getroffen. Funken huschten über die Leiterbahnen der Schaltkreise, als Dax die Energieversorgung des Induktionsmoduls aktivierte. Nach der Stillegung der letzten manipulierten Holo-Kammer war dies das einzige funktionierende Beispiel des KI-Potentials an Bord von Deep Space Nine. In gewisser Weise glich es einem gefangenen Tier, das die Krallen eingezogen hatte, um harmlos zu wirken. Wenn Dax einen Teil ihrer rationalen Kontrolle zugunsten von Phantasie und Imagination aufgab, so spürte sie die schlafende Gefahr in dem Objekt. Jetzt verflüchtigte sich etwas von diesem Schlaf. Die kleinen Lichtpunkte in den Schaltkreisen, geschaffen von fließender Energie, erschienen der Trill wie winzige Augen, die sich nur einen Spaltbreit öffneten, um sie zu beobachten.

*Hör auf damit*, mahnte die Stimme des jahrhundertealten Symbionten in Dax. Die jüngere Hälfte des gemeinsamen Bewußtseins bemerkte so etwas wie geduldige Toleranz in Hinblick auf humanoide Torheit. Die Weisheit des Symbionten, seine Perspektive, die weit über Leben und Tod der einzelnen Wirtskörper hinausging . . . Das alles diente Dax nun als Anker, der ihr Halt bot in dem Durcheinander aus Ängsten und alptraumhaften Visionen. Das andere, mit ihr verschmolzene Ich schützte sie – was der humanoide Teil ihres Ichs mit einem Hauch von Ärger zur Kenntnis nahm. Für den Symbionten war es ganz leicht, einen distanzierten, belehrenden Standpunkt zu vertreten – immerhin kannte er die finstere holographische Welt, die Ahrmant Wyoss in den Wahnsinn getrieben hatte, nicht aus eigener, direkter Erfahrung. Die vom Induktionsmodul geschaffenen Interferenzen hatten das kollektive Selbst geteilt; nur ein Ich sah die klaustrophobischen Straßen und verfallenden Gebäude. Nur ein Ich beobachtete, was mit dem Jungen geschah. Erst nach dem Verlassen der Holo-Kammer kam es wieder zur geistigen Einheit, woraufhin der Symbiont mit einer Analyse der Erinnerungen an die düstere Pseudo-Welt begann.

Die Stimme in Dax *bewegte* sich, sorgte für eine Synchronisation von Weisheit und Emotion. Es war *ihre eigene* Stimme, die sie aufforderte, die Arbeit fortzusetzen, dem eingeschlagenen Weg zu folgen.

»Computer«, sagte Dax laut. »Initialisiere Simulationssequenz.« Sie zog die Hand vom Induktionsmodul zurück.

»Sequenz initialisiert, stabil bei Input-Stasis.« Einige Mikrofasern leuchteten jetzt etwas heller als vorher.

Dax wußte, daß im Innern des Moduls eine separate Welt entstanden war, ein winziger Kosmos, der nicht einmal in den Dimensionen des physischen Raums existierte. Und doch mangelte es ihm nicht an Realität – vorausgesetzt natürlich, man verwendete nicht die üblichen Maßstäbe, um das Wirkliche vom Imaginären zu unterscheiden. Auf Dax' Befehl hin war die interne Programmierung des Moduls aktiviert worden. Das geringe energetische Niveau genügte gerade für eine Warteschleife.

»Energiezufuhr für Betriebsstatus erhöhen.« Dax wich von dem Modul zurück und verschränkte die Arme. »Stasis beenden und mit externer Projektion beginnen.«

»Warnung.« Die Sprachprozessorstimme des Computers klang emotionslos. »Die erteilte Anweisung führt zur alle Sinne betreffenden Wahrnehmung einer simulierten Realität, die auf einem festgelegten Programm beruht. Vor der Ausführung des Befehls wird die Festlegung eines Wirkungsbereichs empfohlen.«

Der Hinweis überraschte Dax nicht – sie selbst hatte den Computer damit programmiert. Die Warnung galt natürlich nicht ihr, sondern anderen Personen, zum Beispiel Bashir. Wenn er während ihrer Abwesenheit das Labor betreten und die Testvorrichtung eingeschaltet hätte ... Katastrophale Folgen wären denkbar gewesen.

»Lege den Wirkungsbereich auf maximal einen Meter von der zentralen Achse des Moduls fest.« Dax stand innerhalb der beschriebenen Sphäre. »Sorge für einen möglichst abrupten Übergang zwischen dem Aktionsradius der kortikalen Induktion und der nicht manipulierten Realität. Verzichte auf einen Distanzalgorithmus zur Schaffung eines fließenden Übergangs.«

»Parameter bestätigt. Externe Projektion beginnt jetzt.«

Dax schloß die Augen, als die Realität des Induktionsmoduls wuchs: von einem mathematischen Punkt ohne Dimension zu einer Miniwelt, die sie einschloß. Sie merkte, wie sich die Struktur ihrer Synapsen veränderte, fühlte ein mikroskopisches Zerren an Nervensträngen und Gehirnzellen. Wie der Einfluß eines Magneten auf eiserne Feilspäne – die einfachste Darstellung der Wirkung, die Unsichtbares auf Sichtbares entfaltet. Dax hatte sich die Funktionsweise der kortikalen Induktion mehrmals auf diese Weise vorgestellt. Doch der Vergleich hinkte: Ein Magnet blieb leblos, ohne Gedanken und eigenen Willen. Bei jenen Gelegenheiten, als Jadzia Dax den Effekt des Induktionsmoduls gespürt hatte, gewann sie den Eindruck von Intelligenz, die sich langsam ausbreitete und Böses brachte ...

Nach den letzten Worten des Computers zählte sie langsam bis drei. Aus Erfahrung wußte sie, daß es etwa so lange dauerte, bis sich die Pseudo-Wirklichkeit um sie herum etabliert hatte. Als sie die Augen öffnete, fand sie sich in einer anderen Dunkelheit wieder. Eine Welt der Finsternis, die sie schon einmal durchschritten hatte, zusammen mit Dr. Bashir. Dax stand völlig reglos, drehte nicht einmal den Kopf – auf diese Weise wollte sie vermeiden, erneut ein Opfer der desorientierenden Übelkeit zu werden, die durch eine sensorische Diskrepanz zwischen den beiden Nervensystemen in ihr entstand. Sie blickte geradeaus, sah die verschmierten Fenster und schmutzigen Wände von Ahrmant Wyoss' Halluzinationskosmos, eine öde urbane Landschaft, die seiner privaten Hölle gleichkam.

Die Illusion war nicht vollständig. Hinter den Gebäuden der düsteren Stadt zeichneten sich die Konturen des Forschungslaboratoriums von Deep Space Nine ab. In einer Holo-Kammer gelangten auch niederenergetische Traktorstrahlen und spezielle Transmitter zum Einsatz, um die Sinne zu stimulieren. Hier hing das Wahrgenommene allein von den Effekten des kortikalen Induktionsmoduls ab. Die Wirkung schien stärker geworden zu sein. Beim letzten Test dieser Art hatte Dax mehr vom Laboratorium gesehen. Woraus folgte: Die rudimentäre Intelligenz im Modul verstand es nun besser, ihr Nervensystem zu manipulieren; sie lernte ständig, ihre Scheinwelt überzeugender zu gestalten, betroffene Selbstsphären tiefer hineinzuziehen.

Dax trat einen Schritt zurück. Vor ihr verzerrte sich alles, als jähes Chaos den künstlichen Kosmos heimsuchte, und in ihrer Magengrube krampfte sich etwas zusammen. Ein oder zwei Sekunden später verflüchtigte sich dieses Empfinden, und die Trill sah wieder eine vertraute Umgebung: das Laboratorium mit all seinen Einrichtungen. Auf der Werkbank lagen die elektronischen Eingeweide des Induktionsmoduls, neben dem leeren schwarzen Gehäuse. Die Mikrofasern zwischen den Komponenten glühten noch immer.

Jadzia Dax befand sich jetzt außerhalb des Wirkungsbereichs. Da sie einen abrupten Übergang zwischen dem Aktionsradius der kortikalen Induktion und der nicht manipulierten Realität programmiert hatte, reichten die Signale des Moduls nicht mehr bis in ihr Gehirn. Die andere Welt – Ahrmant Wyoss' Visionen von Schmerz und Einsamkeit – wartete innerhalb einer unsichtbaren Sphäre dicht vor der Trill.

»Computer, Aufzeichnung weiterer Forschungsdaten«, sagte sie laut. »Die kortikale Induktion ist seit dem letzten Versuch stärker geworden. Die Zunahme sensorischer Authentizität beträgt etwa fünfundzwanzig Prozent.« Dax zögerte kurz. »Vermutlich basiert dieses Phänomen auf der mehrfachen Stimulation durch das Induktionsfeld des Moduls, wobei mein humanoides Nervensystem eine zentrale Rolle spielt. Ich sehe inzwischen die Annahme bestätigt, daß bei den für die kortikale Induktion empfindlichen Neurotransmittern eine progressive Anpassung erfolgt. Dadurch wirkt die dargestellte Pseudorealität außerordentlich überzeugend, selbst ohne die zusätzlichen Stimuli in einer Holo-Kammer. Ende der Aufzeichnung.«

Dax betrachtete das Induktionsmodul, während sie über ihre bisherigen Entdeckungen nachdachte.

Jene Dinge, die sie Bashir gegenüber verschwiegen hatte, von denen er noch nichts erfahren sollte – sie bildeten den Mittelpunkt der KI-Technik. Inzwischen stand fest, daß es bei der kortikalen Induktion eine Art Rückkopplung gab. Irgendwie gelang es den Modulen, die geheimsten Wünsche von Personen herauszufinden, und daraufhin kam es zu entsprechenden Emanationen – es entstand eine Spirale mörderischer Besessenheit. Dies schien das wichtigste Element in den veränderten Holo-Kammern zu sein.

Doch während der letzten Schicht hatte Dax noch etwas anderes festgestellt.

Zwischen den KI-Modulen gab es eine Signalbrücke, die sich durch den Subraum erstreckte. Angesichts einer sehr schmalen Bandbreite war die Trill nicht sofort darauf aufmerksam geworden. Erst bei einer manuellen Frequenzsondierung bemerkte sie einen Kom-Kanal, der nicht zum allgemeinen Kommunikationsspektrum von Deep Space Nine gehörte. Die Module aus den deaktivierten Holo-Kammern sendeten natürlich nicht mehr, aber von dem Exemplar auf der Werkbank ging ein beständiger Datenstrom aus, der für eine Analyse zur Verfügung stand. Ein zentraler Ort auf Bajor verband alle Induktionsmodule der Holo-Kammern von Moagitty. Was auch immer in einem Projektionsraum stattfand: Es wurde sofort weitergeleitet und fand Eingang in die gemeinsame Programmierung. Die manipulierten Holo-Kammern schufen keine Vielzahl von individuell wahrgenommenen Welten, auf der Grundlage eines Inputs, der von den einzelnen Benutzern stammte. Statt dessen zogen sie die beteiligten Personen in einzelne Teilwelten eines größeren Kosmos, in Abschnitte einer zentral programmierten alternativen Realität. Die alles andere verdrängenden Halluzinationen zeichneten sich durch eine im wesentlichen zentripetale, nach innen gerichtete Natur aus. Die Unterschiede zwischen den Wahrnehmungen der einzelnen Benutzer verringerten sich exponentiell, und das Ergebnis bestand schließlich in einer Welt, die alle teilten. In einer von McHogue geschaffenen Welt.

In den Schaltkreisen des Induktionsmoduls auf der Werkbank glühte stummes Leben. Nicht zum ersten Mal stellte sich Dax das Gerät als eine Art Mikrokosmos der Stadt vor, die man fast über Nacht auf dem Planeten gebaut hatte: alle Komponenten am dafür vorgesehenen Platz; alles für einen Zweck bestimmt; alles wartete nur auf Energie und Verlangen, um Unheil zu entfalten. Moagitty, McHogues Welt. Seine Welt . . . und sein Wille.

Die Mordserie und der künstlich erzeugte Wahnsinn an Bord von DS9 entsprachen nicht der eigentlichen Absicht von McHogue. Dax und ihre Kollegen wußten, daß McHogue in der Raumstation nur einen Test durchgeführt hatte, um das Wirkungspotential der kortikalen Induktionsmodule zu kalibrieren. Bei einem Gespräch mit Commander Sisko hatte er selbst darauf hingewiesen. Von Anfang an war es ihm um Bajor und Moagitty gegangen.

*Und danach*? dachte Dax. Die Frage blieb ohne Antwort. Der bisher demonstrierte Größenwahn deutete darauf hin, daß sich McHogue nicht mit einem nach ihm benannten Miniuniversum zufriedengeben würde. Während der Untersuchungen hatte Bashir betont, McHogue zeichne sich durch die klassischen Symptome einer kriminellen Mentalität aus. Mit anderen Worten: Er war ein Soziopath. Im Vergleich zu ihm handelte es sich bei Quark nur um einen harmlosen Ferengi-Geschäftsmann, der Gefallen daran fand, auf eine vergleichsweise harmlose Art Profite zu erzielen.

Für jemanden wie McHogue stellte jedes erreichte Ziel nur ein Sprungbrett für das nächste dar. Bashirs psychiatrische Diagnose lautete: Ihm fehlte das Realitätsprinzip. McHogue war nicht imstande, die eigenen Begierden zu zügeln, seinen maßlosen Egoismus unter Kontrolle zu halten, sich mit dem zu begnügen, was gemeinhin als »normal« galt. Die Technik der kortikalen Induktion sowie die manipulierten Holo-Kammern wurden nicht nur für Ahrmant Wyoss und viele andere zur Falle, sondern auch für ihn selbst. Indem er mit den Induktionsmodulen Pseudorealitäten schuf, bestätigte er sich in seinem eigenen Wahn – ebensogut konnte man versuchen, ein Feuer mit brennbaren Flüssigkeiten zu löschen. Er erhob sich zu einem Gott in einer künstlichen Welt, deren Grenzen aus den Mauern von Moagitty bestanden.

Deshalb hatte er Deep Space Nine verlassen, um in seinem neuen Reich zu regieren. Seine Megalomanie verlangte von ihm, eine völlig neue Welt zu schaffen, eine Welt, die völlig unbefleckt blieb von der Wirklichkeit jenseits seiner Kontrolle. Er wollte in jedem Spiegel das eigene Gesicht sehen. In allen Trägern, Stützelementen und Wandsegmenten sollte sein Wille, die Genialität seines Geistes zum Ausdruck kommen. *Wie eine Wanderung durch McHogues Kopf*, überlegte Dax. So mußte es sich für die Leute in Moagitty angefühlt haben. Sie selbst hatte während ihres Aufenthalts in der manipulierten Holo-Kammer ähnlich empfunden. Dabei gewann sie den Eindruck von absolutem Solipsismus, einer totalen Ichbezogenheit, die sich alles Fremde einverleibte, in integrale Bestandteile der Ego-Welt verwandelte. Die Besucher wurden ebenso Teil von McHogues Kopf wie sein Schädelknochen.

»Und damit auch von Moagitty«, sagte Dax. In dem relativ kleinen Forschungslaboratorium klang ihre Stimme seltsam hohl und fremd. Eine weitere Erkenntnis reifte in ihr heran: Es wurde nun Zeit, ihr Wissen über McHogue und seine Welt in einer Datei zu speichern, um es an Benjamin, Julian Bashir und die anderen weiterzugeben. Das galt auch für Informationen in Hinsicht auf die von ihr getroffenen Entscheidungen. Es sollten geordnete Arbeitsunterlagen zurückbleiben. Vielleicht bekam sie keine Gelegenheit, später alles zu sortieren. Vielleicht gab es gar kein Später für sie . . .

»Seine eigene kleine Welt.« Dax streckte die Hand weit genug aus, um den Rand der unsichtbaren Realitätssphäre zu berühren. »Sein eigenes Universum.« Nicht hier, an Bord von Deep Space Nine, sondern in einem hermetisch abgeriegelten Ambiente, das nur Dinge enthielt, die von ihm selbst stammten. Ein Kosmos, in dem er alles stattfinden lassen konnte, ohne irgendwelche Einflüsse von außen.

»Aber er hat eins vergessen.« Eine Hintertür zu jener Welt, in jenes private Universum – eine Tür, die in der Raumstation offengeblieben war. Dax stellte sich vor, diese Tür mit ihren Fingerkuppen zu berühren – sie wartete nur darauf, aufgestoßen zu werden. Ein einziger Schritt nach vorn genügte. Dann war sie wieder in McHogues Kopf; dann sah sie wieder Nacht und Sterne am Horizont seines Schädels.

Er hatte das eine noch funktionierende kortikale Induktionsmodul an Bord von Deep Space Nine vergessen, ein Modul, das mit den anderen in Verbindung stand, mit ihnen zusammen seine Welt formte. Was mochte der Grund dafür sein? Hatte es McHogue so eilig, sein Ziel zu erreichen, die Apotheose namens Moagitty, daß er sich gar nicht darum scherte, was hinter ihm zurückblieb? Und wenn er von diesem Induktionsmodul wußte: Glaubte er, daß es niemand wagte, jene Tür zu durchschreiten? Rechnete er damit, daß solche Vorstellungen zuviel Furcht weckten?

Dax fürchtete sich – das mußte sie zugeben. Die Erinnerung an den ersten Abstecher in die andere Welt lastete schwer auf ihrer Seele. Bei jedem Schritt durch die Düsternis verdichtete sich die Ahnung, daß es noch mehr gab – eine dunklere Finsternis, die wie ein Mantel ein Herz umgab, in dem brutale Gewalt lauerte. Die Erscheinung von Ahrmant Wyoss als gepeinigtes Kind vermittelte vor allem Trauer. Der Junge im Keller war nur ein elektronisches Echo in einer Holo-Kammer, vielleicht sogar noch weniger. Das Echo eines Echos, die letzte, verblassende Spur eines Fragments der halluzinatorischen Welt, die aus Wyoss' Träumen bestanden hatte. Als der Frachtarbeiter in der Realität außerhalb des Projektionsraums starb, gab es niemanden, der den Schatten seines Ichs – den Knaben – von der Erinnerung zur Ewigkeit geleitete. McHogue, Gott der neuen Welt, mußte sich um wichtigere Dinge kümmern. Er eilte immer einem glorreichen Ziel entgegen, und Leichen markierten seinen Weg ...

Einem Ziel, das sich in Form eines strahlenden Zugangs präsentierte. Dax hatte diesen Zugang bei ihren letzten Versuchen mit dem Induktionsmodul gesehen. Besser gesagt: Ihr humanoides Selbst hatte ihn bemerkt, denn der Interferenzeffekt trennte sie vom Symbionten in ihr. Zuerst fiel ihr nur ein Fleck am Horizont der dunklen Welt auf, hell genug, um sie mit argwöhnischem Interesse reagieren zu lassen. Es dauerte nicht lange, bis sich der Fleck in einen klar erkennbaren Ausgang verwandelte, der immer heller wurde. Stimmen erklangen jenseits davon, lautes Gelächter. Beim letzten Experiment – es war zu Ende gegangen, als Dax einen Schritt zurücktrat, um den Wirkungsbereich des Induktionsmoduls zu verlassen – hatte die Tür hell geleuchtet. Ein fast blendender Ganz ging von ihr aus, projizierte kraß kontrastierende Schatten. Dax wußte nun, was sich hinter dem Zugang befand.

»Moagitty.« Die Furcht im humanoiden Teil ihres Selbst sorgte dafür, daß ihre Stimme nicht mehr war als ein Flüstern. Aber wenigstens war sie imstande, den Namen auszusprechen; er blieb ihr nicht im wie zugeschnürten Hals stecken. Das hatte es mit dem Licht auf sich, welches in der vom Induktionsmodul erzeugten künstlichen Welt lockte: Es führte ins Innere von McHogues Stadt, in die kollektive Halluzination, die groß genug geworden war, um sogar die Realität außerhalb davon zu verschlingen. McHogues Welt ...

Dax hatte bereits eine Entscheidung getroffen. Es blieb nicht genug

Zeit, um Benjamin zu verständigen. Es mußte *sofort* etwas unternommen werden. Und außerdem bestand die Gefahr, daß Sisko als Kommandant der Raumstation die von ihr geplanten Maßnahmen untersagte. Dax stellte sich vor, von ihm zu hören, die Gefahr für ihr Leben und ihr geistiges Wohl sei zu groß. Vermutlich hätte er darauf bestanden, nach einer anderen Möglichkeit zu suchen, um die Katastrophe zu verhindern.

Bevor sie das Forschungslabor aufsuchte, hatte sich Dax in der OPS über die jüngste meteorologische Entwicklung auf Bajor informiert. Die Aufmerksamkeit der übrigen Besatzungsmitglieder galt in erster Linie den Orkanen. Nur die Trill schenkte auch den anderen Daten Beachtung: ionische Entladungen in den oberen Schichten der Atmosphäre, positronische Emissionen im Raum-Zeit-Gefüge. Die Werte wichen nur etwas von der Norm ab, aber Dax erkannte auf den ersten Blick ihre Tendenz. Eine exponentielle Beschleunigung fand statt. Es dauerte nicht mehr lange, bis der steile Kurvenabschnitt erreicht wurde, und dann bekam Deep Space Nine die ersten Schockwellen zu spüren. Dax beobachtete das Geschehen mit dem inneren Auge. Sie sah, wie die Störungsfront – mit Moagitty als Epizentrum – bis nach DS9 reichte, einer Flutwelle gleich, die immer größer und mächtiger wurde. Es wäre ein Zeichen dafür gewesen, daß McHogues privates Universum die kritische Masse erreichte. Vielleicht ließ sich dann mit Interventionen irgendeiner Art gar nichts mehr erreichen. Vielleicht kam es dann zu einer implosiven Vereinnahmung der äußeren Realität – wie ein schwarzes Loch, das rasend schnell wuchs und alles andere vertilgte ...

Mehr konnte sich Dax nicht vorstellen. Was darüber hinausging, sprengte den Rahmen ihrer Phantasie. Im jahrhundertelangen Leben des Symbionten existierte nichts, das sie auf eine solche Eventualität vorbereiten konnte.

Oder auf das, was nun vor ihr lag.

»Computer, Aufzeichnung weiterer Forschungsdaten, die der bereits angelegten Datei hinzugefügt werden sollen.«

Die Trill brauchte nur wenige Minuten, um alles auf den neuesten Stand zu bringen. Auch das gehörte zu ihren Pflichten. Wenn sie nicht ins Laboratorium zurückkehrte – in die Welt außerhalb der vom Induktionsmodul gestalteten Pseudorealität –, so mußte jemand anders in der Lage sein, die begonnene Arbeit fortzusetzen.

»Ende der Aufzeichnung.«

Eine andere Stimme – und doch ihre eigene – erklang im Innern der Trill. *Bist du soweit?*

Es war nicht nötig, laut zu antworten. Der Symbiont las ihre Gedanken mit der gleichen Mühelosigkeit, mit der die rechte und die linke Hand einen Gegenstand zwischen sich hielten.

Die Entscheidung stand längst fest. Beide Teile ihres Selbst, der humanoide ebenso wie der des Symbionten, wußten um die Notwendigkeit des Handelns und auch die eventuellen Konsequenzen. Eine Hand mußte die Last tragen, während sich die andere zur Faust ballte und wartete. Diese Lektion hatte Dax beim ersten Aufenthalt in der illusorischen Welt der manipulierten Holo-Kammer gelernt. Das gemeinsame Bewußtsein mußte geteilt werden, wenn die Halluzinationen dominant und damit zur subjektiven Wirklichkeit werden sollten. Angesichts des Interferenzeffekts ließ sich eine Trennung der beiden Ichhälften nicht vermeiden.

Dax trat vor und setzte sich damit wieder den Wirkungen des KI-Moduls aus. Das Forschungslabor verschwand, und kalter Wind strich ihr über die Arme.

Stille herrschte, gefolgt von einer noch profunderen Lautlosigkeit, die sich in Jadzias Innerem erstreckte. Der Symbiont war nicht mehr Teil ihres bewußten Selbst, sondern Beobachter am fernen Rand des Humanoidengeistes.

Sie sah sich in der leeren Düsternis um – McHogues Welt. Dann gab sie sich einen inneren Ruck und schritt dem Licht am Horizont entgegen.

Die erste Erschütterung erfolgte, als Bashir die OPS betrat. Die Raumstation erzitterte, und zwar so stark, daß er taumelte und gegen die Tür stieß. Er fand das Gleichgewicht wieder und beobachtete, wie die anwesenden Besatzungsmitglieder zu den Konsolen eilten. An mehreren Displays leuchteten rote Kontrollampen auf.

»Wo ist Dax?« Commander Sisko stand am Hauptpult und drehte sich zu dem Arzt um. »Wir brauchen sie hier, und zwar sofort.«

»Ich weiß nicht, wo sie ist. Als ich sie zum letzten Mal gesehen habe, befand sie sich im Forschungslabor.« Durch die Stiefelsohlen spürte Bashir weitere Vibrationen. »Als der Alarm ausgelöst wurde, bin ich sofort hiergekommen. Was ist los?«

Sisko deutete auf einige Displays. »Störungsfronten im Raum-Zeit-Gefüge. Und ziemlich starke noch dazu. Offenbar gehen sie von Bajor aus. Ihre Intensität scheint zuzunehmen. Ich habe O'Brien bereits damit beauftragt, die Stabilität von Deep Space Nine zu überprüfen. Er soll so viele schwache Stellen wie möglich verstärken, bevor uns die nächste Welle erreicht.«

Bashir warf einen Blick auf die Anzeigen, konnte jedoch kaum etwas mit ihnen anfangen und wandte sich wieder an Sisko. »Sind wir in Gefahr?«

»Ich weiß es nicht. Dax kennt sich mit diesen Phänomenen besser aus. Bestimmt kann sie uns mitteilen, ob wir mit noch stärkeren Schockwellen rechnen müssen oder ob wir das Schlimmste bereits hinter uns haben.«

»Wir sind nicht in der Lage, einen Kontakt mit Dax herzustellen, Commander.« Odo näherte sich. »Unsere Kom-Anfragen bleiben unbeantwortet.«

»Vielleicht haben die Erschütterungen zu Beschädigungen im Laboratorium geführt. Ich schlage vor, Sie sehen dort nach dem Rechten.« Sisko sah Bashir an. »Sie sollten den Constable begleiten, Doktor. Vielleicht ist Dax verletzt. Wenn das der Fall ist ... Flicken Sie die Dame so gut es geht zusammen, um sie anschließend hierher zur OPS zu schicken. Wir brauchen ihre Hilfe *dringend*.«

*Wenn sie überhaupt noch lebt* ... Diese düsteren Gedanken gingen Bashir durch den Kopf, als der Turbolift den Sicherheitsoffizier und ihn zum Forschungstrakt beförderte.

Odo musterte Bashir aus den Augenwinkeln. »Vermutlich brauchen wir uns keine Sorgen zu machen, Doktor. Im Lauf der Jahre habe ich immer wieder beobachtet, daß Trills äußerst widerstandsfähig sind, insbesondere in Hinsicht auf Schläge oder Stürze. Immerhin gibt es in ihren Körpern zwei funktionierende Nervensysteme.«

Wieder schüttelte sich die Raumstation, und Bashir wurde an die Wand der Transportkapsel gestoßen. Das Licht flackerte, und seine Intensität ließ spürbar nach. Er hörte, wie es in den Stützelementen von Deep Space Nine knirschte und knackte, so wie in den Spanten eines Segelschiffes, das sich durch einen Sturm kämpfte. *Das muß eine ziemlich starke Störungsfront gewesen sein*. Eine Sekunde später reagierte er mit Verlegenheit auf diesen dummen Gedanken. *Natürlich* war es eine starke Schockwelle, wenn es in Deep Space Nine zu solchen Erschütterungen kam. Und wenn das alles von Bajor ausging ... Dort mußte die Situation noch viel schlimmer sein. Ein neuer Sturm wütete dort, ein Orkan, der keine Atmosphäre brauchte, um zu wachsen und sich auszubreiten. Die Struktur des Alls – das Netz aus unsichtbaren Verbindungen zwischen Atomen und Sternen – schien von einer riesigen Faust zerfetzt zu werden. Diese kleine Blase aus Licht und Intelligenz, die im bajoranischen Asteroidengürtel schwebte, mochte von der nächsten Störungsfront einfach zermalmt und zerrieben werden.

Es wurde wieder heller in der Transportkapsel des Turbolifts, und mit einem leisen Zischen setzte sie ihren Weg durch Deep Space Nine fort. Immer wieder änderte sie den Kurs, um durch Nebentunnel zu gleiten. Bashir hatte in diesem Zusammenhang häufig an medizinische Diagramme peristaltischer Bewegungen gedacht, doch jetzt erschienen ihm solche Vorstellungen alles andere als amüsant. Statt dessen kam ihm die Möglichkeit in den Sinn, in einem Turbolift festzusitzen, der plötzlich nicht mehr mit der nötigen Betriebsenergie versorgt wurde. In einem solchen Fall bliebe Odo und ihm nichts anderes übrig, als auf eine Rettungsmannschaft zu warten.

»Danke«, sagte er, als der Sicherheitsoffizier ihn stützte. »Vielleicht sollte ich mir mehr Sorgen um uns machen und weniger um Dax.«

Kurz darauf erreichten sie das Forschungslabor und stellten fest, daß es leer war. Zumindest *wirkte* es leer. Doch Bashir glaubte, die Präsenz der Trill zu spüren, einen ätherischen Schatten ihres Selbst.

Odo und er standen an der Werkbank und sahen sich um.

»Sie müßte eigentlich hier sein«, meinte der Arzt. Seine Besorgnis nahm zu. »Wo sonst könnte sie . . .«

»Achtung!« entfuhr es Odo. Er packte Bashir am Arm und zog ihn mit einem jähen Ruck von der Werkbank fort.

Dann sah der Arzt es ebenfalls. Er hatte es fast mit der Hand berührt, als er vorgetreten war: das demontierte kortikale Induktionsmodul neben dem schwarzen Gehäuse. Glühende Mikrofasern vermittelten eine unmißverständliche Botschaft: Das Gerät nahm Energie auf.

Gleichzeitig bemerkte Bashir einen charakteristischen Geruch. Es roch nach verschmorten Isolierungen und verbrannten Komponenten. Während er noch den Blick auf das Modul gerichtet hielt, verglühte ein kleines Bauteil: Eine weiße Flamme verzehrte es und ließ einen schwarzen Klumpen zurück, so groß wie ein Daumennagel.

»Vorsichtig«, mahnte Odo, als Bashir die Hand ausstreckte, um das Induktionsmodul zu berühren. Seine Fingerkuppen meldeten Hitze. Er zog die Hand wieder zurück und griff nach einem in der Nähe liegenden Sensorstab.

Als er ihn behutsam ins Modul schob, sprühten Funken. Der junge Arzt schirmte sich die Augen ab und neigte den Kopf zur Seite, um zu vermeiden, daß seine Brauen versengt wurden. Als er den schützend erhobenen Arm sinken ließ . . .

Das Modul präsentierte sich ihm als eine halb verkohlte Masse. Von einigen Komponenten war nur noch Asche übrig.

»Was ist passiert?« Odo starrte mißtrauisch auf das Etwas hinab.

»Schwer zu sagen.« Bashir stocherte mit dem Sensorstab in den Resten des Induktionsmoduls. »Ich schätze, hier fiele es sogar O'Brien schwer, bei einer technischen Autopsie sinnvolle Resultate zu erzielen. Wahrscheinlich wurde irgendwie ein Selbstzerstörungsmechanismus aktiviert. Anders ist das Ausmaß des Schadens kaum zu erklären. Es muß Absicht dahinterstecken.«

»Vielleicht möchte unser Freund McHogue nicht mehr, daß ihm jemand in die Karten schaut.« Odo wandte den Blick ab und sah zu den dunklen Bereichen des Laboratoriums. Eine weitere Schockwelle erfaßte Deep Space Nine, aber sie war nicht annähernd so stark wie die letzte, reichte gerade aus, um einige gläserne Phiolen in einem Wandgestell klirren zu lassen.

Bashir hielt sich am Rand der Werkbank fest. »Es geht jetzt nicht um McHogue, sondern um Dax. Wir müssen sie finden.«

Bei einer raschen Durchsuchung des Laboratoriums ließ sich keine Spur von ihr entdecken. Odo kehrte zur Werkbank zurück und setzte sich mit der OPS in Verbindung. »Wir hatten hier unten keinen Erfolg. Gibt es irgendwelche Hinweise auf den gegenwärtigen Aufenthaltsort von Dax?«

»Negativ, Constable«, antwortete Sisko. »Wir haben versucht, ihren Insignienkommunikator anzupeilen, doch es lassen sich keine ID-Signale orten.« Ein Hauch von Ärger erklang in der Stimme des Kommandanten. »Wenn der Kommunikator zerstört worden wäre . . . In dem Fall hätte die Kom-Überwachung einen automatischen Alarm ausgelöst. Die einzige andere Erklärung lautet: Dax hat Deep Space Nine irgendwie verlassen. Allerdings sind seit zwei Schichten keine Flitzer oder Shuttles mehr gestartet . . .«

»Transporteraktivität?«

»Nein, Constable. Jadzia Dax scheint sich einfach in Luft aufgelöst zu haben . . .«

Bashir achtete nicht mehr auf die Stimmen, als sein Blick zum Computerschirm glitt. Er kannte Dax' Gründlichkeit. Wenn ihre rätselhafte Abwesenheit in irgendeinem Zusammenhang mit dem kortikalen Induktionsmodul stand, mit ihrem Bemühen, die letzten Geheimnisse des Geräts zu lüften . . . In dem Fall hatte sie bestimmt Aufzeichnungen hinterlassen, vermutlich in ihrem gemeinsamen Dateiverzeichnis.

Der junge Arzt berührte einige Schaltflächen und fand die letzten Einträge. Sie waren nur zwei Stunden alt. Bashir beugte sich vor, las die Worte und glaubte fast zu hören, wie Dax mit ruhiger, sachlicher Stimme alle Einzelheiten schilderte ...

Kurz darauf hörte er eine andere Stimme, ein Echo jener Worte, die Commander Sisko eben formuliert hatte.

*Jadzia Dax scheint sich einfach in Luft aufgelöst zu haben ...*

Bashir schüttelte den Kopf und erahnte die Wahrheit. Er begann zu verstehen, was sich hier abgespielt hatte und welche Absichten die Trill verfolgte.

»Commander ...« Er richtete sich auf und wandte sich halb vom Computerschirm ab. »Sind wir derzeit imstande, Signale von Bajor zu empfangen?«

»Es besteht ein Kom-Kontakt. Zwar ist er nicht sehr stabil, aber wir können Mitteilungen empfangen und senden.«

Bashir rieb sich die Stirn – die Erinnerung an Dax' aufgezeichnete Worte übte unangenehmen Druck zwischen den Schläfen aus. »Ich schlage vor, daß Sie woanders nach den ID-Signalen des Insignienkommunikators Ausschau halten. Wenn Sie den Ortungsfächer bündeln und gleichzeitig die Reichweite erhöhen ... Dann besteht durchaus die Chance, daß Sie Dax finden. Auf Bajor. In der Stadt Moagitty, um ganz genau zu sein.«

Der Arzt sah keinen Sinn darin, sich einige Minuten lang in Geduld zu fassen und auf eine Bestätigung der Ortung zu warten. Erneut beugte er sich vor und deaktivierte die Computerkonsole.

»Was hat das alles zu bedeuten?« fragte Odo.

»Kehren wir zur OPS zurück – dort erkläre ich Ihnen alles.« Einmal mehr schüttelte Bashir den Kopf, und er sah zum verbrannten KI-Modul. »Er kam und holte sie«, murmelte er. »McHogue ...«

»Wovon reden Sie da?«

Bashir drehte sich nicht zu Odo um. Tief in seinem Innern wußte er, was geschehen war, obgleich ihm schleierhaft blieb, wie es passiert sein konnte. Auf welche Weise war jene andere Welt noch realer geworden, als die kühle, rationale Dax angenommen hatte? Real genug, um sie zu betreten – darauf wiesen die Aufzeichnungen deutlich hin.

Und zu real, um sie wieder zu verlassen.

# 16

Eine Nachricht wartete auf Sisko, als er in den Kontrollraum von DS9 zurückkehrte. Sie stammte von Jadzia Dax, war nach einer programmierten Verzögerung übermittelt und mit zwei klassifizierenden Vermerken ausgestattet worden: DRINGEND und VERTRAULICH.

Auf dem Computerschirm im Büro blinkte der Hinweis für den Eingang elektronischer Post. »Ich nehme die Nachricht jetzt entgegen.« Sisko lehnte sich im Sessel zurück und erhoffte sich endlich Antworten.

Der Computer öffnete eine Audio-Datei; es zeigten sich keine Bilder auf dem Schirm. Dax' Stimme drang aus den Lautsprechern, und Sisko runzelte die Stirn – er hörte Anspannung in den Worten der Trill.

»Benjamin . . . Die folgenden Informationen übermittle ich dir persönlich – du kannst am besten entscheiden, welche Maßnahmen sie erfordern. Was ich dir gleich darlegen werde, ist zu einem großen Teil spekulativer Natur; deshalb verzichte ich darauf, entsprechende Dateien dort zu speichern, wo Dr. Bashir und die anderen darauf zugreifen können. Vielleicht irre ich mich mit meiner Situationsbewertung – ich hoffe es. Bis sich eindeutige Beweise ergeben, überlasse ich es deinem Ermessen, ob sonst noch jemand von diesen Dingen Kenntnis erhalten soll.«

Stille folgte diesen Worten. Dax schien eine kurze Pause eingelegt zu haben, um ihre Gedanken zu sammeln und zu sortieren. »Um gleich zum Kern der Sache zu kommen . . .«, fuhr Dax fort. »Die Lage in bezug auf McHogue und seine Pläne ist vermutlich erheblich brisanter, als wir bisher dachten. Vielleicht sogar noch schlimmer, als wir es uns *vorstellen* können. Die von Dr. Bashir und mir geleistete Forschungsarbeit in Hinblick auf die kortikale Induktionstechnik läßt bisher folgende Schlußfolgerungen zu: Die negativen Auswirkungen halten sich in Grenzen, trotz der hochtrabenden Behauptungen, die wir von McHogue hörten. Anders ausgedrückt: Der von den manipulierten Holo-Kammern angerichtete Schaden betrifft die Benutzer; er manifestiert sich in Form eines zunehmenden geistigen Zerfalls, wodurch sich eine letztendlich selbstzerstörerische Tendenz zur Gewalt ergibt. Dr. Bashir und ich haben uns bemüht, präventive und therapeutische Methoden zu entwickeln – um die Schäden einzudämmen für den Fall, daß McHogue auch weiterhin kortikale Induktionsmodule verwendet. Andere Offiziere – zum Beispiel du und Constable Odo – versuchten zur gleichen Zeit, gegen die kriminellen und politischen Konsequenzen vorzugehen. Nun, das alles ist dir natürlich bekannt.

Allerdings fürchte ich, daß wir vielleicht falsch reagiert haben. Einige von McHogues Bemerkungen hielten wir für Anzeichen von Größenwahn, der das Ergebnis eines psychopathologischen Zustands sein mochte – hervorgerufen von wiederholten Kontakten mit den eigenen Induktionsmodulen. Doch möglicherweise haben jene Kommentare eine konkrete Basis.«

Sisko überlegte, während er den Worten des verschwundenen wissenschaftlichen Offiziers folgte. Er hatte in allen Einzelheiten von seinen Gesprächen mit McHogue berichtet, in der Hoffnung, daß seine Freunde und Kollegen irgend etwas mit den Informationen anfangen konnten. Die Diagnose Größenwahn stammte von ihm selbst. Wieviel davon ging auf eine objektive, rationale Analyse zurück? Und wieviel gründete sich auf instinktivem Abscheu dem Geschöpf gegenüber, das von seinen wahnsinnigen Ideen sprach?

»Während der Zusammenarbeit mit Dr. Bashir habe ich auch andere Daten ausgewertet«, fuhr Dax fort. »Ich hielt es zunächst für besser, nichts darüber verlauten zu lassen.« Die Trill sprach noch immer völlig ruhig und gelassen, als ginge es nur darum, einige statistische Fakten zu nennen. »Noch vor den Stürmen auf Bajor und den Störungen in der Struktur des Raums gab es Anzeichen für ein sich entwickelndes Phänomen. Ausgehend vom vermutlichen Installationszeitpunkt der ersten Induktionsmodule habe ich viele Hinweise gefunden: Abweichungen bei den von Navigationsinstrumenten ermittelten Werten, Meßergebnisse von Subraumsensoren und so weiter. Alles deutet darauf hin, daß eine fundamentale kosmologische Veränderung stattfindet, bei der die Stadt Moagitty das Epizentrum bildet. Ich wollte es nicht glauben, Benjamin, aber die Daten lassen keinen anderen Schluß zu. *Moagitty ist zu einem schwarzen Loch geworden, und zwar zu einer Art, wie wir sie nie zu Gesicht bekamen.* In diesem Fall handelt es sich nicht um ein Objekt von so kolossal großer Masse, daß seine Gravitation sogar Licht gefangenhält. Hier findet die Krümmung und Verzerrung von Dimensionen *unter* dem Universum statt, in dem wir existieren. Um eine Analogie zu nennen, Benjamin: Stell dir unseren Kosmos als eine Karte vor, die auf einem Tisch liegt und daran befestigt ist. Jetzt wird der Tisch – die Subraum-Dimensionen, die das Fundament für unser Universum bilden – zerstört. Die Funktion von McHogues Induktionsmodulen bewirkt irgendwie eine Krümmung des Subraums in sich selbst, einen Kollaps, der mit dem Überschreiten des Ereignishorizonts bei einem schwarzen Loch vergleichbar ist. Dadurch werden sowohl die Orkane auf Bajor als auch die Störungsfronten verursacht: Die Spannungen zwischen dem implodierenden Tisch und der Karte darauf erreichen einen kritischen Punkt. Derzeit beschränken sich die Verzerrungen auf diesen Raumsektor, doch die von mir analysierten Sensordaten deuten bereits auf eine Ausdehnung des destruktiven Phänomens hin. Es gibt keinen Grund zu der Annahme, daß der Subraum-Kollaps nicht den *gesamten* Raum unseres Universums betrifft. Es bahnt sich eine Katastrophe von wahrhaft unvorstellbaren Ausmaßen an, Benjamin. Ganzen Galaxien droht der Untergang.«

Erneut herrschte Stille, geprägt vom Unfaßbaren. Sisko vernahm das leise Zischen seines Atems – und ein Flüstern, das man nicht hörte, sondern *fühlte*. Es stammte von den Bewegungen der Sterne auf ihren uralten Bahnen.

»In Hinsicht auf die kausale Beziehung zwischen dem Einsatz der KI-Module und dem Subraum-Kollaps bin ich mir nicht ganz sicher«, verkündete Dax. »Weitere Untersuchungen sind notwendig, um Klarheit über den entsprechenden Mechanismus zu erlangen. Leider haben wir dafür keine Zeit mehr. Die Konsequenzen von McHogues Aktivitäten auf Bajor haben die kritische Phase erreicht. Deshalb schicke ich dir diese Nachricht. Bestimmt dauert es nicht mehr lange, bis du herausfindest, was ich plane. Du sollst nur wissen, daß ich gute Gründe dafür habe.«

Die Stimme der Trill verklang. Nach einigen Sekunden drehte Sisko den Kopf und las drei Worte auf dem Computerschirm: ENDE DER NACHRICHT.

Er klopfte auf seinen Insignienkommunikator. »Commander Sisko an Dr. Bashir. Irgendeine Spur von Dax?«

»Negativ, Sir. Ich fürchte . . .« Der Arzt unterbrach sich. »Odo und ich kommen zu Ihnen. Wir haben viel zu besprechen.«

»Na schön«, erwiderte Sisko. »Beeilen Sie sich.«

Bevor Bashir und Odo eintrafen, wurde die Raumstation von einer weiteren Schockwelle erfaßt. Hinter den beiden Offizieren glitt das Schott zu.

»Also gut . . .« Sisko lehnte sich im Sessel zurück und preßte die Fingerspitzen aneinander, so daß die Hände eine Art Käfig bildeten. War er groß genug für die immer stärker in ihm anschwellende Mischung aus Sorge und Zorn? »Ich möchte genau wissen, was Sie herausgefunden haben, und zwar *sofort*.« Die Zeit war schon vorher knapp gewesen. Der Gedanke, daß es inzwischen für alle Gegenmaßnahmen zu spät sein mochte, weckte hilflose Wut im Stationskommandanten.

Auf der anderen Seite des Schreibtischs ließ sich Dr. Bashir in einen

Sessel sinken, ohne eine Aufforderung abzuwarten. Er wirkte erschöpft, und in seinem hohlwangigen Gesicht zeigte sich mehr als nur Besorgnis. War es Furcht? Odo blieb hinter dem Arzt stehen.

»Dax scheint auch in diesem Fall detaillierte Aufzeichnungen hinterlassen zu haben, so wie es ihrer Angewohnheit entspricht. Es geht sowohl um ihre Entdeckungen als auch die auf dieser Grundlage getroffenen Entscheidungen . . .«

»Ich erkläre es ihm«, unterbrach Bashir den Sicherheitsoffizier. Er beugte sich vor und versuchte ganz offensichtlich, seine Gefühle unter Kontrolle zu bringen. »Dax und ich haben bei den Nachforschungen zusammengearbeitet. Ich weiß über diese Dinge also besser Bescheid als Sie.«

Odo runzelte für einen Augenblick die Stirn und nickte dann. »Wie Sie meinen, Doktor.« Er trat einen Schritt zurück und verschränkte die Arme.

»Dax glaubte sich offenbar imstande, das von einem aktiven Induktionsmodul geschaffene halluzinatorische Ambiente zu betreten und die Welt *jenseits* davon zu erreichen, eine Realität, die sich hinter den scheinbaren Wahrnehmungen erstreckt . . .« Bashir blickte an die Decke und atmete tief durch, richtete den Blick dann wieder auf Sisko. »Es ist schwer zu erklären.«

»Bisher gelingt es Ihnen ganz gut«, entgegnete der Commander. »Ich möchte Sie daran erinnern, daß es mir bislang gelungen ist, den von Ihnen und Dax erzielten Forschungsergebnissen geistig zu folgen.«

»Oh, ja, natürlich. Bitte entschuldigen Sie. Ich wollte nicht . . .«

»Wenn wir Zeit genug hätten, würde ich *Ihnen* einige Dinge erläutern, soweit es Dax' Analysen betrifft.« Sisko musterte Bashir über den von seinen Händen geformten Käfig hinweg. »Ich nehme an, in den eben erwähnten Aufzeichnungen geht es um den Interferenzeffekt der Induktionsmodule, nicht wahr? Dax hat dieses Phänomen schon einmal verwendet, um eine vorübergehende Trennung zwischen den Nervensystemen des Symbionten und ihres humanoiden Selbst herbeizuführen.«

»Ja, Commander. Sie kehrte in die Erlebniswelt zurück, der sie vorher zusammen mit mir einen Besuch abstattete, in der manipulierten Holo-Kammer. Die Reaktionsdiskrepanz zwischen dem humanoiden Kortex und dem des Symbionten wurde sofort deutlich und äußerte sich in Form von starker Übelkeit und Desorientierung. Im Grunde genommen handelt es sich um einen Fehler der KI-Technik: Sie ist nicht imstande, die Induktionswirkung bei einem multiplen Bewußtsein zu koordinieren. McHogue scheint nicht an Trills gedacht zu haben, als er die Module programmierte.«

»In Ihrem Bericht erwähnten Sie eine Möglichkeit, das Problem zu umgehen.«

Bashir nickte. »Dax setzte den Interferenzeffekt des KI-Moduls ganz bewußt ein und trennte die beiden Komponenten ihres dualen Ichs. Dadurch konnte sie sich dem sensorischen Wirkungsbereich des Moduls aussetzen und sich darin bewegen.«

»Vielleicht wäre es besser gewesen, wenn ihr dieser kleine Trick nicht zur Verfügung gestanden hätte«, kommentierte Odo. »Oder wenn Dax bereit gewesen wäre, darauf zu verzichten.«

Bashir blickte kurz über die Schulter und sah dann wieder Sisko an. »Zweifellos ist Dax davon überzeugt, angesichts der besonderen Umstände eine völlig rationale Entscheidung getroffen zu haben.« Der Arzt schien es für nötig zu halten, die Trill in Schutz zu nehmen. »Wenn wir ihre letzten Forschungsdateien durchgehen . . .«

Sisko hob die Hand. »Dr. Bashir . . . Ich kenne Dax wesentlich länger als Sie, sowohl in Jadzias Gestalt als auch in der vorherigen. Sie brauchen nicht extra darauf hinzuweisen, daß sich unser wissenschaftlicher Offizier immer von Vernunft leiten läßt. Wie dem auch sei: Ich weiß noch immer nicht, *was* Dax unternommen hat.«

»Oh, ja . . .« Bashir preßte die Hände an die Armlehnen des Sessels. »Wie ich schon sagte: Dax fand einen Weg, das Bewußtsein des Symbionten von dem des Humanoiden zu trennen, und unsere Forschungen in bezug auf die Wirkungen des Induktionsmoduls ermöglichten es ihr, konkrete Erfahrungen zu sammeln. Es gibt jedoch einen wichtigen Unterschied. Zuvor wich das Symbiontenselbst zurück, damit das Nervensystem des Humanoiden gewissermaßen ›ungestört‹ auf die kortikale Induktion reagieren konnte. Zu diesem Zweck schuf Dax die zeitweise Dominanz eines Ichs über das andere. Für die Dauer des Aufenthalts in der Holo-Kammer wurde der Symbiont passiv und konnte nicht mehr an den Wahrnehmungen des Wirtskörpers teilhaben.«

Bashirs Stimme klang etwas schärfer, als er fortfuhr: »Diesmal ging es Dax offenbar darum, ein *paralleles* Bewußtsein zu schaffen. Mit anderen Worten: Sie strebt einen Zustand an, der es beiden Selbsthälften gestattet, unabhängig voneinander aktiv zu sein.«

»Ist das möglich?«

Bashir zuckte mit den Schultern. »Keine Ahnung. Leider weiß ich nicht genug über die Neurophysiologie der Trill. Etwas in der Art ist noch nie zuvor versucht worden – weil es nie eine Situation gab, die es erforderlich machte. Unter normalen Umständen führt die Separation der beiden Ich-Teile nicht zu Vorteilen, denn das Gemeinschaftsbewußtsein eines Trill ist immer synergistischer Natur. Mit anderen Worten: Seine effektive Intelligenz ist größer als die Summe der einzelnen Komponenten. Wenn Dax diesen Synergismus und die damit einhergehende Kraft opfert . . . Es weist in aller Deutlichkeit auf die besondere Natur ihrer Mission hin.«

»Und worin besteht ihre . . . Mission?« Sisko lehnte sich zurück und preßte die Fingerspitzen noch etwas fester aneinander – nur darin kam seine wachsende Anspannung zum Ausdruck.

»Nun, ihren Aufzeichnungen ist folgendes zu entnehmen, Commander: Dax versucht, ihr Gemeinschaftsbewußtsein vom Interferenzeffekt des KI-Moduls so teilen zu lassen, daß eine Komponente – das Symbionten-Ich – dem Einfluß der kortikalen Induktion ausgesetzt wird und die davon hervorgerufenen Effekte erlebt. Das Nervensystem des Symbionten nimmt dadurch die von McHogue geschaffene halluzinatorische Welt wahr, während das Selbst des Humanoiden von den Induktionsstimuli unbetroffen bleibt – und *nicht* auf die Rolle des passiv Wartenden beschränkt ist. Verstehen Sie, was ich meine, Commander? Dax hat einen Weg gefunden, *hinter* die Illusionswelt zu gelangen. Beide Teile des Trill finden Zugang zu McHogues privatem Kosmos, aber dort angelangt, erzwingt der Interferenzeffekt eine Trennung – wodurch das Humanoidenselbst in der Lage ist, die vom Symbionten-Ich empfangenen Daten zu betrachten, ohne direkt an den Halluzinationen beteiligt zu werden. Stellen Sie sich vor, Bilder auf einem Computerschirm zu betrachten. Dann verschiebt sich die Perspektive zum Bildschirm. Oder besser noch: Sie untersuchen den Bildschirm mit einem leistungsstarken Mikroskop und sehen dadurch die einzelnen Pixel, aus denen sich die Bilder zusammensetzen. So etwas hat Dax vor, nur in einem größeren Maßstab, mit der ganzen sensorischen Bandbreite der KI-Technik.«

»Wenn sie dazu imstande ist . . .« Sisko nickte langsam. »Ich verstehe allmählich.«

»Wer sich in einer der manipulierten Holo-Kammern aufgehalten hat – und das gilt auch für Sie, Commander –, gelangte zu der Erkenntnis, daß McHogue die Basis der illusorischen Welt bildet. Wir alle sind uns einig: Es fühlt sich so an, als befände man sich plötzlich in seinem Kopf. Auch wenn er nicht erscheint, wenn man ihn nirgends sieht . . . Er ist immer da.« Bashir zog die Schultern hoch – vielleicht eine unwillkürliche Reaktion auf seine eigenen Erinnerungen an die Holo-Kammer. »Er hat sich zur allgegenwärtigen Gottheit jenes Universums aufgeschwungen.

Deshalb stellt sich dort ein klaustrophobisches Empfinden ein, ganz gleich, wie fern der Horizont zu sein scheint. Jeder Stein und jedes Blatt ist McHogue. Man kann ihm nicht entrinnen. Es sei denn, man teilt sein Selbst, so wie Dax.«

»Eine Veränderung in der Perspektive. Man tritt aus dem Datenstrom und zur Seite.«

»Genau, Commander. Nach dem Wechsel in die Induktionswelt wollte Dax das Humanoidenselbst vom Ich des Symbionten und damit von seiner Wahrnehmung trennen – um *hinter* die Halluzinationen zu gelangen. Und damit direkt in McHogues Bewußtsein.«

»Jetzt weiß ich, warum sie diese Maßnahme nicht mit mir besprach«, brummte Sisko. »Der Zeitfaktor spielte dabei eine nebensächliche Rolle. Dax wollte kein Verbot eines so gefährlichen Unternehmens riskieren.«

Odo stand noch immer hinter Bashir und musterte den Commander. »Hätten Sie es verboten?«

»Ich weiß es nicht . . .« Sisko überlegte einige Sekunden lang. Bei Dax' Plan war irgend etwas schiefgegangen – doch das wußte er *jetzt*. Ohne die zusätzliche Weisheit der Rückschau konnte er kaum sagen, was er von einem solchen Vorhaben des wissenschaftlichen Offiziers – und alten Freunds – gehalten hätte.

Er besann sich wieder auf die gegenwärtige Situation. »Wie auch immer die Antwort auf Ihre Frage lauten mag – sie hat ihre Bedeutung verloren.« Der Commander schüttelte den Kopf. »Derzeit herrscht nur in einem Punkt Gewißheit. Irgendwie hat sich Dax nicht nur geistig in McHogues Welt transferiert, sondern auch *körperlich*. Sie befindet sich jetzt in Moagitty.« Die Hände wichen voneinander fort und ballten sich zu Fäusten. »Wie konnte das geschehen? Wie hat McHogue das fertiggebracht?«

»Offenbar haben wir die Macht unseres Gegners unterschätzt.« Odo trat näher an den Schreibtisch heran. Sein Blick glitt kurz zu Bashir, kehrte dann zu Sisko zurück. »Ein Fehler, den wir von Anfang an gemacht haben. Wir vermuteten, daß die von McHogue herbeigeführten Veränderungen das Reale – unser Universum – in etwas Unwirkliches verwandeln, in den von ihm geschaffenen Kosmos. Wir haben nie in Erwägung gezogen, daß aus dem Unwirklichen Realität werden könnte.«

Bashir rieb sich nachdenklich das Kinn. »Da muß ich Ihnen leider recht geben. Der gleiche Fehler unterlief Dax, obwohl gerade sie hätte fähig sein sollen, die Wahrheit zu erkennen. Sie ließ sich eine Hintertür offen, für den Fall, daß etwas schiefging: Der Wirkungsbereich des Induktionsfelds blieb auf die unmittelbare Nähe des Moduls beschränkt.

Dax brauchte nur einen Schritt zurückzuweichen, um wieder ins Laboratorium und damit in unsere Realität zurückzukehren. Der Symbiont hätte genug motorische Kontrolle über den Wirtskörper ausüben können, um diesen einen Schritt zu bewerkstelligen. Doch dann geschah etwas, mit dem die Trill nicht gerechnet hatte.«

Sisko erinnerte sich an Odos Worte. »Aus dem Unwirklichen wurde Realität.«

Bashir nickte ernst. »Das scheint hier der Fall zu sein. Jene Macht, die McHogue mit Hilfe der KI-Technik errungen hat, ist irgendwie in *diesem* Universum real geworden. Als Dax die halluzinatorische Welt betrat, konnte McHogue die Raumstation erreichen und unseren wissenschaftlichen Offizier wie mit einem Transporterstrahl nach Moagitty bringen. Die vom Insignienkommunikator stammenden ID-Signale bestätigen den Transfer.«

»Was sollen wir jetzt unternehmen, Commander?« fragte Odo. »Wir müssen eine Entscheidung treffen ...«

Sisko schwieg. Er brauchte keine weiteren Informationen von Bashir oder aus den aufgezeichneten Forschungsunterlagen, um zu wissen, was Dax riskiert hatte. Ihr Plan bestand darin, die vom Induktionsmodul geschaffene illusorische Realität zu durchdringen und das zu erreichen, was sich jenseits davon erstreckte. Sie wollte in McHogues Kopf vorstoßen, in das dunkle Labyrinth seines Geistes, in einen Kosmos, der sich nicht mehr mit Künstlichkeit tarnen konnte. Sie suchte nach einer Welt, in der ein heller, warmer Sommertag und die düstere, öde Stadt gleichzeitig existierten. Was mochte sie dort finden? Die Antwort auf diese Frage blieb Spekulationen überlassen. Sisko wußte nur, was Dax zu finden *hoffte*: ein Heilmittel für den Wahnsinn, der Deep Space Nine, Bajor und noch viel mehr zu verschlingen drohte.

Worte flüsterten in ihm, Erinnerungen an eine Geschichte, die er als Kind gelesen hatte. *Ich gehe nach Ich-weiß-nicht-wo ... um ich-weiß-nicht-was zu holen ...*

Mit dieser Absicht war Dax aufgebrochen. Sisko hatte es leichter: Er kannte das Ziel, und er wußte auch, was es zu holen galt.

»Meine Herren ...« Er streifte das Schweigen wie einen Mantel aus Dunkelheit ab und musterte die beiden Offiziere auf der anderen Seite des Schreibtischs. »Ich habe beschlossen, Dax zu folgen.«

*Siehst du es?*

»Nein ...« Sie schüttelte den Kopf. »Noch nicht ...«

*Du mußt die Augen öffnen.* Die wortlose Stimme des Symbionten erklang tief in ihr und erfüllte das ganze innere Sein, reichte bis hin zu den Fingerspitzen.

Der Symbiont hatte ihr bereits mitgeteilt, daß sie sich keine Sorgen machen sollte, daß bestimmt alles ein gutes Ende nahm. Als einzelne Entität war sie hierhergekommen, ausgestattet mit einem Gemeinschaftsbewußtsein. Der Plan basierte auf einer von beiden Selbsthälften getroffenen Entscheidung, doch seine Verwirklichung erforderte eine Separation – ein kleiner Tod, so wie beim Aufenthalt in der manipulierten Holo-Kammer.

»Ich mache mir Sorgen um dich«, sagte Dax laut, obwohl der Symbiont jeden Gedanken *hörte.* Bei der ersten Konfrontation mit der KI-Technik war ihr noch nicht bekannt gewesen, wie negativ sie sich auf Geist und Seele auswirken konnte. Das erfuhr sie erst, als sie die Opfer beobachtete, zum Beispiel Ahrmant Wyoss.

*Das ist nicht nötig.*

Dieser Punkt gehörte ebenfalls zu ihren Überlegungen: Welcher Teil des gemeinsamen Ichs sollte in der vom Induktionsmodul geschaffenen Scheinwelt gefangen bleiben, während der andere versuchte, den hinter der illusorischen Realität befindlichen Kosmos zu erreichen? Der Symbiont war über dreihundert Jahre alt; er hatte Dinge erlebt, von denen sein gegenwärtiger humanoider Partner nur aufgrund der geteilten Erinnerungen wußte. Soviel angesammelte Weisheit verlieh dem Symbionten natürlichen Schutz vor toxischen Illusionen. Seine »Seele« hatte einen Entwicklungsstand jenseits von Gefühlen wie Begehren und Furcht erreicht, die McHogue den benötigten Ansatzpunkt gaben.

Angesichts der Natur ihres Partners fiel Dax die Entscheidung leicht – was allerdings nicht bedeutete, daß sie deshalb weniger Unbehagen spürte. Das kortikale Induktionsmodul stellte ein bekanntes Übel dar; Jadzia Dax war aufgrund des Aufenthalts in der manipulierten Holo-Kammer und diverser Computersimulationen in bezug auf die Programmierung damit vertraut. Dahinter aber wartete das Fremde. Die bisherigen Erfahrungen mit McHogue deuteten darauf hin, daß mit unangenehmen Überraschungen gerechnet werden mußte.

*Selbst in dieser Welt verstreicht die Zeit, Kind.* Der Symbiont hatte sich schon teilweise aus dem Gemeinschafts-Ich zurückgezogen. Der Abstand war groß genug, um einen lautlosen Dialog mit dem jüngeren Partner zu führen.

»Ich weiß . . .« Jadzias Stimme verhallte irgendwo, klang *anders.* Diese

Welt schien so groß zu sein – der Horizont so fern –, daß keine Echos möglich waren. Kalter Wind strich ihr über die Haut, stahl die Worte und trug sie fort.

Sie öffnete die Augen.

Überall um sie herum erstreckte sich jene Welt, die sie schon einmal gesehen hatte: McHogues Welt; Ahrmant Wyoss' Welt; die Welt eines Jungen, der in einem schäbigen Keller weinte. Eine dunkle, leere Stadt mit verfallenen Gebäuden. Die Mauern waren feucht, als litten sie an einem unheilvollen Fieber, das ihnen Schweiß aus den steinernen Poren trieb. Eine Stadt voller Schatten, die nicht einmal dann verschwunden wären, wenn man sie mit einer Flamme bedroht hätte ...

Hier mußte die Trennung stattfinden: Der Interferenzeffekt des Induktionsmoduls erzwang eine Separation zwischen dem Nervensystem des Symbionten und dem des Humanoiden. Wie seltsam, von sich selbst Abschied zu nehmen ... Auch das symbiotische Ich würde allein sein, auf die Rückkehr des Humanoiden warten.

»Und wenn ich nicht zurückkehre?« Jadzia konnte sich nicht daran hindern, diese Frage zu formulieren. Eine solche Möglichkeit ließ sich kaum ausschließen; immerhin hatte sie keine Ahnung, was jenseits dieser Welt passieren mochte.

*Dann warte ich auch weiterhin*, lautete die Antwort des Symbionten. *Ich lasse dich nicht einfach so im Stich.*

Dieser Hinweis spendete dringend benötigten Trost. Jadzia atmete die Nachtluft der halluzinierten urbanen Welt tief ein.

*Nur zu ...*

Die wortlose Stimme des Symbionten kam bereits aus größerer Ferne – eine Konsequenz des stärker werdenden Interferenzeffekts. Zwischen den beiden Nervensystemen wuchs nun eine Distanz, die sich sowohl in Mikronmetern als auch in Jahrhunderten messen ließ.

*Mach dir keine Sorgen um mich. Mit mir ist alles in bester Ordnung.*

Jadzia lächelte unwillkürlich. Der Symbiont in ihr »sprach« so, als ginge es nur um einen kleinen, völlig ungefährlichen Botengang.

»Wie vertreibst du dir die Zeit, während ich fort bin?« erwiderte sie scherzhaft.

Ein Flüstern, begleitet von einem geistigen Bild: Es zeigte Schultern, die sich hoben und senkten. *Vielleicht lege ich mich zu einem kleinen Nickerchen hin.*

Die visuelle Absurdität war noch humorvoller. Es fiel Jadzia sehr schwer, sich den Symbionten mit Schultern vorzustellen.

*Geh jetzt . . .*

Nur noch ein Hauch. Und damit endeten die Bemühungen, ihr die Furcht zu nehmen. Jadzia fühlte, wie die Verbindung zu ihrem Partner immer dünner und fragiler wurde, schließlich riß.

Sie war allein.

Allein in Dunkelheit.

Der kühle Wind verschwand, ebenso das trübe Glühen in der urbanen Welt. Der Symbiont kümmerte sich nun ganz allein um Aufnahme und Verarbeitung der sensorischen Daten, die vom Induktionsmodul kamen. Der humanoide Teil des bis eben bestehenden Gemeinschaftsselbst existierte nun abseits des stimulierenden Datenstroms.

Wieder erklang eine Stimme in ihrem Innern, doch diesmal war es die eigene.

*Nach Ich-weiß-nicht-wo zu gehen . . .*

Sie spürte nun, wie es geschah. Durch zwei Welten führte ihr Weg – ein Schritt genügte, um zwischen den Universen zu wechseln. Zwei Welten . . . Die reale, und jene andere, die ihren Platz einnehmen würde. Wenn Jadzia keine Möglichkeit fand, es zu verhindern.

Hier gab es keine Zeit, und deshalb wußte sie auch nicht, wie lange der Vorgang dauerte. Vielleicht nur wenige Sekunden, vielleicht hundert Jahre. Sie hatte sich auf den Appetit ihrer Sinne verlassen, auf ihre ständige Suche nach Stimuli, auf ihre Unfähigkeit, ein vollkommen licht- und lautloses Universum hinzunehmen.

Ein Funke glitt irgendwo vor Jadzia durch die Finsternis, metamorphierte zu einer Spirale, die anschwoll und sich in Form von fraktalen Strukturen vervielfältigte. Sie tilgte immer größere Teile der Dunkelheit, verwandelte sie in ein Durcheinander aus Farben und Formen.

Die Entstehung der neuen Realität hörte abrupt auf und verschwand aus Jadzias Wahrnehmungsbereich. Von einem Augenblick zum anderen erstreckte sich vor ihr ein hoher, weißer Korridor.

Jemand stand dort. Und lächelte.

»Wie nett von Ihnen, mich zu besuchen«, sagte McHogue. »Ich habe auf Sie gewartet.«

»Es ist unmöglich. So etwas läßt sich einfach nicht bewerkstelligen.«

Sisko bedachte den Arzt mit einem durchdringenden Blick. »Ich habe Sie nicht darum gebeten, die Erfolgsaussichten einer Rettungsmission einzuschätzen. Aber da wir schon einmal dabei sind . . . Worauf gründet sich Ihre Ansicht?«

»Das ist schnell erklärt.« Bashir saß vor dem Schreibtisch und breitete die Arme aus. »Uns stand nur ein funktionstüchtiges Induktionsmodul zur Verfügung, das inzwischen einer Selbstzerstörungsvorrichtung zum Opfer fiel. Die einzelnen Komponenten sind so stark beschädigt worden, daß nicht einmal Chief O'Brien eine Reparatur vornehmen kann. Ohne das Modul haben wir keinen Zugang zu McHogues künstlicher Welt – einer Welt, der er irgendwie mehr Realität verleiht.«

»Ich beabsichtige nicht, Dax zu folgen, indem ich mich der Wirkung eines kortikalen Induktionsmoduls aussetze.« Sisko beugte sich vor und aktivierte das Computerterminal. »Eins steht fest: Welche Realität auch immer McHogue mit Hilfe der manipulierten Holo-Kammern schuf – inzwischen wird sie von der neuen Wirklichkeit namens Moagitty überlagert. Welchen anderen Grund gibt es dafür, daß Dax' ID-Signale von Bajor kommen?«

Er betätigte einige Tasten und blickte auf den Bildschirm. »Es überrascht mich, daß Ihnen die offensichtliche Lösung noch nicht eingefallen ist, Doktor. Ich fliege zum Planeten und hole unseren wissenschaftlichen Offizier zurück.« Er klopfte kurz auf seinen Insignienkommunikator. »Sisko an OPS. Sorgen Sie dafür, daß ein Flitzer für mich vorbereitet wird.«

Odo stand neben Bashir und schüttelte den Kopf. »Mir ist klar, daß Sie Ihre Entscheidung auf der Basis einer sehr ernsten Situation getroffen haben, Commander, aber ich muß trotzdem Bedenken anmelden. Zwar hat die Intensität der Störungen in der Raum-Struktur nachgelassen, doch alles deutet darauf hin, daß kein Ende der Schockwellen in Sicht ist. Ganz im Gegenteil: Es muß mit viel stärkeren gerechnet werden. Offen bleibt die Frage nach dem Wann. Es könnte in wenigen Sekunden geschehen, vielleicht auch erst in Stunden. Die Erschütterungen der Raumstation reichten aus, um wichtige Aggregate stark zu beschädigen. Wenn ein Flitzer in eine solche Störungsfront geriete, so hätte er nicht die geringste Chance.«

Sisko wandte sich vom Computer ab. »Sie haben recht, Constable. Und deshalb breche ich allein auf. Wenn mir etwas zustößt, so werden hier an Bord von Deep Space Nine alle anderen Offiziere gebraucht, um mit der Situation fertig zu werden.«

»Ich pflichte Odo bei«, meinte Bashir. »Ihr Vorhaben ist viel zu gefährlich. Selbst wenn es Ihnen gelingt, die Schockwellen zu meiden . . . Angesichts der Stürme auf Bajor ist jeder Landeversuch zum Scheitern verurteilt. Welchen Sinn hat es, wenn der Kommandant von DS9 sein Leben einfach so wegwirft? Wenn jemand zum Planeten fliegt, so sollte ich es sein. In Hinsicht auf Dax' Untersuchungen der KI-Technik und ihrer Auswirkungen kenne ich mich am besten aus.«

»Das stimmt, Doktor«, entgegnete Sisko ruhig. »Aber Sie haben keine Erfahrung darin, einen Flitzer unter schwierigen Bedingungen zu fliegen. Im Gegensatz zu mir. Die Schockwellen weisen eine Art Kante auf, die mit maximalem Schub durchstoßen werden kann. Dahinter erstreckt sich eine Zone der Gravitationsausdünnung, die ein entsprechendes Rejustieren der visuellen Scanner erfordert – eine komplizierte Angelegenheit, für die in Ihrem Fall spezielle Instruktionen notwendig wären. Und dafür fehlt uns die Zeit. Wenn ich Bajor erreiche . . .« Er zuckte mit den Schultern. »Jeder Hurrikan verfügt über ein ›Auge‹, in dem es fast völlig windstill ist. Es kommt nur darauf an, den Faden durchs Nadelöhr zu schieben.«

»Das klingt alles recht harmlos«, sagte Odo. »Ich glaube jedoch, daß Sie bei dieser Mission auf größere Probleme stoßen werden.«

Sisko lächelte dünn. »Dann ist es gut, daß ich in letzter Zeit nicht auf meinen Vorrat an Glück zurückgreifen mußte.«

Er lauschte dem Klang der eigenen Stimme und hörte ruhige Zuversicht. Schon vor Jahren hatte er sich eine der wichtigsten Eigenschaften eines Kommandooffiziers angeeignet: nie Zweifel oder Unsicherheit zu zeigen. Deshalb wollte er auch darauf verzichten, zum Quartier zurückzukehren und sich von Jake zu verabschieden. Er konnte den Sohn nie ganz aus seinen Gedanken verdrängen. Auch aus diesem Grund mußte er davon überzeugt sein, von Bajor zurückzukehren und Jake wiederzusehen. Eine andere Möglichkeit durfte er nicht einmal in Erwägung ziehen.

Er schob den Sessel zurück und stand auf. »Wir können dieses Gespräch fortsetzen, wenn ich mit Dax zurück bin. Ich schätze, es wartet ein Flitzer auf mich.«

Es gab nur zwei lebende Entitäten in dieser Welt: sie selbst und McHogue. Und was ihn betraf, war Jadzia nicht ganz sicher. Vielleicht hatte er bereits ein Entwicklungsstadium erreicht, das über eine biologisch-lebendige Existenz hinausging. Vielleicht repräsentierte er nun etwas ebenso Gewaltiges und Unpersönliches wie die Galaxien in der ewigen Nacht des Universums.

Sterne glitzerten in der Schwärze, die das Zentrum seiner Augen bildete.

»Ja, natürlich«, sagte die lächelnde Gestalt vor Jadzia. »Ihre Zweifel sind durchaus angebracht.« McHogue wich ein wenig fort, hob die Hand und deutete zum kahlen Horizont. »Eine imposante Landschaft, nicht wahr? Sie zeichnet sich durch so etwas wie *öde* Attraktivität aus. Das Lebendige – und damit meine ich uns, Teuerste – bildet hier einen deutlichen Kontrast zum Rest.«

Sie befanden sich hier in *seiner* Welt, in einem Kosmos, den er geschaffen, eigenen Wünschen gemäß gestaltet hatte. Kein Wunder, daß er erkennen konnte, was in ihr vor sich ging. Er streckte einfach die Hand nach ihren Gedanken aus, wie nach Muschelschalen an einem leeren Strand, um sie dann aufmerksam zu betrachten. Dieser Umstand weckte keine Furcht in Jadzia, denn sie hatte mit so etwas gerechnet.

»Es ist keine Frage des Zweifels«, erwiderte sie. »Solange verifizierbare Daten fehlen, bin ich bereit, der Natur Ihrer Existenz gegenüber einen agnostischen Standpunkt zu vertreten.«

Die visuelle Struktur der neuen Welt sorgte dafür, daß es Jadzia kalt über den Rücken lief. McHogue empfing die Besucherin bestimmt nicht ohne Grund in einer solchen Umgebung. Es wäre ihm sicher möglich gewesen, hier die gleiche prächtige Sommerlandschaft entstehen zu lassen wie in jener Holo-Kammer, die Jakes Interesse gefesselt hatte.

»Oh, gewiß«, kommentierte McHogue. »Aber solche Welten kennen wir zur Genüge, nicht wahr? Wird es nicht allmählich Zeit für eine Abwechselung?«

Jadzia wollte die Augen schließen, doch das hatte überhaupt keinen Sinn. Die Bilder brannten bereits in ihrem inneren Fokus.

Eine Welt der Leichen.

Weiße Knochen im grellen Licht der Sonne, die wie ein feuriges Skalpell letzte Fleischreste von Rippen und Schädeln kratzte. Die Mauern von Moagitty waren geborsten, offenbar schon seit Jahrhunderten – von Rost zerfressene Träger und zerbröckelnder Beton waren ein klares Zeichen. Nirgends zeigten sich grüne Triebe. Die blattlosen Zweige der Bäume wirkten wie anklagende, gen Himmel tastende Finger. Es wehte kein Wind. Mit dem Ende des Lebens auf Bajor endete auch der Atem des Planeten.

In dem anderen Universum, das Jadzia weit hinter sich gelassen hatte, war die Stadt Moagitty in der Ebene unweit des bajoranischen Regierungssitzes erbaut worden – damit man ihre Korridore und Kammern jederzeit erweitern konnte, wenn der Strom von Besuchern anschwoll.

Jadzia blinzelte und rückte ihre Perspektive zurecht. Das alles mußte schon lange zurückliegen. Die hier und heute an diesem Ort herrschende Stille deutete darauf hin, daß viel Zeit verstrichen war. Tektonische Veränderungen hatten an manchen Stellen den Boden angehoben. Felsen ragten empor, wie die Zähne der Welt. Die Trill sah über kahle Hänge in Täler, die Tausende von bleichen Schädeln enthielten. Zahllose leere Augenhöhlen starrten ins Nichts.

»Ein Tribut an die Hartnäckigkeit des passionierten Spielers, finden Sie nicht?« McHogue lächelte über den eigenen makabren Humor. »Sie kamen und verspielten ihr ganzes Geld. Anschließend wurden sie den üblichen Kasino-Traditionen gerecht und verpfändeten, was sie am Leib trugen. Ich hingegen bin noch einen Schritt weitergegangen. Ich habe den armen Teufeln erlaubt, sogar das Fleisch an ihren Knochen zu verlieren.«

Jadzia wandte sich von dem gräßlichen Panorama ab. »Es fällt mir schwer zu glauben, daß sich ein derartiges Schicksal an Ihren Dabo-Tischen erfüllte.«

»Stimmt haargenau! Wie aufmerksam . . . Nun, etwas anderes hätte ich auch gar nicht von Ihnen erwartet. Immerhin haben Sie viel Zeit und Mühe darauf verwendet, meine kleinen . . . Exzentrizitäten zu untersuchen. Sie sind eine Art autodidaktischer McHogue-Spezialist, nicht wahr? Ich fühle mich geschmeichelt – im Ernst.«

Jadzia empfand Abscheu. »Es war keineswegs eine Tätigkeit, an der ich Gefallen fand.«

»O ja, natürlich.« McHogue nickte und gab sich verständnisvoll. »Ich verstehe – und zwar besser als Sie. Zu einer weiten Reise brachen Sie auf, und jetzt haben Sie diese steinigen Gestade erreicht. Welchen Umständen verdanke ich Ihren Besuch? Diese Frage läßt sich leicht beantworten: Sie kamen mit der Absicht, mich zu besiegen. Das stimmt doch, oder?«

Der Mann – die Erscheinung – lächelte spöttisch. »Nun, was haben Sie in der Tasche?«

»Nichts.« Jadzia schüttelte langsam den Kopf. »Ich habe nichts . . .«

»Und Sie fragen sich jetzt, ob es klug war, überhaupt hierherzukommen. Wie schade. Tja, ich mache Ihnen deshalb keine Vorwürfe. Es überrascht Sie sicher nicht, wenn ich sage, daß ich in letzter Zeit recht zufrieden mit mir bin. Die Dinge entwickeln sich gut – auch wenn Sie das vermutlich aus einem anderen Blickwinkel sehen. Alles läuft nach Plan.«

Jadzia musterte die Gestalt. »Welchen Plan meinen Sie? Ihren eigenen oder den der Cardassianer?«

»Die Cardassianer?« McHogue schnaubte abfällig. »Narren! Gul Dukat und die übrigen Idioten . . . Sie waren wie Knetmasse in meinen Händen. Obwohl . . . Vielleicht haben sie sogar bekommen, was sie wollten. Ich mißgönne es ihnen nicht, auch wenn meine Absichten in eine ganz andere Richtung zielten. Zugang zum stabilen Wurmloch ... Darauf beschränkte sich der cardassianische Ehrgeiz. Sie sind engstirnig, wie alle sterblichen Geschöpfe. Das gilt auch für Ihre andere Selbsthälfte, für das Ich des Symbionten, das Sie in der Welt zwischen hier und dem Ausgangspunkt Ihrer Reise zurückließen. Einige Jahrhunderte der Erfahrung ... Was bedeutet das schon? So etwas genügt nicht, um in wirklich großen Maßstäben zu denken.«

Jadzia schwieg. Sie wußte, daß es gar nicht nötig war, laut zu sprechen.

»Wie groß die Maßstäbe sind? Eine gute Frage.« McHogue deutete zur unbewegten, wie erstarrten Landschaft, in der sich die Reste von Moagitty erhoben. »Ich möchte es folgendermaßen ausdrücken: Irgendwann verlieren Zurückhaltung und Grenzen ihre Bedeutung.«

Er warf einen Blick über die Schulter und sah zur Trill. »Es geht dabei nicht nur um Egoismus und Selbstsucht. In gewisser Weise lastet ein Fluch auf mir. Ich bin geboren, um der Gastgeber des Universums zu sein. Mein Motto: Alle sind willkommen; wir schließen nie.« Er schüttelte amüsiert den Kopf. »Selbst hier. Wir sind nicht wirklich allein, auch wenn es so aussieht. Die Toten sind nicht wirklich tot, zumindest nicht im üblichen Sinn.«

Jadzia sprach aus reiner Angewohnheit. »Einen solchen Mystizismus hätte ich von Ihnen nicht erwartet.«

»Es ist kein Mystizismus. Obgleich die Angelegenheit einen gewissen poetischen Aspekt hat.« McHogue vollführte eine Geste, die den bleichen Knochen galt. »Für jene Leute sind die Stürme der Realität vorbei. All die vielen üblen Dinge, die das Fleischliche mit sich bringt ... Eine derartige Bürde brauchen sie jetzt nicht mehr zu tragen. Sie sind besser dran, haben sichere Zuflucht gefunden, und zwar in mir.« Die Sterne in McHogues schwarzen Pupillen flackerten und leuchteten heller. »In meiner Welt. In meinem Geist.«

Jadzias Blick galt den Tausenden von lippenlos grinsenden Totenschädeln. »Jetzt weiß ich, was es mit Ihrer Welt auf sich hat.«

»Nein, Sie wissen es nicht. Sie haben tatsächlich einen weiten Weg zurückgelegt, der durch zwei Universen führte, aber trotzdem stehen Sie erst in der Tür dieses Kosmos. Die Personen, deren Reste Sie hier sehen ... Es geht ihnen jetzt viel besser als vorher. Sie befinden sich jetzt an einem gemütlich warmen, sicheren Ort. All jene Leute, die mit Hilfe der manipulierten Holo-Kammern und Induktionsmodule zu mir kamen – sie sind hier.« McHogue lächelte und tippte sich an die Schläfe. »Sie alle leben, für immer und ewig, jeder auf seine eigene Art und Weise. Besser gesagt: auf *meine* Art und Weise. Selbst der arme alte Wyoss. Ich weiß, daß er Ihnen noch immer leid tut. Hat als Junge Schlimmes erlebt. Nun, ich habe ihn von seinem Schmerz erlöst. Weil ich ihn *verstand*, Teuerste. Ihn und die anderen Verzweifelten, die sich nichts sehnlicher wünschten als Befreiung von den Schrecken der Existenz, von einem wirren Durcheinander aus Leben und Tod. Wyoss ist nun ein Teil von mir, wie auch die anderen.«

Jadzia schwieg.

»Oh, jetzt kommt's.« McHogue nickte. »Die übliche Prise Melodrama. Jene klischeehaften Worte, die man an alle großen Denker richtet, ausgesprochen von den Kleingeistigen, die einfach nicht über ihren eigenen Schatten springen können. *Sie sind verrückt, McHogue. Sie sind vollkommen übergeschnappt*. Mir ist durchaus klar, was Sie denken. Mit dieser Ansicht kamen Sie bereits hierher, nicht wahr? Sie sahen sich in der Rolle eines Therapeuten. Ihr gesunder Geist sollte wie ein Heilmittel wirken in dem von mir geschaffenen Wahnsinn. Was hatten Sie vor, Jadzia? Wollten Sie mich bitten, es mir auf der Couch bequem zu machen und über eine unglückliche Kindheit zu reden? Ihnen ist noch immer nicht klar, daß Ihre Vorstellungen von dem, was normal und geistig gesund ist, hier keine Gültigkeit mehr haben. Sie fanden heraus, daß die Induktionsmodule über eine Subraum-Frequenz miteinander verbunden sind; jetzt wissen Sie, wozu die Verbindungen dienten, wohin sie führten. Hierher. Zu mir. Während in den Holo-Kammern individuelle Welten entstanden – während *ich* sie schuf, für jeden einzelnen Benutzer –, erweiterte sich dieser Kosmos und wurde schließlich Realität.«

Jadzia fand die Stimme wieder. »Darin liegt der Wahnsinn begründet, zumindest bei Ihnen. Sie glauben, daß Ihre Vorstellungen Substanz gewonnen haben, eine physische Wirklichkeit.«

»Ach? Und Ihre Weisheit lehnt ein solches Konzept ab, wie? Nun, beweisen Sie, daß ich mich irre.« McHogues Lächeln wirkte jetzt nicht mehr spöttisch, sondern grimmig, und seine Augen wurden zu zwei schmalen Schlitzen. »Ich kenne Ihre Pläne – ich sehe sie ganz deutlich, hinter Ihrer Stirn –, und ich weiß auch über den Fluchtweg Bescheid. Clever von Ihnen. In der Welt, die Sie für die einzige Realität halten, brauchen Sie nur einen Schritt zurückzutreten, um den Wirkungsbereich des Induktionsmoduls zu verlassen.« Er zuckte geringschätzig mit den Achseln. »Also gut. Verlassen Sie diesen Kosmos. Hier können Sie ohnehin nichts bewerkstelligen.«

Furcht meldete sich mit einem flauen Gefühl in Dax' Magengrube und erschütterte die rationale Kontrolle, an der sie sich bisher festgeklammert hatte. Instinktiv kam sie McHogues Aufforderung nach und trat einen raschen Schritt zurück . . .

. . . um sich wieder in die Wirklichkeit an Bord von Deep Space Nine zu transferieren.

Doch die Umgebung veränderte sich nicht.

»Sehen Sie?« McHogue streckte die Hand aus und griff nach dem Unterarm der Trill. »Ich habe es Ihnen ja gesagt. Aus dem Unwirklichen *ist* Realität geworden.«

# 17

In ihrem Traum wandte sich Kira vom leblosen, schwarzen Boden ab und sah einen Streifen aus Feuer, der am Nachthimmel leuchtete. In weiter Ferne ... war ein Funke, heller als die Sterne.

Sie fragte sich, was es damit auf sich haben mochte. Das Glühen verblaßte, und die Dunkelheit des Traums umhüllte sie wieder. Kira öffnete die Hand, während sie schlief, spürte dabei, wie irgendwo ihre Fingerkuppen übers Bett strichen. Doch hier, in der Düsternis, rieselten Ascheflokken aus ihrer gewölbten Hand ...

Sisko wischte sich Blut von der Stirn.

Er beugte sich vor und sah einen roten Tropfen, der auf die Kontrollen der *Ganges* gefallen war. Er atmete tief durch und fühlte, wie der Schmerz in den Schultermuskeln allmählich nachließ.

Auf halbem Wege zwischen Deep Space Nine und Bajor hatte die Schockwelle einer neuen Störungsfront den Flitzer getroffen. Wie ein unsichtbarer Orkan raste sie durchs All. Ein von den Sensoren ausgelöster Alarm warnte Sisko, und er wußte, was ihm bevorstand. Rasch traf er alle notwendigen Vorbereitungen, doch die Intensität der Strukturveränderungen im Raum überraschte ihn trotzdem. Es kam zu einer Schwerkraft-Inversion: Innerhalb von nur einer Sekunde schien die Masse der *Ganges* von Null auf die des Kerns einer kleinen Sonne zu wachsen. An Bord der Raumstation führten die Erschütterungen und Verzerrungen zu einem dumpfen Stöhnen in den Verschalungen und Verstrebungen. Hier bewirkten sie ein schier ohrenbetäubendes Heulen und Kreischen; es hörte sich an, als risse die Faust eines Titanen das Impulstriebwerk aus dem metallenen Leib des Flitzers.

Ein Teil des Sicherheitsharnischs, der Sisko im Pilotensessel festhielt, löste sich abrupt. Das Ergebnis: Die weiche Kunststoffeinfassung des Navigationsschirms wies nun eine Beule auf, die von Benjamins Schläfe stammte. Er klammerte sich am Instrumentenpult fest und wußte: Wenn er losließ, oder wenn auch der Rest des Harnischs nachgab, so würden ihn die Gravitationsturbulenzen an die nächste Wand schmettern. Blut strömte aus der Wunde und bildete einen roten Schleier vor der Netzhaut seiner Augen. Die winzigen Tropfen klatschten ihm an die Brust, als er Tasten drückte, um zusätzlichen Schub zu geben.

Kurz darauf gelangte der Flitzer hinter die Störungsfront, was Sisko

Gelegenheit gab, sich mit dem Ärmel das Blut von der Stirn zu wischen.

*Ich hätte Bashir gegenüber nicht so angeben sollen.* Diese stumm formulierten Worte kamen einer Entschuldigung gleich, gerichtet an die Götter des Universums – falls welche existierten.

Anschließend nahm sich Sisko einige Minuten Zeit, um das für den Notfall bestimmte medizinische Versorgungspaket zu öffnen. Mit der einen Hand preßte er sich einen sterilen Verband an die Schläfe, und mit der anderen bediente er auch weiterhin die Navigationskontrollen.

Die Konfrontation mit der ersten Störungszone erwies sich als die schlimmste. Nach ihr erwachten in Sisko die längst vergessen geglaubten Instinkte des Kampfpiloten, und seine Finger huschten wie eigenständige Wesen über die Schaltflächen. Die Instrumente bestätigten nur, was er *empfand.* Das Prickeln einer niederenergetischen ionischen Entladung am Arm wies auf eine weitere Schockwelle hin; ein flaues Gefühl in der Magengrube kündigte das Ausmaß des Schwerkraftschlunds hinter der Stoßfront an. Langjährige Erfahrung steuerte seine Hände, lenkte sie vom Schubregler zu den Schalteinheiten für die Kursvektoren.

Als sich der Flitzer dem Rand der bajoranischen Atmosphäre näherte, war ein Kom-Kontakt mit Deep Space Nine nicht mehr möglich. Angesichts vieler Störungsmuster in der Struktur des Raums ließen sich Subraum-Kommunikationskanäle nur noch über kurze Strecken öffnen. Sisko konnte mit niemandem sprechen, niemanden um Rat fragen, als er in das Wolkenmeer von Bajor hinabblickte und sah, wie es sich für ihn öffnete. Nun, es spielte keine Rolle, daß er ausgerechnet jetzt allein bleiben mußte. Was er brauchte, an Prophezeiungen und guten Wünschen, hatte er bereits vor langer Zeit bekommen.

*Ich hätte mit so etwas rechnen sollen ...*

In dieser Nähe von Bajor und der Stadt Moagitty, damit auch in der Nähe von McHogue ... Der Weg war für ihn geglättet. Die Sturmwolken wichen für ihn beiseite, wie der Vorhang einer Bühne.

Bevor Sisko DS9 verließ, hatte er spezielle Daten in den Bordcomputer kopiert. Sie betrafen die Baupläne, die Odo bei seinem Treffen mit Gul Dukat gesehen hatte. Der Bildschirm konnte alle Einzelheiten von Moagitty zeigen, doch derzeit brauchte Sisko keine entsprechenden Informationen.

Als die *Ganges* dem Planeten entgegensank, durch einen fast völlig windstillen Bereich der Atmosphäre, sah er unten die geborstenen

Mauern und Türme der Stadt Moagitty. Sturmböen hatten das Dach des großen zentralen Saals zerfetzt.

*McHogue erwartet mich*, dachte Sisko. Alles war für seine Ankunft vorbereitet worden. Innerhalb der weißen Ruinen gab es sogar genug Platz, um den Flitzer zu landen.

Er sah auf und starrte durchs obere Fenster – über der *Ganges* schlossen sich die Lücken in den Wolken. Eine Tür schien zuzufallen, die Tür eines Kerkers, in dem Sisko nun gefangen war, der ihm nicht einmal das Licht der Sonne gönnte.

Er streckte die Hand nach dem Schubregler aus und verringerte die Geschwindigkeit. Während er den Landeanflug einleitete, spürte er einen Blick auf sich ruhen.

Den Blick eines spöttisch lächelnden Mannes . . .

Ein Schatten senkte sich auf sie herab.

»Sehen Sie?« McHogue freute sich, als er zum Himmel emporblickte. »Ich finde es *bewundernswert*, daß Ihr alter Freund einen so weiten Weg zurücklegt, um Ihnen zu helfen. Immerhin steckt sein Herz voller Furcht.«

Jadzia musterte die Gestalt, die ihr gegenüber stand, verächtlich. »Ich glaube kaum, daß sich Benjamin Sisko vor Ihnen fürchtet.«

»Nun . . .« McHogue zuckte mit den Achseln. »Sie kennen ihn viel länger als ich. Besser gesagt: Jener Teil von Ihnen, den Sie zurückgelassen haben, kennt ihn besser. Sie vergessen jedoch: Ich habe einige völlig andere Erfahrungen mit unserem gemeinsamen Freund gesammelt. Sie sind . . . innerer Natur. Wenn man an den Alpträumen einer anderen Person teilnimmt, so wird man schnell mit der Struktur ihres Wesens vertraut.«

»Aber mehr wissen Sie nicht von Benjamin!«

»Eins zu null für Sie, Jadzia. In diesem Punkt kann ich Ihnen nicht widersprechen. Ich muß zugeben, daß meine Perspektive in Hinsicht auf andere Personen von einem gewissen Zynismus geprägt ist. Wie dem auch sei: Es freut mich, daß Ihre streitlustige Tendenz nicht gelitten hat.« In McHogues Zügen zeichnete sich fast so etwas wie Niedergeschlagenheit ab, als er über die Landschaft aus bleichen Knochen blickte. Die vielen Totenschädel wirkten wie besonders exotischer Schnee an den Hängen des Hügels, auf dessen Kuppe Jadzia und die Erscheinung standen. »Es ist eine prächtige, wundervolle Mission, und ich bedauere dabei nur eins: daß alles so einfach war. Die Leute geben auf, ohne auch nur zu versuchen, Widerstand zu leisten. Manchmal sehne ich mich nach jenen angenehmen, unschuldigen Tagen zurück, als ich mir zusammen mit dem Halunken Quark neue Betrügereien ausdachte. Gelegentlich geschah es, daß ich ein Messer an der Kehle spürte – obwohl es dabei nur um ein fingernagelgroßes Stück in Gold gepreßtes Latinum ging. Meine Güte, es machte *Spaß*. Na ja . . .«

McHogue schüttelte langsam den Kopf. »Damit ist es nun vorbei. Vermutlich liegt's an dem Verkauf eines Produkts, das alle möchten. Die Unsterblichkeit in mir, eine erweiterte Form der Existenz, die Befriedigung aller Bedürfnisse. Wissen Sie, wenn ich noch einmal von vorn anfangen müßte, würde ich dafür sorgen, daß meine Ware für den Kunden nicht ganz so attraktiv ist. Dann könnte ich endlich wieder Verkaufsgeschick beweisen und käme nicht völlig aus der Übung.«

Die selbstgefällige Rhetorik des Wesens widerte Jadzia an. Sie konzentrierte sich auf den Flitzer, der nun am Firmament sichtbar wurde, rückte ihn in den Mittelpunkt ihrer Aufmerksamkeit, um sich von McHogue abzulenken. Die Maschine stammte von Deep Space Nine, und sie ahnte, wer der Pilot war: Benjamin Sisko.

»Ausgezeichnet!« lobte McHogue, als der Flitzer zwischen den Gebäuderesten von Moagitty landete. »Er versteht sein Handwerk als Pilot. Aber wir haben auch nichts anderes von ihm erwartet, oder?« Er sah sich um.

Jadzia gab keine Antwort. Als Sisko in der Luke des Flitzers erschien, spürte sie eine Erleichterung, die wie frischer Sauerstoff in ihren Lungen war.

»Mein lieber Commander – es ist mir immer eine Freude, Sie zu sehen.« McHogue verbeugte sich. »Diesmal freue ich mich sogar noch mehr als sonst. Weil Sie zu mir gekommen sind. Was natürlich nicht heißen soll, daß mir die Aufenthalte an Bord ihrer Raumstation lästig sind.«

Sisko kam im Laufschritt näher und griff nach Jadzias Arm. »Ist alles in Ordnung?«

Sie nickte. »Ja – sobald du mich von hier fortgebracht hast. Und sobald ich wieder mit dem Symbiontenselbst vereint bin. Du weißt von der Separation, nicht wahr?«

»Bashir fand den letzten Forschungsbericht, den du im Computer gespeichert hast. Hinzu kam deine Nachricht an mich. Es genügte, um uns eine Vorstellung von deinen Plänen zu vermitteln.« Sisko nickte zum Flitzer. »Offenbar hat sich das Induktionsfeld hierher verlagert. Wenn wir uns von ihm entfernen, müßte die Wirkung auf uns nachlassen. Ähnliches hast du im Forschungslaboratorium von DS9 beabsichtigt.

Anschließend bist du in der Lage, dein Nervensystem wieder mit dem des Symbionten zu verbinden.«

»Vielleicht. Vielleicht auch nicht.« McHogue hatte sich den Wortwechsel zwischen Sisko und Jadzia mit verschränkten Armen angehört. »Wer etwas plant, ohne mich in Betracht zu ziehen, muß damit rechnen, Überraschungen zu erleben. Das ist zumindest hier der Fall.« Er schüttelte ungläubig den Kopf. »Sie kommen einfach so hierher, weisen meine Gastfreundschaft zurück und brechen wieder auf, wann es Ihnen paßt – glauben Sie wirklich, das ließe ich ohne weiteres zu? Ich bitte Sie, Commander. Starfleet-Offiziere sollten eigentlich besser über diplomatische Etikette und dergleichen Bescheid wissen. Immerhin gibt es eine offizielle Beziehung zwischen uns: Ich bin nach wie vor der bajoranische Wirtschaftsminister.«

»Ich bezweifle, daß dieser Status noch irgendeine Gültigkeit hat.« Jadzia richtete einen zornigen Blick auf den Mann. »Schließlich haben Sie den ganzen Planeten in ein Leichenhaus verwandelt.«

Verwirrung huschte über Siskos Züge. »Wie bitte?«

»Verzeihen Sie ihr, Commander.« McHogue lächelte nachsichtig und wissend. »Eigentlich ist es meine Schuld. Ihr Landeanflug führte über die Hauptstadt hinweg. Bestimmt haben Sie gesehen, daß es den dortigen Bürgern recht gut geht, wenn man die Umstände berücksichtigt – sie sind wegen des schlechten Wetters nur ein wenig mitgenommen. Nun, es ist natürlich nicht nötig, mir für die kleine Verschnaufpause zu danken, die ich angesichts Ihrer Ankunft arrangiert habe. Um es noch einmal zu betonen: Ich bin von Natur aus sehr gastfreundlich – hier, in meiner eigenen Welt, noch mehr als vorher. Wie dem auch sei . . . Sie stehen erst an der Schwelle meines Universums.« Er deutete zu Jadzia. »Ihre Kollegin hat das Innere gesehen und leistet mir schon seit einiger Zeit Gesellschaft. Obwohl gewöhnliche Vorstellungen von Zeit hier ihre Bedeutung verlieren. Beschränken wir uns auf den Hinweis, daß Ihr wissenschaftlicher Offizier eine weiterentwickelte Phase der neuen Situation gesehen hat. Eine Phase, in der das schwache, fehlbare Fleisch überwunden wurde und alle die angestrebte Unsterblichkeit finden.«

»Er ist verrückt, Benjamin.« Das Humanoidenselbst hatte genug vom Symbionten gelernt, um es Jadzia zu ermöglichen, ganz ruhig zu sprechen. »Es gibt jetzt keinen Unterschied mehr zwischen ihm und der Welt, die er geschaffen hat. Ich dachte, mit meinem Transfer hierher Veränderungen bewirken zu können. Ich hielt es für möglich, die rationale Struktur des externen Universums – damit meine ich den *wahren* Kosmos, der vor diesem Wahnsinn existierte – hierherzubringen, um mit ihrem Licht die hiesige Dunkelheit zu verdrängen. Ich habe mich geirrt.« Ihre Hand schloß sich um Siskos Arm, und sie zog ihn fort von McHogue. »Für so etwas ist er bereits zu stark. Die von den Induktionsmodulen initiierten Realitätsverzerrungen haben noch mehr Einfluß gewonnen, sich weiter ausgedehnt. Wir sollten sofort nach Deep Space Nine zurückkehren. Vielleicht finden wir dort eine Möglichkeit, den Schaden für den Rest des Universums zu begrenzen.«

Sisko reagierte auf diese Worte, indem er nach oben sah und etwas betrachtete, das in dieser Welt die Simulation von Bajors Himmel gewesen war. Energetische Entladungen zuckten und gleißten dort. Schatten und Feuer vermischten sich, als sei die Realität nichts weiter als ein Blatt Papier, das nun von einer riesigen Hand zerknüllt wurde.

Jede einzelne Silbe ließ McHogues Lächeln mehr verblassen. Sein Blick durchbohrte Sisko und Jadzia. »Jetzt ärgere ich mich.« Die Stimme kam nun einem humorlosen Kratzen gleich. »Nach allem, was ich für Sie getan habe . . . Ich gab Ihnen sogar die Möglichkeit, Dinge zu sehen, die den Rahmen Ihrer bisherigen Vorstellungskraft sprengten. Ich bin sogar bereit gewesen, unsere kleinen Meinungsverschiedenheiten zu vergessen und Ihnen zu erlauben, Teil des Erreichten zu werden. Sie hätten das als ein Zeichen des Respekts erkennen sollen. Und haben Sie diesen Respekt erwidert?« McHogue musterte die beiden Starfleet-Offiziere. »Das ist der Lohn für Freundlichkeit. Genug damit.« Er streckte den Arm aus, und der Zeigefinger deutete auf Siskos Brust. »Sie möchten diesen Ort verlassen? Na schön. Wie Sie wollen. Aber vielleicht müssen Sie daheim mit der einen oder anderen Überraschung rechnen.«

Jadzia sah, wie McHogue die Faust ballte und ausholte. Sie wollte Benjamin zur Seite ziehen, aber es war bereits zu spät.

Zwar stand sie in unmittelbarer Nähe, aber sie wußte trotzdem nicht genau, was geschah. Wo hörte die Realität auf, und wo begann die Illusion? Hier die Faust, und dort Sisko . . . Sie schienen miteinander zu verschmelzen, sich gegenseitig zu überlappen . . .

Nur eins von beiden blieb übrig.

McHogue ließ die Hand sinken und streckte langsam die Finger. »Sehen Sie . . .«

Nur Leere bot sich Jadzias Blick dar.

»Er wollte es nicht anders.« McHogue nickte mit grimmiger Zufriedenheit. »Aber ob es ihm gefällt?«

Sisko wanderte an einem Ort, den er kannte.

Ein Schritt nach dem anderen, unbewußt und automatisch. Es hätte ein Traum sein können, daß er schlief – wenn nicht die Augen gewesen wären, die alle Einzelheiten zur Kenntnis nahmen – die Wölbungen des Korridors, kantige Stützelemente, Türen – und sie einem wachen Selbst übermittelten.

*Dies ist die Raumstation.* Siskos Gedanken krochen träge dahin, waren nicht schneller als die Schritte. *Ich bin wieder an Bord von Deep Space Nine.*

Vielleicht hatte er geschlafen oder mit offenen Augen geträumt. Nur diese Erklärung hallte durch die stillen Kammern seines Geistes. Vage entsann er sich an den Aufenthalt an einem anderen Ort. Wo? Auch Dax war zugegen gewesen. Nein, nicht Dax; nur jener Teil von ihr, der Jadzia hieß. Sein alter Freund Dax weilte . . . in einer völlig anderen Welt. Wieso? Welche Gründe gab es dafür?

Und dann . . . Ein Gesicht, nur für einen Sekundenbruchteil. Eine Vision, die sich ihm kurz offenbart hatte, um dann wieder zu verschwinden, bevor er Gelegenheit erhielt, sich darauf zu konzentrieren und sie festzuhalten. Hinzu kamen Worte, noch nicht ganz ausgesprochen.

Sisko schüttelte verwirrt den Kopf.

Darin bestand das Problem mit Träumen, überlegte er, während er die Wanderung durch den endlosen Korridor fortsetzte. Träume zeigten Dinge, ohne sie zu erklären. In diesem Zusammenhang erinnerte sich Benjamin an eine Vision, die ihm vor langer Zeit Kai Opaka gezeigt hatte. Prophezeiungen und gute Wünsche. Ein Lächeln begleitete die Reminiszenzen. Dinge, vor denen ihn die Kai gewarnt hatte. Dinge, auf die er vorbereitet sein mußte. Etwas Unwirkliches, das zur Realität wurde . . .

*McHogue.*

Der Name genügte, um die letzten Reste des Traums abzustreifen. Sisko blieb stehen, drehte sich um und wußte jetzt, wo er gewesen war.

Inmitten der Ruinen von Moagitty hatte er gestanden. Die letzten Erinnerungen bestanden aus dem in McHogues Augen brennenden Haß und einer Faust, die nach seiner Brust schlug. Jadzia hatte versucht, ihn beiseite zu ziehen; er glaubte fast, noch immer ihre Hand am Arm zu spüren. Und dann . . . nichts.

Bis er sich hier wiederfand, an Bord von Deep Space Nine.

Oder auch nicht. Diese Möglichkeit durfte er keineswegs außer acht lassen. Einmal mehr hatte er McHogues Welt betreten, diesmal nicht im Rahmen eines Besuchs der manipulierten Holo-Kammer, sondern nach einem riskanten Flug durch die Schockwellen nach Bajor. Am Ergebnis änderte sich nichts: Wer McHogue gegenübertrat, mußte seine Bedingungen akzeptieren. Immer bestimmte er, unter welchen Umständen eine Begegnung stattfand. Um eine Metapher aus dem Bereich des Sports zu benutzen: McHogue verfügte über einen permanenten Heimvorteil.

Als Sisko General Aur und den neuen bajoranischen Wirtschaftsminister auf Deep Space Nine empfing ... Bei jener Gelegenheit hatte McHogue darauf hingewiesen, eine endlose Einbettung von künstlichen Realitäten innerhalb von Halluzinationswelten sei theoretisch und praktisch unmöglich. Selbst jetzt gab es für Sisko keinen Grund, daran zu zweifeln. McHogue war viel zu sehr Egoist, um mehr als nur eine Welt zu schaffen; die selbsternannte Gottheit der KI-Technik wollte sich nicht teilen.

Benjamin ging weiter. Wenn er die OPS erreichen konnte ... Im Kontrollraum ließ sich vielleicht feststellen, in was für einer Welt er sich nun befand. Möglicherweise begegnete er dort anderen Personen, den übrigen Offizieren von DS9. Ihm war jeder recht, der nicht die Stimme und das Gesicht von McHogue hatte.

Siskos Schritte wurden länger. Er wollte den leeren Bereich der Station so schnell wie möglich verlassen, denn die Stille um ihn herum verwandelte sich immer mehr in eine schwere Last.

Schließlich gelangte er zur Promenade.

Doch auch dort empfing ihn Lautlosigkeit. Selbst an diesem Ort, im Herzen von Deep Space Nine, wo Begierden, Verlangen und Vergnügungssucht immer für ein akustisches Chaos gesorgt hatten ...

Er ahnte die Wahrheit, bevor er sie sah. Schwarze Haufen lagen in den Passagen der Promenade, Haufen, die einst lebende Geschöpfe gewesen waren, Menschen, Ferengi und andere. Sisko verglich sie mit dunklen Hieroglyphen: Sie bildeten Sätze, die von Sterblichen nicht gelesen werden konnten. Verbrannte, verkohlte Leichen. Mit dem Gesicht nach unten lagen die Toten in den Zugängen diverser Etablissements. In Quarks Spielkasino waren Tische und Stühle umgestürzt; die letzten Gäste lagen in ihrer eigenen Asche.

Sisko blieb fassungslos stehen. Ein Teil seines Bewußtseins weigerte sich nach wie vor, die von den Sinnen übermittelten Daten für real zu halten.

*Das hat Jadzia gesehen*. Benjamin sammelte seine ganze geistige Kraft, um die Botschaft zu verstehen. *Das hat sie gesehen, in der Stadt Moagitty.* Die Schreckensherrschaft des Todes, die Präsenz von etwas, das alles

Lebendige negierte. In dieser Hinsicht gab es keine Unterschiede zwischen bleichen Knochen und verbranntem Fleisch. Was als Mordserie an Bord von DS9 begann, wurde zu einem Orkan der Vernichtung, zu einem wahren Feuersturm. Und alles diente nur einem Zweck: McHogue wollte damit seinen Traum verwirklichen, zu einem Gott zu werden. Er würde bestimmt nicht zögern zu behaupten, daß auch seine Opfer in der Raumstation Unsterblichkeit errungen hatten – weil sie nun zu der Welt gehörten, die seiner Psyche entsprang und sich immer mehr ausdehnte.

»Hört mich jemand?« rief Sisko. Seine Stimme hallte dumpf von der hohen Decke wider. »Gibt es Überlebende?« Er lauschte dem Klang der eigenen Worte, vernahm in ihnen die Abwesenheit von Hoffnung. Er wurde nur seiner Rolle als Stationskommandant gerecht. Wie absurd: eine Vorstellung ohne Publikum, beobachtet nur von leeren Augenhöhlen.

Er setzte sich wieder in Bewegung, achtete bei jedem Schritt darauf, keine Leiche zu berühren.

Vor dem Eingang des Sicherheitsbüros verharrte er erneut. Die Tür hatte sich aus der Einfassung gelöst – hier war das Feuer heiß genug gewesen, um das Metall zu verformen.

Plötzlich nahm er aus den Augenwinkeln eine Bewegung wahr.

Langsam drehte er sich um und berührte eine Stelle der kahlen Wand.

Etwas schimmerte und kräuselte sich – es sah aus, als sei ein Stein auf eine senkrechte Wand aus Wasser geworfen worden. Der Feuersturm hatte vor Sisko eine Fläche zurückgelassen, die so glatt war wie geschmolzenes Glas. Leblosigkeit auch hier. Der gleiche Tod wie in den übrigen Sektionen von Deep Space Nine.

Und doch ...

Es gab Vitalität in der Leblosigkeit, auf eine Weise, die für Sisko ein Rätsel blieb. Er spürte eine geringfügige Vibration, wie von kaum spürbaren Atemzügen.

»Wer ist da?« fragte er, obgleich er es bereits wußte.

*Ich bin geblieben ...*

Eine vertraute Stimme, nicht mehr als ein Hauch.

»Odo?« Sisko blickte über die Schulter und rechnete fast damit, daß der Constable in humanoider Gestalt neben ihm stand.

*Wo ich immer gewesen bin. Wo ich immer sein werde ...*

Das Kräuseln wiederholte sich, und die Wand wurde zu einem Spiegel, in dem Sisko das eigene Gesicht sah. Die reflektierende Fläche schien aus Obsidian zu bestehen, ebenso dunkel wie die Asche der Toten.

Im Spiegel zeigte sich auch noch der Schatten eines anderen Gesichts. Es hatte die Augen geschlossen und schien zu schlafen. Nur die Lippen bewegten sich, langsam und träge, formulierten Worte, die Benjamin mehr fühlte als hörte.

*Wo ich sein sollte . . . Wo ich sein wollte . . .*

Die Stimme war monoton und völlig emotionslos, schien von einem betäubten Selbst zu stammen. Daraufhin begriff Sisko: Die Spiegelwand zeigte ihm nicht den wirklichen Odo aus der Realität jenseits von McHogues Universum, sondern sein Echo. Gul Dukats Hinweise auf tiefe Geheimnisse hatten den Gestaltwandler veranlaßt, die manipulierte Holo-Kammer aufzusuchen, um dort . . . *was* zu finden? Odo hatte es abgelehnt, entsprechende Fragen zu beantworten; er behauptete sogar, überhaupt nichts entdeckt zu haben.

Sisko entsann sich an seine Reaktion auf diese Auskunft. Sie bestand aus Zweifel. Doch er ließ es dabei bewenden und hoffte bei jener Begegnung, daß der Constable seine Zurückhaltung irgendwann aufgab, um detaillierten Bericht zu erstatten. Odos Gesicht . . . Darin hatten sich Zorn, Furcht und Verwirrung abgezeichnet, Empfindungen, die Sisko viel zu sehr an seine eigenen Gefühle in dem Alptraum erinnerten, den McHogue auf der Grundlage von Jakes Sommerwelt geschaffen hatte. Mit derartigen Emotionen ging Scham einher, und *deshalb* nahm Sisko solche Rücksicht auf Odo. Was auch immer der Sicherheitsoffizier in der illusorischen Welt der kortikalen Induktion gefunden hatte – Hinweise auf seine Herkunft, auf das Mysterium des eigenen Ursprungs –, es blieb sein Geheimnis.

Schon zu jenem Zeitpunkt hatte Sisko gewußt, daß der Aufenthalt in der manipulierten Holo-Kammer bei Odo ebensolche Spuren hinterlassen haben mußte wie in den anderen Fällen: Er hielt es nicht nur für möglich, sondern sogar für sehr wahrscheinlich, daß ein »Echo« des Gestaltwandlers zurückgeblieben war, einer jener Selbstsplitter, aus denen McHogue seinen Kosmos zusammensetzte, die er benutzte, um seinem Wahnsinn Gestalt zu geben. Woraus genau bestanden diese Echos? Sisko hatte nicht gewagt, über diese Frage nachzudenken.

Bis jetzt.

Unter den gegebenen Umständen blieb ihm gar nichts anderes übrig, als sich damit zu befassen.

Er trat von der spiegelartigen Wand zurück und betrachtete sie aufmerksam. Entweder verbesserte sich sein Sehvermögen, oder Odo – beziehungsweise das unbelebte und doch lebendige Etwas mit der Gestalt des Sicherheitsoffiziers – hatte beschlossen, sich ihm deutlicher zu zeigen. Der ursprüngliche Odo, der in der großen Realität außerhalb von McHogues Schädel existierte oder existiert hatte, verkörperte permanenten Wandel. Odos Echo, von McHogues Macht in dieser Welt verstärkt und mit lauter Stille ausgestattet, war weniger *und* mehr als das Original. Sisko wußte, daß die wahre Natur des Gestaltwandlers für immer ein Geheimnis bleiben würde, aber eins stand fest: In den offenbarenden Illusionen der KI-Technik zeigte sich ein statischer, abstrakter Aspekt jenes Wesens, ein Leben-im-Tod – ein Phänomen, dem so mancher Reisender in der Fremde begegnete.

Sisko sah nun, wie sehr Odo Teil von Deep Space Nine geworden war. Die Spiegelwand mit dem schlafenden Gesicht *war* Odo, ebenso wie die von der Hitze gekrümmten Träger darüber. Bei ihnen ließ sich die gleiche Bewegung beobachten: wie Wasser, dessen Oberfläche sich nach einem Steinwurf kräuselte. Und mehr: Auf dem metallenen Boden lagen die verbrannten Leichen so, als ruhten sie in Odos schützenden Armen. Diese Eindrücke wiederholten sich, soweit Siskos Blick (beziehungsweise seine Vorstellungskraft) reichte: Wand um Wand, Schott um Schott. Selbst die Leere dazwischen, die unbewegte Luft. Alles war, wie Odo, erstarrt und ewig.

»Constable . . .« Sisko trat nun vor und tastete mit der Hand nach dem schlafenden Gesicht. »Was hat man mit Ihnen angestellt?« murmelte er.

Hinter den geschlossenen Augen des Gestaltwandlers wurde ein weiteres Gesicht erkennbar. Sisko zog die Hand zurück – seine Fingerspitzen hatten nur glattes Glas berührt. Er fühlte, wie ihn der andere beobachtete, wie sich ein dünnes Lächeln auf seinen Lippen formte.

Erneut erklang eine »Stimme«, die nicht mehr war als ein Hauch dicht hinter der Stirn.

*Sie sollten sich für mich freuen, Commander . . . Dies hier entspricht meinem Wunsch. Ich habe es immer gewollt . . .*

Sisko wich zurück und hob den Kopf, so als rechnete er damit, McHogue als eine marionettenspielende Gottheit über sich zu sehen, mit unsichtbaren Fäden an den Fingern. Nichts dergleichen bot sich ihm dar. Er senkte den Blick, richtete seine Aufmerksamkeit wieder auf den Schatten des anderen Gesichts, der durch Odos Züge filterte – zwei verschiedene Bilder, die sich gegenseitig überlagerten.

*Sehen Sie?* Diese geistige Stimme klang anders. *Wie großzügig ich doch bin. Ich finde heraus, was die Leute möchten, und dann erfülle ich ihnen ihre Wünsche.*

*Odo liebte Deep Space Nine als seine einzige wahre Heimat, und deshalb ist er nun Teil der Station. Das macht ihn glücklich.*

»Es ist gar nicht Odo.« Sisko sprach laut und voller Verachtung. »Eine Illusion, weiter nichts. Hier ist alles nur Schein, Lug und Trug.«

*Hier gibt es nur die Wahrheit*, widersprach McHogues lächelnde Stimme. *Darin besteht das Risiko, das jeder eingeht, der hierherkommt. An diesem Ort sehen die Besucher Dinge, an die sie vielleicht nicht erinnert werden möchten.* Das spöttische Schmunzeln erschien in der Tiefe der Spiegelwand. *Und manchmal erfolgen Veränderungen. Weil es die Wahrheit so verlangt.*

»Sie haben die Wahrheit weit hinter sich zurückgelassen. Sie könnten das Wahre nicht einmal dann erkennen, wenn es sich direkt vor Ihnen befände.« Sisko schüttelte den Kopf. »Hier gibt es nur Sie, sonst nichts.«

*Oh, tapfere Worte, Commander.* Stimme und Bild verblaßten. *Vielleicht sollten Sie den Weg jetzt fortsetzen. Um noch mehr zu sehen.*

Die Gesichter verschwanden aus dem Spiegel, und Sisko war wieder allein. Noch einmal vibrierte das Kräuseln durch Wand und Träger, um dann ebenfalls zu erstarren, so wie alles andere. Nur Tote – und das Nicht-Leben – umgaben den Commander.

Sein Weg führte ihn von der Promenade fort. Er drehte sich um und ging los.

Etwas bewegte sich. Etwas lebte, wo es eigentlich nichts Lebendes geben sollte. Die Frau hob das tränenfeuchte Gesicht von den Knien. Sie hockte zusammengekauert an einem Schott und blickte nun über die Schulter. In ihrem Herzen brannte das Feuer des Zorns; seine Hitze kochte ihr durch die Adern, bis hin zu den Fingerspitzen, ähnelte der Glut, die alles Abscheuliche aus Deep Space Nine getilgt hatte. Sie ballte die Fäuste so fest, daß sich ihre Fingerknöchel weiß abzeichneten, preßte gleichzeitig die Handgelenke an die Schienbeine, wie in einem Krampf.

Nach einer Weile streckte sie sich langsam und stand auf, umhüllt von den Schatten im Korridor. In der Ferne hörte sie Schritte und leises Atmen, vernahm sogar das Pochen eines Herzens. Die Geräusche schürten das Feuer in ihrem Innern. Sie schmeckte es, wie warmes Salz unter der Zunge.

Der Umstand, daß sie überhaupt etwas hörte, deutete auf folgendes hin: Der Fremde war nicht das Etwas, das aus der Decke und den Wänden kam. Damit meinte sie jenes Wesen, das den von ihr entfesselten Feuersturm unbeschadet überstanden hatte. Ein seltsames und doch vertrautes Geschöpf, einst ausgestattet mit einem Namen, den sie kannte. Seine

Präsenz tolerierte sie nur deshalb, weil es zu einem Teil der Raumstation geworden war, zu einer notwendigen Komponente. Es kannte seinen Platz in der neuen Ordnung.

Vorsichtig schlich sie durch den Korridor, nutzte dabei jede Deckungsmöglichkeit aus. Sie wollte den Fremden zuerst sehen, bevor er sie entdeckte. So war es immer am besten. Sie hatte Erfahrung darin, Feinde auszulöschen. Ihr diesbezügliches Geschick basierte auf Erlebnissen in einer anderen Welt, in der sich Ereignisse und Konsequenzen nie so zufriedenstellend entwickelt hatten wie hier. Irgendwann in der Zukunft – wenn sie denken konnte, anstatt nur zu spüren und zu reagieren – wollte sie sich Zeit genug nehmen, um über die Entität nachzudenken, die so viel Ruhm und Gerechtigkeit ermöglicht hatte.

Die Frau blieb stehen, als sie einen Schatten sah, der über den metallenen Boden schlich. Im matten Licht zeichneten sich die Konturen einer menschlichen Gestalt ab.

Sie duckte sich und spannte die Muskeln.

Der Fremde verharrte, als hätte er ihre Gegenwart wahrgenommen. Wütend biß sie die Zähne zusammen und ballte erneut die Fäuste.

Die Gestalt trat vor, und daraufhin sah sie das Gesicht. Sie erkannte es. Besser gesagt: Sie hatte es einmal gekannt. Gesichter und Namen spielten jetzt keine Rolle mehr. Hier in dieser gereinigten Welt gab es außer ihr selbst nur zwei andere Kategorien: den Feind und die Toten.

»Kira?« Der Fremde starrte zu ihrem Versteck. »Sind Sie das?«

Verwunderung – eines jener Gefühle, von denen sie sich gesäubert glaubte – hielt den Zorn zurück. »Woher kennen Sie meinen Namen?«

»Warum sollte ich ihn nicht kennen?« Der Mann trat etwas näher. »Sie erinnern sich doch an mich, oder?«

Die Frau lachte verächtlich. »Ich weiß nicht, wer Sie sind. Und es ist mir auch gleichgültig.« Der Haß stach wie ein Dorn in ihrer Magengrube, richtete sich gegen sie selbst – wie dumm von ihr, mit dem Fremden zu reden. Wen kümmerte es, *wer* er war? Es kam in erster Linie darauf an, *was* er war, und daran konnte überhaupt kein Zweifel bestehen.

Sie schloß die Hand und beobachtete, wie weiße Funken zwischen den Fingern hervorquollen.

»Nein, Sie sind nicht Kira . . .« Der Mann schüttelte traurig den Kopf. »Sie sind nur ein Fragment von ihr, das *er* verändert hat – um zu verhöhnen, was die wirkliche Kira darstellt.« Sein Blick brachte Mitleid zum Ausdruck. »Nur ein Echo sind Sie, weiter nichts. Ein Bruchstück der echten Kira, die diese Welt betrat und sie dann wieder verließ.«

Der Zorn schwoll in ihr an, fand jedoch kein Ventil. Eine Stimme lähmte ihn, jene Stimme, die manchmal für sie sprach. »O nein, Commander«, kam es aus ihrem Mund. »Dies ist offenbarte Wahrheit, so wie vorhin.«

»Was haben Sie mit ihr gemacht?«

»Sehen Sie das nicht?« Die Stimme hätte kaum spöttischer klingen können. »So ein hübsches, *starkes* Echo . . . Ich brauchte nur die weichen, schwachen Teile fortzunehmen, um den Diamanten im Zentrum ihrer Seele zu entblößen. Wollen Sie etwa behaupten, daß Sie nichts von seiner Existenz wußten, Commander? Sind Sie nicht durch Freundschaft miteinander verbunden? Dann sollte Ihnen eigentlich klar sein, wie sehr Kira verletzt wurde. Sie hat viele schreckliche Dinge gesehen und sehnt sich nach Rache. Ein läuterndes Gefühl, wenn Sie mich fragen.«

Die Stimme lachte hinter den Worten, und Benommenheit erfaßte die Frau. Jede einzelne Silbe schien von einem Hammer durch ihre Stirn geschlagen zu werden. »Ich habe Kira nur die Chance gegeben, ihre Gefühle auszuleben, ihnen freien Lauf zu lassen. Es würde Sie sicher überraschen zu erfahren, wozu ihre Stellvertreterin diese neue Freiheit verwendet hat.«

Das Gesicht des Fremden gewann grimmige Züge. »Ganz gleich, was in Ihrer kleinen Welt geschieht, McHogue . . . Ich glaube, inzwischen kann mich nichts mehr überraschen.«

»Gut für Sie.« Die Stimme verlor nun den scherzhaften, amüsierten Unterton. »Es überrascht Sie also nicht, daß Kira zu einem perfekten Mordinstrument geworden ist. Sie braucht nun nicht mehr zwischen Unterdrückern und Unterdrückten zu unterscheiden, zwischen Starken und Schwachen, zwischen den Peinigern einerseits und den Leidenden andererseits. Sie hat einen besseren Weg gefunden, Sisko. Ich habe ihn ihr gezeigt.«

»Sie haben ihr nichts gezeigt. Weil Kira hier gar nicht existiert. Ihre einzige Aktivität besteht darin, dauernd Selbstgespräche zu führen, McHogue.«

Die Stimme lachte nicht mehr, statt dessen brodelte jetzt ein Ärger in ihr, der an den Zorn der Frau heranreichte. Worte erklangen, kamen scharf wie Glassplitter über die Lippen. »Sie haben es erneut geschafft, mich zu verärgern, Commander. Solche Bemerkungen gefallen mir nicht – erst recht nicht *hier*. Immerhin bin ich hier zu Hause.«

»Ach?« Der Fremde drehte den Kopf von einer Seite zur anderen, schien nach jemandem Ausschau zu halten. »Nehmen Sie deshalb Anstoß an solchen Bemerkungen, weil Sie die Wahrheit fürchten?«

»Die Wahrheit, Commander ...« Die Stimme wich fort, kehrte dorthin zurück, woher sie kam. »Ich gebe Ihnen die Wahrheit.«

Stille.

Die Frau sah auf und begegnete dem Blick des Fremden. Er schwieg. Und er brauchte auch gar nichts zu sagen. In seinen Augen entdeckte sie das Schlimmste überhaupt: Mitleid.

Die Wut sprengte alle inneren Barrieren. Mit einem Ruck warf die Frau den Kopf nach hinten, und Feuer sprang aus ihrem Herzen.

Sie war in Feuer geboren. Deutlich erinnerte sie sich an ihren Aufstieg zum Himmel über Bajor, um von oben auf die Schwachen und Starken in den Flüchtlingslagern hinabzusehen. Ein brennender Engel, mit Schwingen aus schimmernden Flammen: Sein Blick galt all jenen, die Zorn verdienten, Tod und Asche im fleischlosen Mund. Sie hatte das alles für einen Traum gehalten, eine Illusion – für eine Lüge. Doch es handelte sich um die *Wahrheit*. Diese Welt war wirklicher als die andere, denn sie kam aus den fernsten, geheimsten Kammern ihres Herzens.

Sie spürte nun, wie die Decke des Korridors nachgab, als sie wuchs, immer größer und mächtiger wurde. Und unten ... Dort stand eine winzige Gestalt, die es gewagt hatte, ihr gegenüberzutreten und zu behaupten, sie zu kennen, die einen anderen Namen als den der Rache nannte.

Die Frau breitete ihre Arme aus, und in jeder Hand ruhte eine weiß glühende Sonne. Feuer loderte wie eine Flutwelle ganz besonderer Art durch den Korridor, wusch den kleinen Fremden fort. Er hatte den Arm gehoben, um die Augen abzuschirmen. Verbrannte Haut schälte sich von einem Knochen, der zu Asche zerfiel.

Höher stieg sie auf, über das Feuer des Zorns und die Toten, denen sich nun ein weiterer verkohlter Leichnam hinzugesellte. Höher und höher, während wilde Freude in ihrem Herzen sang und Tränen auf der eigenen Haut verdampften ...

Intensiver Schmerz begleitete das Erwachen. Licht blendete Sisko, ein Glanz, der direkt das Gehirn erreichte, ohne den Umweg über die Augen. Die Nervenenden waren wie glühende Drähte, die unter der zerfetzten Haut hervorragten.

»Das *reicht* ...«

Die beiden Worte vertrieben den Wind, der ihn hin und her geschleudert hatte. Er erinnerte sich daran, gegen eine Wand geschmettert worden zu sein, mit solcher Wucht, daß Dutzende von Knochen in seinem

Leib brachen. Ein Sturm, zwischen einem siedend heißen Atemzug und dem nächsten ... Ihm blieb nicht einmal genug Zeit, den Tod herbeizusehnen.

»Bitte entschuldigen Sie, daß es so unangenehm für Sie wurde.« McHogues Stimme kam aus der Dunkelheit über Sisko. »Manche Leute brauchen eine solche Behandlung, um zu verstehen. Bedauerlich, aber leider nicht zu vermeiden.«

Sisko rollte auf die Knie und stemmte sich hoch. Der Schmerz wich von ihm und ließ Benommenheit zurück, doch er fand die Kraft, die Augen zu öffnen. Eine Sekunde später sah er unverletzte Arme. Er stützte sich mit der einen Hand ab, und mit der anderen tastete er nach der Haut unter dem Uniformärmel. Es war alles in Ordnung; nichts war verbrannt.

Einige Meter entfernt lehnte McHogue an der Wand und lächelte amüsiert.

»Wo ... wo sind wir?« fragte Sisko und blickte sich um. »Wie ...«

»Sie haben doch behauptet, es gäbe keine Überraschungen mehr für Sie. Oh, Commander, erneut enttäuschen Sie mich.« McHogue schüttelte traurig den Kopf. »Dachten Sie etwa, daß ich Sie von Kira – von *meiner* Kira – einfach so in Asche verwandeln lasse? Selbst das Zusehen hat mir keinen großen Spaß gemacht. Wie dem auch sei: Ich hoffe, Sie haben etwas gelernt.«

»Ich habe nur Bestätigungen für meine früheren Annahmen gefunden.« Sisko stand mühsam auf und hielt sich an einem Träger fest. »Es ist alles nur Schein. Jene Gestalten, die Echos ... Es sind nur McHogues mit unterschiedlichen Masken.«

Die Erscheinung zuckte mit den Schultern. »Das stimmt zum Teil, wie ich zugeben muß. Aber auch hier gilt: Es läßt sich nicht vermeiden. Wir wollen doch offen sein, oder? Immerhin geht es um die Wahrheit. Nun, jene Personen, die Teil meiner Präsenz wurden, sowohl hier in der Raumstation als auch in der Stadt Moagitty ... Der Wechsel zu einer anderen Existenzform brachte ihnen durchaus Vorteile. Zunächst einmal genießen sie nun eine gewisse Art von Unsterblichkeit; ihre Essenzen sind mit mir vereint, und dadurch leben sie ewig. Mein Sieg ist auch ihr Triumph.«

Das Lächeln kehrte auf McHogues Lippen zurück, blieb diesmal ohne eine Spur von Spott. »Ich habe schon mehrmals darauf hingewiesen, daß ich *sehr* gastfreundlich bin.«

»Brachten Sie mich deshalb hierher – um mit Ihrer Macht anzugeben?« Sisko fing McHogues Blick ein und hielt ihn fest. »Bitte verzeihen Sie, aber ich bin nicht beeindruckt. Stolzieren Sie ruhig in Ihrer kleinen Welt umher; reden Sie dauernd mit sich selbst. Das alles bedeutet *nichts*.«

»Aus irgendeinem Grund wußte ich, daß Sie noch immer an mir und meiner Macht zweifeln, Commander. Nun, ich habe Sie nicht gerettet, um dieses Gespräch fortzusetzen. Meine Großzügigkeit kennt keine Grenzen. Ob Sie's wissen oder nicht: Sie sind hierhergekommen, weil Sie nach etwas suchen, und ich gebe Ihnen die Möglichkeit, es zu finden.« McHogue deutete zum Ende des Korridors. »Setzen Sie den Weg fort, Commander. Sie haben noch nicht alles gesehen.«

Und daraufhin war Sisko wieder allein. McHogue verschwand einfach, wie eine ausgepustete Kerzenflamme. Licht fiel durch einen offenen Zugang weiter vorn.

Sisko sah leblose Leere, als er das OPS-Deck betrat. Bildschirme und Displays leuchteten; die Instrumente überwachten noch immer alle Funktionen von Deep Space Nine. Langsam drehte sich der Kommandant um die eigene Achse, suchte . . .

Und fand.

Er glaubte, weit und breit das einzige lebendige Geschöpf zu sein. Sisko hielt selbst dann an dieser Überzeugung fest, als sich der Sessel vor einer Konsole drehte – ein Sessel, in dem jemand saß.

Ein Mann mit seinem Gesicht.

Er hörte seine eigene Stimme. »Ich habe auf dich gewartet.« Die Lippen von Siskos Echo formten ein Lächeln. »Seit langer Zeit.«

Er nickte langsam und bestätigte damit die Existenz der Gestalt. Er hätte mit so etwas rechnen sollen.

»In der Tat«, sagte das Echo und stand auf. »Aber du hast es vergessen. Weil du dich nicht daran erinnern wolltest, ebenfalls etwas zurückgelassen zu haben, so wie alle anderen, die diese Welt besuchten. Ein endloser Sommertag . . .« Das Echo sah sich im Kontrollraum um. »Ganz anders als dieser Ort. Und doch ebenso beschaffen. In seiner Essenz.«

»Weil er mit Ihnen identisch ist, nicht wahr, McHogue?« Sisko musterte sein Ebenbild. »Hier stammt alles von Ihnen.«

»Metaphysische Eitelkeit, Commander.« Die Stimme des Echos veränderte sich ein wenig; eine zweite erklang in oder hinter ihr. »Ich sehe keinen Sinn darin, noch länger darüber zu reden. Warum sollte ich zwischen mir und dem Universum unterscheiden? Die Frage lautet nicht, ob *Sie* hier existieren, lieber Sisko. Es geht vielmehr darum, ob *McHogue* noch existiert!« Triumph vibrierte in der anderen Stimme. »Ich bin zum Universum *geworden*!«

»Sie meinen dieses Universum«, erwiderte Sisko. »Eine kleine, schäbige Welt in Ihrem Kopf, weiter nichts.«

Das Echo warf ihm einen mitleidigen Blick zu. »Sie verstehen noch immer nicht, oder? Sie haben nur einen vagen Eindruck von meinen Plänen gewonnen. Niemand weiß, um was es mir geht. General Aur wußte es ebensowenig wie die provisorische Regierung von Bajor. Auch der Narr Gul Dukat und die übrigen Cardassianer hatten keine Ahnung. Sie teilen diese Unwissenheit, Commander. Andernfalls müßte Ihnen klar sein, daß mein Ehrgeiz grenzenlos ist.«

Die Stimme versuchte nun nicht mehr, sich mit einem anderen Klang zu tarnen. McHogue sprach mit dem Mund des Echos. »Mit jedem Fetzen Leben, den ich aufgenommen und meinem eigenen Sein hinzugefügt habe – unter ihnen so unwichtige, innerlich gebrochene Kreaturen wie Ahrmant Wyoss –, ist dieses Universum gewachsen und größer geworden. Jetzt wird es Zeit für den Schritt von hier . . .« Die Erscheinung lächelte und hob die Hand zur Stirn. ». . . nach dort.« Er drehte sich um und deutete zum großen Fenster.

Sisko sah ins All hinaus, in einen Kosmos mit zahllosen Welten. Anschließend kehrte sein Blick zum Echo zurück. »Nicht Ihr Ehrgeiz ist grenzenlos, McHogue, sondern Ihr Wahnsinn.«

»Sie zweifeln, weil der Umwandlungsprozeß noch nicht abgeschlossen ist, Commander. Ich muß noch viele andere Leben aufnehmen, ihre kleinen Seelen meiner großen hinzufügen. Das dauert sicher eine Weile. Oder es geht ganz schnell, in einem Augenblick. Äonen sind schon jetzt wie Mikrosekunden für mich. Wenn die Zeit aufhört zu existieren, weil ich sie abgeschafft habe . . . Dann erkennen Sie, was andere bereits erkannt haben. Dann wird Ihnen klar, daß die Zeit des Wartens, jenes banale Etwas, das Sie als ›Existenz‹ bezeichnen, nur eine Illusion darstellt.«

»Ersparen Sie mir Ihr mystisches Gefasel.« Sisko schuf eine innere Barriere, um McHogues Worte daran abprallen zu lassen, um zu verhindern, daß sie Wunden rissen. Trotzdem konnte er nicht leugnen, daß sie eine gewisse Wahrheit zum Ausdruck brachten. Unheilvolles hatte begonnen. Die Stadt Moagitty auf Bajor und Deep Space Nine gehörten inzwischen zu McHogues Welt. Das stabile Wurmloch und der Gamma-Quadrant, zu dem es führte, würden auch weiterhin zahlreiche Individuen aus allen Teilen der Galaxis anlocken. *Sie alle passieren diesen Sektor*, dachte Sisko. *Was bedeutet, daß sie die Auswirkungen der KI-Technik zu spüren bekommen. Und dann trägt jeder etwas von McHogue in sich, den Keim eines neuen Universums . . .* Er sah es, wie einen Fleck aus unendlicher Dunkelheit. Irgendwann wurde

McHogue größer als das Universum, in dem er geboren war. Dann erreichte die Umwandlung ihre letzte, endgültige Phase. Dann ersetzte eine neue Wirklichkeit die alte; dann wurde aus dem Unwirklichen tatsächlich Realität.

Sisko stellte sich vor, wie alles Existierende – wie alles, das existieren konnte – im Kopf der Gestalt steckte, die lächelnd vor ihm stand.

Das andere Gesicht verblaßte allmählich, wich zusammen mit der Stimme hinter die Maske zurück.

»Es ist schade, daß Sie das nicht erleben werden, Commander.« McHogue flüsterte wie aus weiter Ferne. »In Ihrem Fall mache ich eine Ausnahme. Sie haben meine Gastfreundschaft zu sehr auf die Probe gestellt. Ich fürchte, Ihre Existenz muß nun ein Ende finden, in diesem Universum ebenso wie in allen anderen.«

Die letzte Spur von McHogue verschwand aus dem Echo. Sisko sah wieder nur sein eigenes Gesicht, ohne daß sich darin die Schatten anderer Züge abzeichneten.

Das eigene Gesicht. Und darin etwas, das er wiedererkannte, als einen Teil von sich selbst.

»Es kann nicht zwei von uns geben. Das ist unmöglich.« Die Worte kamen tief aus dem Innern des Echos, schienen das Ergebnis langer Überlegungen zu sein. »Du mußt sterben.«

Die Hand der Erscheinung packte Sisko an der Kehle.

Nach den jüngsten Erlebnissen hatte der Commander einiges an Kraft eingebüßt. Vergeblich trachtete er danach, Widerstand zu leisten, die Hand von seinem Hals zu lösen.

Er schnappte nach Luft und spürte, wie die Knie nachgaben. Als er in die Augen des Echos sah, begriff er, was aus diesem Teil seines Selbst geworden war.

Das Gesicht des Echos – Siskos Miene, trotz einiger Veränderungen – kam einer emotionslosen Maske gleich. Es blieb kalt und unmenschlich, völlig ohne Gefühle. In den toten Augen zeigte sich nicht das geringste Interesse an Jake, Dax, Kira, Bashir und den übrigen Besatzungsmitgliedern von Deep Space Nine. Solche Dinge spielten für die Erscheinung überhaupt keine Rolle. Sisko sah nur das Verlangen, zu beherrschen und zu kontrollieren, die Realität den eigenen Wünschen gemäß zu formen.

»Stimmt«, hauchte das Echo und beobachtete, wie das Leben in seiner Hand schrumpfte, wie das Licht der Vitalität allmählich Finsternis wich. Sisko hörte die Worte, formuliert von der eigenen Stimme. »Jetzt kennst du endlich die Wahrheit. Eine Wahrheit, die du immer in dir verborgen hast.«

Ein zitternder Schatten huschte über das Gesicht des Echos, und durch Sisko bohrte sich ein kalter Blick.

»Die Wahrheit«, erklang es erneut. »Ich bin etwas, das immer in dir wohnte. Als du nach Mördern gesucht hast, hieltest du überall Ausschau, nur nicht in deinem Herzen.«

*Nein* . . .

Er konnte nicht mehr sprechen. Ein stählerner Schraubstock schien seinen Hals immer mehr zusammenzupressen.

In dem Universum, das zur Hand eines Mannes kollabiert war, in einer Welt, der es an Licht und Luft mangelte . . . schloß Sisko die Augen. Im Dunkeln begann er mit der Suche.

Und fand etwas. Es war immer vorhanden gewesen – in dieser Hinsicht behielt das Echo recht. Allerdings: Es befand sich nicht in seinem Herzen, sondern woanders, so real und unwirklich wie die Hand an der Kehle.

Sollte sie ruhig noch fester zudrücken. In einer Welt, in der es keine Zeit gab, brauchte man nicht zu atmen.

In der Ewigkeit zwischen einem Herzschlag und dem nächsten öffnete er die Augen.

Das Echo stand nicht mehr vor ihm. Statt dessen öffnete sich eine Tür, und dahinter erblickte Sisko strahlenden Sonnenschein. Er setzte sich in Bewegung und ging langsam, ließ die Helligkeit über seine Hände streifen . . .

Er ließ den sterbenden Teil seines Selbst zurück, ein Ich, dessen Lungen sich nach Sauerstoff sehnten, trat in den Sonnenschein, und hinter ihm schloß sich die Tür. Erneut weilte er in der kleinen, grenzenlosen Welt, die McHogue geschaffen hatte.

Für seinen Sohn.

Sisko drehte sich um, blickte über gelbgrünes Gras und sah die dunkleren Konturen von Bäumen am Horizont. Ein blauer, wolkenloser Himmel wölbte sich über der Landschaft. Kein Sturm schien dieses Paradies heimsuchen zu können.

*Na los*, forderte er sich auf. *Du bist aus einem bestimmten Grund hier. Zögere nicht*. Er wußte, daß es sich bei der Ewigkeit dieser Welt um eine Illusion handelte. In einer anderen Welt – dort, wo er noch immer versuchte, die mordende Hand des Echos von seiner Kehle zu lösen – stand die Zeit nicht still, kroch langsam weiter. *Du mußt dich beeilen*.

Er ging weiter, und Grashalme strichen ihm über die Waden.

»Was machen *Sie* denn hier?« Die Stimme eines Kindes erklang. Argwöhnisch sah es zu dem Mann auf, musterte ihn mit Augen, in denen sich eine sternenlose Nacht zu spiegeln schien. »Dies ist kein geeigneter Ort für Sie. Jetzt nicht mehr.«

Wasser floß über glatte, glänzende Steine. Sisko beschattete sich die Augen und beobachtete den Jungen, der auf einem runden Stein in der Mitte des Baches hockte. Die Aufmerksamkeit des Knaben hatte einem Fisch gegolten, der die gute Gelegenheit nutzte und floh.

»Ich bin gekommen, um ... dich zu besuchen.« Feuchter Sand und kleine Steine knirschten unter Siskos Stiefeln.

»Warum?«

Dies war der Junge, dem Jake Gesellschaft geleistet hatte. Ein Junge ... Und mehr.

Sisko brauchte sich nicht umzudrehen, um zu wissen: Es lagen Knochen in den Schatten der Bäume.

Er sprach leise und ruhig, fast freundlich. »Ich bin hier, um dir zu sagen: Es wird Zeit für dich, nach Hause zurückzukehren.«

»Was?« Der Junge bedachte ihn mit einem spöttischen Blick. »Sind Sie verrückt? *Dies* ist mein Zuhause.«

»Nein.« Sisko schüttelte den Kopf. »Es kann nicht mehr dein Zuhause sein.«

»Sie sind übergeschnappt und wissen überhaupt nicht, wovon Sie reden.« Zorn verfinsterte das Gesicht des Jungen. »Verschwinden Sie! Ich habe Sie schon einmal getötet ...« Die Stimme gewann nun einen verdrießlichen Klang. »Das bringe ich noch einmal fertig.«

»Da irrst du dich.« Sisko erkannte Merkmale von McHogues Miene, als der Junge eine Grimasse schnitt. »Du kannst hier nicht mehr deinen Willen durchsetzen.«

»Ach?« Der Knabe senkte ein wenig den Kopf; Wut funkelte nun in den dunklen Pupillen. »Und warum nicht?«

»Weil du hier nicht mehr zu Hause bist«, sagte Sisko traurig.

Genau darin bestand die Wahrheit. Die von McHogue geschaffene Welt, dieser kleine Teil davon, existierte in Siskos Selbst. Als er die manipulierte Holo-Kammer betreten hatte, um sich den Ort anzusehen, den sein Sohn häufig besuchte, als er dort die eigene Leiche sah ... Dadurch fand McHogues Universum Eingang in seinen inneren Kosmos. Zumindest ein Stück davon.

Und das genügte. Es genügte, um jene Welt zu beanspruchen, um sie sich anzueignen, auf eine Weise, von der nicht einmal McHogue etwas wußte.

Er verlangte zurück, was ihm gehörte.

»Sie sind verrückt!« fauchte der Junge zornig. »Lassen Sie mich in Ruhe!«

Weitere Worte erübrigten sich. Sisko ging in die Hocke und streckte die Hand nach dem Wasser aus. Seine Fingerspitzen berührten das kühle Naß.

»Nein!« Furcht und Verblüffung erklangen in dem Schrei des Jungen. »Hören Sie auf . . .«

Jetzt gab es kein Wasser mehr. Wo es eben noch geplätschert hatte, erstreckte sich trockener, rissiger Boden.

Sisko richtete sich auf, um die anderen von ihm bewirkten Veränderungen zu sehen.

»Nein . . .« Der Junge stöhnte entsetzt.

Braune Blätter fielen von verdorrten Zweigen; die der Wind erfaßte und davontrug. Wolken zogen nun über den Himmel, ohne belebenden Regen zu bringen, trübten das Licht der Sonne zu einem schwefligen Gelb.

Siskos Gedanken glitten über die Landschaft. Das Gras verwelkte, schien in einem unsichtbaren Feuer zu verbrennen.

Staub rieselte von den Knochen der falschen Welt. Zum Vorschein kommende Felsen splitterten. Und darunter . . .

Darunter gab es nichts, das wußte Sisko. Er wandte sich ab, denn es blieb nicht mehr viel Zeit.

Der Junge schwieg nun, hatte sich auf dem runden Stein zusammengekrümmt. Tränen strömten ihm über die Wangen.

Und selbst das . . . Sisko schloß die Augen, weil er nicht sehen wollte, was nun geschah. Auch die Tränen würden verschwinden.

Völlige Stille herrschte. Er hob die Lider wieder, und für einen Sekundenbruchteil bemerkte er etwas, das ein flatterndes Lumpenbündel zu sein schien. Der Wind riß es fort, zusammen mit den Blättern der toten Bäume.

Sisko nickte langsam. Tote Bäume in einer Welt, die starb, damit eine andere leben konnte.

»Nein«, sagte er laut. »Du verstehst nicht.«

Es war nicht nötig, eine Tür zu durchschreiten, um in den Kontrollraum von Deep Space Nine zurückzukehren – er hatte ihn nie verlassen. Zwischen einem Herzschlag und dem nächsten . . . Zeit genug, um die Lungen wieder mit Luft zu füllen.

Das Echo starrte ihn an, ebenso verblüfft wie der Junge. Und auf die gleiche Weise vom Tod gezeichnet.

Eine letzte Veränderung hatte stattgefunden. Sisko öffnete die Hand und ließ die Kehle des Echos los, dessen Gesicht jetzt nur noch Verwirrung zeigte.

»Ich ... verstehe nicht.« Tränen schimmerten in den Augen der Erscheinung.

Sisko beobachtete, wie sein Ebenbild zu Boden sank.

»Wie ...« Agonie schüttelte es, als das Pseudoleben aus ihm wich. »Ich verstehe nicht ...«

Mitgefühl regte sich in Sisko. Das Echo war ein Teil von ihm, auch wenn es der Wahnsinn in ein Zerrbild verwandelt hatte.

»McHogue hat dich belogen.« Er kniete neben dem Sterbenden und sprach nun sanft. »Oder vielleicht wußte er nicht genug. Bei allen Plänen gab es ein Element, das sich seiner Kontrolle entzog.«

»Welches?« brachte das Echo hervor. Die Lider senkten sich.

»Die Funktion der KI-Technik basiert auf den Erfahrungen und Erinnerungen des Benutzers, auf seiner Wahrnehmung der Realität.« Äußerlich blieb Sisko ruhig, obwohl es ihn mit Unbehagen erfüllte, sich selbst – beziehungsweise einen Teil des eigenen Wesens – sterben zu sehen. »Die kortikalen Induktionsmodule extrapolieren aus der realen Welt, um Halluzinationen zu erzeugen. So schuf McHogue sein Universum: mit Komponenten der Wirklichkeit.«

»Aber du ...« Das Echo nickte schwach. »In unserem Fall gab es mehr ...«

Keine Zeit mehr. Sisko spürte, wie das Echo den letzten Rest des falschen Lebens verlor.

Keine Zeit mehr, um das zu erklären, was er erst jetzt im vollen Ausmaß verstand.

*Prophezeiungen und gute Wünsche ...*

Die Kai hatte gewußt, daß es einen anderen Teil von ihm gab, etwas, das nicht mehr im realen Universum existierte. Vor langer Zeit – Jahrhunderte schienen vergangen zu sein – war er durchs Wurmloch geflogen und dort Dingen begegnet, die weit über alle bekannten Konzepte in diesem Universum hinausgingen. Die Existenz jener Entitäten stellte ein ungelöstes und vielleicht auch unlösbares Rätsel dar. Sie hatten dem Besucher Einblick gewährt in einen kleinen Teil ihres Wissens.

Und dadurch hatte sich etwas in Sisko gewandelt. Für immer. Die fremden Wesen pflanzten eine andere Art von Keim in ihm, der unerreichbar blieb für McHogue und seine Welt.

Das Echo starb. Sisko berührte das im Frieden des Todes ruhende Gesicht und schloß seinem Ebenbild die Augen. Anschließend stand er auf und blickte über die Schulter, als er ein Geräusch hörte.

Ein fransiger Riß dehnte sich in der Wand aus, wie ein dunkler, lebloser Blitz. Die Illusion von Deep Space Nine erbebte und schüttelte sich. Aus dem leisen Stöhnen von Metall und Kunststoff wurden schmerzerfüllte Schreie, als Träger splitterten und Stützelemente knickten.

Sisko drehte sich um und beobachtete, wie sich überall schwarze Zerfallsgespinste bildeten. Über ihm barst die Decke, aber es stürzten keine Trümmer herab. Licht und Gravitation existierten nicht mehr. Von den Fesseln des eigenen Gewichts befreit, stieg Sisko auf und schwebte durch den Kontrollraum. Er durchstieß die Wand, hob dabei schützend die Arme vors Gesicht.

Zum Schluß sah er, wie Sterne durchs zerbrochene Fenster flogen.

»Wir müssen von hier verschwinden . . .«

Jadzia wußte nicht, was geschehen war, aber sie vergeudete keine Zeit, indem sie um eine Erklärung bat.

»Komm, Benjamin.« Sie schlang Sisko den Arm um die Schultern und stützte ihn. Nur für einige wenige Sekunden war er fort gewesen, von McHogues Fausthieb aus dem Hier verbannt, und jetzt wirkte er völlig entkräftet. Er konnte sich kaum auf den Beinen halten.

»Wo . . . wo ist McHogue?«

Jadzia half dem Commander zum Flitzer. »Ich weiß es nicht.« Seltsam: Die lächelnde, ganz in Schwarz gekleidete Gestalt war ebenso plötzlich verschwunden wie Sisko. »Derzeit ist es auch nicht wichtig . . .«

Der Himmel wurde dunkel, als die Sturmwolken zurückkehrten. Erste Böen fauchten durch die Ruinen von Moagitty. Der von Blutflekken übersäte Marmorboden erzitterte, als darunter etwas in Bewegung geriet.

Die Luke des Flitzers öffnete sich, und es gelang Jadzia, Sisko auf einen der Sitze zu zerren. Sie hielt sich nicht damit auf, ihn festzuschnallen, aktivierte sofort das Triebwerk und gab Schub.

Eine jähe Beschleunigung drückte sie tief in die Polster des Pilotensitzes. Jadzia programmierte keinen Kurs, steuerte die *Ganges* zur einzigen Lücke in der finsteren Wolkendecke. Erst außerhalb der Atmosphäre wagte sie es, die Schubkraft zu drosseln.

Endlich trennten sich Realität und Illusion voneinander. Die Wirklichkeit wurde wieder zu etwas, dem man vertrauen durfte. Und sie brachte Einheit, füllte die Leere in Jadzia.

*Willkommen, Kind.* Der Symbiont sprach nicht mit Worten, sondern mit gemeinsamen Gedanken.

Neben der Trill bewegte sich Sisko und öffnete die Augen. »Wohin ... sind wir ... unterwegs?«

Dax sah zu ihm. »Nach Hause, Benjamin. Wir fliegen nach Hause.«

McHogue hielt es für ausgesprochen sonderbar. Wo befanden sich die Leute?

So viele hatten sich hier aufgehalten, und jetzt herrschte gähnende Leere. Er sah sich um und überlegte, was geschehen sein mochte.

So viele Personen. Und nur eine, die nicht ins Bild paßte, die eliminiert werden mußte. Genau das hatte er erledigt, an Bord der Raumstation, die einen Teil seiner Welt darstellte. Anschließend war er nach Moagitty zurückgekehrt, um eine leere Stadt vorzufinden.

*Sehr eigenartig ...*

Während seiner Abwesenheit hatten auch noch andere Veränderungen stattgefunden. Es gab keine geborstenen Mauern mehr, und über dem großen Saal spannte sich wieder ein unbeschädigtes Dach. Eine angenehme Überraschung für McHogue – er mochte seine Stadt. Doch die Gäste, das multiple Leben, das er aufgenommen hatte, um ihm Unsterblichkeit sowie die Erfüllung aller individuellen Wünsche zu schenken ... Es fehlte. Es saßen keine Spieler an den Dabo-Tischen. Niemand hielt sich in den Holo-Kammern auf.

Seltsam.

Noch seltsamer war, daß es für sie gar keinen anderen Ort geben konnte. Es existierte nur diese Welt – dafür hatte er gesorgt.

Er rief nach den Gästen. Seine Stimme hallte durch Kammern und Korridore, doch nirgends ertönte eine Antwort. Es blieb ihm nichts anderes übrig, als mit der Suche zu beginnen. Irgendwo mußten die Leute sein.

McHogue ging los. Vor ihm erstreckte sich ein leerer Flur, der kein Ende zu nehmen schien. Er begriff plötzlich, daß er gar keine genaue Vorstellung von der Größe dieses Ortes hatte.

Er schritt weiter. McHogues Entscheidung stand bereits fest: Er wollte den Weg fortsetzen, ganz gleich, wie weit er war ...

# EINIGE LETZTE FRAGEN

# 18

Major Kira Nerys betrat den Kontrollraum und sah sich um. Einige Sekunden lang glaubte sie fast, noch immer in dem Traum gefangen zu sein, der ihren langen Schlaf begleitet hatte. Die schwere Last der Erschöpfung war endlich von ihr gewichen, doch dafür regten sich nun Schuldgefühle in der Bajoranerin. *Ich habe viel zu lange im Bett gelegen.*

Mißtrauisch beobachtete sie die ruhige, routinemäßige Aktivität in der OPS. Bei ihrem letzten Aufenthalt an diesem Ort hatten Hektik und eine gedrückte Stimmung auf unmittelbar bevorstehendes Unheil hingewiesen.

Ein Kom-Techniker ging an ihr vorbei, und Kira hielt ihn am Arm fest. »Habe ich irgend etwas verpaßt?«

Im Büro des Commanders las Sicherheitsoffizier Odo eine Nachricht, die der cardassianische Rat übermittelt hatte.

»Gul Dukat entschuldigt sich in aller Form . . .« Sisko deutete auf die Worte im Projektionsfeld des Computerschirms. »Angeblich hat eine Gruppe von kriminellen Wissenschaftlern die neue Technik der kortikalen Induktion entwickelt und sie McHogue zur Verfügung gestellt. Und *natürlich* werden alle Verantwortlichen zur Rechenschaft gezogen.«

Odo betrachtete den Text kühl. »In der cardassianischen Gesellschaft ziehen Mißerfolge immer Strafen nach sich. Die Frage ist nur, wer bestraft wird.«

Er sah, wie der Commander nickte und den Schirm ausschaltete. Sie hatten auch noch andere Berichte entgegengenommen, in denen es um ergriffene Maßnahmen und manchmal auch individuelle Schicksale ging. Eine Mitteilung weckte besondere Zufriedenheit: Auf Bajor hatte die Separationsfront schlagartig ihren Einfluß verloren; im Amt war nun wieder die alte provisorische Regierung. Der in Unehre gefallene General Aur hatte alle weltlichen Ambitionen aufgegeben und sich dem religiösen Orden angeschlossen, der einst von Kai Opaka geleitet worden war.

»Dukat hat noch eine persönliche Mitteilung hinzugefügt.« Der Commander lehnte sich zurück. »Allem Anschein nach wollte er uns von den verborgenen Zugängen und dergleichen informieren, als wir die Station übernahmen. Er hat es schlicht und einfach vergessen.«

»Gelegentlich hat der Gul ein selektives Gedächtnis.« Odo wußte es aus eigener Erfahrung. »Wenn es sonst nichts gibt, kehre ich jetzt zu meinen Pflichten als Sicherheitsoffizier zurück.«

»Oh, natürlich, Constable. Ich möchte Sie nicht aufhalten. Übrigens: Als ich durch die Promenade ging, fiel mir auf, daß unser Freund Quark über irgend etwas verärgert zu sein scheint. Das überrascht mich ein wenig. Eigentlich sollte er sich freuen; immerhin hat er jetzt keine Konkurrenz mehr.«

Odo zuckte mit den Schultern. »Wenn der Ferengi einen Groll gegen jemanden hegt, so hält er lange daran fest. Vor einigen Schichten ereignete sich etwas, das ihm nicht gefiel. Er bat mich darum, den oder die Schuldigen mit eindeutigen Beweisen zu überführen. Um ihm die Möglichkeit zu geben, sich an die, sagen wir, *haftpflichtigen Stellen* zu wenden und von ihnen Schadenersatz zu verlangen.«

»Ach?« Der Commander wölbte eine Braue. »Und sind Sie auf sein Anliegen eingegangen?«

»Ich habe ihm gesagt, in diesem besonderen Fall gäbe es keine eindeutigen Beweise und er müßte sein aktuelles Wissen um den Zwischenfall so gut wie möglich nutzen.« Odo sah zur Decke des Büros und schien über die lästigen Sünden aller intelligenten Wesen nachzudenken. »Ich fürchte, daß Sie bald von ihm hören werden, Commander.«

Jake vertrieb sich schon seit einer ganzen Weile die Zeit damit, den Baseball hochzuwerfen und wieder aufzufangen, als sein Vater hereinkam. Er sah zu ihm auf.

»Du siehst müde aus«, stellte er fest.

Benjamin lächelte schief. »Der Eindruck täuscht nicht.«

Einige Sekunden lang verweilte sein Blick auf der Holzkiste in der einen Ecke des Raums. Jake wußte noch immer nicht genau, was sie enthielt – angeblich Dinge aus der Hinterlassenschaft der Kai Opaka. Er vermutete, daß sein Vater den Behälter früher oder später öffnen mußte.

Aber noch war es nicht soweit.

Mit geschlossenen Augen sank Benjamin auf die Couch, und Jake hielt es für möglich, daß er sofort einschlief.

Doch sein Vater blieb wach. Er hob ein Lid und musterte den Jungen mit einem wachsamen Blick. »Ich möchte dich etwas fragen.« Er holte einen Datenblock hervor und drehte das Gerät so, daß Jake aufs Display sehen konnte. »Kannst du mir sagen, warum ich von Quark eine Rechnung über zwei Dutzend zerbrochene Glasobjekte erhalten habe?«

Jake starrte auf den ledernen Baseball. »Ich kann dir alles erklären . . .«

»Weißt du . . . Ich glaube, das ist gar nicht nötig.« Benjamin legte den Datenblock beiseite. »Quark muß einfach begreifen, daß Baseball ein Spiel ist, bei dem . . . alles passieren kann.« Er nahm dem Jungen das Leder aus der Hand, holte aus und warf es durch den Korridor. Bestimmte Geräusche deuteten darauf hin, daß der Ball von diversen Gegenständen abprallte.

Jake lächelte. »Guter Wurf.«

Sein Vater lehnte sich zurück, und erstaunlicherweise wirkte er jetzt nicht mehr ganz so müde. »Deiner war besser – danach zu urteilen.« Er deutete auf den Datenblock mit der gespeicherten Rechnung.

»Ich habe nicht geworfen, sondern geschlagen«, wandte Jake ein.

»Tatsächlich?« Benjamin hob die Brauen.

»Nun, äh . . .« Jake begriff, daß er zuviel gesagt hatte. »Es ist nicht einfach, in einer Holo-Kammer zu üben. Noch dazu ganz *allein*.«

»Und dein Freund Nog?«

Jake schnaubte. »Ich schätze, es wird noch eine Weile dauern, bis die ersten Ferengi an einer Baseballmeisterschaft teilnehmen.«

»Da dürftest du recht haben.« Benjamin drehte die Hand, krümmte dabei die Finger und streckte sie wieder. Er hatte den Ball einfach so geworfen, ohne irgendeinen besonderen Effekt erzielen zu wollen. Doch Jake wußte, daß sein Vater einmal ein guter Werfer gewesen war. Die kinetische Erinnerung steckte noch immer in ihm, in Arm und Schulter. »Ich könnte selbst ein wenig Übung gebrauchen.«

»Bist du sicher?« Jake musterte ihn mit einer Mischung aus Skepsis und Hoffnung. »Ich meine, in letzter Zeit bist du sehr beschäftigt gewesen . . .«

»Nur mit Dingen, die nicht existieren.« Benjamin schloß erneut die Augen und lehnte den Kopf nach hinten ans Polster. Eine andere, bessere Art von Müdigkeit erfaßte ihn. »Und . . . sie können warten.«

Jake beobachtete ihn noch einige Sekunden lang, streifte dann den Handschuh des Fängers ab und legte ihn aufs Sofakissen. Dann erhob er sich, um das eigene Zimmer aufzusuchen und seinen Vater dem wohlverdienten Schlaf zu überlassen.

»Es hätte viel schlimmer kommen können.«

Dax wußte, daß sie Bashir nicht extra darauf hinweisen mußte. Als ranghöchster Medo-Offizier von Starfleet in diesem Sektor hatte er die Rettungsmission in den Ruinen von Moagitty koordiniert. Dabei fand man mehr Überlebende, als ursprünglich vermutet worden war – genug jedenfalls, um die Krankenstation von Deep Space Nine völlig zu überlasten. Hospitalschiffe mit zusätzlichem medizinischen Personal waren aus anderen Sektoren angefordert worden und befanden sich nun im bajoranischen Orbit. Bashir hatte beim Organisieren aller Aspekte des sehr komplexen Einsatzes großes Geschick bewiesen, was Dax erst überrascht und dann anerkennend zur Kenntnis nahm.

»Oh, ich weiß, ich weiß«, erwiderte der junge Arzt. Die lange, anstrengende Arbeit gab seinem Gesicht etwas Hohlwangiges. Er lehnte sich nun an die Werkbank und seufzte leise. »Es ist auch so schon schlimm genug. Wenn alle tot gewesen wären . . . Dann hätte es genügt, einige Autopsien durchzuführen.«

Dax gab keine Antwort und wußte: Mit seinem Galgenhumor wollte er sie nur zu einer Reaktion veranlassen. Sie kannte ihn besser. Er arbeitete nur deshalb bis zur Erschöpfung, weil er mit ganzem Herzen bei der Sache war.

»Ich sollte jetzt besser zurückkehren.« Bashir holte tief Luft, und seine Schultern sanken herab, als er den Atem entweichen ließ. »Zur Krankenstation, meine ich. Die letzten Patienten müßten bald eintreffen.«

»Nein, Julian – Sie brauchen dringend eine Ruhepause.« Dax zwang sich zu einem strengen Tonfall. »Sie haben alles so gut vorbereitet, daß man jetzt auch ohne Sie zurechtkommt. Überlassen Sie den Rest Ihren Mitarbeitern.«

Bashir schüttelte langsam den Kopf. »Ich weiß nicht . . . Es gibt noch so viel zu tun . . .«

»Sie helfen niemanden, wenn Sie umkippen, Julian. Sollen sich Ihre Kollegen um alles kümmern. Für Sie ist es jetzt am besten, Ihr Quartier aufzusuchen und unter die Bettdecke zu kriechen.«

»Vielleicht haben Sie recht . . .« Bashir stieß sich von der Werkbank ab. »Schon gut.« Er hob die Hand, um weiteren Hinweisen zuvorzukommen. »Ihre Diagnose ist natürlich korrekt. *Und* Sie schlagen die richtige Behandlungsmethode vor.« Er ging zur Tür. Dort blieb er noch einmal stehen und drehte sich um. »Später, wenn sich alles beruhigt hat . . . Vielleicht finden wir dann Gelegenheit zu einem ausführlichen Gespräch. Es gibt noch immer viele Dinge, von denen Sie mir nichts erzählt haben.«

Er verließ das Labor, und Dax wandte sich der eigenen Arbeit zu. Jene Dinge, die Julian mit ihr erörtern, die Fragen, die er ihr stellen wollte . . . Vielleicht mußten sie für immer ohne Antworten bleiben. Weil es noch immer vieles gab, das selbst Dax nicht verstand.

Sie blickte auf die Anzeigen der Instrumente. Die Fernsensoren von

Deep Space Nine registrierten jetzt keine Subraum-Anomalien mehr. Die von den kortikalen Induktionsmodulen eingeleitete Erosion der Basisstruktur des Universums, die Entwicklung zu einem fatalen Kollaps der Realität . . . Sie hatte aufgehört. Irgend etwas war geschehen, in dem kurzen, chaotischen Moment, als McHogues Faust zuschlug. Benjamin hatte sich gewehrt, auf eine Weise, von der Dax nichts wußte und gegen die sich McHogue nicht hatte schützen können.

Die von den Sensoren ermittelten Daten bestätigten, was sie bereits an Bord der *Ganges*, während der Rückkehr nach DS9, gespürt hatte. Die Stürme auf Bajor . . . Sie erreichten einen fast apokalyptischen Höhepunkt, und anschließend begann die Normalisierung der meteorologischen Situation. Jenseits der Atmosphäre des Planeten, im Weltraum, gab es keine Schockwellen mehr. Ruhe herrschte während des Rückflugs, und Benjamin nutzte die Gelegenheit, um von den jüngsten Ereignissen zu berichten.

Dax erinnerte sich . . . Im Sessel neben ihr, weit zurückgelehnt, während sie die Kontrollen des Flitzers bediente. Die letzte, entscheidende Konfrontation mit McHogue hatte ihn sehr erschöpft. Leise Worte kamen ihm über die Lippen, schilderten Dinge, die über Dax' wissenschaftlichen Horizont hinausgingen. Die Sprache erwies sich als ein ungeeignetes Mittel, um solche Konzepte zu beschreiben.

*McHogue hat einen wichtigen Punkt vergessen*, sagte Benjamin. *Er vergaß, daß die von ihm geschaffene Welt auch in uns existierte. In unseren Gedanken und Träumen. Er selbst ließ sie dort entstehen. Und in unseren Köpfen wurde sie real – beziehungsweise so real, wie es möglich war.*

Dadurch hatte Sisko die Möglichkeit gehabt, den Gegner zu besiegen. Eine Hintertür, durch die man das geheime Zentrum von McHogues privatem Universum erreichen konnte.

Die Stürme auf Bajor, die Verzerrungen im Gefüge des Raums und alles andere . . . Dabei handelte es sich nicht nur um direkte Konsequenzen aktiver KI-Technik. *Wir selbst haben dafür gesorgt, daß es real wurde*, lauteten Benjamins Worte. *Auf die gleiche Weise sorgen wir dafür, daß . . . dieses Universum real ist.* Er hob die Hand und deutete zu einem Aussichtsfenster. *Es geschieht nicht nur da draußen, sondern auch hier drinnen*. Benjamin untermalte diese Worte, indem er sich an die eigene Stirn klopfte. *Was McHogue in unserem Denken und Fühlen Wirklichkeit werden ließ* . . . Er schloß die Augen und lächelte. *Wir konnten es wieder ins Reich des Unwirklichen verbannen. Mit den richtigen Mitteln . . .*

Dax kehrte in die Gegenwart zurück und schaltete den Computerschirm aus. Die Zahlen und graphischen Darstellungen die den – jetzt wieder normalen – Zustand des Universums beschrieben, erloschen.

»Mit den richtigen Mitteln«, wiederholte die Trill leise. Es war Benjamin ganz offensichtlich gelungen, die »richtigen Mittel« zu finden – auch wenn er sie nur auf eine Weise erläutern konnte, die Dax' rationaler Verstand als zu mystisch ablehnte.

Der ältere Teil von ihr – der Symbiont – zeichnete sich durch die gleiche Neigung zum Rationalen aus, verfügte aber auch über mehr Weisheit. Er hielt sich mit einem Urteil zurück, soweit es solche Angelegenheiten betraf. Er kannte Benjamin Sisko länger als das Humanoidenselbst – lange genug, um zu wissen, daß er sich auf eine ebenso subtile wie profunde Weise verändert hatte. Der Wandel stand in irgendeinem Zusammenhang mit den Ereignissen im Wurmloch, mit jenem Etwas, dem er dort begegnet war. In dieser Hinsicht hatte Benjamin nur einige geheimnisvolle Kommentare abgegeben; seine Bemerkungen klangen nach Mysterien, die weit über das Rätselhafte von McHogues wirklichen und unwirklichen Welten hinausgingen. Was auch immer im Tunnel zwischen den Dimensionen geschehen sein mochte – es befähigte Sisko, von der Verbindung zwischen den Universen sowohl innerhalb als auch außerhalb des Bewußtseins zu sprechen, und zwar nicht nur in Form von Metaphern. Einen eindeutigen Beweis lieferte die Tatsache, daß von den Fernsensoren wieder normale Werte angezeigt wurden. Es spielte keine Rolle, ob Dax Benjamins Schilderungen glaubte oder nicht; wichtig war nur die Beschaffenheit der tatsächlich existierenden Realität.

Es kostete zuviel Mühe, genauer darüber nachzudenken. Dax rieb sich die Augen und beschloß, Bashirs Beispiel zu folgen. Sie brauchte ebenfalls Ruhe, die Möglichkeit, ihre körperlichen und geistigen Energien zu erneuern. Mehrere lange Dienstschichten lagen hinter ihr. Nur selten hatte sich Gelegenheit geboten, ein wenig zu schlafen, und in solchen Fällen hatten sich Träume eingestellt, die zusätzliche Kraft raubten.

Die Tür des Laboratoriums schloß sich hinter Dax, und sie schritt zu ihrem Quartier. Diesmal bestand sicher nicht die Gefahr, von bösen Träumen gestört zu werden.

Der Schlaf wartete auf Sisko. Er brauchte nur die Augen zu schließen und sich zurückzulehnen.

Aber noch war es nicht soweit. Er drehte den Kopf und sah zur Holzkiste in der einen Ecke des Raums. Sein Entschluß stand bereits fest: In der nächsten Schicht wollte er die Anweisung erteilen, den Behälter nach

Bajor zurückzubringen. Die Objekte darin, Hinterlassenschaften der Kai, waren bei ihrem Volk besser aufgehoben. Sisko brauchte sie nicht; die Erinnerungen an Opaka genügten ihm.

*Prophezeiungen und gute Wünsche*, dachte er. Mehr, als alle anderen wußten. Mehr, als er selbst gewußt hatte. So viel in ihm war verändert worden, auf eine Weise, die er erst jetzt zu verstehen begann.

Die Müdigkeit lastete schwer auf seinen Schultern. Er wußte, warum er den Schlaf hinauszögerte, warum er noch etwas länger wach bleiben wollte.

Während des Aufenthalts in Moagitty, in McHogues Stadt . . . Eine Vision hatte sich ihm offenbart, als er die Tür zwischen dem falschen Universum und einem anderen durchschritt. Der Hauch eines Augenblicks, angefüllt mit Erinnerungen und Ewigkeit. Für einen Sekundenbruchteil war er imstande gewesen, etwas zu sehen, das ihm damals die Entitäten im Wurmloch gezeigt hatten.

Sisko senkte nun die Lider, um die Erinnerungen noch einmal lebendig werden zu lassen.

Seine Frau, Jakes Mutter . . . In einem vergangenen Universum war sie ihm erschienen, in einer Welt, die ihr Leben gab. Erneut sah er, wie sie sich ihm zuwandte, nach seiner Hand griff, lächelte und ihm etwas sagen wollte . . .

Die Zeit hatte nicht genügt, um ihre Worte zu hören. Die Vision verschwand so plötzlich, wie sie gekommen war; er hatte nicht einmal bewußt an sie gedacht, als er durch die Korridore einer Raumstation wanderte, die keine echte Realität besaß. Erst jetzt, als er die Gedanken treiben ließ, erinnerte er sich daran. An etwas, das er für ein Geschenk hielt.

Er fragte sich, was es bedeutete. Vielleicht nichts. Oder kam es einem Segen gleich? Sisko schüttelte langsam den Kopf und lächelte reumütig. Für die Kai wäre es typisch gewesen, ihm auf eine solche Weise Kraft zu geben, damit er weitermachen und die Krise überwinden konnte.

Der Schlaf . . . Er gab ihm jetzt nach, ließ sich innerlich fallen. Eine andere Welt mitten in seinem Selbst nahm ihn auf, eine helle, schöne Welt, in der er endlich jene zärtlichen Worte hörte, die immer nur *fast* ausgesprochen wurden.

# STAR TREK™

in der Reihe
HEYNE SCIENCE FICTION & FANTASY

STAR TREK: CLASSIC SERIE

*Vonda N. McIntyre,* Star Trek II: Der Zorn des Khan · 06/3971
*Vonda N. McIntyre,* Der Entropie-Effekt · 06/3988
*Robert E. Vardeman,* Das Klingonen-Gambit · 06/4035
*Lee Correy,* Hort des Lebens · 06/4083
*Vonda N. McIntyre,* Star Trek III: Auf der Suche nach Mr. Spock · 06/4181
*S. M. Murdock,* Das Netz der Romulaner · 06/4209
*Sonni Cooper,* Schwarzes Feuer · 06/4270
*Robert E. Vardeman,* Meuterei auf der Enterprise · 06/4285
*Howard Weinstein,* Die Macht der Krone · 06/4342
*Sondra Marshak & Myrna Culbreath,* Das Prometheus-Projekt · 06/4379
*Sondra Marshak & Myrna Culbreath,* Tödliches Dreieck · 06/4411
*A. C. Crispin,* Sohn der Vergangenheit · 06/4431
*Diane Duane,* Der verwundete Himmel · 06/4458
*David Dvorkin,* Die Trellisane-Konfrontation · 06/4474
*Vonda N. McIntyre,* Star Trek IV: Zurück in die Gegenwart · 06/4486
*Greg Bear,* Corona · 06/4499
*John M. Ford,* Der letzte Schachzug · 06/4528
*Diane Duane,* Der Feind – mein Verbündeter · 06/4535
*Melinda Snodgrass,* Die Tränen der Sänger · 06/4551
*Jean Lorrah,* Mord an der Vulkan Akademie · 06/4568
*Janet Kagan,* Uhuras Lied · 06/4605
*Laurence Yep,* Herr der Schatten · 06/4627
*Barbara Hambly,* Ishmael · 06/4662
*J. M. Dillard,* Star Trek V: Am Rande des Universums · 06/4682
*Della van Hise,* Zeit zu töten · 06/4698
*Margaret Wander Bonanno,* Geiseln für den Frieden · 06/4724
*Majliss Larson,* Das Faustpfand der Klingonen · 06/4741
*J. M. Dillard,* Bewußtseinsschatten · 06/4762
*Brad Ferguson,* Krise auf Centaurus · 06/4776
*Diane Carey,* Das Schlachtschiff · 06/4804
*J. M. Dillard,* Dämonen · 06/4819
*Diane Duane,* Spocks Welt · 06/4830
*Diane Carey,* Der Verräter · 06/4848
*Gene DeWeese,* Zwischen den Fronten · 06/4862
*J. M. Dillard,* Die verlorenen Jahre · 06/4869
*Howard Weinstein,* Akkalla · 06/4879
*Carmen Carter,* McCoys Träume · 06/4898
*Diane Duane & Peter Norwood,* Die Romulaner · 06/4907
*John M. Ford,* Was kostet dieser Planet? · 06/4922
*J. M. Dillard,* Blutdurst · 06/4929
*Gene Roddenberry,* Star Trek I: Der Film · 06/4942
*J. M. Dillard,* Star Trek VI: Das unentdeckte Land · 06/4943
*Jean Lorrah,* Die UMUK-Seuche · 06/4949
*A. C. Crispin,* Zeit für gestern · 06/4969
*David Dvorkin,* Die Zeitfalle · 06/4996
*Barbara Paul,* Das Drei-Minuten-Universum · 06/5005
*Judith & Garfield Reeves-Stevens,* Das Zentralgehirn · 06/5015
*Gene DeWeese,* Nexus · 06/5019
*D. C. Fontana,* Vulkans Ruhm · 06/5043
*Judith & Garfield Reeves-Stevens,* Die erste Direktive · 06/5051
*Michael Jan Friedman,* Das Doppelgänger-Komplott · 06/5067

# STAR TREK™

*Judy Klass,* Der Boaco-Zwischenfall · 06/5086
*Julia Ecklar,* Kobayashi Maru · 06/5103
*Peter Norwood,* Angriff auf Dekkanar · 06/5147
*Carolyn Clowes,* Das Pandora-Prinzip · 06/5167
*Michael Jan Friedman,* Schatten auf der Sonne · 06/5179
*Diana Duane,* Die Befehle des Doktors · 06/5247
*V. E. Mitchell,* Der unsichtbare Gegner ·06/5248
*Dana Kramer-Rolls,* Der Prüfstein ihrer Vergangenheit · 06/5273
*Barbara Hambly,* Der Kampf ums nackte Überleben · 06/5334
*Brad Ferguson,* Eine Flagge voller Sterne · 06/5349
*J. M. Dillard,* Star Trek VII: Generationen · 06/5360
*Gene DeWeese,* Die Kolonie der Abtrünnigen · 06/5375
*Michael Jan Friedman,* Späte Rache · 06/5412
*Peter David,* Der Riß im Kontinuum · 06/5464
*Michael Jan Friedman,* Gesichter aus Feuer · 06/5465
*Peter David/Michael Jan Friedman/Robert Greenberger,* Die Enterbten · 06/5466
*L. A. Graf,* Die Eisfalle · 06/5467
*John Vornholt,* Zuflucht · 06/5468
*L. A. Graf,* Der Saboteur · 06/5469
*Melissa Crandall,* Die Geisterstation · 06/5470
*Mel Gilden,* Die Raumschiff-Falle · 06/5471
*V. E. Mitchell,* Tore auf einer toten Welt · 06/5472
*Victor Milan,* Aus Okeanos Tiefen · 06/5473
*Diane Carey,* Das große Raumschiff-Rennen · 06/5474
*Margaret Wander Bonanno,* Die Sonde · 06/5475
*Diane Carey,* Kirks Bestimmung · 06/5476
*L. A. Graf,* Feuersturm · 06/5477
*A. C. Crispin,* Sarek · 06/5478
*Simon Hawke,* Die Terroristen von Patria · 06/5479
*Barbara Hambly,* Kreuzwege · 06/5681
*L. A. Graf,* Ein Sumpf von Intrigen · 06/5682
*Howard Weinstein,* McCoys Tochter · 06/5683
*Judith & Garfield Reeves-Stevens,* Die Föderation · 06/5684
*J. M. Dillard,* Sabotage · 06/5685
*Denny Martin Flinn,* Der Coup der Promethaner · 06/5686
*Diane Carey/Dr. James I. Kirkland,* Keine Spur von Menschen · 06/5687
*William Shatner,* Die Asche von Eden · 06/5688
*William Shatner,* Die Rückkehr · 06/5689
*William Shatner,* Der Rächer · 06/5690
*Peter David,* Die Tochter des Captain · 06/5691
*Dean Wesley Smith/Kristine Kathryn Rusch,* Die Ringe von Tautee · 06/5693
*Diane Carey,* Invasion – 1: Der Erstschlag · 06/5694
*Dean Wesley Smith/Kristine Kathryn Rusch,* Tag der Ehre – 4: Das Gesetz des Verrats · 06/5702
*William Shatner,* Das Gespenst · 06/5703

STAR TREK: THE NEXT GENERATION
*David Gerrold,* Mission Farpoint · 06/4589
*Gene DeWeese,* Die Friedenswächter · 06/4646
*Carmen Carter,* Die Kinder von Hamlin · 06/4685
*Jean Lorrah,* Überlebende · 06/4705
*Peter David,* Planet der Waffen · 06/4733
*Diane Carey,* Gespensterschiff · 06/4757
*Howard Weinstein,* Macht Hunger · 06/4771
*John Vornholt,* Masken · 06/4787
*David & Daniel Dvorkin,* Die Ehre des Captain · 06/4793

# STAR TREK™

*Michael Jan Friedman,* Ein Ruf in die Dunkelheit · 06/4814
*Peter David,* Eine Hölle namens Paradies · 06/4837
*Jean Lorrah,* Metamorphose · 06/4856
*Keith Sharee,* Gullivers Flüchtlinge · 06/4889
*Carmen Carter u. a.,* Planet des Untergangs · 06/4899
*A. C. Crispin,* Die Augen der Betrachter · 06/4914
*Howard Weinstein,* Im Exil · 06/4937
*Michael Jan Friedman,* Das verschwundene Juwel · 06/4958
*John Vornholt,* Kontamination · 06/4986
*Mel Gilden,* Baldwins Entdeckungen · 06/5024
*Peter David,* Vendetta · 06/5057
*Peter David,* Eine Lektion in Liebe · 06/5077
*Howard Weinstein,* Die Macht der Former · 06/5096
*Michael Jan Friedman,* Wieder vereint · 06/5142
*T. L. Mancour,* Spartacus · 06/5158
*Bill McCay/Eloise Flood,* Ketten der Gewalt · 06/5242
*V. E. Mitchell,* Die Jarada · 06/5279
*John Vornholt,* Kriegstrommeln · 06/5312
*David Bischoff,* Die Epidemie · 06/5356
*Peter David,* Imzadi · 06/5357
*Laurell K. Hamilton,* Nacht über Oriana · 06/5342
*Simon Hawke,* Die Beute der Romulaner · 06/5413
*Rebecca Neason,* Der Kronprinz · 06/5414
*John Peel,* Drachenjäger · 06/5415
*Diane Carey,* Abstieg · 06/5416
*Diane Duane,* Dunkler Spiegel · 06/5417
*Jeri Taylor,* Die Zusammenkunft · 06/5418
*Michael Jan Friedman,* Relikte · 06/5419
*Susan Wright,* Der Mörder des Sli · 06/5438
*W. R. Thomson,* Planet der Schuldner · 06/5439
*Carmen Carter,* Das Herz des Teufels · 06/5440
*Michael Jan Friedman & Kevin Ryan,* Requiem · 06/5442
*Dafydd ab Hugh,* Gleichgewicht der Kräfte · 06/5443
*Michael Jan Friedman,* Die Verurteilung · 06/5444
*Peter David,* $Q^2$ · 06/5445
*Simon Hawke,* Die Rückkehr der Despoten · 06/5446
*Robert Greenberger,* Die Strategie der Romulaner · 06/5447
*Gene DeWeese,* Im Staubnebel verschwunden · 06/5448
*Brad Ferguson,* Das letzte Aufgebot · 06/5449
*Kij Johnson/Greg Cox,* Die Ehre des Drachen · 06/5751
*J. M. Dillard/Kathleen O'Malley,* Wahnsinn · 06/5753
*Dean Wesley Smith/Kristine Kathryn Rusch,* Invasion – 2: Soldaten des Schreckens · 06/5754
*Pamela Sargent/George Zebrowski,* Verhöhnter Zorn · 06/5756
*J M. Dillard,* Star Trek VIII: Der erste Kontakt · 06/5757
*Diane Carey,* Tag der Ehre – 1: Altes Blut · 06/5763
*John Vornholt,* Der Dominion-Krieg – 1: Hinter feindlichen Linien · 06/5765
*John Vornholt,* Der Dominion-Krieg – 3: Sternentunnel · 06/5766
*Peter David,* Imzadi II · 06/5767
*John de Lancie/Peter David,* Ich, Q · 06/5768
*J. M. Dillard,* Star Trek IX: Der Aufstand · 06/5770

STAR TREK: DIE ANFÄNGE
*Vonda N. McIntyre,* Die erste Mission · 06/4619
*Margaret Wander Bonanno,* Fremde vom Himmel · 06/4669
*Diane Carey,* Die letzte Grenze · 06/4714

STAR TREK™

STAR TREK: DEEP SPACE NINE

*J. M. Dillard,* Botschafter · 06/5115
*Peter David,* Die Belagerung · 06/5129
*K. W. Jeter,* Die Station der Cardassianer · 06/5130
*Sandy Schofield,* Das große Spiel · 06/5187
*Dafydd ab Hugh,* Gefallene Helden · 06/5322
*Lois Tilton,* Verrat · 06/5323
*Esther Friesner,* Kriegskind · 06/5430
*John Vornholt,* Antimaterie · 06/5431
*Diane Carey,* Die Suche · 06/5432
*K. W. Jeter,* Das Böse · 06/5433
*Melissa Scott,* Der Pirat · 06/5434
*Nathan Archer,* Walhalla · 06/5512
*Greg Cox/John Gregory Betancourt,* Der Teufel im Himmel · 06/5513
*Robert Sheckley,* Das Spiel der Laertianer · 06/5514
*Diane Carey,* Der Weg des Kriegers · 06/5515
*Diane Carey,* Die Katakombe · 06/5516
*Dean Wesley Smith/Kristine Kathryn Rusch,* Die lange Nacht · 06/5517
*John Peel,* Der Schwarm · 06/5518
*L. A. Graf,* Invasion – 3: Der Feind der Zeit · 06/5519
*Michael Jan Friedman,* Saratoga · 06/5721
*Diane Carey,* Neuer Ärger mit den Tribbles · 06/5723
*L. A. Graf,* Tag der Ehre – 2: Der Himmel von Armageddon · 06/5725
*Diane Carey,* Der Dominion-Krieg – 2: Verlorener Friede · 06/5727
*Diane Carey,* Der Dominion-Krieg – 4: Beendet den Krieg! · 06/5728

STAR TREK: STARFLEET KADETTEN

*John Vornholt,* Generationen · 06/6501
*Peter David,* Worfs erstes Abenteuer · 06/6502
*Peter David,* Mission auf Dantar · 06/6503
*Peter David,* Überleben · 06/6504
*Brad Strickland,* Das Sternengespenst · 06/6505
*Brad Strickland,* In den Wüsten von Bajor · 06/6506
*John Peel,* Freiheitskämpfer · 06/6507
*Mel Gilden & Ted Pedersen,* Das Schoßtierchen · 06/6508
*John Vornholt,* Erobert die Flagge! · 06/6509
*V. E. Mitchell,* Die Atlantis Station · 06/6510
*Michael Jan Friedman,* Die verschwundene Besatzung · 06/6511
*Michael Jan Friedman,* Das Echsenvolk · 06/6512
*Diane G. Gallagher,* Arcade · 06/6513
*John Peel,* Ein Trip durch das Wurmloch · 06/6514
*Brad & Barbara Strickland,* Kadett Jean-Luc Picard · 06/6515
*Brad & Barbara Strickland,* Picards erstes Kommando · 06/6516
*Ted Pedersen,* Zigeunerwelt · 06/6517
*Patricia Barnes-Svarney,* Loyalitäten · 06/6518
*Diana G. Gallagher,* Tag der Ehre – 5: Ehrensache · 06/6530

STAR TREK: VOYAGER

*L. A. Graf,* Der Beschützer · 06/5401
*Dean Wesley Smith/Kristine Kathryn Rusch,* Die Flucht · 06/5402
*Nathan Archer,* Ragnarök · 06/5403
*Susan Wright,* Verletzungen · 06/5404
*John Betancourt,* Der Arbuk-Zwischenfall · 06/5405
*Christie Golden,* Die ermordete Sonne · 06/5406
*Mark A. Garland/Charles G. McGraw,* Geisterhafte Visionen · 06/5407

# STAR TREK™

*S. N. Lewitt,* Cybersong · 06/5408
*Dafydd ab Hugh,* Invasion – 4: Die Raserei des Endes · 06/5409
*Karen Haber,* Segnet die Tiere · 06/5410
*Jeri Taylor,* Mosaik · 06/5811
*Melissa Scott,* Der Garten · 06/5812
*David Niall Wilson,* Puppen · 06/5813
*Greg Cox,* Das schwarze Ufer · 06/5814
*Michael Jan Friedman,* Tag der Ehre – 3: Ihre klingonische Seele · 06/5815
*Christie Golden,* Gestrandet · 06/5816
*Dean Wesley Smith/Kristine Kathryn Rusch/Nina Kiriki Hoffman,* Echos · 06/5817
*Christie Golden,* Seven of Nine · 06/5818

STAR TREK: DIE NEUE GRENZE
*Peter David,* Captain Calhoun · 06/6551
*Peter David,* U.S.S. Excalibur · 06/6552

DAS STAR TREK-UNIVERSUM, 2 Bde.,
von *Ralph Sander* · 06/5150
DAS STAR TREK-UNIVERSUM, 1. Ergänzungsband
von *Ralph Sander* · 06/5151
DAS STAR TREK-UNIVERSUM, 2. Ergänzungsband
von *Ralph Sander* · 06/5270

*Ralph Sander,* Star Trek Timer 1996 · 06/1996
*Ralph Sander,* Star Trek Timer 1997 · 06/1997
*Ralph Sander,* Star Trek Timer 1998 · 06/1998
*Ralph Sander,* Star Trek Timer 1999 · 06/1999

*William Shatner/Chris Kreski,* Star Trek Erinnerungen · 06/5188
*William Shatner/Chris Kreski,* Star Trek Erinnerungen: Die Filme · 06/5450

*Phil Farrand,* Cap'n Beckmessers Führer durch
STAR TREK – DIE CLASSIC SERIE · 06/5451
*Phil Farrand,* Cap'n Beckmessers Führer durch
STAR TREK – DIE NÄCHSTE GENERATION · 06/5199
*Phil Farrand,* Cap'n Beckmessers Führer durch
STAR TREK – DIE NÄCHSTE GENERATION – Teil 2 · 06/6457
*Phil Farrand,* Cap'n Beckmessers Führer durch
STAR TREK – DEEP SPACE NINE · 06/6458

*David Alexander,* Gene Roddenberry – Die autorisierte Biographie · 06/5544
*Judith & Garfield Reeves-Stevens,* Star Trek Design · 06/5545
*Nichelle Nichols,* Nicht nur Uhura · 06/5547
*Leonard Nimoy,* Ich bin Spock · 06/5548
*Lawrence M. Krauss,* Die Physik von Star Trek · 06/5549
*Judith & Garfield Reeves-Stevens,* Star Trek – Deep Space Nine: Die Realisierung einer Idee · 06/5550
*Herbert F. Solow & Yvonne Fern Solow,* Star Trek: Das Skizzenbuch – Die Classic-Serie · 06/6469
*Judith & Garfield Reeves-Stevens,* Star Trek – Phase II: Die verlorene Generation · 06/6470
*Herbert F. Solow/Robert H. Justman,* Star Trek – Die wahre Geschichte · 06/6499
*J. M. Dillard,* Star Trek: Wo bisher noch niemand gewesen ist · 06/6500

Diese Liste ist eine Bibliographie erschienener Titel,
KEIN VERZEICHNIS LIEFERBARER BÜCHER!